Cornelia Kuhnert

Tödliche Offenbarung

Kriminalroman

Cornelia Kuhnert

Tödliche Offenbarung

Kriminalroman

zuKlampen!

Herausgegeben von Susanne Mischke

info@zuklampen.de · www.zuklampen.de

Umschlaggestaltung: Stefan Hilden, München
www.hildendesign.de
Umschlagmotiv: © HildenDesign, tilla eulenspiegel / photocase.com
Satz: thielenVERLAGSBUERO, Hannover
Druck: CPI - Clausen & Bosse, Leck

ISBN 978-3-86674-154-6

Bibliografische Information der Deutschen Nationalbibliothek
Die Deutsche Nationalbibliothek verzeichnet diese Publikation in der Deutschen Nationalbibliografie; detaillierte bibliografische Daten sind im Internet über ‹http://dnb.d-nb.de› abrufbar.

Prolog

»… bislang war das ja mehr ein Spaß, wenn es auch manch einem nicht so vorkam, dem wir das Luftholen abgewöhnten; jetzt aber hört sich die Gemütlichkeit auf. Wehrwölfe waren wir; jetzt müssen wir Beißwölfe werden. Der Wulfsbauer denkt genauso, Drewes. Wer heute nicht zubeißt, der wird gebissen.«

Hermann Löns,
Der Wehrwolf, S. 122

Freitag, 22:27 Uhr

Gespenstische Stille liegt über dem Staatsforst Lohne, nur von der Schneise, die die Autobahn durch den Wald schlägt, steigt der monotone Singsang der Reifen hoch. Die Rehe haben sich längst daran gewöhnt. Unbeeindruckt stehen sie am Wegesrand und äsen. Plötzlich hebt ein Rehbock sein Haupt. Jede Faser seines Körpers spürt die sich nähernde Bedrohung. Ohne zu zögern, flüchtet das Tier mit hohen Sprüngen ins Dickicht hinter dem Schlagbaum. Noch bevor das Motorrad die Stelle erreicht, wo der Bock gestanden hat, ist auch von den anderen Rehen nichts mehr zu sehen.

Henry Broderich hat es nicht eilig. Mit geringer Geschwindigkeit tuckert er über das holperige Kopfsteinpflaster des Alten Postwegs, das speckig im Licht des Vollmondes glänzt. Vor der Wegkreuzung zum Golfclub Isernhagen wird er noch langsamer und hält schließlich. Broderich steigt ab und sieht sich nach allen Seiten um. Es ist niemand zu sehen. Ein zufriedenes Lächeln umspielt seine schmalen Lippen. Heute ist sein Tag – das hat er schon beim Aufwachen gewusst.

Das ins fahle Mondlicht getauchte Mausoleum aus der Gründerzeit steht zurückgesetzt auf der anderen Straßenseite, die floralen Verzierungen der Vorderfront schimmern hell im nachtschwarzen Wald. Broderich mag den steinernen Fremdkörper. Vielleicht, weil es mit seinem abgerundeten

Kupferdach genauso wenig hierher passt wie er in das Leben, das er führt. Bisher geführt hat.

Entschlossen überquert er den Vorplatz der Grabstätte. Erst auf der Rückseite des Mausoleums bleibt er stehen. Er lauscht. Alles ist ruhig, nur ab und zu hört man den Schrei eines Käuzchens. Broderichs Blick streift die quadratischen Sandsteine, die im unteren Teil zu einem Bogen geformt sind. Er beugt sich vor und tastet sie mit den Fingerspitzen ab. Sie sind glatt, nur einer hat eine Aufrauung. Als er den losen Stein aus dem Mauerwerk zieht, tritt ein Schatten hinter der dickstämmigen Eiche hervor.

I.

Samstag

»Unser lieber Herr Herzog, den Gott erhalten möge, hat uns wissen lassen, wir sollen zusehen, daß wir uns wehren sollen, wie wir irgend können, und alle Hundsfötter, die hier nicht hergehören, totschießen wie tolle Hunde.«

Der Wehrwolf, S. 49

1

Samstagmorgen gegen acht wacht die Eilenriede auf. Die Menschen strömen in Sportschuhen und Trainingshosen auf Hannovers Stadtwald zu, stehen unruhig dribbelnd am Straßenrand und warten darauf, dass die Fußgängerampel auf Grün schaltet und sie losspurten können. Einer von ihnen ist Hauptkommissar Max Beckmann. Gestern Morgen hatte er lange suchen müssen, bis er seine Laufschuhe schließlich in einer der Umzugskisten fand, die er bei der letzten Versetzung erst gar nicht ausgepackt hatte. Zerdrückt und vergessen lagen sie ganz unten im Karton. Beckmann zog sie dort erst heraus und dann an. Er kam nicht weit. Zwei Etagen tiefer begannen die Schaumsohlen auf der Treppe zu bröseln, im Hauseingang lösten sich bereits Teile der Sohle vom Schuh. Statt zu joggen, machte sich Beckmann vorm Dienst noch in ein nahe gelegenes Sportgeschäft auf.

»Supernova Cushion«, raunte ihm der Verkäufer zu. »Super Dämpfung, perfekt für längere Asphaltläufe und hohes Lauftempo. Kann ich nur empfehlen, es sei denn, Sie haben Platt- oder Senkfüße.«

Die hat er nicht – und längere Läufe und höheres Tempo strebt er an. Also bewegt sich Beckmann jetzt im Pulk der Jogger, erhöht sein Schritttempo in Höhe der Hohenzollernstraße und steuert auf den Lister Turm zu. Kurz davor geht ihm die Luft aus, schnaufend lehnt er sich an einen Baum. Seine Lunge sticht. Ob das wirklich gesund ist? Er beugt sich vor, atmet ein und aus, sein Pulsschlag beruhigt sich nur langsam. Mit gleichmäßigen Schritten geht er den breiten Asphaltweg zurück, dann beschleunigt er erneut sein Tempo. Die nächsten hundert Meter hat er schnaufend hinter sich gebracht, als eine Gruppe von Joggern in bunter Kleidung auf ihn zurollt. Wer ausweicht, hat verloren. Beckmann gibt trotzdem nach und macht einen Schritt zur Seite. Der Jogger im pinkfarbenen Nylon auch, doch von hinten prescht ein Inlinefahrer heran und schlägt einen Haken. Ein spitzer Ellenbogen rammt Beckmann, er strauchelt und reibt sich mit schmerzverzerrtem Gesicht die Rippen. Wie hat er bloß glauben können, dass er der Einzige sei, der mit einer Joggingrunde in diesen strahlenden Sommertag startet? Noch dazu, wo es tagsüber so heiß werden soll, dass man am liebsten in der kühlen Wohnung bleiben würde – wenn man denn eine hätte.

Beckmanns neues Zuhause ist ein in den siebziger Jahren ausgebauter Wäscheboden in der Wedekindstraße. Dass die Wärmedämmung eines Daches nicht nur im Winter von Nutzen ist, daran hatte beim Ausbau niemand gedacht; er selbst bei der Besichtigung der Wohnung auch nicht. Die redegewandte Maklerin überzeugte ihn schnell von den unübersehbaren Vorteilen: »Ein so großzügiges Loft mitten in der List müssen Sie mit der Lupe suchen.«

Loft? Na ja. Die Wände zwischen den Zimmern und zur Küche fehlen, einzig das Badezimmer ist mit einer dünnen Sperrholzwand abgetrennt, durch die man alle Geräusche hört, sogar die, die man am Küchentisch nicht hören möchte. Vor sechs Wochen hatte ihn das nicht weiter gestört, da wollte er nur noch weg aus Burgdorf, dieser Kleinstadt, wo jeder jeden kennt und ihm die Luft zum Atmen fehlte. Nein, das stimmt nicht. Er fängt schon wieder an, sich etwas vorzumachen, die Dinge so zu verdrehen, wie sie ihm passen. Eigentlich hatte Beckmann sich zum Schluss ganz wohl dort gefühlt. Mit seinen Kollegen Borgfeld und Streuwald war er bestens klargekommen – und auch sonst: der Biergarten auf dem Spittaplatz, die Abende mit Martha im Dorfkrug. Martha. Genau das war der Haken.

Sofort sieht er sie vor sich: Dunkle, halblange Haare, volle, geschwungene Lippen, grüne Augen, ihr Grübchen in der rechten Wange, wenn sie lacht. Dieses Lächeln, diese Stimme. Schluss. Er hat es vermasselt. Keine Entschuldigung, die hat er nicht verdient. Aber ein bisschen Nachsicht. Er zieht das Handy aus der Hosentasche und tippt unter Favoriten auf »M«.

Nach dem dritten Klingeln springt die Mailbox an.

2

Uwe Zwingel sieht auf die Uhr. Viertel nach acht. Gleich hat er diese Schnupperkursstunde hinter sich gebracht.

»Ganz locker schwingen. Die Augen sind nach unten gerichtet. Die Füße stehen fest, die Schulter dreht sich, dann die Hüfte … und nun mit Schwung durch den Ball ziehen.«

Marthas Arm schwingt mit dem siebener Eisen nach oben, verweilt einen Augenblick in Schulterhöhe, saust kraftvoll nach unten und – bleibt in der Grasnarbe stecken. Verdammt. Sie reibt sich das schmerzende Schultergelenk. Wäre sie bloß im Bett geblieben.

Der Golftrainer verzieht angesichts des Golfschlags den Mund und rümpft seine gerötete Nase.

»Schwingen, nicht hacken.« Anfänger zu unterrichten, ist eine Strafe Gottes. Kaum können es die einen, werden sie durch Neue ersetzt. Am schlimmsten sind die völlig Untalentierten wie diese hier.

»Und jetzt Sie.« Er wirft Beatrix Wacker, von allen nur Trixi genannt, einen deutlich wohlwollenderen Blick zu. Trixi, heute in kurzem weißen Rock und engem Poloshirt, holt aus und schwingt mit Hüftdrehung nach vorne. Ihr Ball fliegt gerade und weit.

»Das ist Golf.« Der Hauch eines Lächelns huscht über das Gesicht des Trainers.

Auch die Dritte im Anfängerkurs macht ihre Sache ordentlich, obwohl Roswitha Neumann alles andere als sportlich aussieht. Die kräftige Mittdreißigerin steht mit leicht gebeugten Knien vor Martha, holt aus und befördert den Golfball mit Schwung in die Luft, allerdings landet er weit rechts im undurchdringlichen Buschwerk.

»Das wird schon.« Zwingel wirft einen Blick auf die Uhr. Noch fünf Minuten, dann hat er es geschafft.

»So, nächster Versuch.«

Zum hundertsten Mal fragt Martha sich, warum sie sich von ihrer Kollegin Trixi zu diesem Golfkurs hat überreden lassen und findet nur stereotype Antworten: Sport bringt auf andere Gedanken, Bewegung vertreibt Trübsinn. Kraft durch Freude.

Martha spannt ihren Körper an und fixiert den Golfball zwischen ihren Füßen. Wie von alleine heben und senken sich ihre Arme, gleitet der Schläger mit sattem Schmatzen über den Rasen und nimmt den Ball mit. Als Martha nach der Drehung den Kopf hebt, sieht sie ihn nach wie vor in der Luft, erst an der 100 Meter Marke landet er und hoppelt auf der mit weißen Übungsbällen übersäten Driving Range noch ein Stück weiter.

»Na, geht doch.« Zwingel pfeift durch die Zähne. »Den Schlag speichern Sie jetzt im Gedächtnis ab. Wir machen Schluss für heute.«

»Ich geh schon vor.« Trixi hat es eilig, ihre Blase drückt.

Die beiden anderen packen in aller Ruhe ihre Eisen ein, danach schieben auch sie die Golfbags über den schmalen Weg zum Clubhaus.

»Was für ein herrliches Wetter. Ich glaube, ich gehe noch eine Runde schwimmen«, verkündet Roswitha. »Hast du Lust mitzukommen?«

Martha schüttelt den Kopf. Ihre weitere Tagesplanung steht fest: Noch eine Tasse Kaffee und dann ab an den Schreibtisch.

»Gestern hatte ich Besuch von einem etwas verhuschten Typen aus Celle. Seine Großmutter ist vor Kurzem gestorben und er löst zurzeit ihren Haushalt auf. Dabei hat er eine Interviewsammlung aus den fünfziger Jahren gefunden. Er meint, dass der Text Sprengstoff enthält. Vielleicht könntest du mal einen Blick …«

Weiter kommt Martha nicht. Kreidebleich stolpert ihnen Trixi entgegen. Die Hand vor den Mund gepresst, stottert sie: »Ddda … «

Trixi dreht sich um und zeigt zu dem Holzhaus, in dem die Golfgerätschaften abgestellt und eingeschlossen werden.

»Da hinten«, bringt sie endlich heraus.

Martha kann dort nichts Besonderes entdecken. Der steinerne Waschtrog zum Säubern der Schläger ist mit Wasser gefüllt, die robusten Bürsten zum Abputzen der Schuhe stehen daneben. Alles ist wie immer. Die Luftdruckpistole hängt ordnungsgemäß an der Wand, nur Trixis umgefallenes Golfbag stört die normale Ordnung – ihre Golfbälle sind in alle Richtungen gerollt.

»Was soll da sein?« Martha verdreht die Augen. Typisch Trixi, nie zieht sie die Reißverschlüsse ihrer Taschen zu.

»Um die Ecke«, presst Trixi hervor. Ihr ausgestreckter Zeigefinger weist zum Caddyhaus.

Martha geht zu dem mit feinem Grasschnitt übersäten Reinigungsplatz. Von dort aus kann sie um die Ecke gucken. Vor dem Schuppen steht eine Holzbank. Darauf lümmelt ein Mann in schwarzer Lederjacke, den Kopf in den Nacken gelegt. Aus einem unerfindlichen Grund bleiben Marthas Augen an seinen Cowboystiefeln hängen, weiße, spitze Exemplare mit schwarzen Streifen und breitem Absatz. Martha starrt die Stiefel an, als wenn die ihr die Antwort geben könnten, warum der Mann mit den weit von sich gestreckten Beinen auf der Bank sitzt. Vielleicht kann sie den Blick auch nicht von ihnen lösen, weil die Füße so weit weg sind von dem Gesicht, vor dem sie Angst hat, es näher zu betrachten.

»Ist da was?« Roswithas Ruf rüttelt sie aus ihrer Starre.

Marthas Augen wandern hoch. Sie registriert die dunkel verfärbte Gesichtshaut, sieht die leblosen Pupillen, die anklagend Richtung Himmel starren und den weit geöffneten Mund.

3

Die Stille des Großen Moors wird durch einen klagenden Schrei eines Raben durchbrochen. Felix Rinsing zuckt erschrocken zusammen. Sein Herz schlägt vor Angst bis zum Hals. Er hätte nicht allein kommen sollen, das spürt er genau. Was ist, wenn sie ihn entdecken?

Über ihm raschelt das Laub der Birken, einzelne gelbe Blätter segeln im sanften Luftzug auf ihn herab. Die anhaltende Trockenheit im August setzt den Bäumen zu. Erneutes Kreischen. Er lauscht. Das ist direkt über ihm. Felix hebt langsam den Kopf und entdeckt den Greifvogel, der seine Bahnen oben am Himmel zieht. Erleichtert atmet er auf und starrt wieder an der Seite des Schlehengebüschs vorbei zum Haus. Langsam beruhigt sich sein Herzschlag.

Das ehemalige Landschulheim der Region Hannover ist ein rechteckiges Fachwerkgebäude mit zwei Etagen. Das Ziegeldach sieht marode aus. Die Wände könnten einen Anstrich vertragen, genau wie die quadratischen Fenster, vor denen vergilbte Gardinen hängen. Die hölzerne Eingangstür wird von zwei beflaggten Masten eingerahmt.

Rechts neben dem Hauptgebäude steht ein eingeschossiger, lang gezogener Flachbau aus den dreißiger Jahren, erstellt in einfachster Bauweise.

Ein durchtrainierter junger Mann um die zwanzig mit Springerstiefeln und rasiertem Schädel lehnt sich in seiner wattierten Fliegerjacke an eine der Fahnenstangen und raucht eine Zigarette. Auf dem Rücken seines Blousons prangt ein Totenkopf aus dem grellrotes Blut läuft. Immer wieder wischt sich das Muskelpaket den Schweiß von der

Stirn. Kein Wunder, dass er schwitzt, es sind schon jetzt mindestens zwanzig Grad im Schatten.

Die schwere Holztür quietscht. Zwei Jungen kommen heraus. Beide haben blonde, nicht allzu kurze Haare mit Seitenscheitel. Über schwarzen Jeans tragen sie dunkle T-Shirts. Bei dem einen ist die Zahl 88 groß auf den Rücken gedruckt, bei dem anderen die 18.

Ein weiterer Druck auf den Auslöser der Digitalkamera und Felix hat alle auf seinem Chip festgehalten.

4

Gut gelaunt öffnet Walter Streuwald die Tür seines Dienstzimmers, das er sich seit ewigen Zeiten mit Dieter Borgfeld teilt.

»Mahlzeit!«

»Morgen.« Borgfeld hebt kurz den Kopf und blinzelt mürrisch. Mit einem Bleistift zieht er eine gerade Linie in sein Notizbuch. Dann fischt er sich eine Karotte aus der Plastiktüte und legt sie quer über die aufgeschlagene Seite.

»Das ist jetzt schon eine Hitze draußen. Sollen heute mehr als 30 °C werden.« Streuwald zieht seine blaue Uniformjacke aus und hängt sie an den Haken neben der Tür, ohne einen Blick auf seinen Kollegen zu werfen.

»Wird bestimmt ein ruhiges Wochenende. Um zwei habe ich Anpfiff, da musst du dann mal auf mich verzichten. Ist zwar nur ein Freundschaftsspiel, aber gegen Heeßel.« Streuwald wirft Borgfeld einen viel sagenden Blick zu. »Du weißt ja, wie wichtig das für mich ist. Die Jungs aus Heeßel hätten uns letztes Jahr fast geputzt.«

»Hmm«, kommt es grummelnd aus der anderen Ecke des Raums. Borgfeld starrt immer noch auf das Notizbuch. Schließlich nimmt er seinen Kugelschreiber und schreibt unter die akkurat gezogene Linie: Frühstück 0 Punkte.

Streuwald will noch etwas sagen, hält aber den Mund, als er Borgfeld Auge in Auge mit der Mohrrübe sieht. Seit Borgfeld diese Diät macht, hat er zwar fünf Kilo abgenommen – sein sonst unerschütterlicher Humor ist dabei jedoch auf der Strecke geblieben. Selbst für ein Feierabendbier fehlt ihm die Lust. Das könnte Streuwald nie passieren. Ein Bier nach dem Training am Freitagabend ist Pflicht. Zwei sind die Kür. Bei dreien möchte er seine Kollegen von der Verkehrspolizei lieber nicht mehr treffen. Schon gar nicht nach vieren wie gestern Abend, als er an der Theke zum wiederholten Mal alle Höhepunkte des Spiels der ersten Herren gegen Hannover 96 zum Saisonauftakt mit dem Platzwart hat Revue passieren lassen. Zwei Tore von Mike Hanke – das hat man lange nicht gesehen. Dann der Anschlusstreffer von Maxime Menges zum 1 : 2. Super Schuss. Gut, danach überrumpelten die Spieler aus Hannover den RSE. Stindl, Haggui, Schlaudraff, Forsell: Alle trafen. Selbst die, die sonst immer daneben schießen. Zum Glück war Alexander Homann zur Stelle. Der Torhüter des RSE parierte den Foulelfmeter von Hanke. Wenn man ehrlich ist, hatte er sich den allerdings selbst eingebrockt. Aber alles in allem war das Spiel gut. Und mit dem Endstand von 1 : 6 kann man leben. Mal sehen, wie es in dieser Saison weitergeht. Der Trainer ist zuversichtlich. Der Vereinsvorsitzende auch. Was kann da noch schief gehen? Versöhnt mit diesen Gedanken, stützt Streuwald sich mit den Armen auf Borgfelds Tisch ab.

»Was gibt's Neues?«

»Neues?«, brummt Borgfeld und starrt weiter auf sein Notizbuch.

Streuwald kneift die Augen zusammen und poltert los: »Was ist eigentlich mit dir los? Du muffelst mich hier am frühen Morgen an, als wenn ich dir sonst was getan hätte. Ich hab doch nur gesagt, dass ich heute Nachmittag mal kurz weg muss.«

Borgfeld schaut auf. »Nichts ist los.«

Streuwald glaubt ihm kein Wort. Er schaut auf die Uhr. Kurz vor halb neun. Der ganze Tag liegt noch vor ihnen – und dann diese miese Laune.

»Haben sie dir das Knäckebrot etwa auch noch gestrichen?«, stichelt er in einem Tonfall, von dem er genau weiß, dass Borgfeld ihn nicht ausstehen kann.

»Wieso?«, blafft dieser auch sofort zurück.

»Weil du die Mohrrübe so böse anstarrst. Die hat dir doch nichts getan.«

Kommissar Dieter Borgfeld blinzelt seinem Kollegen missmutig zu. »Ist ja schon gut, Walter. Du hast gewonnen. Ich muss heute sechs Punkte einsparen, noch besser acht oder zehn.« Er seufzt laut. »Ich weiß nicht, wie lange ich das noch aushalte. Aber Maria meint, dass ich jetzt nicht aufgeben darf. Der Anfang ist immer …«

Nicht schon wieder, stöhnt Streuwald auf. Seit Wochen geht das nun schon so. Er kann dieses Diätgequatsche über Punkte nicht mehr hören. Natürlich hat Borgfeld einen Bauch, aber so dick ist er nun auch wieder nicht, dass seine

Frau ihn jede Woche zu den Weight Watchers auf die Waage schleppen muss.

»Maria meint, dass ich …«

»Und sonst?«, unterbricht Streuwald ihn.

»Wie sonst?«, muffelt Borgfeld ihn an. »Ich habe dir doch gerade erklärt, dass Maria …«

»Ich meine, was ist sonst so? Wie läuft's zum Beispiel mit deinen Kindern?«

»Wie soll's schon laufen? Zuhause ist Nahkampf angesagt. Alexander ist mitten in der Pubertät. Seit der sechzehn ist, ist der überhaupt nicht mehr ansprechbar. Furchtbar ist das mit dem. Sonja ist zwar mittlerweile achtzehn und man sollte glauben, die sei damit durch, aber von wegen. Die ist nach wie vor unberechenbar. Wegen jeder Kleinigkeit zickt sie rum. Maria und sie streiten ständig. Über alles.« Borgfeld knabbert mit langen Zähnen an der Spitze seiner Möhre und wirft Streuwald einen nach Mitleid heischenden Blick zu. »Erst gestern Morgen gab es wieder Streit am Frühstückstisch. Das musst du dir mal vorstellen: Alexander sitzt schon vor dem Frühstück am Computer. Hat nicht mal Zeit, in Ruhe seinen Kakao zu trinken. Angeblich muss er was ernten.« Borgfeld tippt sich mit dem Finger an die Stirn. »Ernten am Computer? Und so einen Schwachsinn muss ich mir vorm Dienst anhören! Wo soll das noch hinführen? Überhaupt hängt der Bengel nur noch am Computer und …«

Es folgt eine lange Tirade von Borgfeld über die Probleme mit seinen heranwachsenden Kindern. Streuwald verflucht sich, dass er seinen Kollegen danach gefragt hat. Wie blöd ist er heute Morgen eigentlich? Pubertät ist das zweite Lieblingsjammerthema von Borgfeld – und ein weiteres Problem, für das Streuwald kein Verständnis hat. Für ihn ist die Sache ganz einfach. In dem Alter wissen die Burschen einfach nicht wohin mit ihrer Kraft. Das sieht er doch ständig auf dem Fußballplatz.

Streuwald verschränkt die Arme vor seinem Bauch.

»Jetzt hör mir mal zu, Dieter. Die Sache ist doch ganz einfach: Deine beiden müssen mehr Sport treiben. Bewegung bringt die Hormone ins Gleichgewicht – und schon ist alles im Lot.« Streuwald geht zu seinem Schreibtisch, öffnet die oberste Schublade und holt einen Block heraus. »Ali war ewig nicht beim Fußballtraining. Darüber solltest du dir Gedanken machen.« Der Vorwurf in seiner Stimme ist nicht zu überhören.

»Keine Zeit. Q 1«, nuschelt Borgfeld, der sich den Rest der Möhre in den Mund geschoben hat. Er kaut zu Ende und schluckt dann alles auf einmal herunter.

»Erster Jahrgang in der Qualifikationsphase. Abitur nach acht Jahren«, erklärt er, als er Streuwalds fragenden Blick auffängt. »Er hat an drei Tagen bis Viertel vor vier Schule, und an den anderen bis halb drei. Danach noch Hausaufgaben. Da bleibt keine Zeit für andere Sachen. So sieht das aus.«

»Überall das Gleiche«, stöhnt Streuwald. »Wenn das so weiter geht, kriege ich meine Mannschaft nicht mehr voll. Letzte Woche waren bloß acht Jungs beim Training. Wie sollen wir da gegen Heeßel gewinnen?« Er rückt den Vereinswimpel des RSE liebevoll zur Seite, als das Telefon klingelt.

»Polizeiinspektion Burgdorf, Kommissar Streuwald«, bellt er in den Hörer. Schweigend hört er eine Weile zu, dann räuspert er sich: »Wir kommen.«

5

Martha starrt ihr Handy an. Ihre Hand zittert. Die Minuten kriechen dahin, ohne dass eine der Frauen einen Ton sagt. Selbst Trixi, die sonst immer vor sich hin brabbelt, wenn sie nervös ist, hält den Mund. Hoffentlich kommt die Polizei bald, ist das Einzige, was Martha durch den Kopf geht. Jemand soll kommen und die Verantwortung für den Mann auf der Bank übernehmen. Soll alles regeln.

Martha schaut ungeduldig zur Einfahrt des Golfclubs. Immer noch kein Polizeifahrzeug in Sicht. Wie lange brauchen die denn?

Von der Zufahrtsstraße hört Martha Motorengeräusche. Endlich. Doch statt eines Polizeifahrzeuges fährt ein älteres Mercedesmodell auf den Parkplatz. Ein Mann in kurzer Hose und Polohemd steigt aus. Fröhlich pfeifend nähert er sich mit zügigem Schritt den drei Frauen, die immer noch betreten schweigend vor dem kleinen Holzhaus stehen.

Wilfried Dreyer, besser gesagt, der emeritierte Professor Doktor Wilfried Dreyer, freut sich auf eine entspannte Golfrunde, bevor es voll wird auf dem Platz. Er ist schon spät dran, obwohl er unter dem Protest seiner Gattin auf das gemeinsame Frühstück im Garten verzichtet hat. Das wird sie ihm noch heute Abend unter die Nase reiben. Sei's drum. Für eine Golfrunde bei herrlichstem Wetter nimmt er das in Kauf.

»Guten Morgen, die Damen. Ist das nicht ein herrliches Golfwetter. Nichts, wie schnell auf den Platz.«

»Das geht nicht«, presst Martha zitternd heraus.

Wilfried Dreyer starrt sie ungläubig an und geht weiter.

Martha breitet ihre Arme aus wie das Berliner Ampelmännchen bei Rot und verbaut ihm den Weg.

»Na, hören Sie! Lassen Sie mich jetzt bitte in den Caddyraum. Ich möchte meine Sachen holen.« Sein Tonfall hat die freundliche Sonntagsstimmung verloren. Er ist gekommen, um Golf zu spielen und davon lässt er sich nicht abhalten.

»Das geht nicht.« Martha sieht sich hilfesuchend nach Trixi und Roswitha um, doch die starren nur zum Schuppen, ohne sich zu regen.

»Was soll der Blödsinn? Ich will jetzt in den Caddyraum …«

»Bleiben Sie stehen!« Martha stellt sich ihm erneut in den Weg. »Da hinten …«

»Erlauben Sie mal, junge Frau, was ist das für ein Ton?«, unterbricht er sie aufgebracht. »Ich bin seit Jahren Mitglied in diesem Club, aber so etwas ist mir noch nie passiert.«

»Das geht nicht. Bitte bleiben Sie stehen bis die …«

»Was reden Sie da für einen Unsinn!« Wutschnaubend macht Dreyer einen Schritt auf das Caddyhaus zu, aber Martha stellt sich ihm erneut in den Weg.

»Stopp! Die Spuren dürfen nicht verwischt werden.«

In diesem Moment kommt Uwe Zwingel von der Driving Range und nähert sich gemächlich der Gruppe.

»Was gibt es denn?« Sein jovialer Ton beruhigt Dreyers Gemüt augenblicklich.

»Uwe, gut, dass du da bist. Diese Frau da, die redet wirres Zeug.«

Der Trainer verzieht das Gesicht. Schon wieder die Landeck. Hoffnungsloser Fall. Der erste gute Golfschlag ihres

Lebens – und schon ist er ihr zu Kopf gestiegen. Manche sollten es einfach sein lassen.

»Frau Landeck, nun machen Sie bitte Platz. Bei diesem herrlichen Sommerwetter …«

In diesem Moment fährt der Einsatzwagen mit Blaulicht über den Fußweg zum Caddyhaus.

Ein Blick hinter den Schuppen reicht Streuwald, um zu wissen, dass sie keinen Notarzt mehr zu rufen brauchen. Der Mann auf der Bank ist tot, und nicht erst seit ein paar Minuten. Ohne eine Gefühlsregung zu zeigen, mustert Streuwald das Gesicht des Mannes. Er ist mindestens vierzig, vielleicht sogar fünfzig Jahre alt. Seine groben Gesichtszüge sind bläulich verfärbt. Blut ist nicht zu sehen, aber die dunklen Flecken am Hals sprechen eine deutliche Sprache.

Streuwald dreht sich zu Borgfeld um und ruft: »Dieter, ruf in Hannover an. Das hier übersteigt unsere Zuständigkeit.«

6

Sonja Borgfeld öffnet die Tür des backsteinernen Reihenhauses in Burgdorf.

»Du?«

Überrascht mustert sie Felix. Die beiden sehen sich sonst nur selten. In der Pausenhalle des Gymnasiums, im Politikkurs oder bei den Treffen im Dorfkrug. Dort sitzt er stets in der letzten Reihe und sagt nichts. Trotzdem ist er mit seinen dunklen Locken nicht zu übersehen.

»Die haben schon ihre Fahne gehisst«, sagt Felix, außer Atem vom Sprint auf dem Fahrrad.

»Woher weißt du das?«

»Ich war draußen.« Felix lächelt Sonja stolz an. Mein Name ist Bond, Felix Bond. Er hatte getan, was getan werden musste. Seine Angst ist längst vergessen.

»Komm ins Haus«, murmelt Sonja. Ich habe gerade einen Tee gekocht.

Zufrieden hält Felix wenig später eine heiße Tasse Tee in der Hand, obwohl er lieber eine kalte Cola getrunken hätte. Immerhin steht er neben Sonja in der Küche, kann sie ansehen, mit ihr reden.

»Mit wem warst du da?« Sonja trinkt den grünen Tee in kleinen Schlucken

»Mit keinem.«

»Du warst da allein?« Beunruhigt flattern Sonjas Augen hin und her. »Wir haben gestern gesagt, dass niemand alleine zu denen gehen soll.«

Felix sieht sie überrascht an. »Wir haben aber auch gesagt, dass wir irgendwas unternehmen müssen, dass man nicht immer nur reden und lamentieren kann. Du vorneweg.«

Stimmt. Sie ist es gewesen, die alle angestachelt hat, endlich etwas zu tun. Seit zwei Monaten gibt es jeden Freitag im Nebenzimmer des Dorfkruges diese Treffen: Einziges Thema ist das ehemalige Landschulheim hinter dem Segelflughafen, das in ein Schulungszentrum für die Partei der »Aufrechten Deutschen« umgewandelt werden soll. Sonja selbst geht die Idee mit den Mahnwachen nicht weit genug, aber immerhin soll der Protestauflauf schon Sonntag losgehen.

»Hier.« Felix schaltet seine Digitalkamera an und hält sie

Sonja hin. »Überspiel das auf deinen Rechner, vielleicht können wir damit etwas anfangen.«

»Komm mit in mein Zimmer.«

Bücher stapeln sich in der einen Ecke von Sonjas Zimmer, getragene Anziehsachen in der anderen. An den Wänden hängen Fotomontagen mit Bildern ihrer Freundinnen, Werbezettel und alte Eintrittskarten. Das Bett ist nicht gemacht, der Papierkorb quillt über. Auf dem verstaubten Schreibtisch stapeln sich Hefte, CDs und DVDs. Sonjas Zimmer besticht wie immer durch Chaos. Alle Versuche ihrer Mutter, eine Ordnung herzustellen, sind in den letzten Jahren gescheitert. »Wer Ordnung hält, ist nur zu faul zum Suchen.« Mit solchen Antworten treibt Sonja ihre Mutter an den Rand des Wahnsinns. »Manches wächst sich von alleine aus«, ist deshalb seit Monaten die stumme Durchhalteparole von Maria Borgfeld.

Sonja drückt auf den Startknopf ihres Rechners und schiebt einen zweiten Stuhl vor den Schreibtisch.

»Das dauert noch einen Moment, der Computer braucht immer ewig.«

»Ich hab Zeit.« Felix sieht Sonja direkt in die Augen. »Sind ja Ferien.«

Sonja senkt verlegen den Blick und sucht in der Schreibtischschublade nach dem Überspielkabel, von dem sie genau weiß, dass es hinter dem Stapel alter Zeitungen liegt. Als die Röte in ihrem Gesicht verflogen ist, zieht sie es dort hervor.

»Da ist es.«

Sie hält das Kabel mit einer triumphierenden Geste hoch.

»Dann leg mal los.« Ihre Stimme strahlt wieder ihre gewohnte Selbstsicherheit aus.

Auf dem Monitor erscheint kurz darauf das erste Bild. Vor

dem Flachdachgebäude flattern zwei Reichskriegsfahnen mit schwarzem Kreuz, in der Mitte ein Kreis mit Reichsadler, in der linken oberen Ecke das Eiserne Kreuz auf schwarz-weiß-rotem Hintergrund. Das nächste Bild zeigt den Blonden mit der 18 auf dem Rücken. Er spritzt mit einem Hochdruckreiniger die offene Ladefläche eines dunkelgrünen Autos ab. Ein Klick und der Blonde steht mit einem anderen rauchend vor der Tür.

»Die haben die ganze Zeit miteinander geredet. Sah fast aus wie ein Streit.«

»Konntest du was verstehen?«

»Nein, so dicht habe ich mich nicht herangetraut.«

Nicht herangetraut. Schon als Felix die ersten Worte sagt, würde er sich am liebsten ohrfeigen.

»So gegen halb zehn kam dieser Wörstein heraus und sagte etwas zu denen. Sah aus wie ein Befehl. Plötzlich hatten sie es ganz eilig. Die beiden sprangen in den Wagen und fuhren davon.«

»Schade, dass du nicht mehr verstanden hast.« Ihr Mundwinkel zuckt enttäuscht. »Vielleicht wüssten wir dann, was die vorhaben.«

Felix zoomt den Jungen heran, der das Auto gewaschen hat. Die Ärmel seines Sweatshirts sind hochgeschoben, auf dem Unterarm kann man eine Tätowierung erkennen. Ein roter gerader Strich von ungefähr zehn Zentimetern Länge mit jeweils einem Haken oben und unten.

»Sieht aus wie ein Angelhaken«, murmelt Felix und betrachtet das Foto genauer. »Siehst du das?«

Sein Zeigefinger deutet auf das Gesicht des einen Jungen.

Sonja kommt dichter an den Monitor heran und ihre

Köpfe berühren sich fast. Beide sehen auf die breite Nase des etwa Gleichaltrigen, die von kräftigen Augenbrauen eingerahmt wird.

»Hier.« Sonjas Finger schnellt hervor und streift Felix' Arm. »Bei dem einen Schneidezahn fehlt die Ecke.«

Felix zuckt bei der Berührung zusammen. »An irgendwen erinnert der mich.« Er starrt auf den Monitor. »Wenn ich nur wüsste an wen.«

»Mir sagt das Gesicht nichts. Aber vielleicht wissen die anderen ja mehr. Wir bringen die Fotos mit den Fahnen ins Netz, dann werden wir ja sehen.« Sonja gießt Felix Tee nach. »Außerdem mobilisieren wir damit garantiert noch mehr.«

»Und wie stellst du dir das vor?«

»Was ist mit *facebook*?«

»Glaubst du ernsthaft, dass einer von denen zur Mahnwache kommt? Die hocken doch nur vorm Computer und chatten rum.«

»Täusch dich da nicht, Felix. Ali hat eine große Anhängerschar. Bei *farmville* ist er auf *level 32*. Er ist der erfolgreichste *farmer* unserer Schule.« Sonja geht auf den Flur und ruft: »Ali, komm mal. Wir brauchen dich.«

Nichts rührt sich.

»Ali«, schreit Sonja aus Leibeskräften.

Endlich öffnet sich in der oberen Etage eine Tür. Alexander Borgfeld, genannt Ali, steckt den Kopf heraus.

»Was ist? Will Papa was von mir oder ist Mama schon zurück?«

»Papa hat Dienst und ist früh aus dem Haus – und Mama sitzt bis heute Nachmittag bei Edeka an der Kasse.«

Die Tür fällt schon vor dem Ende des Satzes krachend ins

Schloss. Wie der Blitz schießt Sonja die Treppe zum Zimmer ihres Bruders hoch, immer zwei Stufen auf einmal nehmend. Mit einem Ruck reißt sie die Tür auf.

»Du musst uns mit dem Internet helfen. Wir haben da so eine Idee für *facebook*.«

»Sag das doch gleich.«

7

Eine Stunde später sind der Parkplatz und das Caddyhaus des Isernhagener Golfclubs nicht wiederzuerkennen. Überall stehen Polizeifahrzeuge. Rotweiße Flatterbänder sperren das Gelände großflächig ab. Borgfeld, Streuwald und die Kollegen aus Hannover haben alles routiniert gesichert. Die Leute von der Kriminaltechnik sind bereits eingetroffen und packen ihre Sachen aus. Borgfeld wundert sich über den Apparat, den einer vorsichtig vor dem Bauch trägt.

»Was ist das?«

»Unsere neueste Anschaffung. Nennt sich Spheronkamera. Teures Stück, wir behandeln sie wie ein rohes Ei.«

Stolz deutet Thomas Harms auf das Gerät, das Streuwald an die Flutlichtanlage eines modernen Fußballplatzes in Miniaturform erinnert.

»Und wozu ist die gut?«

»Während der Aufnahme dreht sich die Kamera um 360°. Jedes kleine Detail wird aus unterschiedlichen Blickwinkeln erfasst, ohne dass dabei eine Spur verloren geht. Am Computer bauen wir aus Tausenden von Bildern anschließend den Tatort virtuell nach.«

»Dann kann ja nichts mehr schief gehen.« Borgfeld mustert die Kamera misstrauisch. Virtueller Tatort! Die kommen auf immer neue Sachen in Hannover. Er dreht sich achselzuckend um. Sollen sie doch. Ein Anflug von Trotz macht sich in ihm breit. Er bleibt bei den alten Methoden und lässt den Platz auf sich selbst wirken, versucht ihn mit allen Sinnen zu erfassen. Manchmal spricht ein Tatort, hat ihm Hauptkommissar Max Beckmann bei der Untersuchung ihres letzten Falles erklärt, als eine Tote hinter dem Isernhagenhof gefunden wurde.

Borgfeld sieht sich um. Der Platz zwischen Schuppen, Geräteunterstand und Buschwerk wirkt freundlich, ausladende Äste werfen Schatten auf den Rasen. Vögel zwitschern, Amseln, vielleicht auch Spatzen. Borgfelds Blick wandert zur Bank. Der Tote trägt eine gepolsterte Lederjacke, Jeans und Cowboystiefel. Ziemlich warme Sachen für die heißesten Tage dieses Sommers. Eigentlich sogar ungewöhnlich warme Kleidung für dieses Wetter. Borgfeld wartet darauf, dass ihm etwas auffällt, dass er eine Schwingung wahrnimmt. Nichts. Er schließt die Augen, konzentriert sich und startet den zweiten Versuch. Wieder spricht nichts zu ihm. Vielleicht ist die Sache mit der Kamera doch gar nicht so schlecht.

Plötzlich tippt ihm jemand auf die Schulter.

»Gestatten: Goldmann, ich bin der Präsident dieses Golfclubs.«

Die näselnde Stimme lässt Borgfeld zusammenzucken. Er dreht sich um und sieht in ein fleischiges Gesicht mit grauer Haartolle.

»Kommissar Borgfeld, Polizeiinspektion Burgdorf. Wir ermitteln in einem Todesfall.«

»Todesfall? Bei uns?« Die Mundwinkel des grauhaarigen Mannes sinken herab.

»Genau. Hinter dem Schuppen liegt ein Mann. Vermutlich handelt es sich um Mord. Unser Rechtsmediziner kommt gleich, dann wissen wir mehr.«

»Mord?«, echot Goldmann und seine Augen wandern unruhig hin und her.

»Sieht so aus, aber Doktor Schmidt wird Genaueres dazu sagen können, wenn er sich den Toten angeschaut hat.«

»Wissen Sie schon, wer … es ist?«

Borgfeld schüttelt den Kopf und wundert sich über die blauen Kniestrümpfe des Mannes. »So weit sind wir noch nicht.«

»Kann ich ihn mir ansehen? Vielleicht ist es ein …«, Goldmanns Mund zuckt nervös, »ein Clubmitglied.«

»Ich darf niemanden näher heranlassen, bis alle verwertbaren Spuren gesichert sind. Dafür haben Sie bitte Verständnis.« Borgfeld holt sein Notizbuch heraus.

»Ich notiere mir schon einmal Ihren Namen. Goltmer, sagten Sie?«

»Nein, Goldmann, Georg Goldmann, wenn Sie mich brauchen, dann …«

Weiter kommt er nicht, denn in diesem Moment wird Borgfeld von dem Kollegen der Spurensicherung gerufen.

»Kommen Sie, das müssen Sie sich ansehen.«

8

Max Beckmann holt die Milchtüte aus dem Kühlschrank. In der Doppeltür des amerikanischen Modells spiegeln sich die offene Küche und der Wohnraum. Im kühlen blauen Licht des verchromten Edelstahls verdoppelt sich das lang gestreckte Zimmer. Manchmal glaubt Beckmann, sich in dem großen Raum zu verlieren. Auch die Kochinsel und die breite Sitzlandschaft, die der Vormieter ihm gegen ein geringes Entgelt überlassen hat, ändern nichts daran, im Gegenteil, sie betonen seine Einsamkeit noch. Seine Gesichtszüge verhärten. Er hat die Freiheit gewollt, jetzt hat er die Freiheit, einsam zu sein. Selbst Schuld.

Unschlüssig greift Beckmann zum Handy, dreht es hin und her. Ein Fingerdruck und die Wahlwiederholung baut die Verbindung auf. Es klingelt dreimal, bevor es in der Leitung knackt. Erneut meldet sich Marthas Mailbox.

Beckmann wärmt mit dem heißen Wasser seiner Espressomaschine die Cappuccinotasse vor, während die elektrische Kaffeemühle die Bohnen mahlt. Er schäumt die Milch auf und drückt den Kaffee in den Siebträger. Als der Sud endlich in die Tasse tropft, steigt der Geruch von Espresso in seine Nase. Martha hat es geliebt, wenn er ihr morgens den Kaffee ans Bett gebracht hat und der Duft ihm ein paar Meter vorauseilte. Martha. Er seufzt und setzt sich mit seiner Tasse in den abgewetzten Ledersessel, der vor dem Fenster steht. Wieder einmal hat er es vermasselt.

Kaum hat er ausgetrunken, startet er einen neuen Versuch mit dem Telefon. Es geht immerhin auf neun zu, so lange schläft Martha sonst nie. Wieder nichts. Vielleicht lässt sie das Telefon einfach klingeln und nimmt nicht ab, weil sein Name auf dem Display erscheint. Oder sie ist nicht allein.

Beckmann starrt aus dem Fenster und beobachtet die auf dem Fußweg vorbei eilenden Menschen. Eine tiefe Traurigkeit überfällt ihn. Nicht das erste Mal in den letzten Tagen.

Er seufzt. Es hilft alles nichts. Langsam muss er den Tatsachen ins Gesicht sehen, dass Martha nichts mehr von ihm wissen will. Sie hat ihn aussortiert wie den abgetragenen Schuh vom letzten Sommer.

Beckmann geht zu seiner Musikanlage und bedient die Starttaste. *Element of Crime.* Er dreht die Lautstärke auf. *Richtig schön war's nur mit dir.* Nein, das braucht er jetzt nicht. Ein Druck auf die Stopptaste und Sven Regener schweigt.

Beckmann hasst diese einsamen Wochenenden. Früher galten die freien Tage als der Höhepunkt der Woche. Er liebte es, die Zeit mit seinem Sohn zu verbringen, Hand in Hand mit Christopher durch den Zoo zu schlendern, seinem Geplapper zu lauschen und den kindlichen Gedankengängen zu folgen. Nach der Trennung von seiner Frau Miriam hat er ihn regelmäßig besucht. Doch dann ist sie mit Christopher nach München gezogen. Seitdem ist es vorbei mit diesen spontanen Ausflügen. Zuletzt hat er seinen Sohn vor einem halben Jahr gesehen. Der Kleine nennt den Neuen seiner Ex jetzt Paps. Das hat Beckmann mehr getroffen, als er zugibt. Hat er sich deshalb entschlossen, den Jungen nicht weiter mit seinen Besuchen zu verwirren?

In stillen Stunden stellt er diesen Entschluss jedoch genauso in Frage wie vieles andere. Wie kann es angehen, dass jemand die vierzig überschritten und immer noch keine Linie für sein Leben gefunden hat? Darüber wundert er sich nicht zum ersten Mal. Im Gegenteil. Die Abstände werden immer kürzer. Liegt es an seinem Beruf? Die Scheidungsrate bei Polizisten soll besonders hoch sein, genau wie die Selbstmordrate. Vielleicht hätte er einen anderen beruflichen Weg einschlagen sollen. Sein Kunstlehrer hat ihn in der Oberstufe immer aufgezogen: Junge, mit diesem Namen solltest du Maler werden. Nomen est Omen. Von wegen. Mit künstlerischer Kreativität ist es bei ihm nie weit her gewesen. Quer und anders zu denken, Dinge, die scheinbar nicht zusammen gehören, in Verbindung zu bringen, sie wie ein Puzzle miteinander zu verknüpfen, dazu hat er Talent. Er ist ein neugieriger Mensch, ein hartnäckiger Schnüffler. Penetrant verfolgt er aufgenommene Spuren. Er ist gerne Ermittler – das wird ihm immer klarer, je älter er wird. Die Arbeit gibt seinem Leben einen Sinn. Arbeit als Sinn des Lebens. So weit ist es schon mit ihm gekommen. Sein Vater, Arbeiter in einer Gummifabrik, hat immer gesagt: Ich arbeite, um zu leben. Bei ihm ist es umgekehrt. Er lebt, um zu arbeiten. Sei's drum. Dann stürzt er sich eben in diese Arbeit. Davon hat er schließlich genug. Beckmann zieht den USB-Stick aus seiner Jackentasche. Darauf sind ein paar Dateien und heruntergeladene Seiten aus dem Internet, die er schon längst bearbeitet haben wollte. Doch gestern hatte ihm die Hitze die letzten klaren Gedanken aus dem Gehirn getrieben – oder besser gesagt, sein Kollege. Frank Rischmüller, mit dem er sich das Zimmer im Landeskriminalamt teilt, pries den ganzen Nachmittag über Hannovers Maschseefest in den höchsten Tönen an.

»Der erste Abend ist immer der Beste«, hatte er nicht nur

einmal behauptet und Beckmann schließlich zum Mitkommen überredet.

Neben der Bühne des NDR am Nordufer tranken Rischmüller und er das erste Bier. Die Musik schallte zu ihnen herüber und sie waren froh, als die wild herumhüpfende Sängerin einer Nachwuchsband endlich Pause machte.

»Was für eine Hitze. Ich hol uns noch ein Becks«, bot Rischmüller an. Nach der dritten Flasche an einem ruhiger gelegenen Bierstand gestand Rischmüller ihm, dass er den ganzen Haufen beim Landeskriminalamt seltsam findet.

»Die hätten unendliche Möglichkeiten und machen nichts draus.«

»Wie meinst du das?«

»Ach nur so.« Rischmüller warf ihm einen verschwörerischen Blick zu und strich sich mit einer langsamen, fast lasziven Bewegung die dunkelbraune Haarsträhne zurück, die ihm im nächsten Moment wieder vor die Augen fiel.

Mit jedem Bier, das dem ersten folgte, wurde das Treiben rund um den See lauter und ihr Gespräch offener. Es stieg an, schwoll ab, war ruhig und dann wieder unvermutet ernst. Die dröhnende Musik störte Beckmann zu diesem Zeitpunkt schon längst nicht mehr.

»Willst du kriminelle Machenschaften im Netz aufdecken, musst du den Gegnern eine Nasenlänge voraus sein – besser zwei«, philosophierte Rischmüller.

»Und was sagt der Datenschutz dazu?«, entgegnete Beckmann.

»Datenschutz?« Rischmüller kräuselte die Lippen, strich die widerspenstige Haarsträhne zurück und zuckte mit den Schultern. »Manchmal eröffnen sich interessante Perspektiven, wenn man sich Zutritt zu fremden Systemen …«, er zögerte einen Moment, »… auf die eine oder andere nicht ganz legale Art verschafft. Außerhalb der Dienstzeit – versteht sich.«

9

Borgfeld atmet erleichtert auf, als Doktor Schmidt im Golfclub eintrifft. Der Rechtsmediziner trägt einen dezenten grauen Anzug, darunter ein altrosa Polohemd, das seinen sommerlich braunen Teint unterstreicht.

»Müsst ihr mich immer samstags rufen«, schnarrt er und verzieht das Gesicht. Gute Laune hört sich anders an. Schmidt wirft einen Blick auf seine goldene Armbanduhr. 9 Uhr 22. Um elf Uhr ist er mit Ina von Lauenstein verabredet. Ihr Name hört sich viel versprechend an, ihre Stimme am Telefon ebenfalls. Sie ist Eventmanagerin. Auch das klingt interessant. Vielleicht ist die Partnersuche mit einem Institut im Internet doch effektiver als seine eigenen Versuche mit Kontaktanzeigen in der Zeitung.

»Packen wir es an.« Während Schmidt sich seine Plastikhandschuhe überstreift, mustert er den Toten. Die Augen stehen hervor. Sieht aus, als wenn er stranguliert worden wäre. Das verfärbte, aufgedunsene Gesicht würde dazu passen, genau wie die blauroten Druckstellen am Hals. Klare Sache. Tod durch Erwürgen. Das sollte schnell gehen. Wenn er sich beeilt, schafft er es bis elf pünktlich zum Kröpcke.

»Wann ist der Tote gefunden worden?«

»Um kurz vor halb neun. Eine Golfschülerin hat ihn mehr oder weniger zufällig entdeckt.«

Schmidt beugt sich über den Leichnam und öffnet den Reißverschluss der Lederjacke. In der Innentasche steckt eine Brieftasche. Vorsichtig holt er sie heraus und reicht sie Borgfeld.

»Hier, ziehen Sie sich aber vorher Handschuhe an. Sie haben doch welche mit?«

Borgfeld hebt seine rechte Augenbraue. Mehr nicht. Schmidt ist Schmidt. Wenn er seinen guten Tag hat, ist er die reinste Quasselbude, wenn nicht, geht man besser in Deckung.

Während Schmidt den Toten untersucht, studiert Borgfeld den Ausweis.

»Henry Broderich, 42 Jahre, wohnhaft in Burgwedel.« Er sieht Streuwald an. »Kennst du den?«

Sein Kollege zuckt mit den Schultern.

»Vom Fußball jedenfalls nicht, obwohl der früher bestimmt die richtige Figur dafür gehabt hätte.«

Borgfeld fischt den Führerschein aus einem der Seitenfächer der Brieftasche. Fahrerlaubnis für Klasse eins und drei. Passt zur Motorradjacke und den Stiefeln. Im nächsten Fach findet er den Zulassungsschein für ein Motorrad.

»BMW K 1200 S Baujahr 2006«, liest Borgfeld laut vor.

»Das muss eins der ersten Modelle mit dem neuen wassergekühlten Vierzylinder-Reihenmotor sein«, meldet sich Harms von der Kriminaltechnik zu Wort, der gerade die Spheronkamera abbaut. »Der Motor wurde in dieser Reihe mit querliegender Kurbelwelle eingebaut und die Zylinderbank ist extrem weit nach vorne geneigt. Das Triebwerk mit zwei obenliegenden Nockenwellen und vier Ventilen pro Zylinder, elektronischer Einspritzung und geregeltem Drei-Wege-Katalysator ...«

»Ist gut«, unterbricht Borgfeld ihn.

»Das Besondere an diesem Modell ist, dass das Hinterrad von einer Aluminiumguss-Einarmschwinge mit Paralever geführt wird, das Vorderrad ...«

»Kollege Harms, wenn wir in technischen Angelegenheiten noch Fragen haben, werden wir uns sofort an dich wenden.«

»Könnt ihr wirklich gerne machen. Mit den Tatortaufnahmen bin ich fertig.«

Harms ist schon um die Ecke verschwunden, als Borgfeld eine Bewirtungsrechnung vom Tag zuvor aus der Brieftasche zieht. Grillteller und Bier, 44 Euro für zwei Personen. Er packt die Rechnung in eine Plastikhülle.

»Mit wem er wohl im Dorfkrug essen war?«

Bevor Streuwald etwas erwidern kann, winkt Schmidt die beiden zu sich.

»Hier, meine Herren, das ist ja mal was Interessantes. Schauen Sie.« Er zeigt auf den Toten und deutet auf dessen Mund. Dort, wo sonst eigentlich das Zäpfchen zu sehen ist, sitzt etwas Weißes. Etwas Weißes mit gleichmäßigen Dellen.

»Was ist das?« Borgfeld dreht sich angeekelt um.

»Ist doch eindeutig – ein Golfball.« Streuwald beugt sich noch weiter vor. »In der Mitte ist was aufgedruckt. Rot, gelb, grün, darüber gekreuzte Golfschläger.«

»Sehr gut gesehen«, lobt Schmidt und greift mit den Fingern in den Rachen. Der erste Versuch, den Ball herauszuziehen, scheitert. Der zweite und dritte auch.

»Das Ding steckt fest. Den hat jemand mit verdammt viel

Kraft da reingedrückt.« Schmidt dreht sich zu den beiden Polizisten um. »Sie können ihn jetzt zu mir ins Institut bringen lassen. Dort kümmere ich mich um die Details – und um den Golfball.«

»Eine Sache noch.« Borgfeld runzelt nachdenklich die Stirn. »Die Kriminaltechniker haben mich vorhin gerufen. Sie haben vor der Bank Schleifspuren entdeckt. Ist der Mann nun hier getötet worden oder hat man ihn erst später hergeschleppt?«

Statt zu antworten, zieht Schmidt sich die weißen Plastikhandschuhe aus und reicht sie dem verdatterten Borgfeld.

»Exakte Aussagen sind zu diesem Zeitpunkt nicht möglich. Das wissen Sie doch. Der Mann hat Dreck an den Hosenbeinen. Den muss man untersuchen. Ich lasse die Kleidung ins Labor schicken. Er könnte hier getötet worden sein oder auch nicht. Fifty, fifty.« Ein bellendes Lachen folgt. »Fest steht zumindest, dass er ermordet wurde. Die Druckstellen am Hals sind eindeutig und der Golfball im Rachen spricht Bände.«

Schmidt wirft einen Blick auf seine Uhr. Er sollte sich sputen, sonst schafft er es nicht mehr pünktlich bis in die Innenstadt.

»Der Todeszeitpunkt …«, Schmidt zögert kurz, »damit will und kann ich mich nicht festlegen.«

Während er redet, fingert er einen schwarzen Kamm aus der Innentasche seiner Anzugjacke und zieht seinen Seitenscheitel nach.

»Gehen Sie davon aus, dass der Mann seit mindestens acht Stunden tot ist, eher mehr.« Er steckt den Kamm wieder ein. »Genaueres später.«

»Wann?« Borgfeld packt die benutzten Handschuhe von der linken in die rechte Hand und sucht mit den Augen nach einem Mülleimer.

»Schau'n wir mal. Ich habe jetzt einen wirklich dringenden Termin, danach mache ich mich sofort an die Untersuchung. Versprochen.«

10

Georg Goldmann ist neben den akkurat geschnittenen Buchsbaumkugeln vor dem Clubhaus stehen geblieben. Mit ernstem Gesicht verfolgt er das Geschehen jenseits der rotweißen Flatterbänder. Polizisten in Uniformen machen Notizen und fotografieren, Männer in weißen Overalls kriechen um das Gebüsch herum und untersuchen jeden Grashalm.

»Hallo, Sie da.« Borgfeld winkt Goldmann zu sich heran. »Sie können jetzt einen Blick auf den Toten werfen, bevor er weggebracht wird.«

Goldmann duckt sich mit steifem Rücken unter dem Absperrband durch und folgt Borgfeld zu der Leiche, die versteckt hinter den Leuten von der Spurensicherung liegt. Als die Kollegen in den hellen Schutzanzügen zur Seite treten, geben sie den Blick auf die Bank frei. Sie ist leer. Goldmanns Blick wandert tiefer. Auf dem Boden liegt eine dunkle Plastikfolie, darauf der Leichnam, bedeckt mit einem weißen Tuch. Nur der Kopf und die nackten Füße schauen an den Stoffenden hervor.

Goldmann tritt näher heran. Er mustert das aufgedunsene

Gesicht des Toten und wird eine Spur blasser. Diese Reaktion entgeht Borgfeld nicht.

»Kennen Sie ihn?«

Goldmann starrt den Toten an, ohne ein Wort zu sagen.

»Ist er Mitglied in Ihrem Verein?«

»Gott bewahre«, entfährt es Goldmann.

»Aber Sie kennen ihn?«

»Flüchtig.«

»Wer ist es?«

»… Henry Broderich.« Goldmanns Stimme klingt verhalten.

»Was wissen Sie über ihn?« Borgfeld lässt Goldmann nicht aus den Augen. Weder das Händezittern entgeht ihm, noch die plötzlichen roten Flecken, die auf Goldmanns Wangen blühen wie Mittagsblumen in der Sonne.

»Broderich ist Journalist. Er …« Neuerliches Zögern auf Goldmanns Seite, noch mehr Flecken auf der Wange. Dann folgt minutenlanges Schweigen.

»Woher kannten Sie ihn?«

Goldmann starrt auf den Boden und rührt sich nicht.

»Herr Goldmann, bitte, ich habe Sie was gefragt.«

Borgfelds Worte scheinen nicht zu Goldmann durchzudringen. Kein Muskel bewegt sich in seinem Gesicht, nicht einmal die fleischigen Hängebacken verziehen sich.

»Noch einmal: Woher kannten Sie Henry Broderich?«

Borgfelds Stimme wechselt von freundlich zu bestimmt. Er würde diesen Mann am liebsten schütteln, um eine Antwort zu bekommen. Der weiß mehr, als er zugibt, so viel steht für ihn fest.

Als wenn Goldmann Borgfelds Gedanken gehört hätte,

hebt er endlich den Kopf und murmelt: »Er hat mich interviewt.«

»Das ist doch ein Anfang.« Borgfelds Körper spannt sich. Ein Interview kann eine sehr persönliche Angelegenheit sein. Zwei Menschen sitzen zusammen und reden. Einer stellt Fragen, der andere antwortet. Dabei bekommt man nicht nur einen Eindruck von dem anderen, man erfährt auch etwas über ihn. Aber deshalb bringt man den anderen nicht gleich um.

Als wenn dieser Gedanke eine Tür in seinem Kopf aufstoßen würde, erinnert Borgfeld sich plötzlich an etwas. Im letzten Monat hat sein Vetter Gerrit auf der Geburtstagsfeier seiner Mutter etwas vom Golfclub erzählt. Was ist das bloß gewesen?

Es hatte etwas mit Grundstücken zu tun. Das weiß er genau – und mit der Erweiterung des Golfplatzes um irgendwelche Löcher.

»Die wollen mehr Löcher ... was auch immer das heißt«, hatte Gerrit gesagt. Dann hatte er noch davon geredet, dass es deshalb Stunk im Gemeinderat gibt. Großen Stunk. Weiter war Gerrit jedoch nicht gekommen, dann hatte seine Mutter alle zur Kaffeetafel gerufen.

Stunk im Gemeinderat. Was Gerrit wohl damit gemeint hat? Borgfeld weiß, dass es bei der Genehmigung des Golfclubs vor etlichen Jahren Ärger gegeben hat. Vielleicht hing das Interview damit zusammen. Er sollte Gerrit anrufen, der würde ihm alles haarklein erzählen, schließlich sitzt er als Hausmeister im Rathaus direkt an der Quelle.

Genauso plötzlich wie sich Borgfeld an das Gespräch mit Gerrit erinnert hat, ist er sich plötzlich sicher, dass Goldmann mehr über Broderich weiß, als er zugibt. Borgfeld kann nicht sagen warum, er hat nur so ein Gefühl – aber für jemanden, dessen Leidenschaft das Führen von Listen und Tabellen ist, sind solche Gefühlsanwandlungen selten. Gerade deshalb nimmt er sie ernst. Besser, er führt dieses Gespräch nicht allein. Borgfeld macht Streuwald mit den Augen Zeichen, dass er kommen soll. Sein Kollege erwidert das Augenzwinkern, mehr nicht. Möglichst unauffällig bewegt Borgfeld daraufhin seinen rechten Zeigefinger und winkt Streuwald zu sich heran. Der nimmt zwar die Handbewegung seines Kollegen wahr, rührt sich aber trotzdem keinen Zentimeter von der Stelle.

»Er hat Sie also interviewt«, brummt Borgfeld und flucht innerlich: Herr Gott, wann begreift Streuwald endlich, dass er seinen Arsch in Bewegung setzen soll?

»Sagte ich doch schon.« Goldmann wirft Borgfeld einen genervten Blick zu.

»Und worum ging es in diesem Interview?« Borgfeld winkt noch heftiger nach Streuwald. Der versteht endlich und kommt zu ihnen herüber. Schleicht herüber. Mein Gott, flucht Borgfeld. Beim Gehen könnte man dem glatt die Schuhe besohlen.

»Das ist übrigens mein Kollege, Kommissar Streuwald«, stellt Borgfeld ihn vor, als er endlich neben ihnen steht. »Und das ist Herr Goldmann, der Präsident dieses Vereins. Herr Goldmann, können Sie noch einmal wiederholen, was Sie mir gerade erzählt haben?«

Goldmann kneift die Augen zusammen, sagt aber keinen Ton.

»Herr Goldmann, Sie sagten, dass Sie den Toten kennen

und von ihm interviewt wurden. Was sagten Sie, war das Thema des Interviews?«

»Ich habe gar nichts gesagt.«

»Und was war dann das Thema?«, hakt Borgfeld ungeduldig nach.

»Es gab viele Fragen, über die wir gesprochen haben.«

»Können Sie uns das ein bisschen genauer sagen?«

»Wir sprachen über Neuwarmbüchen, über Isernhagen, über den Gemeinderat, den Golfplatz, Golf überhaupt.« Goldmann wirkt angespannt, die Mittagsblumen auf seinem Gesicht sind wieder zur Stelle.

»Gemeinderat, Golf überhaupt.« Borgfeld zieht zweifelnd die Augenbrauen hoch. »Sind Sie sicher, dass Sie nur so ganz allgemein mit Herrn Broderich gesprochen haben?«

»Ja, ganz allgemein.«

»Nichts Spezielles?«

»Nein, nichts Spezielles.«

»Sicher?«

»Ja, sicher.« Goldmann überlegt, dann setzt er hinzu: »Eins der Themen war die Golfplatzerweiterung. Aber das ist ja nun wirklich nichts Spezielles.«

Das ist das Stichwort, auf das Borgfeld gewartet hat, wie der Skatspieler auf das Re zum Contra.

»Gab es wegen dieser Erweiterung nicht …«, seine Augen blinzeln ungewohnt kämpferisch, »… Ärger?«

»Ärger – wie sich das anhört«, empört sich Goldmann.

»Sagen wir, die Erweiterung des Golfplatzes ist umstritten.« *Stunk im Gemeinderat.* Gerrit weiß bei solchen Sachen mehr, als in der Zeitung steht, da ist sich Borgfeld sicher.

Goldmanns Augen verengen sich. »Umstritten stimmt

nicht.« Er blinzelt Borgfeld böse an und setzt vehement hinzu: »Überhaupt nicht.«

»Aber nicht alle sind von der geplanten Erweiterung des Golfplatzes begeistert.« Borgfeld zwinkert Streuwald zu. Ein Ausdruck des Triumphes liegt jetzt auf seinem Gesicht. »Stimmt's?«

»Irgendwelche Querulanten gibt es immer.«

»Wie meinen Sie das?«, schaltet sich Streuwald ein.

Überrascht dreht sich Goldmann zu ihm um, wie zu der Stimme aus dem Off.

»Wenn man etwas tut, gibt es immer jemanden, dem das nicht passt. Ein Landwirt hier, ein Anwohner da. Der eine gönnt dem anderen den Verkauf des Ackers nicht und der Nächste wiederum hat Angst, dass mehr Autos als vorher an seinem Haus vorbeifahren könnten.« Goldmann knetet nervös seine Finger. »Heute gibt es immer irgendeinen, der gegen etwas ist. Gucken Sie in die Zeitung, die ist jeden Tag voll davon. Ob beim Stuttgarter Bahnhof, dem Tierversuchslabor in Kirchrode oder unserem Golfplatz. Manche Leute sind gegen alles, was sich vor der eigenen Haustür abspielt.«

»Für welche Zeitung hat Broderich eigentlich das Interview gemacht? Für den *Hannoverschen Anzeiger* oder für den *Marktspiegel*?«, übergeht Streuwald Goldmanns Allgemeinplätze.

»Das Interview war für ein Onlineforum. Broderich betreibt einige solcher Foren. *Burgdorf-online*, *Isernhagen-online*. Für jeden Ort ein eigenes. Er gestaltet die Seiten, stellt Themen vor, sammelt Beiträge, moderiert und kommentiert.«

»Wann war das mit dem Interview genau?«, nimmt Borgfeld den Ball wieder auf.

Goldmann dreht den Kopf wieder zu Borgfeld.

»Das erste vor einem halben Jahr, das zweite vor einem Monat«, er zögert kurz, »und das dritte letzte Woche.«

11

Beckmann fährt seinen Laptop hoch, lädt die Daten vom Stick herunter und ruft sie auf. Auf dem Bildschirm flattert die Liste der Webadressen auf, die er sich ansehen will. Seit er beim *Polizeilichen Staatsschutz* arbeitet, verbringt er viel Zeit damit, Internetseiten zu durchforsten, die im Zusammenhang mit der rechten Szene in Niedersachsen stehen. Sein besonderes Augenmerk gilt Freiherrn zu Wörstein, der vor einigen Jahren die Gruppe »Aufrechte Deutsche« gegründet hat. Für das Internet hat er eine besondere Vorliebe. Ob *facebook*, *SchülerVZ* oder *youtube*: Wörstein nutzt die neuen Medien.

Bevor die von der Polizeigewerkschaft geforderten Cyber-Cops tatsächlich zum Einsatz kommen und es einen Internetminister gibt, hat das Innenministerium in Hannover vor zwei Monaten eine Arbeitsgruppe gebildet, bestehend aus Frank Rischmüller und Max Beckmann.

»Das Internet ist der größte Tatort der Welt – also gucken Sie mal, was da so los ist, die Presse stichelt schon, dass wir die Zeit verschlafen«, hatte der Staatssekretär ihm mit auf den Weg gegeben.

Beckmann tippt *Wir für Niedersachsen* in die Suchmaschine. 18 426 Einträge liegen vor.

Eine Stunde später ist er schlauer. Der Internetauftritt der Gruppe *Wir für Niedersachsen* hat auf den ersten Blick nichts mit den ihm bekannten Seiten aus der rechten Szene zu tun. Alles wirkt sehr korrekt, fast bieder, wie auf einer Plattform für Heimatverbundene. Beckmann scrollt weiter auf der Suche nach dem Impressum. Endlich findet er es: FzW. Freiherr zu Wörstein. Also doch. Wo dieser Name auftaucht, ist man mitten in der rechten Szene. Erst letzte Woche hat Beckmann ihn im Regionalfernsehen gesehen. Wörstein stellte in dem Interview klar, dass er nicht im Geringsten daran denke, den Kaufvertrag für den alten Gebäudekomplex rückgängig zu machen, den er für einen Mandanten mit der Region Hannover abgeschlossen hat.

»Wir haben einen rechtsgültigen Vertrag und es besteht von uns aus kein Handlungsbedarf, geschweige denn ein Grund, vom Vertrag zurückzutreten.«

Wörstein, wie immer im grauen Zweireiher, groß, schlank, blond, hatte bei diesen Worten arrogant in die Kamera gegrinst. Seine spitze Nase wurde dabei noch spitzer, sein Mund öffnete sich leicht und gab ein kräftiges Gebiss frei. Beckmann juckte es beim Anblick dieser selbstherrlichen Visage in den Fingern. Als Anwalt hat Wörstein sich mit seinen knapp 45 Jahren den Ruf als »bester Prozessverschlepper Niedersachsens« erworben. Jeder Richter bekommt Magendrücken, wenn er es mit dem Freiherrn zu tun hat. Geschickt vermeidet Wörstein fremdenfeindliche Ausdrücke. Das überlässt er anderen, vornehmlich Jüngeren, um deren Rekrutierung er sich intensiv bemüht. Deshalb lässt er vor den Schulen CDs verteilen, kann man auf den Seiten seiner Partei kostenlos Musik herunterladen – und genau deshalb braucht er ein Schulungs- und Veranstaltungszentrum.

Beckmann liest noch einmal die Einträge, die ein Loblied

auf die Kameradschaft singen. Gewalttaten aus der linken autonomen Szene werden angeprangert, fehlende Chancen für junge Deutsche beklagt. Kein Hinweis auf die »Aufrechten Deutschen«. Geschickt gemacht.

Im Impressum entdeckt Beckmann eine Abkürzung. HB. Er gibt die Buchstaben als Suchbegriff ein und landet bei Autokennzeichen, dem HB-Männchen und dem Hofbräuhaus in München. Er erweitert die Suche mit dem Begriff Werbung. Die genannten Agenturen sagen ihm nichts. Er ergänzt das Wort *Internet.* Zahlreiche Internetforen von kleinen Städten und Gemeinden werden angezeigt. HB. Henry Broderich. Darauf muss er am Montag Rischmüller ansetzen. Vielleicht findet der etwas heraus.

12

Der Golfclub Isernhagen liegt eingebettet in die weitläufigen Ländereien des ehemaligen Ritterguts Lohne. Von der Rückseite betrachtet, wirkt das Clubhaus wie ein einladender Landsitz. Im Winter geben große Panoramafenster den Blick auf die 18. Bahn frei, im Sommer laden bequeme Korbmöbel zum Verweilen auf der Terrasse ein.

Martha, Trixi und Roswitha haben nach dem ersten Schrecken dort Platz genommen. Schweigend warten sie im Schatten der Markise darauf, ihre Aussagen machen zu können. Eine Kellnerin mit knöchellanger schwarzer Schürze verteilt Speisekarten auf den Tischen.

»Guten Morgen, die Damen. Haben Sie den Schreck verdaut?«

Ein träger Wimpernschlag ist Marthas Antwort. Trixi versucht sich in einem müden Lächeln.

»Wie man's nimmt«, ächzt Roswitha.

Martha reicht der Kellnerin einen Zettel, auf dem sie die Bestellung – drei Cappuccino – und den Namen Landeck mit Bleistift notiert hat.

»Kommt gleich.« Die junge Frau steckt die Bestellung in die Schürzentasche und geht weiter zu dem einzigen Tisch, der außerdem noch belegt ist, und verteilt auch dort die Speisekarten.

»Darf es noch etwas sein?«

Professor Dreyer schüttelt den Kopf und nippt wortlos an seinem Mineralwasser. Er hebt den Kopf und blickt in Marthas Richtung. Dann quält er sich ein Lächeln ab »Tut mir leid, dass ich vorhin etwas barsch war«, bemüht er sich um einen versöhnlichen Ton. »Sie hätten aber auch etwas eher sagen können, dass dort ein Toter liegt. Wer soll denn so etwas wissen?«

»Ist schon gut«, erwidert Martha. Sie fühlt sich leer und ausgepumpt. Das Bild des Toten hat sich auf ihrer Netzhaut eingebrannt und immer wieder kreisen Fragen in ihrem Kopf herum. Warum sitzt ein Toter auf der Bank hinter dem Caddyhaus? Ein tiefer Seufzer entweicht ihr. Das geht sie nichts an.

Die Polizei ist da und wird sich darum kümmern. Es ist die Sache von Streuwald, Borgfeld und Kollegen, Antworten auf diese Frage zu finden. Nein, verspricht sie sich, sie wird sich nicht wieder in Mordermittlungen der Polizei einmischen. Nie wieder. Das ist deren Job. Sie berichtet nur in der Zeitung darüber und ansonsten versucht sie, Ruhe in ihr

Leben zu bekommen, das seit Jahren aus den Fugen geraten zu sein scheint.

Martha lässt ihren Blick schweifen. Nicht nur auf der Terrasse, auch auf dem Golfplatz ist im Gegensatz zu sonst alles ruhig. Kein Mensch ist auf den Bahnen zu sehen. Die Fahne von Loch achtzehn hängt schlaff herunter. Der gepflegte Rasen des Grüns strahlt im Licht der Sonne; rechts, am Rand des Fairways gibt es bereits die ersten trockenen Stellen. Die gelassene Ruhe des Golfplatzes ist genau das, was sie braucht, um wieder zur Tagesordnung übergehen zu können.

Roswitha folgt Marthas Kopfbewegung.

»Totentanz auf dem Platz«, wispert sie ihr über den Tisch hinweg zu.

Entsetzt sehen sich Trixi und Martha an. Keine kann über Roswithas Kommentar lachen. Im Gegenteil, der Satz schwebt wie eine Drohung über ihren Köpfen und lähmt jede Bewegung. Martha hat nicht einmal die Kraft, ihren Cappuccino zu trinken. Gedankenverloren fixiert sie den zusammensinkenden Milchschaum, als Trixi endlich das Schweigen bricht.

»Diese Augen … so … weit aufgerissen und …« Trixis Oberkörper bebt und sie fängt hemmungslos an zu weinen. »Wenn mein Bag nicht umgefallen wäre …«

Sie schluchzt erneut. »Die Bälle rollten überall hin. Bis vor seine Füße.«

»Ob du die je wiederbekommst?«

Schlagartig gewinnt Trixi ihre Fassung zurück und sieht Roswitha entgeistert an.

»Wie bist du denn drauf?«

»Wieso?« Roswitha schiebt sich die Haarsträhne hinters

Ohr. »Man kann doch mal fragen. Schließlich waren die nagelneu – und alles *Titlists.*«

In diesem Moment kommt Streuwald auf die drei zu.

»Meine Damen, können Sie bitte zu uns kommen. Wir sitzen im Raum neben dem Sekretariat und brauchen noch genauere Angaben von Ihnen.«

13

Alexander Borgfeld starrt seit zwei Stunden auf seinen Computer. Er wechselt von *farmville* zurück zur Startseite von *facebook*. Der Bildschirm flackert, dann steht die neue Seite klar vor ihm. Zufrieden reibt er sich die Hände. Der Aufruf zur Mahnwache hat schon 32 Kommentare hervorgerufen. Gerade kommt der 33. Alle sind sich einig: Der friedliche Protest ist eine gute Idee.

Ali schiebt die langen blonden Haare zurück, die ihm in die picklige Stirn fallen, und klickt wieder auf *farmville*. Seine Bohnen sind reif und er beginnt mit der Ernte. Als Sonja sein Zimmer betritt, zuckt er zusammen und wechselt die Seite.

»Die Bilder sind eingebaut. Hier, willst du sehen?«

Sonja liest sich den Text durch und betrachtet die Fotos.

»Prima gemacht, kleiner Bruder. Das wird schon. Gib zur Sicherheit den Aufruf zur Mahnwache noch einmal ein: Morgen, 15:00 Uhr an der Zufahrt zum Landschulheim. Dabeisein ist alles. Oder so ähnlich.«

»Was ist mit Felix, soll ich ihm den Text und die eingearbeiteten Bilder nicht vorher zeigen? Der hat doch schließlich die Fotos besorgt. Ohne die hätten wir damit gar nicht anzufangen brauchen.«

Sonja schüttelt den Kopf. »Geht nicht. Felix ist noch einmal draußen und sondiert das Gelände. Er versucht, dichter an die heranzukommen. Er hat mich vorhin angerufen, dort ist alles ganz ruhig.«

»Ich denke, da soll keiner allein hin?«

»Hab ich ihm auch gesagt, aber Felix ist nicht zu bremsen.« Ein bewunderndes Lächeln umspielt Sonjas Mund.

14

»Der Tote heißt Henry Broderich?« Trixi steht die Überraschung ins Gesicht geschrieben. »Der Henry Broderich?«

»Kennen Sie ihn?« Streuwald ist überrascht. Broderich scheint ja wirklich ein bekannter Mann zu sein.

»Kennen ist übertrieben.« Trixi zögert. »Ich wundere mich, dass ich ihn vorhin nicht erkannt habe – aber wahrscheinlich habe ich nicht genau genug hingesehen. Dieser offene Mund und die Augen.« Trixi schüttelt sich in Erinnerung an den Anblick.

»Was können Sie uns über Broderich sagen?« Kommissar Streuwald kennt Trixi Wacker seit Jahren. Wenn jemand in dieser Kleinstadt etwas über das Mordopfer weiß, dann ist sie es. Und wenn jemand etwas über Männer im heiratsfähigen Alter weiß, dann ist sie es erst recht.

Trixi muss nicht lange überlegen. »Broderich hat lange vor meiner Zeit ein Volontariat beim Burgdorfer Tageblatt gemacht. Dann ist er nach Hamburg gegangen. Irgendwann ist ein Artikel von ihm im *Focus* erschienen, später einer im *Spiegel*. Er wurde zwar nirgends angestellt, nannte sich aber von da ab »freischaffender Journalist«. Mittlerweile ist er spezialisiert auf Onlineplattformen für die mittelgroßen Orte der Region.«

»Ach, der Typ ist das.« Auch bei Martha fällt der Groschen.

15

»Ausgeschlafen, mein Lieber?«

»Ich bitte Sie, Freiherr zu Wörstein. Nur der frühe Vogel fängt den Wurm. Was gibt es Neues? Geben diese gottverdammten Politiker und ewig gestrigen Gutmenschen endlich klein bei oder wollen die wieder ihr demokratisches Schmierentheater aufführen?«

»Alles geregelt. Die Verträge sind wasserdicht. Kaum vorstellbar, dass diese Bedenkenträger vor Gericht ziehen. Dazu haben die viel zu viel Schiss vor mir.«

»Das höre ich gerne. Es ist wirklich immer Verlass auf Sie. Das gefällt mir. Weiter so. Was macht das andere leidige Thema?«

»Das Material ist gesichert. Vollständig. Ich bin heute leider unabkömmlich, wir erwarten ein paar Neuzugänge für die erste Schulung. Wenn Sie Zeit haben, könnten Sie vorbeikommen und es abholen. Vielleicht möchten Sie Ihr neues Anwesen ja auch einmal in belebtem Zustand sehen. Die Jungs haben recht ordentlich gearbeitet.«

»Gute Idee. Ich bestelle den Fahrer. Rechnen Sie gegen 12:00 Uhr mit mir.«

»Bestens, dann nehmen wir zusammen ein Gabelfrühstück ein.«

16

Als Martha, Trixi und Roswitha zurück auf die Terrasse kommen, ist ein weiterer Tisch besetzt. Uwe Zwingel sitzt neben dem Präsidenten des Golfclubs. Goldmann wirkt nervös; dass er schon am Vormittag ein Glas Wein trinkt, irritiert Martha, andererseits kennt sie ihn nicht besonders gut. Sie hat ihn nur einmal außerhalb des Golfclubs gesehen. Das war beim letzten Fest ihrer Zeitung in der alten, mittlerweile für Feierlichkeiten und Ausstellungen zweckentfremdeten Rotation. Damals stand Goldmann lange mit ihrem Chefredakteur zusammen und redete auf ihn ein. Genau wie jetzt auf Zwingel.

»... hinter dem Caddyhaus ...«, dringt es zu Marthas Tisch herüber.

Natürlich, die beiden reden über den Toten. Und wahrscheinlich nicht nur die, geht es Martha durch den Kopf. Der Tote wird bei allen Clubmitgliedern heute wahrscheinlich Gesprächsthema Nummer eins sein.

»Dieses Schwein hat es verdient ...« Kaum hat Goldmann die Worte gezischt, senkt er seine Stimme und redet leise weiter.

Marthas Neugierde ist jedoch geweckt. Sie spitzt die Ohren, aber versteht nichts mehr. Stattdessen beobachtet sie, wie Goldmann aufgeregt auf Zwingel einredet. Etwas muss ihn aufgebracht haben. Der Tote? Seine hektischen Bewegungen sprechen Bände, die roten Flecken auf den Wangen erst recht. Martha stupst Trixi an.

»Hast du eine Ahnung, was Goldmann gegen unseren Toten hat?«

Achselzuckend dreht sich Trixi zu den beiden um. Goldmann und Zwingel stecken die Köpfe dicht zusammen und reden so leise, dass man kein Wort mehr versteht.

»Nee, ich hab keinen Schimmer, was Goldmann mit Broderich zu tun hat. Vielleicht meinte der mit *Schwein* auch was ganz anderes. Letztes Jahr gab es doch die vielen Wildschweine hinten auf dem Platz. Hat der Zwingel uns doch letzte Woche beim Training erzählt.«

»Ich weiß nicht«, zweifelt Martha. Dieses Verhalten passt nicht zu Goldmann. Der Präsident des Isernhagener Golfclubs ist stets auf einen perfekten Eindruck nach außen bedacht. Laute Flüche passen nicht dazu. »Was weißt du eigentlich über unseren Präsidenten?«

Trixi legt, ohne zu zögern, los: »Kennst du den *GM-Baumarkt* im Gewerbegebiet von Altwarmbüchen? *Goldmann-Baumarkt.* Der gehört ihm. Er ist einer der großen Arbeitgeber hier in der Region. Ihm gehören auch noch Baumärkte in Burgdorf, Altwarmbüchen, Lehrte und Celle. Alle laufen schon in zweiter Generation bestens.« Trixi streicht sich eine Haarsträhne aus der Stirn. »Er gehört übrigens zu den Gründungsmitgliedern dieses Golfclubs. Das muss so etwa dreißig Jahre her sein.«

»Der Baumarkt in Celle ist ganz in der Nähe vom Stadtarchiv. Das war der Erste. Goldmanns Vater hat ihn kurz nach dem Krieg aufgebaut. Damals hieß das noch Baustoffhandel. Wenn ihr die genaue Jahreszahl braucht, kann ich sie euch besorgen.«

»Du kennst dich mit Baumärkten aus?« Trixi verschluckt sich fast an ihrem Cappuccino und starrt Roswitha überrascht an.

»Tja, man lernt nie aus«, kichert Roswitha, die endgültig zu ihrer heiteren Grundstimmung zurückgefunden hat. Den *GM-Baumarkt* in Celle kennt sie, weil er auf dem Fundament der ehemaligen Molkerei gebaut wurde. Roswitha, genauer gesagt die Historikerin Doktor Roswitha Neumann, arbeitet seit einem Jahr an einer Dokumentation über die Zerstörung der Celler Innenstadt während des Zweiten Weltkrieges.

»Und was macht Goldmann privat?« Martha wirft Trixi einen erwartungsvollen Blick zu. Bei solchen Fragen kann sie sich in der Regel auf ihre Kollegin verlassen – und tatsächlich, wie aus der Pistole geschossen, kommt die Antwort.

»Er ist in dritter Ehe verheiratet und hat vier Kinder. Er wohnt in Isernhagen in einem umgebauten Fachwerkhaus hinter der Kirche.«

Roswitha gackert wie ein Huhn. »Du bist ja bestens informiert.«

»Das ist mein Job.«

17

Fast lautlos kommt Felix aus der Deckung hervor. Er schleicht sich am Schlehenbusch vorbei zu einer entwurzelten Kiefer, deren Baumkrone guten Sichtschutz bietet. Der Schrei des Greifvogels erschreckt ihn nicht mehr. Angst hat er trotzdem, sein Herz wummert und ist kurz vorm Explodieren.

Nichts rührt sich im ehemaligen Landschulheim. Einer von den Bewohnern steht bewegungslos an den Fahnenmast gelehnt. Nummer 18. Plötzlich hört Felix ein Rumsen, dann quietscht etwas, Glas klirrt. Neugierig schaut er aus dem Busch zum Haus. Ein Fenster in der oberen Etage des Hauptgebäudes wird geöffnet. Ein anderer Junge beugt sich heraus. Seine Haare sind abrasiert, dunkel schimmern die nachwachsenden Stoppeln durch die Kopfhaut. Er stützt sich mit nackten Armen auf der Fensterbank ab.

Felix drückt auf den Auslöser seiner Digitalkamera. Einer mehr mit Tätowierung auf dem Unterarm ist festgehalten. Das Foto würde Sonja gefallen.

»Nachher kommt hoher Besuch. Sieh zu, dass kein Dreck rumliegt, auch keine Kippen. Das kann Wörstein nicht leiden. Haste verstanden, Karl?«, ruft der Kahlkopf nach unten.

»Geht klar.« Mit seinen Springerstiefeln kickt der Junge neben dem Fahnenmast eine Kippe in den Rinnstein.

Langsam wandern Felix' Augen an der Hausfront entlang. Nummer 18 heißt also Karl. Es ist der mit der breiten Nase, der ihn an irgendwen erinnert.

Der andere hat das Fenster wieder geschlossen. Alles ist ruhig, nichts rührt sich hinter den vergilbten Gardinen. Die Gelegenheit ist günstig. Felix schleicht sich gebückt noch ein paar Schritte näher heran. Vor einem dicken Baumstamm duckt er sich und legt sich flach auf den bemoosten Waldboden. Erdiger Geruch steigt ihm in die Nase. Hoher Besuch, hat der aus dem Fenster gesagt. Ob der Hauskäufer persönlich kommt? Seit durchgesickert ist, dass jemand das ehemalige Landschulheim der Region Hannover gekauft hat, um es den »Aufrechten Deutschen« zu überlassen, stehen die Zeichen auf Sturm. Die Politiker, anfangs begeistert über den Verkaufserlös, haben mittlerweile kalte Füße bekommen und wollen den Kauf rückgängig machen. Aber der Käufer will nicht. Er möchte noch nicht einmal, dass sein Name in der Zeitung steht und lässt sich durch Wörstein vertreten. Ein Schnappschuss von dem würde sich gut im Internet machen. Sonja würde staunen, was alles in ihm steckt.

18

»Die brauchen uns wohl nicht mehr. Dann fahr ich jetzt nach Hause.« Roswitha Neumann gähnt und steht auf. »Tschüssi. War ein aufregender Vormittag. Ich brauch jetzt erst einmal meine Ruhe. Heute Abend bekomme ich noch Besuch. Wir sehen uns …«

Martha winkt Roswitha zum Abschied, als die Stimme von Goldmann sie zusammenzucken lässt.

»… der wollte uns fertig machen, das sage ich doch die ganze Zeit.«

Zwingel sieht sich erschrocken um. Sein Blick bleibt auf Martha kleben.

»Prima Schlag vorhin.« Seine Lippen verziehen sich zu einem falschen Lächeln. »Das wird schon noch.«

»Danke, das hoffe ich auch.«

Kaum hat sich Zwingel wieder umgedreht, flüstert Martha Trixi zu: »Hast du eine Idee, was die beiden miteinander zu tuscheln haben?«

Trixi zuckt mit den Schultern.

»Keine Ahnung, aber das werde ich herausbekommen. Ich rufe nachher bei Jean Claude an.«

Trixis begnadeter Friseur ist die Hauptinformationsquelle für den Klatsch und Tratsch, den sie in ihrer wöchentlichen Kolumne »Leute von heute und morgen« verarbeitet.

»Goldmanns Frauen, die aktuelle und seine erste Ex gehen regelmäßig zu ihm. Jean Claude muss nur darauf achten, dass sie sich nie im Laden begegnen.«

»Und der Tote, was weißt du über den?«

»Nur das, was ich vorhin schon gesagt habe. Ich habe einen großen Bogen um Broderich gemacht.«

»Das hast du vorhin nicht gesagt.«

»Man will ja nichts Schlechtes über Tote sagen. Aber der war mir echt zu schmierig. Das musst du dir mal vorstellen«, empört sich Trixi. »Steht der da letztes Jahr bei uns im Redaktionsflur und schnalzt mit dem Finger: ›Kleine, willst du mit mir nicht zusammen was … machen?‹ Den Augenaufschlag hättest du dabei sehen sollen. Widerliches Arschloch.«

Trixi holt tief Luft. »Noch schlimmer als seine Anmachversuche sind jedoch seine Onlineplattformen.«

Die Onlineplattformen. Das ist ein Thema für sich. Drei kennt Martha auch. *Isernhagen-online*, *Burgdorf-online* und *Burgwedel-online*. Diese Seiten benutzte Broderich in den letzten zwei Jahren ungeniert für persönliche Hetzkampagnen. Dabei scheute er vor keiner Manipulation zurück. In *Burgwedel-online* hatte er gegen den Bau eines neuen Baumarktes Meinungsmache betrieben, obwohl die Bauvoranfrage schon vom Bürgermeister und der Mehrheit des Stadtrates abgenickt worden war. Statt sich vor der Kommunalwahl selbst zu entscheiden, hatten sich die Politiker auf eine Bürgerbefragung eingelassen und das Projekt nach hinten geschoben. Mit zwei Jahren Verzug ist es dann schließlich umgesetzt worden. Goldmann wird Broderich dafür nicht gemocht haben, da ist sich Martha sicher. Aber sie hat auch noch in einem anderen Zusammenhang von Broderich gehört. Martha geht in Gedanken die Schlagzeilen der letzten Wochen durch. War da nicht etwas mit …

»Möchten Sie noch etwas trinken?« Die Kellnerin steht mit ihrem Tablett neben dem Tisch der beiden Frauen.

»Nein, danke.«

Martha verzieht das Gesicht. Jetzt hat sie den Faden verloren. Irgendetwas ist da noch mit Broderich gewesen. Sie muss Mittenwald unbedingt danach fragen. Das Gedächtnis ihres Chefredakteurs ist im Gegensatz zu ihrem phänomenal.

19

Verdeckt von Wacholderbüschen schleicht Felix sich noch dichter an das Haus heran. Plötzlich wird das Vogelgezwitscher durch die Geräusche eines herannahenden Fahrzeugs übertönt. Felix drückt sich tiefer in den Busch. Lange, spitze Dornen bohren sich in seine Schulter. Die Stiche der Schlehe bluten bereits, als der schwarze Mercedes in sein Sichtfeld kommt.

Felix versucht einen Blick ins Innere des vorbeifahrenden Autos zu erhaschen, doch die Scheiben sind verspiegelt. Er robbt noch dichter ans Haus heran. Geduckt bleibt er schließlich liegen und lauscht.

Der Straßenbelag, über den das Fahrzeug im Schritttempo fährt, hat gewechselt. Kies knirscht jetzt unter den Reifen des langsam dahinrollenden Autos. Das Geräusch wird lauter. Jetzt muss das Auto gleich am Haus sein – und richtig, der Mercedes bremst. Felix geht für einen Moment aus der Deckung. Die Limousine parkt direkt vor der Eingangstür des ehemaligen Landschulheims.

Felix duckt sich wieder. Als er hört, wie der Motor ausgeschaltet wird, wagt er sich erneut mit dem Kopf aus dem Gebüsch heraus. Er sieht den Blonden mit der 18 auf dem Rücken die hintere Wagentür öffnen. Kaum lässt der den Türgriff los, schlägt er die Hacken seiner Füße zusammen. Mit nach vorn ausgestrecktem Arm grüßt er: »Heil Hitler.«

»Lass das. Das möchte ich nicht«, hört Felix eine feste sonore Männerstimme daraufhin sagen.

Felix hebt die Kamera. Im Sucher seiner Digitalkamera sieht er kräftige Beine in grauer Anzughose. Schließlich schiebt sich ein gewaltiger Bauch aus dem Auto. Felix zoomt so dicht heran wie möglich. Der Kopf erinnert ihn von der Seite an einen Raubvogel. Die Nase hat einen ausgeprägten Höcker. Immer wieder drückt Felix auf den Auslöser. Vor Aufregung hat Felix einen ganz trockenen Mund. Los, dreh dich um, damit ich dich von vorne bekomme. Felix' Wunsch erfüllt sich fast augenblicklich. Der Mann bewegt sich, allerdings in die falsche Richtung. Außer dem breiten Rücken und dem kahlen Hinterkopf ist nichts von ihm zusehen.

»Abgelegen hier«, raunzt der Besucher jemandem zu, der außerhalb von Felix' Sichtfeld steht.

»Das soll auch so sein, mein Lieber. Herzlich willkommen in unserem neuen Schulungszentrum.«

Die tiefe Stimme scheint aus dem Nichts zu kommen. Für einen kurzen Moment schiebt Felix seinen Kopf aus der Deckung. Ein großer, schlanker Mann mit spitzer Nase und Schnauzer im grauen Zweireiher. Das hätte er sich auch gleich denken können, geht es Felix durch den Kopf. Wörstein.

Felix reckt seinen Kopf noch ein wenig höher. Er sieht, wie der hoch gewachsene Anwalt seinem Gast auf die Schulter klopft.

»Prima Objekt. Niemand kann sich dem Haus nähern, ohne dass wir es bemerken.«

Felix grinst und drückt wieder auf den Auslöser der Kamera.

»Du wirst dich noch wundern, wenn die Bilder im Netz sind«, murmelt er. Jetzt fehlt nur noch das Foto von dem Dicken. Von hinten hat er ihn schon, von der Seite auch, fehlt nur von vorne. Felix wartet. Das Gesicht des Besuchers ist immer noch verdeckt. Nur Wörsteins spitze Nase und der Schnauzer sind gut zu erkennen. Jetzt! Felix atmet tief ein. Tatsächlich, der Dicke dreht sich um.

Felix drückt auf den Auslöser. Nichts. Scheiße. Der Chip seines Fotoapparates ist voll. Verdammt! Immer wenn es wichtig wird, fallen die Geräte aus. Zum Glück hat er einen zweiten Speicherchip dabei.

Felix hört Türen schlagen, während er fieberhaft an seinem Fotoapparat hantiert. Gerade ist der Apparat wieder betriebsbereit, als ein Zweig hinter ihm knackt. Felix kann aus dem Augenwinkel noch sehen, wie ein Baseballschläger auf ihn niedersaust, dann landet er mit dem Kopf im Schlehengebüsch.

20

Als Martha die Tür ihres Fachwerkhauses aufschließt, wartet der kleine schwarze Kater mit dem dreieckigen Fleck auf der Brust schon auf sie und maunzt fordernd. Sie streichelt ihm über den Nacken und streut Trockenfutter in die Schale.

»Na, du kleiner Herumtreiber, wo warst du denn?«

Das Tier beachtet sie nicht weiter, sondern steuert direkt auf den Fressnapf zu und stellt sich breitbeinig davor, damit niemand auf die Idee kommt, ihm das Futter streitig zu machen.

Kater sind manchmal wie Männer. Kommen und gehen wie sie wollen. Sofort denkt Martha an Max. Aber bevor der Gedanke an ihn sich richtig breit machen kann, schiebt sich das Bild von Paul vor ihr inneres Auge. Paul. Jetzt ist er schon über zwei Jahre tot. Ein tiefer Seufzer entweicht ihr. Wer im Glashaus sitzt, sollte nicht mit Steinen werfen. Schon gar nicht sie.

Kaum im Haus, kontrolliert Martha ihr Handy und den Anrufbeantworter. Drei Anrufe in Abwesenheit auf dem Mobiltelefon, zwei auf dem Festnetzanschluss. Max Beckmann. Seit er in Hannover wohnt, ruft er ständig an, macht auf Sehnsucht und redet von Gefühlen. Immer das Gleiche. Noch vor zwei Monaten hätte er alles haben können, aber da hat es ihm nicht gereicht. Da hatte er Angst vor zu großer Nähe. Das hört sich immer gut an. Nähe! Und was war's? Eines Abends stand diese Vanessa im Dorfkrug, umschlang ihn und begrüßte ihn mit einem Kuss auf den Mund. Einem langen Kuss.

Martha hat es in diesem Moment den Boden unter den

Füßen weggezogen. Was hätte sie tun sollen? Lächeln und sich vorstellen? Gestatten: Mein Name ist Martha Landeck. Eigentlich habe ich Max letzte Woche gefragt, ob er mit mir zusammenziehen will. Aber das hat sich ja jetzt wohl erledigt.

Natürlich ist Martha gegangen, ohne etwas zu sagen, ohne Abschiedswort und ohne sich noch einmal umzudrehen. Noch nie hat jemand sie so tief in der Öffentlichkeit verletzt und gedemütigt. Wenn man Schluss machen will, geht das auch anders. Da sollte man auch auf die Gefühle der anderen Rücksicht nehmen.

Was redet sie da? Sie hat es gerade nötig, zu moralisieren. Paul würde noch leben, wenn sie nicht gemeint hätte, ihre neue Liebe ausleben zu müssen. Der Elefant im Glashaus der Gefühle ist sie. Da kann auch ihr erster Ex-Mann noch ein Lied von singen. Bis heute hat er nicht verstanden, dass sie ihn verlassen hat, weil die Beziehung sie gelangweilt hat. Verlassen werden. Genau das ist es. Vielleicht schmerzt sie die Trennung von Max deswegen. Zum ersten Mal hat ein Mann sie verlassen.

Martha streichelt die Katze, die sich an ihrer Wade reibt. Soll Max sich doch mit seiner Vanessa vergnügen. Er hätte sich nur nicht unbedingt eine Frau aussuchen müssen, die fast seine Tochter sein könnte.

Das Telefon klingelt erneut. Martha wirft einen Blick aufs Display: Schon wieder *er*. Sie zögert, lässt es noch einmal klingeln, dann nimmt sie das Gespräch an.

»Martha, endlich …«

» … »

»Wie geht es dir? Ich wollte so gerne deine Stimme hören.«

»…«

»Sag doch etwas!«

Das hättest du alles haben können, du Blödmann. Tag und Nacht. Groll steigt in ihr hoch.

»Wie soll es mir gehen?« Sie überlegt einen Moment, dann bricht es aus ihr heraus. »Beschissen geht es mir. Trixi hat vorhin eine Leiche entdeckt, Borgfeld und Streuwald wuseln im Golfclub herum …« Diese weit aufgerissenen Augen, der offene Mund … Martha schluchzt noch lauter, als sie daran denkt.

Beckmann hat mit allem gerechnet, aber nicht mit einem solchen Ausbruch. Beschissen, Leiche, Trixi. Seine alten Kollegen Borgfeld und Streuwald. In was ist Martha jetzt schon wieder hineingeraten?

»Was ist … was ist passiert?«, stammelt er mehr, als dass er redet.

»Das weiß ich doch nicht. Nach dem Golftraining … Trixis Tasche ist umgefallen, die Bälle rollten raus und …« Reiß dich zusammen Martha, lass dich nicht so gehen. Erzähl in vernünftigen Worten, was passiert ist. Los! Ihre Stimmlage ist eine Nuance schriller als sonst, als sie sagt: »… da hat sie den Toten gefunden.«

»Und dann?«

Was ist das für eine blöde Frage? Kann dieser Mann nicht ein bisschen Einfühlungsvermögen zeigen? Den ganzen Vormittag lang hat Martha sich beherrscht. Jetzt kann sie nicht mehr. Sie fängt hemmungslos an zu heulen.

Beckmann ist irritiert. Als das Schluchzen am Telefon sich beruhigt, sagt er in leisem, doch bestimmten Ton: »Ich komme vorbei.«

Martha sieht die Szene im Dorfkrug mit Vanessa wieder

vor sich. Vanessas Arme, die Beckmann umschlingen. Vanessas Liebesgesäusel. Trotzdem kommt ihr seine Stimme so vertraut vor. Vielleicht … nein, ermahnt sie die Stimme der Vernunft. Lieber ein Ende mit Schrecken, als ein Schrecken ohne Ende. Sag Nein. Leg den Hörer auf.

»Ich weiß nicht«, murmelt sie und möchte am liebsten gleich wieder losheulen.

»Aber ich. In einer halben Stunde bin ich bei dir.«

Erschöpft drückt sie auf die rote Taste ihres schnurlosen Telefons. Sie kann ja immer noch einfach so tun, als ob sie nicht zuhause ist, wenn er kommt.

21

Als Felix wieder zu sich kommt, schmerzt sein Brustkorb.

»Was machst du hier, du Arsch?«, schreit eine fremde Stimme ihn an.

Felix fühlt den heftigen Tritt, hört das Krachen seiner Rippen, spürt ein stechendes Ziehen in der Brust. Schützend hält er die Hände vors Gesicht. Aus dem Augenwinkel erkennt er die 88. Im nächsten Moment holt die Doppelacht zum Stoß aus. Felix rollt sich zur Seite. Nicht schnell genug. Er schreit vor Schmerz auf, als ihn die Kappe des Springerstiefels im Magen trifft.

»Ich hab dich was gefragt, du Arschgesicht. Antworte!« Der nächste Fußtritt landet in der anderen Körperhälfte. »Rede gefälligst!«

Felix liegt rücklings auf dem Boden, sein Peiniger steht breitbeinig vor ihm, in der rechten Faust einen Baseballschläger, dessen unteres Ende er mit lauerndem Blick ständig in die linke Handflächenhälfte schlägt.

»Spuck's aus, sonst nehm' ich dich in die Mangel.«

Der Schlagstock kracht schon im nächsten Augenblick auf seine Wade. Felix bäumt sich vor Schmerz auf. Was soll er nur machen?

»Ich …«, stottert Felix, »… ich mache Fotos.« Sein Herz schlägt bis zum Hals. »Naturaufnahmen.« Scheiße, in was ist er da hineingeraten?

»Das ist hier Privatgelände, du Arsch. Da hast du nichts zu suchen.« Der Baseballschläger donnert erneut auf ihn nieder. Dieses Mal trifft die 88 seine Schulter. Felix hört einen Knochen krachen. Das Schlüsselbein? Ein stechender Schmerz zieht von der Schulter abwärts. Felix hat Angst. Riesengroße Angst. Was soll er tun? Er muss den Typen beruhigen, sonst schlägt der immer weiter. Aber womit?

»Da hab ich mich wohl verlaufen«, versucht er es. »Kann doch passieren.«

»Los, Karl, zeig ihm, was wir mit Leuten tun, die heimlich auf unserem Gelände rumschleichen. Polier ihm die Fresse.« Die 88 zieht Felix mit seiner riesigen Pranke hoch. »Verpass ihm einen Denkzettel, den er so bald nicht vergisst.«

Der andere Junge tritt einen Schritt vor und ballt die Fäuste. Sie schnellen auf Felix' Bauch zu, stoppen jedoch im letzten Moment, so als wenn sie es sich anders überlegt hätten.

»Lass gut sein, Matusch. Der hat genug abbekommen.«

Felix atmet erleichtert auf. Jetzt setzt die Vernunft bei denen ein. Natürlich. Die müssen doch Angst vor den Konsequenzen haben. Eine Anzeige wegen Körperverletzung ist nicht ohne. Und die können ihn schließlich nicht …

»Quatsch, der kann noch mehr vertragen.« Matuschs Faust findet den Weg in Felix' Magengrube. Felix klappt wie ein Taschenmesser zusammen.

»Ist doch keine Streichelwiese hier«, grunzt Matusch und reibt sich die rechte Hand. »Los, jetzt du, Karl. Sollst auch deinen Spaß haben.«

Der Junge mit der 18 auf dem Rücken zögert. Er weiß nicht genau, was er machen soll. Matusch ist oft jähzornig. Bei dem weiß man nie. Am Ende bekommt man selbst was ab – andererseits hat dieser Felix ihm oft genug aus der Patsche geholfen. Früher, in der Grundschule, genau wie später im Fußballverein. Felix ist Mannschaftsführer in der F-Jugend gewesen. Mit Nachdruck hatte er mehr als einmal gefordert, dass er zum Spiel aufgestellt wurde, auch wenn er mal wieder nicht beim Training erschienen war, weil … einer musste sich doch um seine Mutter kümmern. Manchmal hatte sie voll wie eine Haubitze mitten im Flur gelegen … Felix hatte sogar in der Schule freiwillig neben ihm gesessen. Die anderen hatten ihn als Hosenpisser verspottet, nur weil er einmal, ein einziges Mal … Scheiß Zeit damals. Eigentlich will er überhaupt nicht mehr daran zurückdenken. Trotzdem gibt er sich einen Ruck.

»Der Typ ist in Ordnung. Echt. Der hat mir häufig beigestanden.«

»Du kennst das Arschgesicht?«

»Aus der Schule und vom Fußball.«

Jetzt dämmert auch Felix, warum ihm das Gesicht so bekannt vorgekommen ist. Nicht Karl ist das, sondern Kevin, Kevin Fischer. Ein schmaler, dünner Kerl, der von allen gehänselt wurde. Einmal hatte Felix ihn in den Schlichthäusern

Drei Eichen am Rande der Burgdorfer Südstadt besucht, um ihm Hausaufgaben vorbeizubringen, weil er ein paar Tage nicht zum Unterricht erschienen war.

»Kümmere dich ein bisschen um ihn. Der hat sonst keinen«, hatte die Lehrerin ihm nach der Stunde zugeflüstert.

Schmächtig ist Kevin mittlerweile nicht mehr. Breite Schultern hat er, kräftige Oberarme, dazu die Tätowierung am Unterarm. Prügeleien geht der garantiert nicht aus dem Weg. Die platte Nase und der Schneidezahn sprechen Bände.

»Na gut. Wenn du nicht willst – selbst Schuld. Aber ich will meinen Spaß haben.« Die starke Hand packt Felix am Genick und zieht ihn hoch. »Gib mir deinen Fotoapparat.«

Felix reicht ihm zitternd seine neue Nikon. Matusch nimmt sie grinsend entgegen.

»Und jetzt machen wir eine kleine Spritztour.«

22

Streuwald und Borgfeld stehen unschlüssig vor den rotweißen Absperrbändern, die den Fundort der Leiche sichern.

»Wie lange müssen wir hier noch bleiben?« Borgfelds Magen knurrt und seine Laune ist auf dem Tiefpunkt angelangt.

Bei Streuwald sieht es nicht besser aus. Um zwei Uhr wollte er eigentlich mit seinen Jungs zum Warmmachen auf dem Platz sein. Es ist zwar ein Freundschaftsspiel, aber eins, das es in sich hat. Die A-Jugend von Heeßel ist sein stärkster Konkurrent. Was hat der Platzwart letzte Woche gesagt? Das ist ein Kampf der Lokalmatadore. Nicht gesagt hat er, dass es dabei für ihn auch um seine Ehre als Jugendtrainer des RSE geht. Das brauchte er auch nicht zu sagen. Streuwald weiß es selbst. Er wirft einen verkniffenen Blick auf sein Handy. Keine neuen Nachrichten.

Eddi, der Co-Trainer, ist von Streuwald telefonisch informiert worden, dass er heute alles allein managen muss, aber ganz wohl ist ihm bei der Sache nicht. Eddi hätte sich wenigstens melden können. Streuwald greift zum Telefon und drückt auf Wahlwiederholung.

»Eddi, ich bin's noch mal, Walter. Nur ganz kurz: Macht doch lieber die Dreierkette. Damit rechnen die aus Heeßel nicht.«

Zwei Minuten später klingelt Streuwalds Handy. Er bekommt schon nach wenigen Sekunden einen hochroten Kopf. »Eddi, das glaube ich jetzt nicht. Wieso fehlt Volcan?«

»...«

»Scheiße. Und was ist mit Süleyman?«

Während Streuwald immer lauter ins Telefon schreit, dreht sich Borgfeld um und betrachtet den Tatort in aller Ruhe. Warum sitzt ein Toter auf der Bank hinter dem Schuppen vom Golfclub, noch dazu mit einem Golfball im Mund? Ist das eine Botschaft? Friss oder stirb. Nein, das passt nicht. Nichts passt richtig. Das Knurren seines Magens übertönt Borgfelds resigniertes Seufzen.

»Tut mir leid, war wichtig«, meldet sich Streuwald zurück. Sein Kopf ist immer noch hochrot.

Borgfeld überhört die halbherzige Entschuldigung. Er hat sich längst daran gewöhnt, dass für Streuwald Fußball an erster Stelle steht. Nicht, dass Streuwald seine Arbeit bei der Polizei schlecht erledigen würde, das kann man nicht sagen. Es darf nur nichts dazwischenkommen, was seine Planungen als Trainer beeinträchtigt. Das mag Streuwald nicht. Das mag er ganz und gar nicht. Nicht einmal am Tag seiner Silberhochzeit hat er das Spiel seiner Jungen verschoben. Borgfeld hat nur überrascht, dass Streuwalds Frau nicht dagegen protestiert hat. Als seine Maria davon gehört hat, hat die ihm gleich gesagt, dass er ihr so nicht zu kommen bräuchte. Dann könnte er statt Silberhochzeit gleich die Scheidung haben. Und Maria würde das tatsächlich machen, da ist sich Borgfeld ganz sicher. Die stellt Ansprüche. Einfach was hinnehmen, ist bei der nicht drin. Sonst hätte sie letzten Monat nicht so einen Aufstand in der Umkleidekabine bei Kaufhof gemacht.

»Es reicht«, hat sie ihm zugezischt. »Jedes Jahr eine Nummer mehr beim Hosenkauf. Wo soll das noch hinführen? Du bist schon bei Größe 58.«

Erst hatte Borgfeld gedacht, dass sei nur so dahingesagt. Aber so eine ist seine Maria nicht. Schon am Tag danach hat sie ihn zu den Gewichtfuzzis ins Gemeindehaus geschleift. Seitdem heißt es: Punkte zählen und notieren. Das Schlimmste ist, dass er einmal in der Woche in aller Öffentlichkeit gewogen wird. Und dann auch noch das Gewicht vor den anderen nennen muss. Nennen? Rufen. Wie in der Schule früher bei den Klassenarbeiten. Borgfeld: Sechs. Setzen. Vielleicht wäre so eine zurückhaltende Frau wie die von Streuwald, so eine bescheidene, doch besser. Oder vielleicht gar keine? Der Seufzer, den er ausstößt, ist noch lauter, als der zuvor.

»Wie weit sind die anderen?«, reißt Streuwald ihn aus seinen Gedanken.

»Die Leiche ist abtransportiert, die Kriminaltechnik hat

ihre Sachen zusammengepackt, die haben alles mit diesem neumodischen Gerät aufgenommen …«

»Der Spheronkamera«, unterbricht ihn Streuwald und grinst breit. »Damit kann man 360° Aufnahmen machen.«

»Das habe ich auch kapiert.« Borgfeld wirft ihm einen wütenden Blick zu. Streuwald soll bloß nicht glauben, dass er das nicht verstanden hat. Er hat zwar kein technisches Talent, aber dass diese Kamera sich einmal um sich selbst dreht, hat auch er begriffen. Ein ganz einfacher Drehmechanismus.

»Ich bin nur gespannt, wie so ein virtueller Tatort aussieht, aber wir werden es ja erleben.«

»Oder auch nicht.« Borgfeld knirscht mit den Zähnen.

»Wieso?«

»Wenn ich den vom Kriminaldauerdienst vorhin richtig verstanden habe, übernehmen die die Sache. Verstärkung von oben sozusagen.«

»Soll mir recht sein, wenn die sich aus Hannover da reinhängen.« Streuwald wäre das nicht nur recht, es wäre ihm sehr recht. Er ist schließlich mitten in der Saisonvorbereitung. Das kostet Zeit. Überstunden passen da überhaupt nicht rein.

»Andererseits könnten wir bei der dritten erfolgreichen Mordaufklärung mit einer Beförderung rechnen. Hat mir jedenfalls der Schneider neulich in der Kantine gesagt – und der ist ganz dicke mit dem Chef.« Borgfeld überkreuzt Mittel- und Zeigefinger und hält sie Streuwald vor die Nase.

Streuwalds Mundwinkel heben sich. »Tatsächlich?« Ein bisschen mehr Geld wäre natürlich auch nicht schlecht. Die neue Heizung war teuer.

»Vielleicht ist der Fall ja schnell gelöst.« Ein plötzlicher

Energieschub pulsiert durch Streuwalds Adern. »Was gibt es an verwertbaren Spuren?«

»Nicht viel. Der Golfball im Mund und die Schleifspuren vor der Bank. Keine Fußabdrücke. Der Boden ist bei der Trockenheit steinhart. Da ist nichts. Die verstreuten Grasschnipsel auf dem Reinigungsplatz ergeben garantiert nichts. Interessant ist, dass kein Handy gefunden wurde. Das ist heutzutage schon eher seltsam, hat doch jeder eins. Sogar du«, sagt Borgfeld in das Gebimmel von Streuwalds Mobiltelefon hinein, der sofort das Gespräch annimmt, als er sieht, wer ihn anruft.

»Süleyman ist umgeknickt? Scheiße. Dann nimm den Darius in den Sturm und Robert ins Mittelfeld.« Streuwald klappt stöhnend sein Mobiltelefon zusammen.

»Fertig?«, grunzt Borgfeld.

»Mit den Nerven. Zwei Kranke und drei Verletzte, wie sollen wir da gewinnen?«

Streuwald versucht, ihm seine Taktik im Spiel zu erklären, doch Borgfeld wimmelt ab.

»Wo waren wir stehen geblieben?«

23

»Geh weiter, du Arschgesicht.« Matusch schubst Felix vor sich her.

Der stolpert über Heidelbeerbüsche und lila blühende Heidepflanzen, taumelt durch wild ausgeschlagene Birken. Was hat dieser Kerl mit ihm vor? Felix dreht sich um und wirft seinem ehemaligen Mitschüler einen hilfesuchenden

Blick zu. Kevin senkt die Augenlider. Er ist verunsichert. Die stumme Bitte, die ihm Felix herübergeschickt hat, kann er nicht einfach wegschieben, aber er will sich auch nicht gegen Matusch stellen. Der hat ihm den Weg gezeigt, damit er endlich rauskommt aus dieser öden Siedlung. Matusch hat ihn mit in die Gruppe genommen und ihm so etwas wie eine Familie zurückgegeben. Alle haben hier ein gemeinsames Ziel, eine Aufgabe, an der sie arbeiten. Er ist jetzt Karl und nicht mehr dieser lächerliche Kevin, auf den alle heruntersehen, er ist wer. Er ist ein »Aufrechter Deutscher«.

»Los vorwärts.« Matusch schubst Felix gegen die Ladefläche des Pick-ups. »Kletter rauf.«

Eigentlich schaut Kevin gerne zu, wenn der Ältere seine Wut an anderen auslässt. Matuschs Zorn bricht dann in einer ungezügelten Wildheit aus ihm heraus, ohne Angst vor dem Gegner und vor Konsequenzen. Diese bedingungslose Entschlossenheit vermisst Kevin an sich selbst. Bevor er zuschlägt, denkt er nach. Jedes Mal. Matusch hat ihm schon tausendmal gesagt, dass das ein Fehler ist. Immer drauf, damit die begreifen, wer das Sagen hat, das ist seine Devise.

»Wenn wir erst an der Macht sind, ziehen wir sowieso neue Seiten auf. Dann ist Schluss mit diesem Gelaber.«

Kevin zögert. Mit Matusch zu reden, kann er vergessen. In dieser Stimmung bremst ihn keiner. Unmöglich.

24

»Ab wann dürfen unsere Clubmitglieder wieder Golf spielen?« Goldmann ist zu Borgfeld und Streuwald herangetreten, die immer noch unentschlossen vor dem Absperrband stehen.

»Na ja …« Borgfeld sieht seinen Kollegen an. »Eigentlich hat keiner gesagt, dass der Platz nicht betreten werden darf.«

»Das ist ja schon mal etwas. Kann man auch die Wagen und Bags aus dem Caddyhaus holen?« Goldmann steckt seine Hand in die rechte Hosentasche. »Es ist Wochenende und die Leute wollen auf die Runde. Wir sind ein angesehener Verein, Golfer sind …«

Sein schier endloser Vortrag langweilt Streuwald. Golf. Als wenn das Sport wäre. Bewegung für ältere Herrschaften, vielleicht, aber nicht mehr. Er muss diesen geschniegelten Lackaffen doch nur ansehen, um zu wissen, was das für eine Sportart ist. Kurze rote Hosen mit dunkelblauen Kniestrümpfen, dazu weiße Schuhe mit braunen Litzen. Damit würde keiner seiner Jungs auf den Platz kommen, ohne ausgepfiffen zu werden.

Endlich kommt Goldmann mit seinem Monolog über die Bedeutung des Golfsports zum Ende. Er zieht seine Hand aus der Tasche, darin glänzt etwas Weißes: ein Golfball.

Streuwald erkennt farbige Punkte darauf: grün, weiß, rot.

»Kann ich den mal haben?«

Die Frage überrascht Goldmann, doch er reicht den Golfball Streuwald. Der wendet ihn hin und her und reicht ihn schließlich an Borgfeld weiter.

»Ein Wappen mit gekreuzten Golfschlägern. Erkennst du es?«

»Ist das gleiche Muster.« Borgfeld dreht sich zu Goldmann um. »Hat das eine besondere Bedeutung?«

»Das ist unser Clublogo. Jeder Club, der etwas auf sich hält, hat einen Golfball mit eigenem Logo.«

Borgfelds Augen blitzen bei diesen Worten auf. Ein Toter im Golfclub, im Mund ein Golfball des Clubs. Klare Sache. Er grinst. Von dem Geld, was ihm die Beförderung einbringt, könnte er endlich mal wieder Urlaub an der See machen.

»Wo kann man diese Bälle kaufen?«

»Bei uns im *Pro Shop*.«

»Ah ja, *Pro Shop*, wunderbar. Und … wo ist der?«

»Vorne, gleich neben der Station der Greenkeeper.«

Greenkeeper? Borgfeld runzelt die Stirn.

»Zeigen Sie uns am besten mal, wo der Platzwart seine Geräte stehen hat«, hilft Streuwald seinem Kollegen auf die Sprünge.

25

Martha steht an der Spüle und schrubbt ihre Teekanne. Oben am Rand ist ein brauner Belag. Mit einer Zahnbürste schiebt sie Küchenpapier in die Ritze, die sich zwischen dem beweglichen Henkel und dem Kannenkörper bildet. Nach dem dritten Versuch gibt sie auf. Sie braucht etwas Schmaleres. Während sie in der Schublade des Küchentisches sucht, fällt ihr Blick auf die Anrichte. Dort liegt die Fotokopie der Aufzeichnungen, die ihr ein Mann am Freitag in der Redaktion vorbeigebracht hat.

»Gestatten, Julius Trott aus Celle. Ich unterrichte am Kaiserin-Auguste-Viktoria-Gymnasium in Celle«, stellte er sich vor und erzählte von seiner verstorbenen Großmutter und dem Fund dieser alten Aufzeichnungen bei der gerade stattfindenden Wohnungsauflösung.

»Dieses Tagebuch enthält Sprengstoff. Glauben Sie mir. Unangenehme Wahrheiten werden ans Licht gebracht. Dinge, die niemand in Celle wissen will«, sind seine Worte zum Abschied gewesen. »Diese Geschichte muss an die Öffentlichkeit.«

Martha schlägt die erste Seite auf und beginnt noch im Stehen zu lesen.

1952

Am Ende der Straße steht ein Haus. Fachwerk in bester Zimmermannsarbeit. Bunt bemalte Balkenköpfe, goldene Schriftzüge über den Türen. Alles heimelig und gemütlich. Spitzengardinen in den Fenstern verhindern die Sicht hinter die liebliche Fassade. Tante Ida hat ihr Elternhaus damals bestimmt nicht gern verlassen, genauso wenig wie Mama.

Am Alten Marstall werfe ich einen Blick nach links. Verträumt thront das Celler Schloss im cremigweißen Zuckerbäckerstil auf einem kleinen Hügel, umgeben von Wassergräben, die schon viel gesehen haben. Mittelalterlich verschlafen wirkt es hier, ganz anders als im quirligen New York, das es noch nicht einmal gab, als Celle bereits Residenzstadt war.

Sprengstoff? Unangenehme Wahrheiten? Martha schüttelt den Kopf. Manche Menschen überschätzen die eigene Biografie und die ihrer Mitmenschen enorm. Eine junge Frau aus New York hat Beobachtungen in einer idyllischen Kleinstadt in Norddeutschland aufgeschrieben. Bestimmt kommen gleich Kochrezepte und eine Liste damals aktueller Schlager. Martha blättert die Seite um und liest gelangweilt die nächste Eintragung.

Elfriede Trott, Jahrgang 1916, 36 Jahre alt, Bäckereiverkäuferin, wohnhaft Riemannstraße

So, Fräulein Clara, setzen Sie sich dort aufs Sofa. Muss eine anstrengende Reise für Sie gewesen sein. Amerika ist schließlich weit weg. Die schlafen doch jetzt sogar, wo wir miteinander reden.

Was hat Sie denn hierher verschlagen in unsere alte Residenzstadt? Das Schloss? Das ist wirklich wunderschön.

Ach, Sie möchten wissen, was in den letzten Tagen des Krieges passiert ist. Sie schreiben für eine Zeitung? Für die New York Times? *Donnerwetter, und da wollen die da drüben auf der anderen Seite des Ozeans hören, was in Celle los war. Haben die etwa ein schlechtes Gewissen?*

Der 8. April 1945 – Mädchen, das sind Tage, die alle vergessen wollen. Wir hatten genug auszustehen nach dem Krieg. Das wollte zum Ende keiner mehr haben. Das müssen Sie mir glauben.

Nein, es gab hier nicht viele Nazis. Ich weiß nicht, wer Ihnen das erzählt hat. Die Ida? Stimmt, die ist rüber nach Amerika. Das ist schon ewig her. Die weiß gar nicht, was hier los war, was das zum Schluss für ein Elend war.

Wollen Sie noch eine Tasse Kaffee? Echter Bohnenkaffee ist das, den habe ich gerade aufgebrüht.

Der 8. April 1945 – war das nicht ein Sonntag? Ja, richtig, jetzt erinnere ich mich. Herrliches Wetter, der Himmel ganz

blau und strahlender Sonnenschein. Morgens war es kühl, aber der Frühling kam mit Macht, die Luft erwärmte sich schnell. Es lag ein besonderer Duft über allem, die Vögel zwitscherten. Amseln, Drosseln. Alles erwachte nach dem Winter. An der Aller wuchsen die ersten Butterblumen, überall leuchteten die Forsythien.

Am Sonntagvormittag fuhr ich mit dem Fahrrad ins Zentrum. Es hieß, das Proviantlager wird aufgelöst, es sollte Sonderrationen geben, damit sie nicht in die Hände des Feindes fallen. Nicht mehr lange und er würde vor den Toren der Stadt stehen.

Schon früh waren alle auf den Beinen und versuchten, Lebensmittel zu ergattern. Vor den Geschäften bildeten sich Schlangen. Ich selbst stand ewig in der Zöllnerstraße an. Mein Mann hatte keine Zeit, mitzukommen, der arbeitete ja als Bäckermeister in der Keksfabrik. Der war verantwortlich für die Bärentatzen, aber in jenen Tagen wurde nicht mehr viel gebacken. Da wurden nur die Lebensmittelbestände gesichert. Vor den Plünderern und dem Feind. Gucken Sie mich nicht so an. Das hieß damals Feind und nicht Befreier.

Als die Sirenen heulten, kurz bevor die amerikanischen Kampfbomber am Himmel auftauchten, war ich unterwegs nach Hause, dick bepackte Taschen hingen an meinem Lenker. Ich fuhr so schnell wie noch nie in meinem Leben unter der Bahnunterführung durch. Da hatten sich etliche untergestellt. Ich bog links bei uns in die Riemannstraße ein. Überall flüchteten die Leute in die Häuser. Bunker gab es ja nicht. Nur Keller.

Das Summen der Bomber kam näher, wurde bedrohlicher. Es war, als wenn ein Schwarm riesiger Raubvögel auf uns zukäme, immer näher, immer dichter.

Zuhause bin ich gleich hinunter zum Keller gerast. Ich riss die

Tür auf, sprang hinein. Mir fiel ein Stein vom Herzen. Mein Ältester, der Wilhelm, saß schon da und hatte meinen Kleinen in Sicherheit gebracht. Noch nie war ich so erleichtert. Ich habe vor Glück geheult. Wirklich wahr. Um uns tobte die Hölle und ich heulte vor Glück. Aber nicht lange. Dann ging die erste Bombe ganz bei uns in der Nähe mit einem ohrenbetäubenden Knall nieder. Panik stieg in mir hoch. Immer mehr Bomben fielen in unserem Viertel. Gesehen haben wir nichts. Wir hörten nur das Krachen und die Schreie. Mein Kleiner schrie die ganze Zeit, genau wie die Nachbarin. Nach ein paar Minuten ging das Licht aus und plötzlich war alles dunkel. Ich hab den Atem angehalten und gebetet. Das Haus wackelte, die Wände zitterten, Putz rieselte von den Mauern und Staub lag in der Luft. Die Kellerfensterscheiben platzten vom Druck der Bombenexplosionen, Mörtel bröckelte ab.

Als wir später aus dem Keller krochen, war die Stadt voller Rauch. Sirenen heulten, überall Schreie und Hilferufe. Die Brücke bei der Bahn war getroffen und die Leute, die sich dort untergestellt hatten, waren verschüttet. Schrecklich, diese Schmerzensschreie. Ich höre die heute noch manchmal im Schlaf.

Ja, Ihre Leute haben ganze Arbeit bei diesem Angriff geleistet, das muss man mal sagen. Dabei haben wir hier in Celle doch gar nichts gemacht. Überhaupt nichts. Hier waren nur Zivilisten.

Schmeckt der Kaffee? Der ist frisch geröstet. Von Huth am Großen Plan. Der war früher sogar Königlicher Hoflieferant. Möchten Sie noch eine Tasse? Bitte, die Milch, nehmen Sie!

Der Güterbahnhof selbst bekam einiges ab. Natürlich. Der ist ja gleich dahinten. Wenn Sie aus dem Fenster gucken, können Sie die Gleise sehen.

Ja, Züge wurden auch getroffen. Wieso fragen Sie immer danach?

Mag sein, dass ein Transport mit Menschen dabei war. Irgendwelche Zuchthäusler. Darüber weiß ich nichts Genaueres. Ich muss jetzt in die Küche. Das Mittagessen kochen. Mein Mann kommt gleich nach Hause.

26

Der grüne Nissan ruckelt über den holperigen Feldweg. Kevin sitzt neben Matusch und dreht sich immer wieder um. Felix liegt geknebelt und mit Kabelbindern gefesselt auf der Ladefläche, über ihm ist eine muffig riechende Decke ausgebreitet. Bei jedem Schlagloch hüpft er ein paar Zentimeter hoch und rollt zur Seite. Der Weg führt immer tiefer ins Moor, rechts und links flankiert von schmalen, jetzt trocken gefallenen Entwässerungsgräben. Birken und Eichen, wohin das Auge schaut, dazwischen Heidekraut, ab und zu ein Wacholderbusch.

Plötzlich hält Matusch an und springt mit Schwung aus dem Auto. Er hebt die Decke hoch, holt das Messer mit dem Walnussgriff aus der Seitentasche seiner Hose und wiegt es in der Hand. Wörstein hat ihm das in Russland hergestellte Springmesser zu seinem letzten Geburtstag geschenkt. Matusch klappt einen Hebel um und drückt drauf. Im nächsten Moment springt die scharfe Klinge heraus.

»Was hast du vor?« Kevin behagt die Situation nicht. Die Waffe ist kein gutes Zeichen, genauso wenig wie die Pistole, die seit heute Morgen im Handschuhfach liegt. Eine alte

Heckler & Koch, die Wörstein Matusch vor Wochen mit den Worten überlassen hat: Pass gut auf sie auf. Das ist eine der ersten Selbstladepistolen. Mittlerweile sind die verboten – wie alles, was gut ist.

Matusch grinst seinen Kameraden an. »Ein bisschen Spaß haben.« Er bückt sich zu Felix herunter und zieht ihn an den Füßen zum Ende der Klappe.

»Aber …«

»Was ist los?« Matusch geht mit der spitzen Messerschneide zwischen Felix' Beine. Ein Ratsch und der Kabelbinder fällt auseinander. Ein zweiter Ratsch und der an den Händen ebenfalls.

»Haste etwa Mitleid mit dem Weichei?« Matusch schmeißt seinen Gefangenen mit Schwung von der Transportfläche. Mit lautem Krachen landet Felix auf dem staubigen Boden. »Wenn wir nicht zubeißen, beißen die uns.«

Felix' Rippen schmerzen, sein Kopf und die Beine sowieso. Was soll er tun? Die in der Sonne glitzernde Klinge des Messers macht ihm Angst. Sein Herz schlägt heftig und sein Magen zieht sich zusammen. Was hat dieser Matusch vor? Felix starrt an den schwarzen Stiefeln und der dunklen Jeans hoch. Will der ihn etwa erstechen? Er schließt die Augen und wünscht sich, er wäre schon tot.

Dann ein metallenes Ratschen. Felix spürt plötzlich etwas Warmes auf seinem Bein. Etwas Feuchtes. Er schlägt die Augen auf.

Der kräftige Urinstrahl von Matusch durchdringt das Gewebe seiner beigen Cargohose. Der Stoff klebt bereits an der Wade. Der Strahl wandert weiter zu seinem T-Shirt und macht auch vor seinem Gesicht nicht halt. Felix schließt die

Augen wieder. Ekel und Angst füllen ihn aus. Noch nie hat er sich so gedemütigt und erniedrigt gefühlt. Noch nie hat er so viel Angst gehabt.

Schließlich versiegt der Strahl und das Ratschen des Reißverschlusses ist erneut zu hören. Vorsichtig öffnet Felix die Augen einen winzigen Spalt. Matusch grinst ihn breit an.

»Los, Arschgesicht, auf geht's. Wenn es nach mir ginge, wäre jetzt Feierabend für dich. Mit Schnüfflern macht man kurzen Prozess.« Matusch spuckt vor ihm auf die Erde. »Steh auf.«

Langsam kommt Felix hoch. Die feuchte Hose und das Hemd kleben an ihm. Der Knebel in seinem Mund ist nass. Beißender Uringeruch steigt ihm in die Nase, doch zum Ekeln hat er keine Zeit. Kaum steht er halbwegs, bekommt er von Matusch einen Tritt in den Hintern.

»Hast Glück, weil du Karl mal geholfen hast. Er gibt dir eine Chance. Also los, renn.« Matusch grinst breit. »Laufen, habe ich gesagt.« Dann dreht er sich um, geht zum Auto und greift ins Handschuhfach.

Felix wartet nicht so lange. Ohne Kevin noch einmal anzusehen, setzt er sich in Bewegung. Rechts am Weg stehen dichte Büsche. Daneben drei dünnstämmige Birken. Das könnte seine Rettung sein.

Kaum ist Felix ein paar Meter in diese Richtung gelaufen, hört er einen Knall. War das ein Schuss? Felix dreht sich um und entdeckt Matusch neben dem Nissan. In der Hand eine Pistole. Schon folgt der nächste Schuss. Felix hört den Einschlag der Kugel im Baum neben sich. Wie von Sinnen beschleunigt er seine Schritte.

»Ey, wie geil ist das denn?«, hört er Matusch juchzen. Dann knallt es erneut und eine Pistolenkugel streift die Birke rechterhand.

27

Martha legt das Blatt auf den Stapel. Schreckliche Zeit damals. Keine Frage. Trotzdem kann sie nicht sagen, dass dieses Interview sie sonderlich berührt. Natürlich hat die Zivilbevölkerung gelitten. In Hamburg und Dresden sehr viel stärker als in Celle. Häuserzeilen wurden getroffen, ganze Stadtviertel ausradiert. Menschen starben, andere mussten fliehen und die Heimat verlassen. Über all das hat man tausendmal berichtet. Martha hat so viele Bilder vom Krieg gesehen, dass es sie nicht mehr betroffen macht. Mehr noch. Sie will sie nicht mehr sehen. Fünfundsechzig Jahre nach Kriegsende ist der Krieg Geschichte geworden.

Sie wirft einen Blick auf ihre Armbanduhr. Eigentlich müsste Max längst da sein. Jetzt ist schon über eine halbe Stunde seit seinem Anruf vergangen. Sie blättert die Seite um. Für einen Eintrag reicht es vielleicht noch.

Adalbert Messerschmidt, Jahrgang 1910, 42 Jahre alt, Maschinenschlosser, wohnhaft Riemannstraße

Guten Morgen, junges Fräulein. Ich habe schon gehört, dass Sie eine ganz Neugierige sind. Also, hereinspaziert, setzen Sie sich und schießen Sie los.

An den 8. April 1945 kann ich mich gut erinnern. An jenem Sonntagmorgen habe ich ausführlich die Wochenendaus-

gabe der Celleschen Zeitung gelesen. Es gab die Tipps für den Gartenfreund und den neuen Teil des Fortsetzungsromans von Hermann Löns: Der Wehrwolf. *Gerade an jenem Tag war es besonders spannend. Der Wulfsbauer und die anderen jagten ihre Feinde wie die Hasen.*

Kennen Sie das Buch? Nein? Das müssen Sie lesen.

Ja, kommen wir zu dem Sonntag zurück. Ich hatte zu der Zeit Genesungsurlaub, eine Beinverletzung aus Frankreich. Damals …, ich will jetzt nicht zu weit ausholen, aber ich hinke noch heute wegen dieser Granatsplitter. Ich kann froh sein, dass ich so glimpflich davongekommen bin. Viele meiner Kameraden hat es viel schlimmer erwischt. Manche sind gar nicht wieder heimgekommen.

An jenem Sonntag ist meine Frau mit unserer Tochter am späten Vormittag in der Schuhstraße gewesen. Das war eine seltsame Stimmung an jenem Tag. In der Zeitung wurden zwar immer noch Durchhalteparolen verkündet, aber die Front rückte näher, das wusste jeder. Keiner ließ sich durch den Fliegeralarm abschrecken. Meine Frau und unsere Tochter, die Marianne, haben ihre Einkäufe erledigt und sind gegen Mittag zurückgekommen. Meine Frau war müde. Sie hat Herzprobleme, seit unser Sohn an der Ostfront gefallen ist. Da ist sie bis heute nicht drüber weg.

Ich habe nach dem Mittagessen im Garten gearbeitet. Der Frühling lag in der Luft und ich wollte den Boden vorbereiten, um die Einsaat …

Ja, mein Garten liegt direkt gegenüber vom Güterbahnhof.

Ein Zug stand dort. Stimmt. Der war ziemlich lang und hatte offene Metall- und Holzwaggons, in denen Leute saßen. Immer wieder haben sie etwas aus den Waggons getragen. Was die Leute anhatten? So genau konnte ich das auch nicht sehen, ich habe mir ja kein Fernglas geholt. Außerdem waren die meistens in Decken gewickelt.

Also gut, der Stoff war gestreift. Die SS-Leute standen direkt neben dem Zug; die hatten Gewehre geschultert, manche sogar im Anschlag. Ich habe mich da nicht weiter drum gekümmert. Ich misch mich nicht in Dinge ein, die mich nichts angehen. Das bringt nichts. Nur Ärger.

Bei der Bombenwarnung ging ich mit der Marianne und meiner Frau sofort in den Keller. Der ganze Wahnsinn dauerte dann eine Stunde. Danach lag die Gegend um den Bahnhof herum in Trümmern. Überall nur Dreck und Qualm. Immerzu hörte man es krachen und ununterbrochen schrie jemand. Es stank fürchterlich nach Verbranntem, und kleine schwarze Papierfetzen schwebten wie Schneeflocken vom Himmel.

Ob uns etwas aufgefallen ist? War das nicht genug?

Was danach war?

Wo Sie so fragen – etwas irritierte mich damals. Als der Fliegeralarm kam, musste ich meine Laube überstürzt verlassen. Nicht einmal abgeschlossen hatte ich. Später am Abend bin ich zurück in den Garten, wollte nach dem Rechten sehen und meine Jacke holen. Die hatte ich am Nachmittag liegengelassen. Aber sie war weg. Meine Arbeitssachen fehlten auch. Sogar die Flasche Korn, die zur Reserve dort stand, falls jemand mal zu Besuch vorbeikäme.

Stattdessen lag ein Haufen schmutziger, graublau gestreifter Kleidungsstücke unter der Sitzbank und ein paar blutige Stofffetzen aus dem gleichen Material.

Nein, ich habe nicht weiter darüber nachgedacht, sondern bin in die Wohnung gegangen. Und jetzt ist es genug, auf Wiedersehen.

Dora Müller, Jahrgang 1908, 44 Jahre alt, Stenotypistin, wohnhaft Denickestraße

Sie wohnen also bei der Elfriede. Setzen Sie sich, Fräulein Clara. Wollen Sie eine Tasse Kaffee trinken? Und ein Stück Butterkuchen? Wirklich nicht? Aber Sie sehen ganz mitgenommen aus. So schmal. Hier, bitte, seien Sie nicht so schüchtern.

Es ist schön, Besuch zu bekommen. Als Witwe ist man viel allein. Mehr als einem lieb ist. Früher, als mein Mann noch lebte, … Aber lassen wir das. Sie sind so jung, Sie sollten sich mit diesen alten Geschichten nicht plagen. Das ist alles vorbei und vergessen. Das interessiert keinen mehr. Schon gar nicht in Amerika. Genießen Sie lieber das herrliche Wetter. Da hinten im Neustädter Holz kann man wundervolle Spaziergänge machen oder im Wietzenbruch. Da ist es richtig idyllisch, eine wunderbare Heidelandschaft. Gehen Sie dort den Hermann-Löns-Weg entlang.

Was, Sie kennen unseren Heimatdichter nicht? Der hat so schöne Gedichte über die Heide geschrieben, auch einiges über Celle. Der hat die Seele der Menschen hier verstanden.

Das Ende des Krieges war eine schlimme Sache. Alle reden ja immer nur davon, was wir Deutschen angeblich gemacht haben. Keiner redet von dem Leid, das wir erlitten haben. Da wurde keine Rücksicht auf die Zivilbevölkerung genommen. Überhaupt nicht. Ganz zum Schluss fielen Bomben auf Celle. Völlig überflüssig, der Engländer stand doch sowieso vor den Toren. Das wussten alle, trotzdem mussten die Amis vorher alles kaputtmachen.

Ja, das war der 8. April, ein Sonntag. Ich kann mich genau erinnern. Meine Mutter war früh in die Stadt gegangen. Es sollte Bohnenkaffee geben. Endlich mal wieder. Kaffee war zu der

Zeit eine Rarität. Ich blieb zu Hause, weil ich am Nachmittag arbeiten musste.

Erst gab es Voralarm. Dreimal kurz mit der Sirene. Das war am Vormittag. Hat aber keiner drauf reagiert. Meine Freundin kam gegen Mittag vorbei und sagte, dass die Erdölraffinerie in Nienhagen getroffen sei. Alles brannte dort lichterloh und man sah von meinem Küchenfenster aus den schwarzen Rauch am Himmel. Sie wollte mit dem Fahrrad dorthin fahren. Das ist nämlich eine ganz Neugierige, die Babette; aber ich blieb daheim. Schließlich habe ich drei Kinder und mein Mann ist im letzten Kriegswinter gefallen. Da konnte ich mir solche Sperenzien nicht erlauben.

Vorsichtshalber habe ich wegen des Alarms unseren Keller überprüft. Ich hatte so ein komisches Gefühl, aber mein Ältester, der Herbert, hatte alle Fenster vernagelt, sogar die Wände mit Kanthölzern versteift. Der Herbert war mir mit seinen 14 Jahren sowieso eine große Hilfe. Auf den konnte ich mich immer verlassen. Nur in jenen Tagen war er kaum da. In den Osterferien hatten die mit so einem Wehrertüchtigungslager in der Hehlentorschule angefangen und jeden Tag gab es Übungen. An dem Morgen hatte er mir stolz erzählt, dass er vielleicht sogar als Flakhelfer ran dürfte. Da habe ich gelacht. Die Flak war doch bis dahin in Celle noch nie zum Einsatz gekommen.

Meine Mutter kam mit dem Kaffee und dem frischen Brot gegen drei Uhr am Nachmittag zurück, das weiß ich genau. Sie musste auf die kleinen Kinder aufpassen. Ich musste ja zum Schloss, da habe ich nämlich als Stenotypistin gearbeitet. Im Schloss war die Luftschutz-Befehlstelle unter dem Befehl von Oberbürgermeister Meyer untergebracht.

Nein, mit dem hatte ich nicht viel zu tun. Ich saß nicht bei ihm im Zimmer, das war die Elvira, aber natürlich hat man das eine oder andere mitbekommen, Elvira redet gerne.

Martha geht zum Wasserhahn und trinkt einen Schluck Leitungswasser. Vom Fenster aus sieht sie Beckmanns Auto auf den Hof fahren. Er scheint neue Prioritäten zu setzen, so sauber hat sie den alten Volvo noch nie gesehen.

Martha stellt das Glas auf der Spüle ab und fährt sich durch die Haare. Soll sie ihm die Tür öffnen?

28

Felix rennt, ohne hinzusehen, weiter, stolpert über eine knorrige Baumwurzel und fällt flach hin. Unter den Knien fühlt er spitze Äste, mit der Nase liegt er in einer Heidelbeerpflanze, atmet den fauligen Dunst gegorener Früchte ein.

Wieder peitscht ein Schuss an ihm vorbei, gefolgt von grölendem Gelächter.

»Hast du den gesehen?« Matusch lacht immer lauter. »Der läuft wie ein Hase.«

Felix krabbelt in gebückter Haltung weiter, sucht Schutz hinter einer Reihe dichter Büsche. Erneut ein Schuss, keine zwei Meter entfernt von ihm. Am Ende des Grabens steht eine dickstämmige Birke. Er wartet den nächsten Schuss ab, dann sprintet er los. Nach drei Sätzen hat er den schützenden Stamm erreicht. Plötzlich hört er Motorengeräusche. Der Nissan nähert sich. Und jetzt?

Ohne nachzudenken, rast er los, spürt weder den Schmerz in den Rippen, noch am Kopf, geschweige denn den an Knien und Waden. Die nächste Kugel trifft den Birkenstamm; da ist Felix aber schon über die ausgetrocknete Furche gesprungen, hat die krumme Kiefer hinter sich gelassen und durchquert ein wogendes weißes Meer von Wollgras, um zu dem schützenden Dickicht zu gelangen. Wieder ein Pistolenschuss, doch dieses Mal in erheblicher Entfernung. Felix atmet durch. Hoffentlich schafft es der Kerl mit dem Auto nicht über den Graben.

Felix macht einen Sprung ins Buschwerk, Zweige peitschen in sein Gesicht. Er rennt, ohne zu denken, quetscht sich durch dornige Sträucher und kommt auf einer breiten Ebene mit Glockenheide heraus. Die Kratzer im Gesicht bluten, aber das bemerkt er genauso wenig wie die anderen Schmerzen. Atemlos drückt er sich an einen Birkenstamm und lauscht. Stille. Außer dem Surren der Insekten ist nichts zu hören. Vorsichtig löst er den Knoten des Knebels, wischt sich mit dem Unterarm über die Lippen und spuckt aus.

»Verdammte Schweine!«, flucht er. Sein Selbstmitleid ist in Wut umgeschlagen. Irgendwie muss er hier heil wieder rauskommen – und dann könnten die beiden was erleben.

Felix atmet einmal tief ein, dann läuft er weiter. Er schlägt einen Haken, überspringt eine Furche, quert eine wildwuchernde Fläche mit Heidelbeeren. Seine Füße laufen wie von alleine. Als er einen tiefen Graben vor sich sieht, springt er hinein und presst seinen Bauch fest auf den moorigen Boden. Die Angst lässt sein Herz bis zum Hals schlagen. Ist es klug, hier liegen zu bleiben?

29

Auf Beckmanns Klopfen antwortet niemand. Er öffnet nach dem dritten Versuch die Tür und betritt die Wohnküche, die den Mittelpunkt des renovierten Fachwerkhauses bildet. Martha sitzt auf dem Sofa und liest. Mit ausdruckslosem Gesichtsausdruck hebt sie die Augen und sieht ihn an. Kein Gruß kommt über ihre Lippen.

»Ich dachte schon, du wärst noch mal fortgegangen.«

»Hallo Max.« Sichtlich um einen gelangweilten Ton bemüht, verschränkt Martha die Arme vor ihrer Brust. Sie mustert Beckmann von oben bis unten. Sein Igelschnitt ist verschwunden, die Haare sind länger. Das steht ihm gut. Er ist unrasiert, graue Bartstoppeln sprießen. Das macht ihn älter. Aber vielleicht stehen junge Mädchen auf so etwas. Marthas Blick wandert zu seinem Bauch. Er ist schlanker geworden. Ein guter Hahn wird selten fett. Sie zieht die Arme noch enger an sich.

»Was ist passiert?« Beckmann sucht ihre Augen, doch Martha starrt an ihm vorbei zum Gläserschrank. Blass sieht sie aus, fremd und doch vertraut. Warum lächelt sie ihn nicht wenigstens einmal an? Sie kann sich doch denken, dass es für ihn auch nicht leicht ist, einfach wieder vor ihrer Tür zu stehen, als wäre nichts passiert. Aber was ist eigentlich passiert? Diese eine Nacht, dieser eine Ausrutscher. Beckmann möchte Martha am liebsten an sich drücken, sie trösten, aber er traut sich nicht.

Martha starrt auf den Holzfußboden. Was ist passiert? Was für eine blöde Frage. Vieles ist passiert, seit sie ihn das letzte

Mal gesehen hat. Soll sie ihm etwa sagen, dass sie sich elend fühlt, dass sie ihn vermisst hat?

»Nun sag schon!« Beckmann wirft ihr einen aufmunternden Blick zu, obwohl er sich von Sekunde zu Sekunde unwohler in seiner Haut fühlt. Wenn sie ihn doch wenigstens einmal ansehen würde. Er hat schon immer gut in ihren Augen lesen können. Dort und nirgends anders zeigen sich ihre Gefühle.

Endlich lösen sich Marthas Augen vom Fußboden.

»Trixi hat heute Morgen einen Toten im Golfclub entdeckt.«

Immerhin hat sie geredet und immerhin hat sie aufgeschaut. Wenn auch nur Richtung Fenster. Unsicher, was er machen soll, steht Beckmann immer noch vor der Eingangstür.

»Was machst du eigentlich im Golfclub?«

»Ich lerne Golf.«

»Du?«

Täuscht sie sich oder zwinkert er ihr mit dem rechten Auge zu?

»Du hast dich doch früher immer darüber lustig gemacht.«

Wehe, er wiederholt jetzt diesen Witz. Dann fängt sie sofort an zu schreien.

Beckmann macht einen Schritt auf sie zu. Haben Sie noch Sex oder golfen Sie schon? Nein, das lässt er besser. Und jetzt? Beckmann zögert erneut, dann legt er seinen Arm auf ihre Schulter. Martha macht sich bei der Berührung steif. Trotzdem geht es ihr sofort besser.

Ihre zu Fäusten zusammengeballten Finger öffnen sich und sinken langsam auf ihre Oberschenkel. Beckmann tritt noch dichter an sie heran und legt seinen anderen Arm um ihre Taille.

Martha lehnt vorsichtig ihren Kopf an seine Schulter. Sein vertrauter Geruch tut ihr gut.

30

»Wo steckt Felix nur?« Sonja schaut auf ihre Uhr. »Er ist schon mehr als drei Stunden fort.«

Ihr Bruder verzieht den Mund. »Das dauert eben länger. Hier, sieh dir mal die Seite im Internet an. *Wir für Niedersachsen*. Die Autonomen sind die Vermummten, die kaum einen Satz richtig herauskriegen – und die »Aufrechten Deutschen« tragen hübsche ordentliche Pullis, akkurate Haarschnitte und sind die mit den erstrebenswerten Idealen.«

Ali tippt auf die Taste für die Lautstärke. Klar und deutlich sind die Stimmen zu hören: »Wir sind für ein Leben in Gemeinschaft und Verlässlichkeit.« »Nicht der Konsum soll im Mittelpunkt stehen, sondern gemeinsame Erlebnisse, die Kameradschaft.« »Freie Menschen statt freie Märkte.«

Ali dreht den Monitor zu seiner zwei Jahre älteren Schwester herum. »Könnte glatt von dir sein.«

Sonja schaut nicht hin. Ihre Unruhe wächst von Minute zu Minute. Felix wollte nur kurz zu dem Haus. Ein paar Fotos machen, das kann doch nicht so lange dauern. Danach wollte er sich sofort melden. Die Aufnahmen sollten schließlich noch mit ins Netz gestellt werden.

»Ich fahre da jetzt hin. Vielleicht ist etwas passiert.«

»Quatsch, der ruft bestimmt gleich an. Außerdem: Was

hast du plötzlich mit diesem Felix? Läuft da was?« Ein breites Grinsen umspielt Alis Mund.

»Quatsch!« Ihre Stimme ist eine Nuance schriller als sonst. »Das nennt man Solidarität. Musst du dir mal merken.«

31

Goldmann zeigt auf den flachen Anbau neben dem Geräteschuppen. In den Auslagen sind Golfschläger, Taschen, Hemden und Pullover zu sehen.

»Hier bekommen Sie alles, was sie auf der Runde brauchen. Handschuhe, Tees – und Bälle verschiedenster Fabrikate.«

Borgfeld und Streuwald öffnen die Tür. Eine helle Glocke klingelt. Kaum haben die beiden zusammen mit dem Präsidenten des Golfclubs den Laden betreten, tritt eine gut aussehende Frau um die vierzig hinter einem Regal hervor, grüßt in die Runde und streckt dem Präsidenten ihren Handrücken entgegen.

»Guten Morgen, meine liebe Ina. Ich dachte, Frau Zistrow ist heute da«, begrüßt Goldmann sie und senkt sein Haupt zum angedeuteten Handkuss.

»Die ist krank und hat mich gebeten, sie zu vertreten – dabei hatte ich eigentlich etwas Besseres vor«, seufzt sie und schlägt die Wimpern entnervt hoch. »Und dann das hier. Schrecklich, dieser Tote.«

»Wirklich, kein erfreulicher Tag für unseren Club.« Goldmann zeigt auf die Polizisten. »Die Polizei hat grünes Licht zum Spielen gegeben. Nur der Caddyraum bleibt weiter gesperrt.«

Sie schüttelt ungläubig den Kopf. »Aber die meisten haben doch ihre Sachen dort in den Schränken.«

»Genau, meine Liebe. Das ist es ja. Darf ich dir übrigens vorstellen: Kommissar Streuwald und … wie war doch noch gleich Ihr werter Name?«

»Mein Name ist Borgfeld. Kommissar Dieter Borgfeld. Entschuldigen Sie, dass wir hier bei Ihnen so viel …«, er ringt nach passenden Worten und entscheidet sich schließlich für »Unruhe reinbringen«.

Streuwald mustert Borgfeld verwundert. Borgfeld interessiert sich sonst nie dafür, was andere Leute denken, wenn er im Einsatz ist. Im Gegenteil. Aber das ist nicht das Einzige, was Streuwald wundert.

Normalerweise muffelt Borgfeld um diese Uhrzeit jeden an, der etwas von ihm will, weil es Zeit zum Mittagessen ist. Heute liegt seine letzte Mahlzeit, wenn man die abgezählten Möhrenspalten denn so nennen kann, schon Stunden zurück. Normal wäre es, wenn Borgfeld jetzt eine Attacke schlechter Laune bekäme. Doch heute ist nichts normal. Statt zu nörgeln, zieht Borgfeld den Bauch ein und streckt seine Brust heraus.

»Zeigen Sie uns doch bitte die Golfbälle mit dem Aufdruck Ihres Clubs«, säuselt er eine Tonlage höher als sonst. »Wenn es Ihnen nichts ausmacht.«

»Die liegen hier vorne«, die mit Ina angesprochene Dame lächelt Borgfeld an. »Sehen Sie? Gleich hinter den Golfschlägern.«

Borgfeld macht einen Schritt auf sie zu und steht jetzt direkt neben ihr an dem Verkaufstisch.

»Wie viele von diesen Bällen haben Sie denn bereits verkauft?« Während er die Frage stellt, starrt er ihr die ganze Zeit auf den knallrot mit Lippenstift nachgezogenen Mund.

»Das kann ich nicht genau sagen, dazu müsste ich in den Unterlagen nachsehen. Aber ein paar Hundert sind es jedes Jahr. Außerdem kauft der Club selbst einen größeren Teil.« Sie dreht sich um und ihre Brust streift Borgfelds Oberarm, der wie elektrisiert zusammenzuckt.

»Warum?«, stammelt er und wird rot.

»Die Bälle werden auf den Clubturnieren als Preise gestiftet. Natürlich muss der Verein sie vorher kaufen.«

Streuwald schaut verstohlen auf die Uhr. 14:20 Uhr. Scheiße, in einer dreiviertel Stunde fängt das Spiel an. Langsam wird es eng.

»Wie viele werden im Jahr so verkauft?«, schaltet sich Streuwald ein, um das Gespräch abzukürzen.

»Wie gesagt, ich sehe gerne nach. Es sind meist mehrere hundert. Nur einmal hatten wir einen Fehldruck. Da stimmten die Farben nicht. Aber das ist schon lange her.« Sie lächelt abwechselnd beide Polizisten an. »Sehr lange.«

14:25 Uhr. Die Zeit rast dahin. Streuwald muss auf die Tube drücken, wenn er es noch rechtzeitig schaffen will.

»Kann ich eine Liste haben, wer im Club einen solchen Ball besitzt?«, drängelt er.

»Nein«, sie lacht hell auf, und ihre goldenen Armreifen klirren, als sie sich durch die halblangen blonden Haare fährt.

»Das bringt nichts. Jeder könnte so einen Ball haben. Sogar mehrere. Da könnten Sie gleich die Liste aller Clubmitglieder nehmen.«

Als die beiden wieder draußen sind, ergreift Streuwald die Initiative.

»Dieter, lass uns eine Pause machen. Die Spurensicherung ist durch, die schreiben jetzt den Bericht. Der Tote ist unterwegs in die Rechtsmedizin – und die aus Hannover wuseln überall herum.«

»Hast du die Frau gesehen? Dieses Lächeln …«

»Nun komm mal wieder auf den Teppich.«

»Ich mein ja nur …«

»Erzähl mir das im Auto.« Er schlägt Borgfeld freundschaftlich mit der flachen Hand auf die Schulter. »Wenn ich durchfahre, schaffe ich es bis zum Anpfiff.«

»Und was soll ich da?«

»Im Vereinshaus macht Fritze die besten Mettbrötchen der Umgebung und seine Frikadellen sind Legende. Ich lad dich ein.«

Borgfeld überlegt. Aber nur kurz.

32

»Ausgezeichnet, wie Sie alles im Griff haben.«

Wörstein hat mit seinem Gast eine Runde durch das Haus gedreht. Jetzt stehen sie in dem ehemaligen Aufenthaltsraum des Landschulheims, der als Besprechungsraum genutzt wird. Rechts steht ein mächtiger eichener Sekretär aus der Gründerzeit, links eine schwarzlederne Sitzgarnitur, in der Mitte ein gedeckter Tisch.

»Nehmen Sie Platz, mein Lieber, ich lasse uns gleich etwas zu essen bringen.« Wörstein deutet auf den Esstisch.

Sein Gast steuert jedoch nicht den angebotenen Stuhl an, sondern den Schreibtisch, auf dem die bronzene Skulptur eines Adlers sein Interesse geweckt hat. Der Raubvogel hat die Flügel weit ausgebreitet. Seine Finger betasten den glatten Stein.

»Prächtiges Exemplar. Sorgfältig gearbeitet. Man weiß nicht, ob er sein Opfer gerade im Visier oder es schon erlegt hat. Trefflich. Habe so ein ähnliches Stück bei mir zuhause.«

Wörstein tritt zu ihm heran. »Das ist ein besonderes Stück. Kamerad Taubold von der Waffen SS Kameradschaft Österreich hat es für das Schulungsheim gestiftet.«

»Es geht eben nichts über eine funktionierende Kameradschaft. Das ist besser als eine Familie.« Der kräftige Mann mit der ausgeprägten Hakennase hebt die Skulptur an, die auf einem viereckigen marmornen Sockel befestigt ist. »Wie weit ist die andere Sache gediehen?«

»Die Vollmacht für die Banken und Ihr Testament habe ich vorbereitet. Wie verabredet.« Ein Grinsen huscht über Wörsteins sonst so starres Gesicht. »Der Großteil Ihres verbliebenen Vermögens fließt in die Stiftung. In den Feinheiten habe ich jetzt Formulierungen gefunden, die gewährleisten, dass die Stiftung auf Dauer das Ziel verfolgt, alle Aktivitäten zu unterstützen, die unsere Bewegung an die Macht bringen. Ich kümmere mich um alles und bleibe auch der Vorsitzende. Für Ihre Frau und Ihre Tochter bleibt ein Pflichtteil übrig.«

»Muss das sein? Die haben doch schon genug bekommen.«

»Sie können auch vor Ihrem Tod das gesamte Geld der Stiftung vermachen, dann können wir uns diesen Pflichtteil unter Umständen sparen.«

»Darüber muss ich nachdenken.«

In diesem Moment klopft es an der Tür.

»Wer ist da?«

Die Tür öffnet sich und der Kopf von Matusch schiebt sich herein.

»Was gibt es, Matusch?«, zischt Wörstein. Er mag es nicht, wenn er gestört wird.

»Die ersten Neuzugänge fürs Wochenende sind eingetroffen.«

»Das heißt: Melde gehorsamst, die Neuzugänge sind eingetroffen, Kamerad Freiherr zu Wörstein.«

Matusch wiederholt den Satz, obwohl er es hasst, sich wie ein Zirkuspferd vorführen zu lassen. Nur weil dieser alte Sack da mit seinem dicken Schlitten angerauscht gekommen ist, hat er noch lange keine Lust, hier den Affen zu machen.

»Da ist noch was.«

»Da ist noch etwas, Kamerad Freiherr zu Wörstein.«

»Da ist noch etwas, Kamerad Freiherr zu Wörstein«, leiert Matusch herunter.

»Ich höre.«

»Da war jemand auf dem Grundstück, Kamerad Freiherr zu Wörstein.«

»Und?«

»Wir haben ihn …«, er zögert einen kurzen Moment, »… wir haben ihn verscheucht, Kamerad Freiherr zu Wörstein.«

Von dem kleinen Ausflug würde er nichts sagen, sonst müsste er das alles in diesem gedrechselten Ton abkaspern, den Wörstein vor diesem Typen hören will.

Wörstein nickt kurz, obwohl ihm diese Mitteilung ganz und gar nicht gefällt; vor seinem Gast möchte er jedoch das Thema nicht vertiefen.

»Zeig den Neuen die Zimmer, Matusch. Wir reden später.«

Wörstein ist beunruhigt. Ungebetene Gäste behagen ihm nicht. Er ist ein Mann von Prinzipien und möchte nicht von Entwicklungen überrumpelt werden. Er ist es gewohnt, die Linie vorzugeben. Wie beim Schach. Immer drei Züge weiter denken, am besten fünf – und die des Gegners ebenfalls im Voraus kalkulieren, damit man von keinem Gegenzug überrascht wird.

Zum Glück hatte er Matusch fürs Grobe. Der erledigt kleine Aufträge, ohne viel nachzufragen. Schon als er ihn das erste Mal gesehen hatte, wusste er, dass er der Richtige ist. Die grenzenlose Wut, die in dem ungehobelten Jungen steckt, die ständige Gewaltbereitschaft. Einer, der zuschlägt, ohne vorher zu fragen, einer, der das Gesetz der Straße beherrscht, der keinem Konflikt aus dem Weg geht. Im Gegenteil. Dennis Matuschenko provoziert gerne und haut erbarmungslos zu. Das ist das Einzige, was er gut kann, dafür trainiert er jeden Tag.

Es war nicht leicht für ihn als Anwalt, den Richter und den Staatsanwalt zu überzeugen, dass sie seine Strafe zur Bewährung aussetzen. Körperverletzung ist kein Kavaliersdelikt. Vorsätzliche schon gar nicht.

»Was für eine Chance hatte Dennis denn?«, fragte er den Richter und zeigte auf Dennis, der statt des kahlgeschorenen Schädels mit akkuratem Seitenscheitel vor Gericht erschienen war. »Seine Großeltern mussten aus Schlesien flüchten und landeten nach etlichen Fehlstarts in Hannover. Seine Mutter hat es nie bis zur Berufsausbildung geschafft. Mit siebzehn wurde sie schwanger und lebt seitdem von der Sozialhilfe. Dennis Matuschenko ist in Vahrenheide aufgewachsen, in einer Umgebung, die so heruntergekommen ist, dass man das Hochhaus, in dem er wohnte, abgerissen hat, weil man die sozialen Probleme in diesem Umfeld nicht mehr in den Griff bekam.«

Als Wörstein nach diesem Vortrag den Gesichtsausdruck des Richters taxierte, wusste er, dass er ihn in der Tasche hatte – und Matusch für immer auf seiner Seite.

33

Martha gießt das kochende Wasser über die Teeblätter.

»Möchtest du eine Spalte Zitrone dazu?«

»Muss nicht sein.« Eigentlich hätte Beckmann sowieso lieber einen Cappuccino.

Während der Tee zieht, berichtet Martha in allen Details von ihren Erlebnissen am Morgen: Trixis Leichenfund, Borgfelds und Streuwalds Einsatz am Tatort. Schließlich hebt Martha das Teesieb heraus und entleert es im Komposteimer. Eine dicke schwarze Fliege erhebt sich daraufhin aus der Tiefe und flüchtet surrend zum Küchenfenster.

»Das Bild des Toten geht mir nicht aus dem Kopf. Dieses aufgedunsene Gesicht und der weit aufgerissene Mund. Gruselig sah das aus.«

Entschlossen nimmt Martha die Fliegenklatsche und zielt auf den Brummer, der über die Arbeitsplatte krabbelt. Ein gezielter Schlag reicht. Ungerührt schiebt Martha die tote Fliege auf eine Untertasse und kippt sie in den Komposteimer. »Diese fetten Fliegen sind einfach widerlich. Wer weiß, wo die schon vorher gesessen haben?«

Als die Teekanne neben den Tassen auf dem Tablett steht, lächelt Martha Beckmann das erste Mal an.

»Lass uns nach draußen unter die Linde gehen. Da ist es schön schattig. Ein bisschen frische Luft tut nach der Heulerei gut«, wirft sie ihm betont salopp entgegen. Er soll sie bloß nicht für schwach und weinerlich halten.

Beckmann nimmt auf der Bank unter der Linde Platz. Martha wählt den gegenüberliegenden Stuhl. Sie reicht ihm die hohe Teetasse mit den zwei Rosen, ihre Lieblingstasse.

Ist das ein Zeichen? Beckmann nimmt einen kräftigen Schluck.

»Verdammt«, schreit er und weiß nicht, ob er den Tee herunterschlucken oder ausspucken soll. »Ist der heiß.«

Das ist ein tätlicher Angriff gegen ihn. Er wirft Martha einen bösen Blick zu, aber die hält ungerührt ihre Tasse in der Hand und lächelt ihn an.

»Du lässt ja sonst auch nichts anbrennen.«

Martha ist nachtragend. Er hat es geahnt. Statt einer Erwiderung starrt Beckmann in den Himmel und beobachtet die Wolken, die sich nur träge bewegen. Ein leichter Windzug streicht durch die Linde, Blätter rascheln. Der Duft letzter Rosen liegt in der Luft. Vögel zwitschern, der Hahn der Nachbarin kräht. Oben in der Linde stößt eine Amsel ihren Warnruf aus.

Über das Wetter, die Blumen oder das Vogelgezwitscher will er trotzdem nicht reden. Schon gar nicht über sich selbst. Besser, er bewegt sich nach dieser Attacke auf neutralem Gelände.

»Hatte der Tote …« Der Lärm von Motoren übertönt seine Frage. Ein Flugzeug befindet sich im Landeanflug auf

Langenhagen. Als der Flieger endlich Richtung Langenhagen verschwunden ist, räuspert Beckmann sich und beginnt noch einmal von vorne.

»Hatte der Tote Ärger mit jemandem im Golfclub? Vielleicht mit einem sportlichen Konkurrenten?«

»Broderich war nicht golfen. Der hatte Cowboystiefel und Lederjacke an. Viel zu warme Sachen für so heißes Sommerwetter. Er sah eher aus, als wäre er gerade von einer Moto Guzzi gestiegen.«

»Broderich?«

»Ja, Henry Broderich.«

HB. Sein Herzschlag beschleunigt sich.

»Kennst du ihn?«

»Erstens: kanntest«, korrigiert sie ihn eine Spur zu schulmeisterlich, wie sie im nächsten Moment selbst bedauert, »zweitens: nur flüchtig.«

»Genauer – bitte.« HB. Wörsteins Mann.

»Er war irgendwann bei uns in der Redaktion. Mittenwald hatte sich mit ihm verabredet.«

»Was wollte er denn von dem?«

»Weiß ich nicht im Detail. Hängt vermutlich mit seinen Internetforen zusammen. Ich werde Mittenwald Montag danach fragen. Broderich hat für alle Kleinstädte hier in der Gegend solche Foren eingerichtet. Überhaupt ist er mittlerweile der selbst ernannte journalistische Experte fürs Internet.«

»Ruf Mittenwald doch jetzt an.«

»Habe ich schon versucht. Er war nicht da.«

»Probier es nochmal.«

»Spinnst du?« Martha wirft ihm einen überraschten Blick

zu. »Es ist Wochenende. Da muss die Heide brennen, wenn er ans Telefon gehen soll.«

»Eben.«

»Eben?«

»Tipp die Nummer ein, ich rede mit ihm.«

»Warum? Du sitzt in Hannover, das ist nicht dein Fall. Und überhaupt, sind wir hier im Verhör?«

»Ich durchforste im Moment den ganzen Tag das Internet. Heute Morgen bin ich dort auf Henry Broderich gestoßen. Das passt. Ich hab da so ein Gefühl …«

34

Das geht nicht gut. Das hat er im Urin.

Jetzt ist Matusch schon seit einer halben Stunde bei den Neuen. Kevin kratzt sich aufgeregt in der Armbeuge. Das ist Scheiße. Matusch hat ihm gesagt, dass es hier echt cool ist und alle prima Kameraden seien. Echte Kerle, Deutsche, die wissen, wo's lang geht.

Nervös kratzt er sich am Nacken. Wenn er aufgeregt ist oder sich Sorgen macht, juckt seine Schuppenflechte. Vor allem die hinten am Hals. Kevin hat Angst, aber das würde er nie zugeben. Das ist ein Fehler. Nie dem Gegner eine Schwäche zeigen. In der Kampfsportgruppe, in der er seit zwei Monaten trainiert, hat ihm Matusch das immer wieder eingebläut: Wir gehören zusammen, wir sind eine Gemeinschaft, eine Kameradschaft.

Jeder, der zur Gruppe gehört, trägt eine Rune eintätowiert auf den Unterarm. Der *Eihwaz*. Das ist ihr Geheimzeichen, ausgesucht von Matusch. Matusch ist mit seinen zwanzig Jahren zwar nur zwei Jahre älter als er selbst, aber im Unterschied zu ihm weiß er, wo's langgeht. Hat es schon immer gewusst. Schon als sie gemeinsam Räuber und Gendarm im Treppenhaus spielten, in diesen Häusern, die später einfach abgerissen wurden.

Dort war er glücklich. Heile Welt mit Familie und allem, was dazu gehört. Überhaupt war damals alles besser. Keiner hat auf ihn heruntergesehen, keiner ihn gehänselt. Der ganze Scheiß hatte erst in Burgdorf angefangen.

Mit seinen kräftigen Fingern fährt sich Kevin über die Nase. Früher war die auch nicht so breit. Früher, das war vor der Schlägerei hinter dem Fußballstadion in Hannover, als diese Wichser aus Wolfsburg ihn und die anderen aus der Nordkurve provoziert hatten. Zum Glück hatte er genau an diesem Tag Matusch im Stadion getroffen. Sie hatten ein paar Bier getrunken und waren dann zusammen nach draußen gegangen, wo diese Kanaken schon warteten. Aber Matusch hat denen gezeigt, wie man antwortet, wenn man angemacht wird. Seine Faust bohrte sich regelrecht ins Gesicht des speckigen Anführers dieser Türkentruppe. Mann, hat der dem die Fresse poliert.

Kevins Zunge fährt über seinen Schneidezahn, dem seit diesem Tag die rechte Ecke fehlt.

Endlich hat Matusch den Neuen ihre Zimmer gezeigt und sie sind allein. Sofort legt Kevin los: »Was hast du mit Felix gemacht?«

Matusch grinst Kevin breit an und spuckt vor ihm auf den Boden.

»Über den brauchst du dir keine Gedanken zu machen.«

»Aber ...« Kevin zaudert. Ein falsches Wort und er bekommt Matuschs Rechte zu spüren.

Matusch bemerkt Kevins Zurückhaltung. Kevin, der sonst voller Bewunderung für ihn ist, ihn geradezu verehrt, hat sich in den letzten Stunden abgekapselt, ist plötzlich wieder das Weichei, das er war, als er ihn vorm Stadion getroffen hat.

Elendes Weichei. Matuschs Lippen kräuseln sich unmerklich bei diesen Gedanken. Manchen ist eben nicht zu helfen. Es gibt Siegertypen – und Verlierertypen. Einige begreifen nicht einmal, dass man es selbst in der Hand hat, zu welcher Seite man gehört. Dieser Felix zum Beispiel, das ist doch einer, dem sie immer alles hinterher getragen haben. Matusch kennt diese Sorte von Leuten. Kaum gehen die in den Kindergarten, buchen die das Abitur, Bausparvertrag inklusive. Für die geht es immer nur aufwärts.

»Um solche Idioten wie diesen Felix solltest du dich nicht kümmern«, platzt es aus Matusch heraus. »Höchstens um ihnen eins in die Fresse zu schlagen. Der hat hier rumgeschnüffelt. Warum wohl? Bestimmt nicht, um Fotos fürs Klassentreffen zu schießen.« Matusch drückt mit der Handfläche freundschaftlich auf Kevins Schulterblatt.

»Solche wie der wollen uns alles wegnehmen. Weil sie uns keinen Platz in ihrer Welt lassen. Diese Bonzen und ihre Kinder möchten alles für sich – und für uns bleibt nichts.« Er drückt noch einmal Kevins Schulter. Ein Lächeln umspielt Matuschs Mundwinkel. »Versteh das doch. Das sind nicht unsere Freunde. Die sind gegen uns. Die reden von Multikulti, haben aber nie erlebt, wie das ist, wenn um dich herum nur noch Kanaken sind. In ihren feinen Wohnvierteln tauchen Türken, Nigger und Konsorten allenfalls als Gärtner oder Putzfrauen auf. Aber uns pöbeln diese Typen auf der Straße an, uns nehmen sie Lehrstellen und Arbeit weg und vor allem die Freundinnen.«

35

»Oh, der Herr Kommissar«, begrüßt Mittenwald Beckmann am Telefon. »Wo sind Sie denn abgeblieben? Man hört und sieht ja gar nichts mehr von Ihnen.«

»Ich bin jetzt beim LKA in Hannover.«

»Und was verschafft mir da die Ehre?«

»Henry Broderich.«

»Broderich?«

»Genau.«

»Seinetwegen rufen Sie mich am Samstagmittag an? Ich bin im Garten. Das Unkraut ruft – leider.«

»Broderich ist tot.«

Kurzes Schweigen. Mittenwald fühlt sich überrumpelt. Das passiert ihm nicht oft.

»Was hat das LKA mit Broderich zu tun, und was machen Sie da überhaupt?«

»Ich arbeite dort in Abteilung 4.«

»Muss ich wissen, was das ist?«

»Polizeilicher Staatsschutz.«

»Wen schützen Sie denn? Den Ministerpräsidenten?«

»Das tun andere. Ich arbeite im Dezernat 42, *Zentralstelle für politisch motivierte Kriminalität.*«

»Immer ein Auge auf die linken Aktivitäten. Das ist gut.«

»Nein, auf die Rechten.«

»Auch gut.« Mittenwald lacht. »Trotzdem verstehe ich nicht, was das mit Broderich und vor allem mit mir zu tun hat?

»Er …« Martha hat sich neben Beckmann aufgebaut und verlangt nach dem Telefonhörer. »Das erzähle ich lieber selber.«

»Frau Landeck.« Mittenwald ist überrascht. Dieser Kommissar aus Hannover und seine Journalistin. Erst war alles ganz dicke, dann Sendepause, und nun? Diese jungen Leute wissen einfach nicht, was sie wollen.

»Heute Morgen beim Golftraining …«, sie hält kurz inne, um sich die weiteren Worte zu überlegen, »hat Trixi einen Toten entdeckt. Henry Broderich.«

»Warum erfahre ich erst jetzt davon?« Mittenwalds Ton nimmt mit jedem Wort an Schärfe zu.

»Ich habe versucht, Sie zu erreichen, aber Sie sind nicht an den Apparat gegangen.«

»Und aus welchem Grund haben Sie es nicht ein zweites Mal probiert?«

»Weil … ich …« Ihr fällt kein Grund ein. Höchstens Max Beckmann. Der hat angerufen – und wollte sie treffen. Immerhin das erste Mal seit zehn Wochen. Genau genommen, seit 67 Tagen und genau so vielen Nächten. »Ich …«

Beckmann tippt der stotternden Martha auf die Schulter.

»Gib mir nochmal deinen Chef.«

Martha reicht ihm schweigend den Hörer, verwirrt über ihre eigenen Gedanken.

»Was wissen Sie über Henry Broderich?«

Mittenwald zögert für einen kurzen Moment. »Arbeiten wir zusammen?«

»Was sonst?«

»Und Sie erzählen mir auch, was Sie wissen?«

Beckmann schätzt den Chefredakteur der Lokalausgabe des *Hannoverschen Anzeigers* – mehr als ihm manchmal lieb ist. Und eins weiß er: Mittenwald hält Wort. Wenn der sagt: Alles bleibt unter uns, dann bleibt es dabei.

»Wir verfahren wie gewohnt.«

»Also gut.« Mittenwald räuspert sich. »Ich kenne Broderich aus den Zeiten, als er in Burgdorf das Volontariat gemacht hat. Er war jemand, der sich nicht damit begnügt hat, über Tatsachen zu berichten. Er wollte stets seine Meinung kundtun, wollte Macht ausspielen.« Mittenwald hält inne und wartet auf eine Frage. Als keine kommt, fährt er fort. »Broderich ist mit dieser Art der Berichterstattung bei uns nicht sonderlich gut angekommen. Bei einigen andern hatte er größeren Erfolg. Wie ich finde zu viel, aber das spielt für uns keine Rolle. Er konnte nie genug kriegen. Freier Journalist nannte er sich. Spezialist fürs Internet. Ein Arschloch war er. Mehr nicht.«

»Sie wissen bestens Bescheid«, muntert Beckmann ihn nach einer Schweigeminute auf.

»Diese Blogs, die er ins Leben gerufen hat, die sind das Allerletzte. Hetze, Demagogie, Manipulation – mit Journalismus hat das nichts zu tun. Hauptsache, es gibt viele Klicks. Je mehr, umso besser. Broderichs Seiten haben nur ein Ziel: Viele Seitenaufrufe. Gelingt ihm das, kann er Anzeigen verkaufen. Jeder Aufruf bringt ihm dann Geld. Das ist ein reines Rechenexempel – aber bitte fragen Sie mich nicht nach den genauen Zahlen, so gut kenne ich mich damit nicht aus. An den ersten Webseiten verdient er schon, so viel weiß ich jedenfalls mit Sicherheit«, schnauft Mittenwald.

»Vorsichtshalber hat Broderich sich von allen Orten in der Gegend die Namen reservieren lassen. Sie können also auf *Celle-online, Hameln-online* – und wie die ganzen Orte heißen – warten. Wir sind sein Experimentierfeld.«

»Gewesen.«

»Gewesen.« Mittenwald schickt ein bellendes Lachen hinterher. »Ob der Spuk mit seinem Tod wirklich vorbei ist?«

Mittenwald überlegt kurz, dann setzt er mit entschlossener Stimme hinterher: »Wir sollten uns treffen. Kommen Sie in die Redaktion. Ich bin auch in einer halben Stunde da.« Er zögert einen kurzen Moment. »Sagen wir in einer Stunde.«

Vielleicht reicht es noch für ein kurzes Nickerchen.

36

Dr. Alfons Schmidt drückt auf die Aufnahmetaste seines Diktiergerätes.

»Der Tod trat gegen 22:45 Uhr ein. Rektal-, Hirn- und Umgebungstemperatur lassen eine Abweichung von dreißig Minuten zu. Der Mageninhalt ist weitgehend unverdaut. Fleisch, genauer gegrilltes Schweinefleisch in unappetitlich großen Brocken schwamm in einer …«, er löscht die letzten Worte. »Der Mageninhalt besteht aus sehr schlecht gekautem Fleisch. Grillfleisch. Vermutlich Nackensteak. Der Tote hat ganze Brocken heruntergeschlungen. Vielleicht ist dieses Schlingen der Grund für die Magenschleimhautentzündung, die meines Erachtens chronisch war. Mit Sicherheit muss der Mann häufig Magenbeschwerden gehabt haben.«

Er entfernt diese Worte. Das hat nichts mit der eigentlichen Todesursache zu tun.

»Henry Broderich wurde im Bereich des Halses stranguliert. Der Täter hatte große, kräftige Hände. Vermutlich …«

Er drückt wieder auf die Stopptaste seines Diktiergerätes. Ihn einfach zu versetzen, ist eine Unverschämtheit. Das ist ihm seit Ewigkeiten nicht passiert. Wenigstens telefonieren hätte sie können.

»Todesursache ist: Exitus durch Strangulation. Der Golfball wurde erst anschließend mit großer Kraft in den Rachen des Opfers gepresst. Er hat die Luftröhre fest verschlossen.«

Wie bei einem verstopften Rohr.

Vielleicht ist ihr ja etwas zugestoßen? Es gibt einen Film mit Cary Grant und … ihm fällt der Name der Schauspielerin partout nicht ein … die Frau ist auf dem Weg zu einer Verabredung von einem Auto angefahren worden. Sollte er doch einen Versuch wagen und sie anrufen?

Nein.

Besser er diktiert seinen Bericht zu Ende. »Der Tote …«

Schmidt wird vom Telefonklingeln unterbrochen. Wenn das diese übereifrigen Kollegen aus Burgdorf sind, dann bekommen die etwas zu hören.

»Ja«, bellt er ins Telefon. »Was gibt es?«

»Oh!«

»Wer ist dort?«

Statt einer Antwort hört er das Besetztzeichen. Aufgelegt.

Wenig später klingelt es erneut.

»Wer ist da?«, schnauzt er noch verärgerter in den Hörer.

»Ina von Lauenstein. Ist dort Doktor Alfons Schmidt?«

»Ja.«

»Und hier ist Ihre Verabredung aus dem Mövenpick.«

Auf die ich eine Stunde gewartet habe, ich Idiot.

»Ja, und?«, muffelt er, obwohl er sich insgeheim freut, dass sie den ersten Schritt gemacht hat.

Schweigen am anderen Ende der Leitung.

»Ich warte auf Ihre Entschuldigung.« War das jetzt zu schroff? Ihm wird immer wieder von Frauen nachgesagt, dass er einen Hang zur Pedanterie hat. Vielleicht ist da sogar etwas dran. Gründlichkeit ist die Schwester der Pedanterie – und die ist eine wichtige Voraussetzung in seinem Beruf.

»Es tut mir so leid. Aber heute Morgen ist alles schief gelaufen. Ich musste plötzlich für eine Freundin im Laden einspringen. Und dann war da dieser Tote. Sie können sich gar nicht vorstellen, was da los war.«

»Ein Toter, sagten Sie?« Ist noch ein Mord passiert? Da war die zerstückelte Leiche in der Ihme. Sehr unschöne Sache, die sein Kollege da auf den Tisch bekommen hat. Aber sonst?

»Bei uns im Club ist jemand ermordet worden.«

37

Eine halbe Stunde später parkt Sonja ihren alten Polo an der Zufahrt zum ehemaligen Landschulheim. Kein Mensch ist weit und breit zu sehen. Birken, wohin das Auge schaut. Manchmal auch eine Eiche. Dazwischen trockene Gräben, Moos, umgestürzte Bäume, Geäst. Der Himmel strahlt in einem Blau, wie bei Skype. Keine einzige Wolke ist zu sehen. Kein Wunder: Heute soll die Temperaturmarke von 35 Grad geknackt werden. Flirrende Hitze senkt sich bereits jetzt herab.

Wo soll sie suchen? Sonja macht ein paar Schritte nach rechts. Nichts zu sehen. Sie kehrt um, springt über die Senke linkerhand. Nach wenigen Metern entdeckt sie das Rad von Felix hinter einem Busch. Er muss hier irgendwo sein. Sonja blickt nervös auf ihre Uhr. Jetzt ist er schon vier Stunden fort. Was soll sie machen? Sie sieht sich um. In dieser gottverlassenen Gegend ist niemand zu sehen. Kein Fahrradfahrer, keiner geht mit seinem Hund Gassi. Nichts. Überall nur Birken, Buchen, ab und zu eine Eiche. Da, wo früher Gräben das Moor entwässerten, dümpelt höchstens noch eine Pfütze vor sich hin.

Sonja fühlt einen Stich und schlägt mit der flachen Hand auf ihren Oberarm. Zu spät. Eine dicke Quaddel bildet sich fast augenblicklich. Diese mickerigen Wasserlachen bieten den Mückenlarven und Bremsen immer noch so viel Feuchtigkeit, dass sie sich selbst bei dieser Witterung prächtig entwickeln können. Sonja schlägt erneut zu. Wieder zu spät.

Sie marschiert weiter und holt hektisch nach den Mücken aus, die sie umschwirren, wie Motten das Licht.

»Verdammt!«, flucht sie. »Ich will hier weg.«

Auf einem verrosteten Blechschild am Zaun lacht ein dicker Mann und prostet ihr mit einem Bierglas zu. Montags Ruhetag. Das Schild stammt noch aus der Zeit, als auf dem Grundstück ein beliebtes Ausflugslokal sein Domizil hatte.

Sonja betrachtet die Werbetafel. Genau in der Mitte der Stirn ist ein kleines Loch. Kopfschuss. Daneben hängt ein Schild: *National befreite Zone.* Sonja fröstelt – und bewundert Felix. Sie hätte sich nie alleine so dicht ans Haus getraut. Schon hier am Rand des Waldes hat sie Angst. Diese Typen sind doch unberechenbar.

Sonja sieht sich nach allen Seiten um. Niemand zu sehen. Soll sie zum Haus gehen? Nein, das traut sie sich nicht. Wenn einer sie hier erwischt … sie mag gar nicht daran denken. Am liebsten würde sie wieder nach Hause fahren.

Scheiße. Das kann sie nicht machen.

Plötzlich wird Sonja klar, in was für einer verzwickten Situation sie sich befindet. Sie kann Felix nicht seinem Schicksal überlassen. Klar, keiner hat ihm gesagt, dass er hierher fahren soll, um Fotos zu machen. Auch sie nicht. Aber in der Küche vorhin, als er neben ihr stand, hat sie genau gespürt, dass er es nicht nur wegen der Aktion macht.

Sie hätte ihn abhalten können. Dieser Gedanke gefällt ihr nicht, er gefällt ihr überhaupt nicht. Denn plötzlich weiß sie, was das bedeutet: Wenn Felix etwas passiert ist, hat sie Schuld. Zumindest vor sich selber.

Sonja macht einige Schritte nach rechts Richtung Fichtenschonung. Im Schutz der dichten grünen Bäume kann man sie nicht entdecken. Trotzdem beschleicht sie ein mulmiges Gefühl. Sie hat Angst. Ihre Hände zittern.

Plötzlich hört sie aus der Ferne einen Schuss. Dann noch einen. Im ersten Moment erstarrt sie, dann rennt sie zum Auto zurück, öffnet die Tür, ohne darauf zu achten, ob man sie hört oder nicht und startet den Motor.

38

»Was weißt du über Broderich?« Martha hat eine Flasche Grauburgunder aus dem Kühlschrank geholt und geöffnet. Es gibt Tage, die verdienen auch um die Mittagsstunde Anderes als Tee.

Beckmann nimmt überrascht das gefüllte Weißweinglas entgegen und nippt daran. Gut temperiert – im Unterschied zum Tee. Er lächelt Martha zu, die sieht jedoch sofort zur Seite. Martha, er kann die Augen einfach nicht von ihr lassen. Diese Frau gefällt ihm viel zu gut. Ihre vollen braunen Haare, ihre Brüste. Schluss, du kannst eine Frau nicht nur auf ihre Äußerlichkeiten reduzieren. Frauen sind …

»Jetzt schieß los«, unterbricht Martha seine Gedanken.

Frauen sind ungeduldig. Frauen sind ungerecht. Frauen … ich liebe diese Frau. Plötzlich ist Beckmann klar, dass er noch nie eine Frau so sehr geliebt hat wie diese.

»Hast du die Sprache verloren?«

Wie redet sie mit mir? Verdammt, ich muss aufpassen, sonst hole ich mir eine blutige Nase. Beckmann sucht Marthas Augen, für einen kurzen Moment erwidert sie seinen Blick, dann wendet sie sich wieder ab.

»Ich habe da so ein seltsames Gefühl, was den Toten betrifft«, beginnt Beckmann. »Broderich ist mir heute Morgen auf der Internetseite *Wir für Niedersachsen* begegnet. Unter dem Kürzel HB hat er die Seite für die »Aufrechten Deutschen« gestaltet, und zwar äußerst geschickt. Beim ersten Eindruck konnte man gar nicht erkennen, dass es sich um eine rechte Anwerbekampagne handelt. Da bin ich neugierig auf ihn geworden.«

39

Der Schiedsrichter pfeift das Tor. Borgfeld schaut aus dem Fenster. 0 : 2. Streuwald springt von der Trainerbank auf, ballt die Fäuste und schreit einzelnen Spielern Anweisungen zu. Blut schießt ihm in den Kopf und seine Hautfarbe macht den rotblonden Haaren Konkurrenz.

Drinnen in der Vereinsgaststätte nimmt kaum jemand Notiz vom Spiel. Die einen spielen Skat, die anderen unterhalten sich. Im Hintergrund läuft Musik. Udo Jürgens. *Griechischer Wein*. Ein älterer Mann summt zur Melodie mit. Kaum ist das Lied zu Ende, ruft er: »Fritz, mach nochmal von vorn.«

Wenige Augenblicke später legt Udo Jürgens wieder los.

Ich war noch niemals in New York, singt der Mann an der anderen Seite der Theke laut mit.

Der Tote aus dem Golfclub geht Borgfeld nicht aus dem Sinn. Mit seinen Cowboystiefeln und den schmierigen Haaren sah er nicht so aus, als ob er zum Club gehörte. Was verdammt nochmal, hat er dann da gemacht? Vor allem mit diesem Ball im Mund?

Borgfeld nippt an dem stillen Mineralwasser, das vor ihm in einem Glas steht. Dieser Golfball hat etwas zu bedeuten, das wird ihm mit jedem Schluck klarer. Aber was? Plötzlich hat Borgfeld wieder das Gesicht dieser Verkäuferin vor Augen. Ina heißt sie. Dieses Lächeln, dieser zarte Schimmer ihrer Haut. So sehen die Frauen in den Fernsehfilmen aus, die Maria sich immer ansieht. Meistens spielen sie in England, irgendwo in Cornwall und ein verarmter Graf verliebt sich in eine bildschöne Frau, die dann für ihn alles …

Ich war noch niemals in New York, dringt laut zu ihm herüber. Stimmt, er auch nicht. *Ich war noch niemals auf Hawaii*, summt er im nächsten Moment, ohne nachzudenken, mit. Auch in San Francisco war er noch nie. Mit seinen sechsundvierzig Jahren hat er noch nicht einmal einer Frau die Hand geküsst. Wie sich das wohl anfühlt? Plötzlich muss er über sich selbst schmunzeln. Handkuss. Die Freundinnen von Maria würden das mehr als komisch finden. Maria erst recht.

Draußen auf den Rängen bricht Jubel aus. 1 : 2. Streuwald springt mit geballten Fäusten von der Trainerbank und hüpft auf und nieder. Ihm ist die Erleichterung anzusehen.

»Jetzt zeigt es ihnen!« Streuwalds Schrei kann Borgfeld durch die geschlossene Fensterscheibe hören.

Borgfeld trinkt das Glas aus und fischt sein Notizbuch aus der Innentasche seines Jacketts. Er notiert mit dem kleinen spitzen Bleistift auf der rechten Innenseite: Handkuss ausprobieren.

Dann schlägt er die Seite um. Mit Druckbuchstaben schreibt er: Mord am Golfplatz. Dann zieht er eine gerade Linie.

Opfer: Henry Broderich.

Tatort: Golfclub

Es gibt zwar diese Schleifspuren, die die Spurensicherung gefunden hat, aber die besagen noch nichts. Borgfeld setzt trotzdem ein Fragezeichen hinter das Wort Golfclub. Sicher ist Sicher. Dann zieht er eine neue Linie.

Todesursache:

Diese Rubrik lässt er erst einmal frei.

Motiv:

Borgfeld kratzt sich hinter dem Ohr. Was für ein Motiv könnte dahinterstecken? Mord aus Leidenschaft? Aus Habgier?

Viel wissen sie noch nicht von dem Toten. Also ergänzt Borgfeld die Liste um die nächste Rubrik.

Tatverdächtige:

Der Einzige, der ihm einfällt, ist Goldmann. Der Mann hat zu viel gezittert und zu viele rote Flecken im Gesicht gehabt. Nach kurzem Zögern setzt Borgfeld drei Fragezeichen hinter den Namen, bevor er die nächste Linie zieht.

Weiteres Vorgehen:

Hier fällt Borgfeld mehr ein: Broderichs Umfeld erkunden, Freunde, Verwandte befragen. Der Mann war Journalist. Wo hat er gearbeitet? Kollegen befragen.

Borgfeld überlegt einen Moment, dann schreibt er dazu: Telefon, Computer checken. Er hält inne. Fotoapparat. Meistens haben Journalisten doch so was.

Das Feuer war vorüber und unsere Liebe kalt, oho, c'est la vie. Borgfeld zuckt zusammen. Das Feuer ist vorüber. Stimmt. Jedenfalls ein bisschen. Gut, mehr als ein bisschen. *Nur Alltag und Gewohnheit gab ihr noch etwas Halt, oho, c'est la vie.*

Maria ist heute bis 16:00 Uhr bei Edeka. So wie fast jeden Samstag. Abends gibt es dann wie immer Fernsehen. Alle paar Wochen *Wetten, dass?,* meistens aber einen Liebesfilm. Er schläft regelmäßig dabei ein. So ist das eben, wenn man sich seit 25 Jahren kennt. Aber schlecht hat er es nicht getroffen. Maria ist immer für ihn da. Sie liebt ihn, sonst würde sie ihn nicht so mit diesen Punkten traktieren. Ein leises Seufzen entweicht seinen Lippen. Das mit der Liebe und dem Feuer wird völlig überbewertet. Der Wert von Gewohnheiten ist dagegen nicht zu unterschätzen. Vor allem nicht von liebevollen Gewohnheiten.

Borgfeld streicht mit einer Geste, die man fast zärtlich nennen könnte, über das Notizbuch und seufzt. Es ist ein überaus genüssliches Seufzen. Listen strukturieren das Leben, strukturieren erst recht einen Fall, bringen Ordnung in ein vermeintliches Chaos. Egal, ob es um den Einbruch in eine Gartenlaube oder um den Diebstahl eines Fahrrades geht – denn das sind die Fälle, mit denen er meistens zu tun hat.

Willst du gern einmal nach Paris, einfach so nur zum Spaß? Borgfeld lächelt und muss an Maria denken. Vielleicht sollte er sie mal überraschen. Einfach so. Er liest noch einmal alle Eintragungen auf der Liste und lächelt zufrieden. Auf dem Rückweg vom Fußballspiel könnten Streuwald und er beim Dorfkrug vorbeischauen – und wegen des Motorrades würde er von unterwegs der Verkehrspolizei Bescheid sagen. Das würde Struktur in die Ermittlungen bringen.

Entspannt räkelt sich Borgfeld auf dem Hocker an der Theke. Heute Abend würde er Maria fragen. Borgfeld fühlt sich so gut, wie schon lange nicht mehr. Wenn er die Beförderung in der Tasche hat, würde es auch für Paris reichen. Einfach so. Bestimmt fällt sie ihm um den Hals und klatscht mit den Händen, wenn er sie danach fragt.

Gedankenversunken wirft er einen Blick aufs Spielfeld. Streuwalds Stürmer läuft sich gerade frei und sprintet auf das Tor zu. Der gegnerische Torwart rennt ihm entgegen, Spieler Nummer 2 schlägt einen Haken und schießt aufs Tor – sogar Borgfeld hält den Atem an und stöhnt danach enttäuscht auf. Der Schuss geht zehn Zentimeter am Pfosten vorbei. Der Schiedsrichter pfeift: Halbzeitpause.

Streuwald läuft zu seinen Jungs, schnauzt einen kräftigen Dunkelhaarigen an, klopft einem anderen auf die Schulter, während er zusammen mit ihnen vom Platz trottet und in der Umkleidekabine verschwindet.

Mit Wehmut im Herzen beobachtet Borgfeld die Mannschaft. Früher war er selbst auch oft auf dem Fußballplatz, hat kein Spiel von Alexander verpasst. Von der Pampersliga bis zur E-Jugend. Am Anfang wussten die Kleinen manchmal nicht, in welche Richtung sie laufen sollten, Hauptsache, dem Ball hinterher. Borgfeld schmunzelt und zieht dabei die Luft tief durch die Nase. Seine Nasenflügel beben. Der Bratenduft frischer Frikadellen zieht aus der Küche zu ihm herüber. Fritz Huber, der die Siebzig längst überschritten hat, bringt seit seiner Frühverrentung vor mehr als zwanzig Jahren die Vereinskneipe in Ramlingen auf Vordermann, wie er immer sagt. Fritze, wie er von allen genannt wird, stellt Borgfeld mit Schwung zwei Frikadellen und zwei mit Zwiebeln belegte Mettbrötchen auf den Tresen.

»Warst aber lange nicht mehr da, hab dich kaum wieder erkannt«, knurrt er Borgfeld an. Dass »so fett biste geworden«, verkneift er sich. Sein Vereinsvorsitzender hat ihn sich wegen ähnlicher Sprüche schon ein paar Mal zur Brust genommen.

»Danke, Fritze. Hatte ganz vergessen, wie charmant du bist«, grummelt Borgfeld und liebkost die erste Frikadelle mit den Augen. Genau in diesem Moment vibriert sein Handy. Verdammt! Das Telefon kann warten.

Borgfeld tunkt die Frikadelle in den Senf und beißt ab. Alle Geschmacksnerven seiner Zunge jubeln, Borgfeld lehnt sich zufrieden mit einem Lächeln auf den Lippen zurück und will nur noch eins: Bissen für Bissen genießen, ohne diese verdammten Punkte zu zählen. Erneut vibriert das Handy. Scheint wichtig zu sein.

»Ja«, quält er sich mit vollem Mund heraus.

»Polizeiinspektion Burgdorf, Schäfer. Ich habe eine dringende Nachricht von Ihrer Tochter. Sie ist auf dem Weg hierher. Sie sollen sie unbedingt anrufen. Am besten kommen Sie sofort.«

40

Während Martha sich frisch macht und das verschwitzte Polohemd und die Shorts gegen ein leichtes Sommerkleid austauscht, setzt sich Beckmann auf das Küchensofa und blättert gelangweilt in den Fotokopien, die auf dem Tisch liegen. 1952. Scheint ein Tagebuch zu sein. Er überfliegt die ersten zwei Seiten.

»Bist du unter die Historiker gegangen?«, ruft er in Marthas Richtung.

»Nein«, antwortet sie durch die geöffnete Badezimmertür. »Das hat mir jemand zur Ansicht vorbeigebracht. Ein gewisser Julius Trott. Den Text hat er bei seiner verstorbenen Großmutter gefunden. Du kannst ruhig drin lesen. Soll angeblich etwas Brisantes enthalten. Bislang habe ich aber nur Berichte über einen Bombenangriff in Celle gelesen – mit den üblichen Schrecken des Krieges.«

Beckmann überfliegt ein paar Zeilen, hält inne und liest die Seite noch einmal von Anfang an.

Wilhelm Trott, Jahrgang 1931, 22 Jahre alt, Buchhalter, Riemannstraße

Meine Mutter hat mir schon erzählt, dass Sie alles Mögliche über die letzten Kriegstage wissen wollen. Aber wieso von mir?

Was soll ich Ihnen schon sagen, ich war damals vierzehn Jahre

alt. Es waren Osterferien. Am 7. April war ich in der Hehlentorschule, im Bannausbildungslager. Das war ein Samstag. Meine Mutter wollte das eigentlich nicht, aber ich konnte mich doch nicht davor drücken. Alle aus meiner Klasse waren da, bis auf Emil und Otto. Aber die zählten nicht, über die fielen sowieso immer alle her. Muttersöhnchen, rief man ihnen nach, der Herbert Müller vorneweg.

Die von der Schulungsleitung wollten, dass wir uns noch für die SS oder zumindest für den Fronteinsatz melden. Deutschland braucht uns jetzt. Kaum daheim, bin ich mit glänzenden Augen zu meiner Mutter gerannt: »Morgen melde ich mich freiwillig für die Frontausbildung. Der Lehrer hat gesagt: Jeder Deutsche muss seinen Mann stehen. Auch ich.«

Da hat sie mir links und rechts eine runtergehauen und mir verboten, am Sonntag wieder dort hinzugehen. Also habe ich den ganzen Tag im Haus zugebracht. Wenn man krank ist, kann man schließlich nicht nach draußen gehen. Vor allem wollte ich nicht, dass der Herbert Müller mich sieht. Herbert war damals der, auf den alle hörten. Das Idol aller: groß gewachsen, kräftig, blond. Nicht einmal das mächtige rote Feuermal auf seiner Wange störte jemanden. Herbert war mit Feuereifer im Bannausbildungslager dabei und durfte an jenem Sonntag sogar auf den Feuergefechtsstand der Flak. An dem Tag gab es den ersten und einzigen Einsatz der Flak in Celle – und Herbert mittendrin. Wie habe ich ihn beneidet!

Ja, an den Bombenalarm kann ich mich erinnern. Als die Sirenen heulten, bin ich mit meinem kleinen Bruder in den Keller gerannt. Es hörte sich da unten an, als ob alle Häuser um uns herum einstürzen würden. Später sind wir wieder in die Wohnung hochgegangen. Da oben sah es vielleicht aus. Keine

Türen mehr im Rahmen, alle Fensterscheiben zersplittert. Überall Scherben, sogar auf dem Herd. Da bin ich nämlich als Erstes hingelaufen. Bevor es den Alarm gegeben hatte, hatte ich gerade Bratkartoffeln und Koteletts gebraten. Das sollte eine Überraschung für meine Mutter werden, wenn sie vom Einkaufen kam. Hätte ich das bloß gelassen! Das ganze Essen war mit kleinen Glasscherben übersät.

Und dann stand da plötzlich dieser Mann. Er kam aus dem Elternschlafzimmer, der war völlig ausgemergelt, nur Haut und Knochen. Die blaugrau gestreifte Sträflingskleidung schlabberte an seinem dürren Körper, er war völlig verdreckt und stank. Dann zeigte er auf meinen Bruder: »Ich auch so ein kleinen Jungen zu Hause.« Dabei hielt er sich am Tisch fest.

»Bitte, helfen mir«, flüsterte er mit schwacher Stimme. »Hunger.«

Mutter gab ihm dann eine alte Hose und ein abgetragenes Hemd meines Vaters. Sie hat ihm auch die Koteletts und die Bratkartoffeln in der Pfanne hingehalten. Wir hätten das mit den Scherben sowieso nicht gegessen, aber der hat sich wie ein Tier draufgestürzt und alles innerhalb weniger Minuten in sich reingeschlungen, sogar die Glassplitter. Zum Abschied drehte er sich um, lächelte uns an und murmelte: »Danke.«

Nein, Angst hatte ich nicht vor ihm. Eine Waffe hatte er auch nicht. Aber er zitterte die ganze Zeit.

41

Borgfeld wählt Sonjas Nummer. Besetzt. Verdammt, kann die nicht rangehen? Erst macht sie die Pferde scheu, alles ist ganz dringend – und dann telefoniert sie. Beim dritten Versuch klappt es endlich.

Kaum hört Sonja seine Stimme, jammert sie: »Felix ist verschwunden.« Sie bricht in Tränen aus und stammelt zusammenhangslose Sätze.

»Wer ist Felix?«, unterbricht Borgfeld sie.

»Papa, das ist doch egal. Felix und ich …«

Borgfeld versteht nichts und lässt sich alles zweimal wiederholen, bis er begreift.

»Was hat der auf diesem Grundstück zu suchen?«, brüllt er schließlich ins Telefon. »Das ist Hausfriedensbruch. Mit diesen Leuten ist nicht gut Kirschen essen.«

Borgfelds Adrenalinspiegel springt nach oben. Ich fasse es nicht, hämmert es in seinem Kopf. Spielen diese Grünschnäbel Räuber und Gendarm mit den Rechten. Dass die »Aufrechten Deutschen« in dem alten Landschulheim ein paar Kilometer hinter dem Segelflughafen ihr Schulungszentrum aufmachen wollen, beunruhigt Borgfeld seit Langem. Nicht wegen deren politischer Ausrichtung. Die ist ihm eigentlich egal. Er hat sich nie für Politik interessiert. Aber wenn er etwas hasst, dann sind es Probleme in seinem Bezirk – und das sieht ganz nach Problemen aus.

»Was habt ihr euch dabei gedacht, verdammt noch mal?«

»Morgen sollen die Mahnwachen losgehen. Felix wollte das Gelände auskundschaften und Fotos machen.« Sie schluchzt laut in den Hörer. »Und jetzt ist er weg.«

»Vielleicht macht er sich einen netten Nachmittag am See.«

»Aber sein Fahrrad ist doch da.«

»Wo?«

»Hinter dem Busch an der Zufahrt zum Landschulheim.

Und von da hörte ich die Schüsse.« Ihre Stimme überschlägt sich.

»Papa, wir müssen ihn dort suchen. Mit Hundestaffel und allem, was so geht.«

»Spinnst du?«

»Er ist in Gefahr. Ich fühle das.«

Gefühle. Borgfeld hält die Luft an. Er kennt seine Tochter. Die ist in dieser Hinsicht genau wie Maria. Wenn die sich was einbilden, glauben die felsenfest daran. Egal welche Gegenargumente man bringt, die beiden schütteln den Kopf und beharren auf ihren Empfindungen, frei nach dem Motto: Davon verstehst du nichts.

»Wo bist du jetzt?«, zischt Borgfeld, der seine eigenen Gefühle kaum im Zaum halten kann.

»In deinem Dienstzimmer.«

»Rühr dich nicht vom Fleck und warte auf mich, ich fahre erst zum Landschulheim und danach komme ich zu dir.«

»Danke, Papa.«

»Wie sieht dieser Felix eigentlich aus? Nicht, dass ich an ihm vorlaufe und ihn nicht erkenne.«

»Er ist so um die einsachtzig, hat dunkle Locken und trägt so eine Cargohose, wie Ali sie auch hat.«

Borgfeld klappt sein Handy zusammen. Mann, Mann, Mann. Das hat ihm gerade noch gefehlt. Morgens ein Toter und nachmittags eine heulende Tochter. Ob dieser Felix ihr neuer Freund ist? Er seufzt. Nichts als Ärger mit den Gören.

Borgfeld stützt sich an der Theke ab.

»Fritze, nichts für ungut, Streuwald zahlt. Sag ihm, dass ich schon mit dem Auto zurückfahre. Er soll nach dem Spiel irgendwie nachkommen. Notfalls holt ihn einer von der Fahrbereitschaft ab.«

Fritz Hubers Blick fällt auf die Mettbrötchen und die angebissene Frikadelle. Er fletscht die ebenmäßigen Zähne seines Gebisses.

»Hat es dir etwa nicht geschmeckt?«

42

Herbert Müller, Jahrgang 1930, 22 Jahre, Polizeianwärter, Denickestraße

Wie kommen Sie denn auf mich? Ach, meine Mutter haben Sie auch schon befragt und den Wilhelm Trott. Ja und, was wollen Sie von mir hören?

Am 8. April 1945 war ich auf Befehl als Zusatzhelfer auf der Flakstellung im Wietzenbruch. Wir waren zu acht, der Georg und ich kamen direkt aus dem Bannausbildungslager in der Hehlentorschule. Man hat uns in so komische Overalls gesteckt. Nicht einmal richtige Uniformen hatten wir an, nur einen Stahlhelm.

Ja, wir haben auf die Flugzeuge gefeuert. Das war unsere Aufgabe. Es war schließlich Krieg. Getroffen haben wir aber nicht. Das ging alles so schnell, und wir hatten das ja noch nie gemacht.

Als die Bomber über uns hinwegdonnerten, haben wir die ganze Zeit gefeuert. Rattatatata. Rattatatata. Es war ein Höllenlärm. Aus der Ferne sahen wir das Aufsteigen von Qualmwolken und hörten Explosionen vom Güterbahnhof. Später haben wir erfahren, dass ein Güterzug mit Munition und Benzin in die Luft geflogen ist. Auch das Gaswerk war getroffen und explodierte. Das gab eine solche Druckwelle, dass der Kessel von der Brauerei hinter dem Gaswerk auf ein Haus geflogen ist und es unter sich begraben hat. Unglaublich. Es war ein Höllenlärm, das hatte es in unserer Stadt noch nicht gegeben. Ehrlich nicht.

Ob wir Häftlinge gesehen haben? Was für Häftlinge? Und außerdem muss ich jetzt gehen. Ich habe Dienst.

»Und? Was Brisantes entdeckt?«

Beckmann sieht von dem Blatt Papier auf. »Brisant vielleicht nicht, aber interessant. Ich lese gerade über einen Jungen aus dem Bannausbildungslager. Herbert Müller.«

Martha geht zur Spüle und füllt noch einmal das Glas mit Leitungswasser. Sie dreht sich zu Beckmann um.

»Und was erzählt der?«

»Er ist zu einem Flakeinsatz eingeteilt worden.« Beckmann zögert. Herbert Müller. Der Name kommt ihm bekannt vor. Was aber bei so einem Allerweltsnamen nichts zu bedeuten hat.

43

Goldmann sitzt zusammen mit dem Golflehrer auf der Terrasse. Sie trinken bereits das dritte Glas Weißburgunder.

»Wolltest du dich gestern nicht mit Broderich treffen?«

»Ja, aber der hat abgesagt.« Uwe Zwingel grüßt einen seiner Golfschüler, der am Nebentisch Platz nimmt, mit einem Nicken.

»Wer weiß davon?«

»Nur du.«

»Gut.« Goldmann nimmt einen Schluck und senkt die Stimme. »Hat er dich angerufen?«

»Ja, auf meinem Handy.«

»Scheiße. Dann können die eine Verbindung herstellen, wenn sie sein Telefon finden. Lass dir schon mal was einfallen. Am besten, bevor die dich vernehmen.«

Zwingel presst die Lippen aufeinander. Ihm ist das Lachen endgültig vergangen. Ausgerechnet Broderich liegt tot hinter dem Caddyhaus. Kann das wirklich ein Zufall sein?

Zwingel fixiert Goldmann. Gestern Abend hatte der es plötzlich eilig, wollte unbedingt nach Hause zu seiner Frau. Das macht er sonst nie am Freitagabend.

Zwingel trinkt sein Glas mit einem Schluck aus. »Wo bist du eigentlich gestern Abend noch hingefahren?«

44

»Sind Sie noch da?«

»Ja, natürlich.« Soll Schmidt ihr sagen, dass er es war, der die Leichenschau vorgenommen hat. Er zögert. Es gibt Frauen, die seinen Beruf als seltsam empfinden. Arzt, Gott in Weiß, das mögen sie. Einer, der Tote zerschneidet und zersägt – der ist ihnen unheimlich. Andererseits, wenn sie sich schon unter so ungewöhnlichen Bedingungen verpasst haben, ist das vielleicht die Chance für einen ganz besonderen Neuanfang.

»Ich habe Sie dort gar nicht gesehen.«

»Wieso wollen Sie mich geseh …?« Jetzt schweigt sie für einen Moment. »Waren Sie denn auch da?«

»Ich bin Rechtsmediziner. Ich habe den Leichnam untersucht.«

Schweigen am anderen Ende der Leitung. Dann erleichtertes Aufatmen.

»Rechtsmediziner? Wie spannend.« Ein kokettes Lachen folgt. »Das müssen Sie mir unbedingt genauer erklären.«

Ina von Lauenstein hat instinktiv das Zauberwort gewählt, mit dem man Doktor Alfons Schmidt zum Schnurren bringen kann. Sein vergebliches Warten ist vergessen.

»Gerne«, säuselt er ins Telefon und ist wie ausgewechselt. »Anfang der Woche?« Er will schließlich nicht drängen. »Wollen wir es Dienstag oder Mittwoch noch einmal im Café Mövenpick versuchen?«

»Da bin ich bereits verabredet«, schiebt sie vor. »Donnerstag und Freitag ist auch schlecht«, sie macht eine kurze Pause, »aber morgen Abend würde es mir gut passen.«

45

Kevin geht vor dem Landschulheim auf und ab. Wo Matusch jetzt schon wieder steckt? Das alles gefällt ihm immer weniger. Wieso ist der noch einmal weggefahren, ohne ihn zu fragen?

Ein beklemmendes Gefühl steigt in ihm auf. Immerzu sieht er das weiße Feld mit den wolligen Gräsern vor sich, hört die Schüsse. Was Matusch sich nur dabei gedacht hat, Felix auch noch mit dem Auto zu verfolgen? Das gefällt ihm überhaupt nicht. Und dann Matuschs Augen. Als Matusch nach dieser Ballerei zurückkam, glänzten sie seltsam fiebrig.

»Was hast du gemacht?« Kevin hat ihm die Frage entgegen geschmettert, aber Matusch antwortete einfach nicht, zeigte nur stumm auf den Sitz. Statt weiter zu fragen, ist er dann wie befohlen auf den Beifahrersitz geklettert. Richtig blöd ist er sich dabei vorgekommen. Einmal hat er noch einen Versuch gestartet, aber Matusch hat nicht geantwortet. Und nicht nur das. Keinen Ton hat Matusch auf der ganzen Rückfahrt gesagt, hat nur vor sich hin gestarrt.

Eingehüllt von einer Staubwolke taucht der grüne Nissan am Ende des Weges auf. Wenige Augenblicke später bremst Matusch mit quietschenden Reifen rechts vor dem Eingang.

Beim Aussteigen entdeckt er Kevin auf den Treppenstufen.

»Was geht, Alter?«

»Wo warst du?« Kevin kann seine Ungeduld schlecht verbergen.

»Vorne an der Straße.«

»Wieso mit dem Auto, das sind doch nur ein paar Meter?«

»Was is' Karl, willste Stunk?«

»Ich find das nicht gut … das mit Felix.« Endlich ist es raus.

Matusch fixiert Kevin mit zusammengekniffenen Augen.

»Was soll der Scheiß?« Er macht einen Schritt auf Kevin zu und steht nun direkt vor ihm. Er deutet mit dem Zeigefinger auf den *Eihwaz* an seinem Unterarm. »Wir halten hier zusammen. Wir gegen den Rest der Welt – für immer.«

Kevin spürt den rauchigen Atem von Matusch auf seiner schweißnassen Gesichtshaut.

»Wer nicht mit uns ist, ist gegen uns – dass das klar ist«, zischt Matusch.

Es läuft Kevin bei diesen Worten kalt den Rücken herunter.

»Aber ... ich wollte doch nur ...«, rudert er zurück, als er das bedrohliche Zucken von Matuschs Hand sieht.

»Dann ist ja gut, ich dachte schon, du weißt nicht mehr, wo du hingehörst.« Freundschaftlich legt ihm Matusch den Arm auf die Schulter. »Jetzt komm mit, wir müssen die Neuzugänge begrüßen.«

Beide gehen ins Haus. Als sie den Flur erreichen, bleibt Kevin plötzlich stehen.

»Hast du Felix erschossen?«

Matusch kneift die Augen zusammen.

»Hättest ja die letzten Meter mitfahren können.« Matusch verzieht sein Gesicht zu einem unheimlichen Grinsen. »Der Schnösel kann echt schnell rennen.«

»Hast du oder hast du nicht?«

Mit gefletschten Zähnen zieht Matusch den Ärmel seiner Jacke hoch. Sein *Eihwaz* leuchtet rot.

»Ich bin ein Jäger. Und zwar ein verdammt guter.«

46

Schweigend fahren Beckmann und Martha mit dem alten Volvo über die Burgdorfer Hochbrücke auf die von zwei- und dreigeschossigen Fachwerkhäusern gesäumte Marktstraße und parken das Auto direkt vor dem Eingang zur Redaktion der Lokalausgabe des *Hannoverschen Anzeigers*. Sonntags ist auf der Straße nicht viel los, dafür umso mehr im schattigen Biergarten auf dem Spittaplatz, mit Blick auf den vor sich hin plätschernden Brunnen. Familien rasten dort nach Sonntagsspaziergängen, kleine Kinder halten ihre Hände ins Wasser, werden von besorgten Müttern davon abgehalten, auch noch mit den Füßen ins kühle Nass zu steigen. Jungen drehen wagemutige Runden auf Fahrrädern und scheuchen verirrte Enten aus dem benachbarten Stadtpark auf.

He, kleiner Fratz auf dem Kinderrad. Die Zeilen eines alten Liedes von Herman van Veen schießen Beckmann durch den Kopf. Er hat das wehmütige Stück immer geliebt. Letztes Jahr hat sein Sohn mit seiner Hilfe die ersten Versuche auf einem Kinderrad unternommen. Christophers blonde Locken wippten auf und ab, als er die Kurven fuhr. *Gekonnt hältst du die Balance.* Jetzt, wo er neben Martha steht, empfindet er die Sehnsucht nach Christopher noch stärker. Vielleicht sollte er mit Miriam telefonieren. Seine Ex-Frau dürfte ihm ein Vaterwochenende nicht abschlagen. Es ist mehr als überfällig.

Einer der Jungen bremst direkt vor Beckmann ab, steigt ab, wendet das Fahrrad und saust erneut los. Martha Landeck und Beckmann beobachten ihn, sagen aber beide kein Wort, sehen sich noch nicht einmal an.

»Ah, der Herr Kommissar. Lange nicht gesehen.« Mittenwald eilt Beckmann mit ausgestreckter Hand entgegen. »Setzen Sie sich.« Er deutet auf den Besucherstuhl in seinem Büro.

»Und Sie, Frau Landeck«, ein verärgerter Blick Mittenwalds trifft Martha, »benachrichtigen Sie mich bitte immer unverzüglich, wenn sich ein Mord in unserer Gegend ereignet. Ich dachte, das sei klar.«

Sie kneift ihre Lippen zusammen, sagt aber nichts.

»Nun erzählen Sie. Was ist passiert?«, lenkt er in versöhnlicherem Tonfall ein.

Ausführlich berichtet Martha ihm über den morgendlichen Leichenfund, vergisst weder Trixis Golfbag noch den verärgerten Professor Dreyer. »Sie haben den Toten jetzt in die Rechtsmedizin abtransportiert. Mehr weiß ich auch nicht.«

»Das kann dauern.« Mittenwald zündet sich eine Zigarre an und pafft den ersten Zug vorsichtig zur Decke. Dann wendet er sich an Beckmann: »Leiten Sie die Untersuchung?«,.

Beckmann schüttelt den Kopf. »Ich habe Ihnen doch schon gesagt, dass ich beim *Polizeilichen Staatsschutz* in Hannover bin.«

»Warum wollten Sie mich dann sprechen?«

»Als ich gehört habe, dass Frau Landeck wieder in einen Mordfall verwickelt ist ...«

»Na, hör mal«, unterbricht Martha ihn. »Was heißt hier verwickelt?«

»Ich meine nur, dass ich ...«, verdammt, was soll er jetzt sagen? Dass er betroffen ist, sich verantwortlich fühlt oder einfach nur die Gunst der Stunde nutzt, um wieder in ihrer Nähe zu sein. »Als ich hörte, dass hier alle Broderich kennen, hatte ich so ein seltsames Gefühl«, entschuldigt er sich.

Mittenwald kann eine Spur Verlegenheit im Blick seines Gegenübers erkennen. Wenn die Sache nicht so ernst wäre, würde er diesen Hauptkommissar gerne weiter piesacken. Das Leidensgesicht seiner Lieblingsjournalistin ist in den letzten Wochen manchmal nicht mehr zu ertragen gewesen.

»Gerade heute Vormittag bin ich über den Namen Broderich auf der Plattform *Wir für Niedersachsen* gestolpert. Henry Broderich hat die Seite für Wörstein gestaltet.« Beckmann hat sich gefangen und redet wieder mit fester Stimme.

»Die beiden hängen zusammen? Oh, oh, oh. Das ist eine brisante Mischung«, zischt Mittenwald durch die Zähne. »Der Demagoge und der Manipulator.«

Der Chefredakteur legt seine Zigarre in den Aschenbecher und steht auf. Aus seiner untersten Schreitischschublade holt er einen Stapel Papiere.

»Das sind Ausdrucke aus seinem Blog *Burgwedel-online* von vor zwei Jahren. Ich habe diese Internetauftritte über einen längeren Zeitraum verfolgt. Im Rahmen des Kommunalwahlkampfes hat Broderich intensive Meinungsmache betrieben. Da war die Sache mit dem Baumarkt in Burgwedel.« Er reicht Beckmann die Hälfte davon. »Die können Sie sich gerne genauer ansehen.«

Mittenwald zieht eine andere Schublade auf.

»Außerdem gibt es noch die Seiten der *Bürger gegen Golf*, die ich Ihnen vor ein paar Wochen gezeigt habe.« Er hält Martha eine Mappe hin, dessen verschmierter Deckel ihr sofort bekannt vorkommt. Die Kaffeetassenränder stammten von ihr. Den Inhalt der Mappe kannte sie allerdings bis heute nicht.

»Aber damals hat Sie das ja nicht weiter interessiert,« trifft Mittenwald ins Schwarze.

Nur das Blättern von Papier durchbricht in den nächsten Minuten die Stille im Raum. Beckmann überfliegt einzelne Statements, verfolgt Kommentare. Behauptungen werden von persönlichen Diffamierungen abgelöst. Endlich schaut er auf.

»Darf da eigentlich jeder schreiben, was er will?«

Mittenwald nickt und zieht an seiner Zigarre.

»Genau, und es liegt in Broderichs Macht, es ins Netz zu stellen – oder eben nicht.«

Erstaunt heben und senken sich Beckmanns Augenbrauen. »Eine neue Variante der Pressefreiheit. Interessant.« Er nimmt sich die nächsten Ausdrucke vor.

Martha ist bereits auf der ersten Seite ihres Stapels hängen geblieben. Sie liest noch einmal Zeile für Zeile.

»Was genau hatte Broderich mit dem Golfclub zu tun?«

Mittenwald wirft ihr einen spöttischen Blick zu.

»Wir leben in einer Demokratie und da kann jeder sagen, was er will. Auch die *Bürger gegen Golf.* Neun Löcher mehr hätten die Attraktivität des Platzes gesteigert – doch nicht alle möchten das.«

»Was hat Broderich davon, dieses Vorhaben zu vereiteln? Hat er finanzielle Vorteile?« Martha schüttelt verständnislos den Kopf. »Bezahlt man ihn dafür?«

»Das glaube ich nicht. Aber zum einen macht er sich mit diesen Aktionen einen Namen, zum anderen könnte es jemanden geben, der ein sehr persönliches Interesse daran hat, dass der Golfclub Isernhagen klein bleibt und ausdünnt. Im Übrigen gibt es Bauern, die damals nicht an diesen Grundstücksverkäufen partizipiert haben. Schon aus Prinzip unterstützen sie jede Aktivität, die dagegen ist. Manch einer hat eine offene Rechnung mit einem Konkurrenten, die man quasi im Vorbeigehen erledigen kann, ohne dass überhaupt einer mitbekommt, wer dahinter steckt. Schließlich ist das Internet für etliche hier in den Dörfern noch ein Buch mit sieben Siegeln.«

»Nennen Sie Namen.« Martha sitzt aufrecht auf dem Stuhl und sieht Mittenwald erwartungsvoll an. Butter bei die Fische, sagt ihr Blick.

»Nein, meine Liebe. Goldmann und Zwingel haben den Club mit einigen anderen vor fast dreißig Jahren gegründet. Mit dieser Aktion setzten die beiden sich in Szene. Das steht fest. Nicht fest steht, ob die Gründung dieser Onlineplattform und die der Bürgerinitiative gesteuert worden sind. Es bleibt ausreichend Platz für Spekulationen.«

47

Wenig später sitzt Borgfeld neben seiner Tochter in der Burgdorfer Polizeiinspektion.

»Was habt ihr euch eigentlich dabei gedacht, verdammt noch mal?«

Sonja sagt keinen Ton. Dreimal hat sie bereits versucht, ihrem Vater zu erklären, was ihre Beweggründe sind, kaum endet sie, folgt: »Was habt ihr euch nur dabei gedacht?«

Fantasie ist noch nie die Stärke ihres Vaters gewesen. Sonja seufzt. Warum begreift er nicht, dass man nicht immer nur zusehen kann, dass man auch mal Farbe bekennen muss? Auch er. Wann begreift er endlich, dass er etwas unternehmen muss, um Felix zu finden?

Als seine Tochter sich nicht mehr auf ihrem Stuhl rührt, stellt Borgfeld die Fragerei ein und mustert sie mit verschwommenem Vaterblick. Wie ein Häufchen Elend sitzt sie auf dem Besucherstuhl. Die mageren Ärmchen baumeln aus dem dünnen Hemdchen, ihr Kopf ist gesenkt, Tränen rinnen aus ihren Augen. Hat er sie zu hart angepackt? Er seufzt. Immer das Gleiche. Nie findet er den richtigen Ton.

»Vielleicht ist er bei einem anderen Mädchen«, versucht er es noch einmal anders.

»Aber Papa, sein Fahrrad ist doch da.«

»Da steht keins. Ich habe danach gesucht.«

»Die haben das versteckt. Garantiert.« Sonja schluchzt. »Papa, ich habe Angst.« Sie beißt sich auf die Unterlippe. Wenn Felix etwas passiert, hat sie Schuld, sie ganz allein.

»Die haben ihn bestimmt geschnappt. Und dann ...« Als sie an die Fotos mit den durchtrainierten Jungen denkt, graust ihr.

Borgfeld merkt, dass er sich von Sonjas aufsteigender Panik anstecken lässt.

»Wir wollen das nicht dramatisieren. Ich finde, du gehst jetzt am besten nach Hause. Vielleicht ist er schon längst da.« Er wedelt mit seinem Notizbuch. »Ich muss noch ein Protokoll schreiben.«

Unbeholfen streicht Borgfeld über ihre kurzen braunen Haare. Ein Lächeln huscht über sein ernstes Gesicht. Er hat fast vergessen, wie weich Sonjas Haare sind.

»Der Junge meldet sich bestimmt gleich. Im Landschulheim hat ihn jedenfalls niemand gesehen. Und Schüsse haben die auch nicht gehört.«

»Papa, ich habe aber zwei Schüsse gehört. Ganz sicher.« Sie wirft ihrem Vater einen eindringlichen Blick zu. »Wir müssen Felix auf dem Grundstück suchen. Ich habe so ein komisches Gefühl, dass ihm etwas passiert ist.«

»So einfach geht das nicht.«

»Bitte, Papa.«

Borgfeld tätschelt ihre schmale Hand, so wie früher, wenn sie aufs Knie gefallen war und geweint hatte.

»Freiwillig lassen die uns da nicht rauf. Das hat mir dieser Wörstein vorhin grinsend ins Gesicht gesagt.«

Er erinnert sich nur ungern an die Begegnung mit dem aalglatten Juristen. Schwitzend hatte er vor einer Stunde in der glühenden Nachmittagssonne gestanden. Die Quecksilbersäule des Thermometers zeigte 37 Grad. Der bisher heißeste Tag dieses Sommers.

»Wo ist Ihr Hausdurchsuchungsbefehl?«, hatte der arrogante Schnösel im eleganten grauen Zweireiher gefragt. »Ach, Sie haben keinen? Dann tut es mir leid. Ich sehe keine Veranlassung, Sie auf unser Grundstück zu lassen. Ihre Behörde ist ja ansonsten auch nicht gerade zuvorkommend.«

Wie zur Bestätigung seiner Position hatten sich zwei alte Reichsflaggen im auffrischenden warmen Wind am Eingang zum ehemaligen Landschulheim aufgebläht. Ein junger Mann mit kahlgeschorenem Schädel und dunklem langärmeligen Sweatshirt hatte breitbeinig neben Wörstein gestanden und gegrinst. Ein Blonder hatte mit einem Schäferhund eine Runde gedreht und lauernde Blicke in seine Richtung geworfen. Auf dem rechten Oberarm prangte eine faustgroße Totenkopftätowierung, auf dem Unterarm eine, die aussah wie ein Angelhaken.

Was war Borgfeld übrig geblieben? Er hatte den Rückzug angetreten.

Borgfeld sieht auf die Uhr. Kurz vor fünf. Verdammt, was soll er bloß machen? Er wischt sich den Schweiß von der Stirn. Alleine kommt er in der Sache nicht weiter. Schon gar nicht heute. Es ist Wochenende und er hängt mitten in den

Ermittlungen zu einem Mordfall. Es gibt nur einen, den er um Hilfe bitten kann. Max Beckmann.

48

»Wer hat hinter dem Haus geschossen?« Wörstein ist aufgebracht, als er die zehn derzeitigen Bewohner des Schulungsheims antreten lässt.

Bis auf Matusch und Kevin senken alle die Köpfe. Endlich tritt ein kleiner, schmaler Junge vor, der für die Küche eingeteilt ist.

»Melde gehorsamst: Habe versucht, einen Hasen zu schießen. Wollte mit einem Braten heute Abend überraschen.« Der Junge zuckt mit der Schulter. »Hat leider nicht geklappt. Das Tier war schneller.«

Wörsteins Gesicht verzieht sich vor Wut.

»Wir sind nicht im Zeltlager und wir spielen auch nicht Räuber und Gendarm. Das ist das eine«, schnaubt er los. »Außerdem liebe ich keine Überraschungen in dieser Form. Disziplin ist der Kern unserer Vereinigung. Eigenmächtigkeiten führen zu Problemen. Verstanden?« Mit was für Idioten hat er hier zu tun? Da liegt noch eine Menge Arbeit vor ihm.

»Verstanden.« Der Hänfling ist in sich zusammengesunken und den Tränen nahe.

Der Anwalt bemerkt diesen Anflug von Selbstmitleid und donnert los: »Wer sich nicht in aller Härte und Bedingungslosigkeit einbringt, hat hier nichts zu suchen – und: Meine Herrschaften, damit das ein für allemal klar ist, das heißt vor allem eins: Gehorsam, Gehorsam und noch einmal Gehorsam. Nur so können wir die Gesellschaft verändern. Verstanden?«

Alle nicken.

»Abtreten. Matusch, dich möchte ich noch einmal sprechen. Alleine.«

Als die anderen draußen sind, macht Wörstein Matusch ein Zeichen.

»Schließ die Tür.«

»Soll ich etwas im Speisezimmer anrichten lassen?«

Wörstein ist über die Frage irritiert. »Warum?«

»Für die letzten Neuzugänge, die sind doch in einer Stunde da.«

Heute gerät alles aus den Fugen. Wie hat er das vergessen können? Er muss sich sammeln und konzentrieren, sonst verliert er den Überblick.

»Die Neuzugänge werden von Kamerad Ziehler gebracht. Er wird sich an diesem Wochenende um sie kümmern. Am besten, sie gehen zu einer Ertüchtigungsübung in den Wald. Abends machen wir ein großes Lagerfeuer.« Wörstein holt tief Luft. Dieser Polizist, der aus heiterem Himmel hereingeschneit gekommen ist, hat ihn mehr durcheinander gebracht, als ihm lieb ist.

»Was ist mit diesem ungebetenen Besucher, den du erwischt hast?«

»Nichts.«

»Wieso war dann dieser Polizist hier und hat nach einem verschwundenen Jungen gefragt?«

»Weiß ich nicht, ich hab dem nur gezeigt, wie ein echter Deutscher seinen Grundbesitz verteidigt, wenn unangemeldete Eindringlinge auftauchen.«

»Und wie macht man das?«

»Habe ihm einen über die Rübe gezogen und einen Ausflug mit ihm gemacht.«

Wörstein schüttelt missbilligend den Kopf.

»Matusch, wir können nicht machen, was wir wollen.«

Nach einer Pause setzt er hinzu: »Noch nicht.« Wörstein schnalzt mit der Zunge. »Die suchen ihn.« Seine schmalen Lippen pressen sich aufeinander. »Ist nicht gut, wenn er hier verschwunden ist und die das beweisen können. Das bedeutet Ärger.« Er legt Matusch die Hand auf die Schulter und sieht ihm in seine kleinen blaugrauen Augen.

»Ärger können wir im Moment nicht gebrauchen.«

Matusch grinst breit. »Werden wir auch nicht bekommen. Sein Fahrrad hab ich längst im Moor entsorgt. Zeugen gibt es keine. Sie können sich auf mich verlassen.«

49

Auf dem Rückweg zu Marthas Haus sitzen die beiden schweigend nebeneinander. In Beckmanns Kopf rotieren die Informationen, die er im Laufe der letzten Stunden gehört hat. Broderich ist tot, jemand hat ihn in der Nacht gewaltsam ins Jenseits befördert. Warum? Er hat Internetseiten zur Meinungsmache und vor allem zu seinem eigenen Vorteil genutzt. Ob *Bürger gegen Golf*, *Wir für Niedersachsen* oder Städte-Blogs: Unkommentierte Stellungnahmen, verdrehte Wirklichkeiten, Lügen sind das Markenzeichen seiner Auftritte.

Die Ampel schaltet auf Grün, er fährt an. HB. Henry Broderich. Der Journalist, der Meinungen instrumentalisiert.

Wörsteins Webmaster. Ihm wurde ein Golfball in den Rachen gestopft. Ist das symbolisch zu sehen? Ihm das Maul stopfen. Passt. Wer setzt solche Zeichen?

»Ich habe Hunger.«

Beckmann aus seinen Gedanken schreckt auf. Hunger. Er wertet Marthas Ausruf als ersten Ansatz zur Normalisierung seiner Beziehung mit Martha.

»Wollen wir in den Dorfkrug fahren? Ich könnte auch eine Kleinigkeit vertragen.«

Sie überlegt einen Moment. Beim Stichwort Dorfkrug sieht sie die Szene, die sie so gerne vergessen möchte, wieder vor sich. Sie seufzt unmerklich, gibt sich aber dann einen Ruck.

»Gut, gehen wir in den Dorfkrug.«

Anton Birnbaum, der Wirt des Dorfkruges und gleichzeitig ein alter Jugendfreund Marthas, steht wie gewohnt hinter der Theke und zapft Bier, als die beiden die Dorfkneipe an der Hauptstraße in Isernhagen betreten. Überrascht hebt er die Augenbrauen.

»Das ist ja eine Überraschung.«

Mehr verkneift er sich. Aus eigener Erfahrung weiß er nur zu gut, wie empfindlich die Beziehungen zwischen Mann und Frau sind.

»Habt ihr schon gehört? Im Golfclub Isernhagen …«

Marthas Blick genügt, um ihn verstummen zu lassen.

»Sag nicht, dass du den Toten gefunden hast.«

»Nein«, Martha verzieht lakonisch den Mund. »Dieses Mal war es Trixi.«

»Scheiße.« Er stellt das fünfte Bier auf das Tablett. »Was möchtet ihr?«

»Wir haben Hunger. Was gibt es?«

Anton rattert die Besonderheiten des Tages herunter – Pfifferlinge mir Bratkartoffeln, Pfifferlinge mit Rumpsteak, Pfifferlinge an Salat – als Beckmanns Telefon vibriert. Es ist Borgfeld – und er redet nicht lange um den heißen Brei herum.

»Ich brauche Ihre Hilfe. Ein Junge ist verschwunden. Felix Rinsing, achtzehn Jahre alt, ein Freund meiner Tochter. Sie macht sich Sorgen.«

»Seit wann ist er weg?«

»Heute Morgen um neun ist er mit dem Fahrrad losgefahren.«

Hauptkommissar Beckmann lacht ins Telefon.

»Das glaube ich jetzt echt nicht. Der Junge ist achtzehn. Der kann im Schwimmbad, Kino oder bei einem anderen Mädchen sein. Wenn er eine Woche unauffindbar wäre – aber so?«

»Du bist doch beim Staatsschutz.«

»Stimmt. Zentralstelle für politisch motivierte Kriminalität.«

»Du bist doch zuständig für die Rechten.«

»Gehört der verschwundene Junge zur rechten Szene?« Bislang hatte Beckmann Borgfelds Tochter eher links eingeschätzt, typische Oppositionshaltung zu konservativen Eltern.

»Felix hat das Schulungszentrum der »Aufrechten Deutschen« zwischen Ehlershausen und dem Gebiet Großes Moor ausgekundschaftet. Seit heute Morgen meldet er sich nicht mehr. Sonja fuhr zu dem Heim – und hörte Schüsse.«

»Was hat der Kerl bei denen auf dem Gelände zu suchen?«

»Er wollte dort Fotos für irgendeinen Eintrag im Internet schießen. Nun ist er verschwunden. Neben der Auffahrt hat Sonja sein Fahrrad hinter einem Busch entdeckt. Das ist mittlerweile aber auch verschwunden.«

»Was für ein Eintrag im Internet?«

»Die Region Hannover hat dieses Landschulheim verkauft und bei den gesamten Verhandlungen nur das Geld gesehen«, holt Borgfeld aus. »Kaum war alles unter Dach und Fach, hatte der Käufer nichts Besseres zu tun, als es den »Aufrechten Deutschen« zu überlassen. Jetzt soll der Kauf wegen Vortäuschung falscher Tatsachen rückgängig gemacht werden. Wörstein weigert sich und lässt es auf einen Rechtsstreit ankommen. Einige Leute wollen nicht tatenlos zusehen und organisieren ab morgen Mahnwachen – so lange, bis diese Truppe von Wörstein wieder geht. Dazu gehören vor allem meine Tochter und ein paar andere junge Leute vom Gymnasium.«

Schon wieder der Vertrag mit dem Schulungsheim. Montagmorgen muss sich Rischmüller als Erstes damit beschäftigen. Beckmann braucht dringend genaueres Hintergrundwissen. Irgendetwas hat er läuten hören, dass eine Stiftung hinter dem Kaufvertrag steckt. Hieß die nicht Golder oder Goldan?

»Vielleicht ist der Junge mit dem Fahrrad auf dem Heimweg. Wäre doch möglich.«

»Sonja ist sich sicher, dass er sie in dem Fall angerufen hätte. Aber lassen wir das mal dahin gestellt. Warum schießen die da am helllichten Tag? Diese Schüsse machen mir wirklich Sorgen. Wörstein und seine Kraftpakete streiten ab, etwas gehört zu haben. Nachsehen kann man auf dem

Gelände auch nicht. Wörstein lässt mich ohne Hausdurchsuchungsbefehl nicht auf das Grundstück. Ich hab's schon versucht.«

Mit Wörstein ist nicht zu spaßen, auch wenn er nie persönlich Hand anlegen würde. Dafür hat er andere.

Beckmann fährt sich mit der linken Hand an sein rechtes Ohr und knetet gedankenverloren sein Ohrläppchen. Hausdurchsuchungsbefehl. Eigentlich keine große Sache. Geht es jedoch um den eloquenten Anwalt der Rechten, sind alle vorsichtig. Staatsanwältin Mackenrodt wird nicht den kleinen Finger rühren, um sich mit diesem gewieften Rechtsverdreher anzulegen. Höchstens bei Gefahr im Verzug. Könnte man diese Schüsse nicht so werten?

»Ich versuche mein Bestes.«

Beckmann tippt die Nummer der Staatsanwältin ein.

Doktor Monika Mackenrodt, die zu ihrem eigenen Ärger bei herrlichstem sommerlichem Wetter Bereitschaftsdienst hat und sich schlecht gelaunt durch Aktenberge arbeitet, betrachtet ihre perfekt gefeilten Fingernägel.

»Was gibt es Beckmann?«

»Ein Junge wird seit heute Morgen vermisst – am Landschulheim bei Ehlershausen.«

»Verdammt.« Die Staatsanwältin vergisst ihre Fingernägel, und atmet tief ein. »Bloß nicht schon wieder so ein Sexualmord im Landschulheim. Letztes Jahr der Junge in Rheine …«

Beckmann unterbricht sie.

»Hier liegt der Fall anders. Felix Rinsing ist achtzehn Jahre alt, und das Landschulheim ist als solches nicht mehr in Betrieb.«

»Dann ist ja gut.« Die Erleichterung in ihrer Stimme ist nicht zu überhören.

»Es ist mittlerweile das neue Schulungszentrum der »Aufrechten Deutschen«.«

»Ist das nicht die Truppe von Wörstein?« Nervös tippen ihre Fingerspitzen auf die Schreibtischunterlage neben dem Telefon.

»Genau.«

»Scheiße«, murmelt die Staatsanwältin, die selten flucht. Sie greift nach einer Zigarette und dreht sie so fest zwischen ihren Fingern, bis die dunklen Krümel durch das weiße Papier rieseln.

»Mit dem wollte ich nie wieder zu tun haben. Und wenn, dann nur um ihn festzunageln«, setzt sie mit ihrer tiefen Stimme hinzu und kneift die Augen zusammen. »Ein bisschen mehr müssen Sie mir schon an die Hand geben, wenn ich bei dem einen Hausdurchsuchungsbefehl unterschreiben soll.«

»Ich sorge für eine Vermisstenanzeige.«

»Das reicht nicht. Wir brauchen mehr. Bloß weil ein achtzehnjähriger Junge nicht pünktlich bei seiner Freundin ist, dürfen wir nicht über Wörsteins Grundstück spazieren.«

»Es ist Gefahr im Verzuge. Felix' Fahrrad ist neben der Grundstückszufahrt gesehen worden. Jetzt ist es verschwunden. Außerdem hat diese Zeugin Schüsse gehört.«

»Das hört sich gut an. Kommen Sie Montag früh vorbei. Dann können wir über den Durchsuchungsbefehl sprechen.«

»Und wenn dem Jungen in der Zwischenzeit etwas passiert?«

Die Staatsanwältin starrt aus dem Fenster. Es ist immer

noch keine Wolke am Himmel zu sehen, obwohl für den Abend Gewitter angekündigt sind. Diese Schwüle gefällt ihr nicht. Die Anfrage von Beckmann genauso wenig. Soll sie sich wirklich mit Wörstein anlegen? Der Typ ist mit allen Wassern gewaschen und hat sie schon einmal ganz schlecht vor Gericht dastehen lassen. Drei Jahre zog sich der Prozess hin, dann schaffte er es, den Richter und sie wegen Befangenheit abzulehnen – und alles konnte wieder von vorne beginnen, bis es im Getriebe der überlasteten Justiz endgültig unterging.

Die Staatsanwältin steckt sich die filterlose Zigarette in den Mund und dreht sie zwischen Ober- und Unterlippe hin und her.

»Haben Sie von dem anderen Toten gehört, den man im Golfclub Isernhagen gefunden hat? Er heißt Henry Broderich.«

»Natürlich.« Sie pult sich einen Tabakkrümel von der Oberlippe.

»Broderich hat die Texte für eine von Wörsteins Propagandainternetseiten erstellt. Eine prima Rattenfängerwerbung für junge Leute. Habe ich heute Morgen gerade im Netz entdeckt.«

»Also gut. Kommen Sie vorbei.«

50

Maria Borgfeld stellt die gefüllten Einkaufstüten neben der Eingangstür ab und reibt sich die verspannten Schultern. Acht Stunden Kasse gehen nicht spurlos an einer Frau ihres

Alters vorbei. Vor allem nicht an einer unsportlichen, die sich mitten im Klimakterium befindet. Manchem schickt der liebe Gott eine Heimsuchung, ihr zurzeit gleich drei, von den kleineren gar nicht zu reden. Pubertierende Gören, Wechseljahre, Mann auf Diät.

Dieter ist von allen dreien die schlimmste Heimsuchung. Seit sie ihn zu Weight Watchers schickt, meckert er dauernd rum. Dabei meint sie es doch nur gut.

»Bin wieder da«, schreit sie ins Haus, kaum dass sie die Tür aufgeschlossen hat.

Eigentlich hat sie das Übergewicht ihres Mannes nie gestört. Im Gegenteil. Irgendwie war sie sich dadurch seiner sicher. Damals, als sie sich beim Schützenfest in Burgdorf kennen lernten, ist er ein fescher, ein besonders fescher Bursche gewesen. Mit blonden Haaren und breiten Schultern. Sie seufzt. In seiner grünen Uniform ist er ein Bild von einem Mann gewesen. Alle Mädchen verdrehten sich die Köpfe nach ihm. Dieter hätte jede haben können.

Maria lächelt, als sie daran denkt, wie er seinen Arm Monate später beim Osterfeuer um sie gelegt hat. Damals hat er sie gefragt, ob sie seine Frau werden will. Lang, lang ist es her. Wie bei einem Baum haben sich seitdem die Jahresringe um seinen Bauch gelegt.

Das ist ungesund, hat die Ärztin im Gesundheitsmagazin im Fernsehen gesagt. Das stört den Stoffwechsel im Körper. Also hat sie ihrem Dieter nicht nur die Diät, sondern auch Sport verordnet. Die Nordic Walking Stöcke hat sie ihrer Kollegin bei Edeka günstig abkaufen können. Deren Mann hat sich geweigert, sie zu benutzen. Dieter ist da nicht so. Der geht brav jeden Freitag mit seinen Stöcken zum Lauftreff. Gestern ist die Gruppe bis nach Beinhorn gewalkt. Alles bestens. Aber dass er danach mit Wildfremden essen geht, hat ihr die Laune verdorben. Gehen die Herrschaften nach der Runde in die Pizzeria. Einfach so.

Na, dem hat sie heute Morgen Bescheid gegeben. Sie selbst quält sich aus Solidarität und zählt den ganzen Tag Punkte, obwohl sie nur um die Hüfte und den Bauch herum in den letzten Jahren etwas angesetzt hat – und der Herr Kommissar isst Pizza. Aber nicht mit ihr. Zur Strafe gibt es heute Rohkost.

»Ich bin's!«

Wieder keine Antwort.

»Dieter?« Ihr Ruf wird lauter und bekommt einen vorwurfsvollen Beiklang. »Dieter!«

Stille. Wo steckt der Kerl? Sie hatte gehofft, dass er den Kaffeetisch gedeckt hätte. Sein Dienst ist doch schon längst vorbei.

»Sonja?« Ihr Schrei wird noch eine Nuance schriller. Trotzdem kommt keine Antwort.

»Ali?«

Endlich hört sie ein Geräusch und kurz darauf wird eine Tür geöffnet. »Was gibt's?«

»Bin wieder da. Was machst du, hast du Hunger?«, setzt sie versöhnlich hinzu.

»Nein. Ich sitz an den Schularbeiten.«

»Dann lern weiter.«

Ali dreht sich um und sitzt im nächsten Moment am Computer. Drei *gifts* müssen noch bei *farmville* untergebracht und die Artischocken geerntet werden.

51

Während Beckmann sich auf den Weg zur Staatsanwältin macht, nippt Martha an ihrem Weinglas. Sie hat sich den Abend anders vorgestellt. Aber letztlich passt es. Kaum hat sie sich ein bisschen an Beckmann gewöhnt, ist er schon wieder weg.

»Was gibt's bei dir Neues?« Martha stützt die Arme auf der Theke auf und lächelt Anton zu.

»Bei mir nichts. Aber vielleicht interessiert dich das: Dein Mordopfer war gestern Abend hier.«

»Wie bitte? Mit ...« Vor Aufregung verschluckt sie sich und hustet. Sie prustet, wird hochrot und keucht. Anton läuft um die längliche Eichentheke herum und verpasst Martha einige energische Schläge auf den Rücken.

»Arme hoch«, kommandiert er und schlägt wieder auf den Rücken. Martha hustet, niest dreimal und röchelt endlich den kurzen Satz, der ihr die ganze Zeit auf der Zunge liegt: »Mit wem?«

Anton grinst. »Das ist typisch. Wenn ich dich nicht so lange kennen würde, könnte ich glauben, du bist eiskalt und abgebrüht.«

Anton Birnbaum und sie sind zusammen zur Grundschule gegangen, haben gemeinsam Frösche im Bach gefangen und das eine oder andere Geheimnis miteinander geteilt. Er fischt mit der Zange ein paar Eiswürfel aus der Kühlbox und schiebt sie Martha im Wasserglas herüber. »Trink das.«

Martha trinkt drei kleine Schlucke, dann packt sie die Ungeduld.

»Schieß los, wer war's?«, krächzt sie. Nach dem zweiten Wort hat Martha ihre Stimme wieder gefunden.

»Ich muss dich enttäuschen, ich kannte den Mann nicht. Das war so ein Kleiner, Unscheinbarer mit Schnauzbart. Der war noch nie hier.«

»Schade.« Martha seufzt. Wäre ja auch zu einfach gewesen, wenn Anton den Gast, vielleicht sogar den möglichen Täter erkannt hätte.

»Fünf Köpi und ein Weizen.« Der wöchentliche Stammtisch der Bauern aus der Umgebung – unter dem Vorsitz des Ortsbürgermeisters – macht die Bestellung dringend.

Anton schnappt sich das erste Glas und zapft. »Falls du wissen willst, was die geredet haben – keine Ahnung. Da musst du Yvonne fragen, die hat ein paar Worte mit den beiden gewechselt.« Er lächelt, als Martha den Mund öffnet. »Du brauchst gar nicht nachzuhaken, sie hat mir nichts darüber erzählt. Ich war viel zu müde. Gestern war hier die Hölle los. Der Nebenraum war pickepacke voll mit jungen Leuten, die etwas gegen dieses rechte Schulungszentrum machen wollen – und heute Morgen bin ich früh aufgestanden, um mir Hühner vom Burgdorfer Pferdemarkt zu holen.« Er füllt die nächste Biertulpe.

»Es gibt auch Personen, die beschäftigen sich nicht nur mit Morden. Ich zum Beispiel werde jetzt deiner Nachbarin nacheifern und grüne Eierleger züchten. Es geht nichts über eigene Eier.«

52

Die Staatsanwältin kommt Beckmann bereits im Treppenhaus in einem roten Leinenkleid entgegen, das ihre im Nacken zu einem Knoten zusammengesteckten blonden Haare zum Leuchten bringt. Sie wirkt schlanker als noch im Frühjahr.

»Schön Sie zu sehen, Frau Doktor Mackenrodt.« Beckmann reicht ihr die Hand.

»Ebenfalls. Kommen Sie mit.«

Nach der schwülen Luft auf dem Parkplatz freut sich Beckmann über die kühlen Temperaturen im Flur. Allerdings ist diese Freude nur von kurzer Dauer. Das Zimmer der Staatsanwältin liegt zur Südseite. Dort sind es mindestens 28 °C, und der Ventilator läuft.

Dr. Monika Mackenrodt mustert Beckmann über den Aktenstapel hinweg, der sich auf ihrem Schreibtisch auftürmt. Wochenenddienst ist eine leidige Sache. Noch schlimmer ist es, von Beckmann auf diesen windigen Anwalt angesetzt zu werden. Aber so schnell tritt sie nicht mehr ins Fettnäpfchen. Statt nur den Durchsuchungsbefehl auszufüllen, hat sie lange mit Beckmanns Dienststellenleiter gesprochen.

»Mein lieber Beckmann, das ist ja ein unverhofftes Wiedersehen«, gurrt sie und kann sich ein zynisches Grinsen kaum verkneifen. »Danke, dass Sie den Kollegen in Burgdorf helfen.«

»Aber ich bitte Sie.« Etwas in ihrer Stimme irritiert Beckmann. Ist es ihr Tonfall? Egal, der Hausdurchsuchungsbefehl für das Landschulheim liegt bereits unterschrieben vor der Staatsanwältin. Nur das zählt. Borgfeld wird erleichtert sein, wenn er das hört.

Die Staatsanwältin schiebt das Schriftstück zu ihm rüber.

»Hauptkommissar Beckmann«, sie grinst süffisant, was ihn jetzt ernsthaft beunruhigt. »Ich habe in der Zwischenzeit mit Ihrem Vorgesetzten telefoniert. Wir waren uns schnell einig. Sie übernehmen die Leitung im Mordfall Broderich. Die Mordkommission in Hannover hat genug mit der zerstückelten Leiche unter der Ihmebrücke zu tun. Außerdem hängen die immer noch an dem Fall mit den drei Toten im Steintorviertel von vorletzter Nacht.«

»Aber die Arbeit als cyber ...«

Mackenrodt verdreht die Augen.

»Mein Lieber. Diese Observierungsarbeit mag«, sie zieht das Wort bis zum Reißen in die Länge, »ihren Sinn haben. Aber nur, bis man einen konkreten Anhaltspunkt hat.«

Funkensprühende Blicke treffen Beckmann, als sie sich eine Zigarette in den Mund steckt.

»Henry Broderich hat die Internetseite für Wörstein erstellt. Jetzt ist er tot – das ist also eine klare Zuständigkeit für Sie. Zumindest begründen wir Ihren Einsatz so. Die Ermittlungen im Fall des Journalisten sind eine kleine praktische Fingerübung für Sie.« Sie zwinkert ihm zu. »Während Sie also mit den Kollegen in Ihrer gewohnt zügigen Art den Fall lösen«, um ihre Mundwinkel bildet sich ein verschmitzter Zug, »suchen Sie nebenbei nach dem Jungen. Oder umgekehrt. Das ist unser Angebot.«

Sie zieht an der Zigarette und wirft ihm einen Blick zu, der zwischen Spott und Skepsis liegt.

»Sie stellen sich Ihr Team in der Polizeiinspektion in Burgdorf am Montag zusammen. Borgfeld und Streuwald sind Ihnen bereits zugeordnet.«

Beckmann zückt ein Einwegfeuerzeug.

»Ich rauche nur trocken.« Angewidert schnalzt sie mit der Zunge, pult sich zwei Tabakfasern von der Lippe und schnipst die Krümel auf den Fußboden.

53

»Das kannst du echt nicht machen, mich da einfach stehen lassen. Dass *meine* verloren haben, ist schon schlimm genug, aber dann musste ich den Trainer aus Heeßel auch noch bitten, mich im Mannschaftsbus mit zurück nach Burgdorf zu nehmen. Weißt du, was das heißt? Während der ganzen Rückfahrt musste ich mir den Lobgesang auf seine Jungen anhören. Ich hätte kotzen können.«

Streuwald schäumt vor Wut. Lässt Borgfeld ihn da einfach alleine und ohne Auto zurück – und alles nur, weil ihm irgendein Pups wegen seiner Scheißdiät quer sitzt.

»Auch Fritze ist stinksauer. Für Leute, die seine Frikadellen verschmähen, hat er nichts übrig. Überhaupt nichts. Bei dem brauchst du dich so schnell nicht wieder sehen lassen.«

»Papa hilft mir.«

Streuwald zuckt zusammen, als er die verheulte Stimme von Borgfelds Tochter hört, die er schon als Baby auf seinem Schoß gehalten hat und für die er zu jedem Geburtstag ein kleines Geschenk bereithält.

»Was ist denn passiert?« Er klingt sofort versöhnlich.

»Felix ist verschwunden.« Sonja versucht ihm in wenigen Worten die Ereignisse zu erklären, verhaspelt sich aber immerzu.

»Felix Rinsing?« Streuwald kennt den Jungen. Früher hat er den talentierten Linksfuß trainiert, sein Tempo beim Laufen hat ihn beeindruckt. Aus dem hätte was werden können, doch von einem Tag auf den anderen kam er nicht mehr zum Training. Eigentlich schade.

Gerade als Sonja von den Schüssen berichtet, klingelt Borgfelds Handy. Er sagt nichts, sondern hört nur zu, was der andere sagt. Schließlich murmelt er: »Verstanden.«

Streuwald und Sonja verfolgen jede seiner Bewegungen mit den Augen.

»Und?« fragen sie im Chor, als das Gespräch beendet ist.

»Das war Beckmann. Er hat den Durchsuchungsbefehl. Die Mackenrodt hat grünes Licht gegeben. Außerdem ist er vom LKA abkommandiert worden, den Fall Broderich zu übernehmen. Er ist ab jetzt Leiter der Sonderkommission *Golfball.*«

Streuwald zieht sich einen Stuhl an den Schreibtisch. Aus der Traum von der intensiven Saisonvorbereitung mit seiner Mannschaft. Aber vielleicht klappt es dafür ja mit einer Beförderung.

54

Erste Wolken tauchen am Himmel auf, weiße Tupfen auf blassem Hellblau. Es ist immer noch heiß, obwohl es bereits auf 17:00 Uhr zugeht.

Müde und satt von Pfifferlingen und Bratkartoffeln sitzt Martha auf der Bank unter der schattenspendenden Linde. Es gibt Tage, die könnten eine Woche füllen. Erst ein Toter, dann ein verschwundener Junge – und Max Beckmann mittendrin. Zum Glück hat er mit diesem Fall nichts zu tun, sonst würden sich ihre Wege unweigerlich kreuzen – und sie ist sich nicht sicher, ob sie schon in der Lage ist, ein normales Verhältnis mit ihm zu haben.

Ihr Blick fällt auf den Papierstapel neben ihr. Die Fotokopie des Tagebuchs. Sie gießt sich ein Glas Zitronenwasser ein, greift nach den Blättern und überfliegt das Interview mit Herbert Müller, danach kommt eine neue Person zu Wort.

Aaron Borgas, Jahrgang 1923, 29 Jahre, Buchhalter, jetzt wohnhaft in Hannover

Hunger. In jenen Tagen war mir ganz schwindelig, manchmal wurde mir schwarz vor Augen. Wann hatte ich die letzte warme Mahlzeit bekommen, nicht nur eine Kante trockenes Brot? Aber jetzt gab es nicht einmal das. Und es war auch nicht klar, wann es das nächste Mal etwas zu essen geben würde.

Stundenlang waren wir in diesem Güterzug durchgeschüttelt worden auf der Fahrt ins nächste Lager. Alle Knochen taten uns weh, doch danach fragte niemand. Wie Vieh hatte man uns verladen und eingepfercht. Viel unterschied uns auch nicht davon. Mit unseren kahlrasierten Köpfen, den zum Skelett abgemagerten Körpern und der gleichförmigen, graublau gestreiften Häftlingskleidung hatten wir kaum noch menschliche Züge. Zu einer namenlosen Masse waren wir geworden, einer Ansammlung armseliger, stinkender Körper, die jeden Moment den letzten Atemzug hauchen könnten.

Voller Abscheu sah ich manchmal an mir herunter. 22 Jahre alt war ich damals – und schon ein Wrack. Wobei es mir noch ganz gut ging. Meine Jugend machte manches wett. Bei den äl-

teren Häftlingen war es viel schlimmer. Die Schwächsten hatten sie gleich im Lager gelassen und vermutlich getötet. Keiner wusste, wo es hinging. Einer hatte etwas von einem Außenlager bei Hamburg gehört, ein anderer von Bergen-Belsen. Eigentlich war es uns auch egal. Zu ausgemergelt, entkräftet und hoffnungslos waren wir. Fast schon apathisch.

Wir kamen aus dem KZ Drütte bei Salzgitter und den Außenlagern darum herum. Frei nach Goebbels Motto »Vernichtung durch Arbeit« wurden wir in der Produktion eingesetzt. Einige hatten trotzdem überlebt, so wie Josef und ich.

In den letzten Tagen war im Lager eine nie dagewesene Aufregung zu verspüren gewesen. Jeder merkte, dass da was im Gange war. Einer von den Kapos wusste, dass ich früher als Buchhalter in Berlin gearbeitet hatte. Man ordnete mich zu Hilfsdiensten ins Büro ab. Pausenlos vernichtete man dort Listen und Unterlagen, gleichzeitig erstellte man neue. Der Feind sollte nichts Belastendes vorfinden. Endzeitstimmung kam bei den Wächtern auf, bei einigen sogar Angst. Ging der Krieg zu Ende? Wir stellten Vermutungen in alle Richtungen an.

Mittags traf ein Lastwagen mit Frauen aus Salzgitter-Bad ein. Man brachte sie zum Bahnhof. Auch uns verfrachtete man direkt nach der Arbeit dorthin. Die Fahrt sollte am Abend des 7. April starten.

Der für uns vorgesehene Güterzug war lang. Bestimmt 50 bis 60 Waggons gehörten dazu. Manche aus Metall, andere aus Holz. Die Wände der Holzwaggons waren höher und boten mehr Schutz gegen Kälte und Wind, deshalb wurden diese zuerst von uns gestürmt.

Uns Jüngere kommandierte Zugführer Ehrenberg ab, die restlichen Lebensmittel aus dem Lager als Reserve in einen der vor-

deren Wagen zu transportieren. Die durften nicht in die Hände des Feindes fallen.

Als wir diese Arbeit beendet hatten, waren die Holzwaggons schon belegt und mit Riegeln geschlossen. Also blieb für mich nur einer der hinteren Metallwaggons. In einem saß mein Freund Josef. Er zog mich zu sich ins Innere des Waggons.

Wenigstens muss ich diese Fahrt in die nächste Hölle nicht alleine antreten, dachte ich und fühlte mich für einen Augenblick erleichtert. Ich setzte mich neben ihn auf den Fußboden und drückte seine Hand.

»Danke«, murmelte ich.

Seit einem Jahr bauten Josef und ich Flakgranaten in Drütte zusammen, eine stupide und schwere Arbeit. Reden am Arbeitsplatz war ein Vergehen, zog Prügelstrafe und manchmal sogar Tod durch Erhängen nach sich. Es hatte etliche getroffen, die wir kannten.

Wir beide hatten überlebt und waren nun wie Brüder, nein, eher wie Vater und Sohn. Er, der bedeutend Ältere, erzählte mir im Laufe der Monate seine Lebensgeschichte. Als wohlhabender, renommierter Jurist hatte er hoch angesehen in seiner Heimat gelebt, bis die Zeiten für Juden schlecht wurden. Vom Finanzamt bis zur Stadtverwaltung hatten es alle auf sein Vermögen und seinen Grundbesitz abgesehen. Erst verzögerten sie die Verkaufsverhandlungen, dann sein Ausreiseverfahren. Schließlich wurde er inhaftiert und nach Buchenwald geschickt. Frau und Tochter hatte er gerade noch rechtzeitig Ausweispapiere beschaffen können. Ob ihnen die Flucht gelungen war, wusste er nicht.

Mit uns waren bestimmt 70 andere im Waggon zusammengepfercht. Abgemagert, entkräftet. Die meisten barfuss, nur mit dünner Gefangenenkleidung. Die Notdurft verrichtete man direkt im Wagen. Es roch nach Urin und Kot. Waschzeug oder Ähnliches gab es nicht. Der verteilte Marschproviant war lächerlich und bereits zum Frühstück verzehrt. Neben mir sitzend, starb ein Gefangener am nächsten Tag um die Mittagszeit. Im hinteren Waggonteil gab es fünf weitere Tote. Es waren leise Tode. Bei jedem Stopp wurden die Leichen zur Mitte des Zuges getragen. Dort gab es einen leeren Waggon, der sich schnell füllte. Bald ragten ausgemergelte Arme und Beine über den Rand hinaus. Der Zug hielt auf freier Strecke und die Leichen wurden in eigens ausgehobene Gruben geworfen.

Bei einer dieser Fahrtunterbrechungen habe ich die Aufklärungsflieger zum ersten Mal gesehen. Amerikaner. Ich war mir ganz sicher. Josef auch. Er stieß mich an und deutete nach oben.

»Die kommen, um uns zu befreien.«

Zum ersten Mal seit vielen Tagen lächelten wir.

Die Flugzeuge verschwanden am Horizont des klaren blauen Himmels, der Zug setzte nach kurzer Pause seine Fahrt fort.

Wenig später flog eine Bombereinheit surrend über unsere Köpfe, irgendwo in der Ferne hörten wir es krachen, Qualmwolken stiegen auf. Der Zug stoppte erneut, die SS Leute beratschlagten sich. Nach einer Weile bewegte er sich, doch kurz darauf hielten wir und wurden auf einem Rangierbahnhof auf ein Nebengleis umgeleitet. Links von uns Benzinwaggons, rechts Munitionswaggons. Ich glaube, weiter hinten, war ein Waggon der Wehrmacht.

Auf dem Güterbahnhof hatten wir freie Sicht auf einen nahe gelegenen Wald. Josef flüsterte: »Wir sind in Celle. Hier habe ich früher gelebt.« Tränen standen in seinen Augen.

»Was meine Frau und die Kleine wohl machen?«

Ich drückte dem Mann, der mehr als doppelt so alt war wie ich, die Hand und er beruhigte sich wieder.

»Aber dafür kenne ich mich bestens aus. Dahinten ist das Neustädter Holz. Ein ideales Versteck, um auf die Befreier zu warten.«

Aufmerksam beobachten wir, wie alle SS-Bewacher aus dem Zug stiegen. Das Totenkopfzeichen an ihrer schwarzen Uniform war unübersehbar, genau wie das scharf geschnittene Doppel-S auf dem rechten Halskragen.

Einer gab einem Knirps aus der Gegend den Auftrag, aus einem benachbarten Haus Wasser zu holen. »Die Gefangenen haben Durst«, sagte er.

Diese Geste machte mir Hoffnung. Sie war so ungewohnt fürsorglich. Man öffnete auch die Türen der vorderen Waggons. Frauen in Häftlingskleidung stiegen aus und vertraten sich auf dem Bahngleis die nackten Füße.

Vor unserem Wagen stand der SS-Mann, der nach Wasser geschickt hatte. Er war jung, knapp über zwanzig, hatte nicht so verschlossene Züge wie die anderen. Er lächelte uns aus seinen kornblumenblauen Augen an. Er sagte uns, dass es Brot und Margarine gebe, wenn die Lokomotive ausgewechselt sei.

In diesem Moment hörten wir ein Alarmsignal, kurz darauf das Summen der sich nähernden Bomber. Die flogen ganz niedrig und näherten sich in Windeseile. Wie ein Bienenschwarm kamen sie auf uns zu. Wir dachten, dass die uns sehen könnten, einige von uns winkten mit ihren Sträflingsmützen. Der Schwarm schwarzer Punkte verwandelte sich in silberne Streifen, die plötzlich vom Himmel glitten. Hunderte von entklinkten Bomben fielen herab. Direkt auf uns. Ungläubig starrten wir nach oben. Erkannten die uns nicht? Panik brach aus.

Der SS-Mann mit den blauen Augen schrie: »Rette sich, wer kann.«

Er hatte den Satz kaum zu Ende gesprochen, als er von einem anderen in SS-Uniform ohne einen Moment des Zögerns erschossen wurde.

Der vordere Teil des Zuges war getroffen, von überall hörte man Schreie, Beine und Arme trudelten körperlos durch die Luft und landeten bluttriefend auf den Schienen. Erst explodierte die Munition in den Güterwaggons neben uns, dann goss sich das Benzin auf die Gleise aus und entzündete sich. Glühende Metallsplitter detonierter Handgranaten bohrten sich mit ihren Spitzen in alles, was sich ihnen in den Weg stellte. Um uns herum brannte es lichterloh. Man konnte kaum noch die Hand vor Augen sehen, obwohl das ganze keine drei Minuten gedauert hatte.

Josef sagte: »Los, lass uns abhauen. Im Wald dahinten sind wir geschützt.«

Gerade wollten wir aus dem Waggon nach links auf den Schotter springen, als ein vollgestaubter SS-Offizier mit einer Narbe auf der rechten Wange sein Gewehr auf uns richtete.

»Zurück«, war das einzige Wort, das er uns entgegen donnerte.

Hinter uns im Waggon stand der alte Samuel Feuerstein auf, der mir während der Zugfahrt von seiner Zeit als Pianist erzählt hatte und von seinem Traum, noch einmal an den Tasten eines Klaviers zu sitzen. Der gebrechliche Samuel richtete sich auf und rief: »Wenn die uns treffen, haben wir doch keine Chance. Lass uns raus, damit wir Schutz …«

»Schnauze«, brüllte der Offizier.

»Aber …«

Ein Schuss fiel. Samuel sackte tot zusammen.

Hass stieg mir bis in die Kehle, ich glaubte, an meiner Ohnmacht zu ersticken. Das Gewehr des grinsenden Nazis zielte nun auf mich.

»Euch zeige ich, wer hier zu bestimmen hat, ihr Ungeziefer.«

Mit dem einen Ohr wartete ich auf den Knall, der meinem Leben ein Ende bereiten sollte, mit dem anderen lauschte ich zum Himmel. Aus der Ferne hörte ich erneut das Summen der Bomber. Es schwoll an. Plötzlich waren sie wieder da, genau über uns. Die zweite Angriffswelle prasselte auf uns nieder.

Splitter und Teile der getroffenen Eisenbahnwagen, Maschinen, Holz und Steine flogen ziellos herum. Ihr Aufprall auf dem Schotter machte einen Höllenlärm. Ich verkroch mich in die hinterste Ecke, schloss die Augen, betete und rechnete damit, dass unser Waggon explodierte, zusammen mit Josef und mir. Angst hatte ich nicht mehr, ich wartete nur noch auf den Tod. In mir war eine große Ruhe.

Überall knallte es und Rauchschwaden standen in der Luft, Schreie kamen aus allen Richtungen. Etwas Undefinierbares klatschte auf mein Gesicht und rutschte auf meinen Schoß. Ich ertastete irgendetwas Schweres, Feuchtes und griff danach. Es fühlte sich seltsam an. Vor lauter Qualm konnte ich nicht sehen, was es war und hob es hoch: ein abgerissener Arm in schwarzem Stoff mit eingenähtem SS-Zeichen. Ich hob das blutige Körperteil hoch und warf es hinaus.

Dann prasselten Steine und Holzteile von überall her auf mich nieder und ich versuchte, meinen Kopf mit den Händen zu schützen.

Als die Angriffswelle abebbte, lugte ich vorsichtig über die Kante des Waggons. Alles brannte lichterloh. Immer noch explodierte Munition auf der rechten Seite des Zuges, Uniformierte liefen blutverschmiert mit gezücktem Gewehr entlang der Gleise. Links und rechts flüchteten die ersten Häftlinge aus den Hängern und rannten in alle Himmelsrichtungen. Ich erkannte den Hünen Paul Cerny aus Drütte. Er war gerade drei Meter Richtung Wald gekommen, als er zusammenbrach. Die SS-Leute, die den zweiten Bombenangriff überstanden hatten, schossen auf jeden Flüchtling, der ihnen vor die Flinte kam. Überall sah ich gestreifte Menschen im Zickzack rennen, manche brachen mitten im Lauf plötzlich zusammen, andere schafften es bis zu den rettenden Bäumen.

Josef stieß mich an. »Los, wenn nicht jetzt, wann dann?«

Ich zögerte und war gelähmt vor Angst. »Ich kann nicht.«

»Ohne dich gehe ich nicht.«

Wir lugten beide vorsichtig über den Rand unseres Metallwaggons – und blickten direkt in das Gesicht des SS-Mannes mit dem Schmiss. Er grinste uns breit an und seine dunklen Augen funkelten selbstherrlich.

»Wollt ihr nicht loslaufen? Die kleinen Schießübungen sind eine willkommene Abwechslung.«

Er wartete die Antwort nicht ab, weil er aus dem Augenwinkel etwas gesehen hatte. Eine kurze Drehung nach rechts, Gewehr angelegt und Schuss. Treffer. Schuss. Treffer. Wir konnten nichts sehen, hörten aber, wie Körper nach einem kurzen Aufschrei aufklatschten.

Er drehte sich zu uns um, auf seinem Gesicht ein zufriedenes Grinsen. Seine schmalen Lippen zogen sich genussvoll in die Breite.

»Na, wie wär's, wollt ihr nicht auch?«

Er hatte das Summen der Bomber überhört und die dritte Angriffswelle traf ihn genauso unvermittelt wie uns. Josef und ich duckten uns und pressten uns an die schützenden Metallwände. Erneut knallte es ohrenbetäubend, wieder folgten Schreie. Einer direkt neben unserem Waggon. Trotz der Gefahr schob ich mich an der Wand empor und warf einen Blick nach draußen. Auf dem Schotter lag der mit dem Schmiss und schrie zum Gott erbarmen. Mitten in seine Brust hatte sich ein Granatsplitter gebohrt.

In diesem Moment durchzuckte auch mich ein heftiger Schmerz. Erst konnte ich gar nicht denken. Dann sah ich an meinem Bein herunter. Alles voller Blut. In meinem Oberschenkel steckte eine riesige Scherbe. Ich starrte sie an. Zögerte kurz und zog sie mit einem Ruck heraus. Der Schmerz pochte unaufhörlich in meinem Bein und mir wurde schwarz vor Augen.

Die Bomben fielen ununterbrochen. Nicht so viele wie bei den beiden vorangegangenen Wellen, der Angriff dauerte allerdings länger. Es gab immer wieder Explosionen. Auch weiter entfernt in der Stadt. Die Schreie der Leute kamen aus allen Himmelsrichtungen. Trotz des Krachs habe ich nur die grelle Stimme des SS-Mannes gehört, die langsam leiser wurde.

Als es endlich vorbei war, schaute Josef nach draußen. Der mit dem Schmiss jammerte nur noch kläglich und hielt mit seinen Händen den Granatsplitter umklammert, bekam ihn aber nicht heraus. Weit und breit war kein anderer von der SS zu sehen.

Josef zog dem toten Samuel die Jacke aus, riss Stoff in Streifen und legte mir einen Verband an.

55

Eine gespenstische Stille liegt über dem Wald bei Ehlershausen. Nichts rührt sich. Borgfeld wartet ungeduldig mit allen zur Verfügung stehenden Beamten der Polizeiinspektion Burgdorf am Wegesrand der Zufahrt zum ehemaligen Landschulheim auf Beckmann mit dem Durchsuchungsbefehl. Er hätte gerne mehr Kollegen dabei gehabt. Aber mehr als sechs hatte er auf die Schnelle nicht auftreiben können.

»Urlaubszeit«, hatte sein Vorgesetzter, Kriminalrat Schirbold, gemurmelt. »Sechs sind schon mehr Leute, als ich eigentlich verantworten kann. Bislang liegen keine Anhaltspunkte für ein Verbrechen vor. Nur weil ein Freund Ihrer Tochter ...«

Schirbold hatte den Satz in der Luft hängen lassen. Und nicht nur das. Der Kriminalrat hatte unmissverständlich klar gestellt, dass er deshalb nicht in Hannover um Verstärkung bitten würde. Zum einen, weil er sich dort nicht lächerlich machen wollte, zum anderen, weil ihm die Angelegenheit genauso wenig geheuer war wie der Staatsanwältin.

»Ich verstehe gar nicht, wie es Ihnen gelungen ist, die Mackenrodt zu einem Durchsuchungsbefehl zu überreden. Die macht so etwas sonst nicht mal so eben. Schon gar nicht, wenn es um Wörstein geht«, hatte er gemeint und hinzugefügt: »Genauso gut kann man eine Nadel im Heuhaufen suchen.«

Und sich jede Menge Ärger holen. Den letzten Satz hatte Borgfeld aber nur an Schirbolds Augen abgelesen, bevor er die Zimmertür schnell hinter sich schloss, um nicht mit noch weniger Leuten zum Landschulheim zu fahren.

Plötzlich nähert sich von der Straße her ein dunkelgrüner Pick-up. Der Fahrer des Nissans bremst ab, als er die vier Polizeifahrzeuge sieht, dann gibt er Gas und rauscht mit einer aufgewirbelten grauen Staubfahne auf sie zu.

Borgfeld registriert einen jungen Mann um die zwanzig, der ihn angrinst. Das Gesicht mit dem kurzen blonden Haarschnitt wirkt nicht unsympathisch und unterscheidet sich kaum von Sonjas gleichaltrigen Mitschülern. Er trägt ein blaues T-Shirt. Borgfeld überlegt gerade, ob der Fahrer überhaupt zu der Gruppe von Wörstein gehört, als dieser ihm grinsend den Stinkefinger zeigt.

»Verdammt«, flucht Borgfeld. »Doch einer von denen.« Hoffentlich kommt Beckmann bald mit dem Durchsuchungsbefehl.

56

Das Telefon klingelt. Trixi. Im Moment ist Martha nicht danach zumute, der aufgedrehten Stimme ihrer Kollegin zuzuhören. Ein beklemmendes Gefühl macht sich in ihr breit. Mit dem Toten heute Morgen fing es an, das Zusammentreffen mit Max Beckmann tat ein Übriges – und jetzt diese Geschichten aus der Vergangenheit. Sie erwecken eine Zeit zum Leben, die jeder nur zu gern vergessen würde. Hat sie jedenfalls immer gedacht. Nun fällt es ihr schwer, sich von diesem Text zu lösen. Zu eindringlich sieht sie die Bilder des erschossenen Samuel vor sich, glaubt sein Schreien zu hören, spürt die Angst und die Hoffnungslosigkeit der Menschen und will gleichzeitig wissen, was aus Aaron Borgas wird.

Enttäuscht sieht sie, dass die nächste Eintragung von Clara nicht ihn, sondern Herbert Müller betrifft. Trotzdem fängt sie an zu lesen.

Was wollen Sie denn? Ich habe Ihnen doch schon alles gesagt.

Der Fliegerhorst Celle-Wietzenbruch liegt unweit des Neustädter Holzes. Das ist so ein sumpfiges, mooriges Gelände, fürchterlich. Dauernd sinkt man ein. Der Flughafen ist eine einzige Katastrophe, obwohl man während des Krieges den Boden mit Bitumen vermischt hat. »Gummipiste« nannten die Piloten die Landebahn.

Im vorletzten Kriegsjahr wurde in einer Flugzeughalle die Endfertigung der Junkers Ju-88 durchgeführt, sonst war da nicht viel los. Die Hallen hatten einen Tarnanstrich, die Amis und Tommys haben die überhaupt nicht entdeckt.

Ja, die Flakgeschütze standen in der Nähe von Wietzenbruch, versteckt hinter einem Birkenwäldchen.

An dem Sonntag, als ich da zum ersten – und einzigen – Mal Dienst hatte, tauchten am Vormittag die Aufklärer auf. Dann folgten Bomber, die noch einmal abdrehten. Es gab Angriffe auf die Ölraffinerien in Nienhagen, und wir dachten schon, wir wären davongekommen. Kurz vor 18 Uhr schwoll das Summen und Surren an.

Drei komplette Bombergeschwader der Amerikaner steuerten auf uns zu. Später habe ich gehört, dass es die 9. US-Luftflotte war. Erst sahen wir einzelne Flugzeuge. Unser Flakgeschütz feuerte pausenlos auf sie, aber wir hatten keinen einzigen Treffer.

Schnell wurden es mehr Flugzeuge, über hundert. Innerhalb weniger Minuten klinkten sie Tausende von Bomben aus.

240 Tonnen sollen es gewesen sein. Ihr Ziel waren die Bahnanlagen mit den Brücken und Unterführungen.

Ob ich Häftlinge im Wald gesehen habe? Was haben Sie immer mit diesen Häftlingen?

Ja, ein paar liefen da herum, die SS trieb sie zusammen. Drei von denen hielten die bereits gefangen genommenen in Schach, die anderen suchten nach weiteren. Später wurden sie zum Sportplatz am Neustädter Holz gebracht. Dort war eine Art Sammelstelle.

Mehr weiß ich auch nicht.

Ob ich die Nacht über draußen auf der Flakstellung war? Ja, aber ich habe nichts gesehen, es war kühl und wir haben uns in einem Erdloch verkrochen. War ja erst April.

Adalbert Messerschmidt

Haben Sie immer noch nicht genug von diesem Bombenangriff, Mädchen, Mädchen. Nun setzen Sie sich, meine Frau brüht uns einen Kaffee auf. Ich habe nachgedacht. Dieser Güterzug mit den Häftlingen stand auf Gleis 9. Der Zug war ziemlich lang und wurde von der SS bewacht. Nach dem Angriff war der erste Teil des Güterzuges schwer lädiert. Die in den Häftlingssachen rannten hin und her. Einige sammelten sich an der Wand des Bahnhofsgebäudes. Andere versuchten, sich in Sicherheit zu bringen.

Ob auf sie geschossen wurde?

Na, Sie stellen Fragen. Die Amis schmeißen denen Bomben auf den Zug und Sie fragen mich, ob auf sie geschossen wurde? Das war eine riesige Knallerei, schließlich ist der Munitionszug getroffen worden, Benzin brannte aus, das Gaswerk war explodiert.

Nachtsüber gab es ein paar Schüsse. Stimmt. Die SS versuchte, die Gefangenen zusammenzutreiben.

Ja, Polizisten waren auch beim Bahnhof unterwegs. Der Volkssturm ebenfalls. Die mussten doch in diesem Chaos nach dem Rechten sehen und sich um die Organisation der Hilfsmaßnahmen kümmern. Überall lagen Verletzte und Tote. Die wollten versorgt werden.

Erschießungen von Gefangenen? Ach, Fräulein, Sie sollten nicht alles glauben, was da so gesagt wird. Die Engländer waren nach Kriegsende ganz scharf darauf, dem einen oder anderen etwas anzuhängen, aber da ist nicht viel bei rausgekommen. Hier wurde nur von der SS geschossen. Wir Celler hatten damit nichts zu tun. Deshalb gab es ja die Freisprüche in dem Gerichtsverfahren. Unschön war dieser Prozess trotzdem, all die Verdächtigungen – das ist nicht gut für eine Kleinstadt.

Jetzt muss ich Sie leider verabschieden, ich will noch in den Garten, bin da verabredet. Auf Wiedersehen.

Friedrich Bollund

Können Sie die Dinge nicht ruhen lassen, müssen Sie da im Dreck wühlen?

So, so, die Polizei war nach dem Angriff auf dem Güterbahnhof – hat Ihnen jemand erzählt. Natürlich war die Polizei da, jemand musste doch bei dem Durcheinander für Recht und Ordnung sorgen.

Nein, wir haben nicht auf Gefangene geschossen. Wer sagt so etwas?

Die Engländer wollten uns das auch schon anhängen, aber dafür gibt es keine Beweise, überhaupt keine. Üble Nachrede ist das. Die olle Willmer aus der Fuhrberger Straße, die trumpfte vor Gericht groß gegen mich auf – und was ist übrig geblieben? Nichts. Eins auswischen wollte sie mir, weil ich ihren Mann wegen Wilderns vor Gericht gebracht habe.

So, und jetzt ist erst mal Schluss, die alten Sachen stehen mir bis hier.

57

Trixi wählt Borgfelds Nummer. Nach dem ersten Freizeichen ist Borgfeld schon in der Leitung.

»Ich habe wichtige Neuigkeiten.« Trixi senkt ihre Stimme verschwörerisch. »Ich komme von … meinem Informanten.«

Martha hätte sie natürlich erzählt, dass sie Jean Claude im Friseursalon abgepasst hat, aber Borgfeld würde sie den Namen nicht preisgeben.

»Broderich hat Goldmann erpresst.« Endlich ist es heraus.

Borgfeld, immer noch dem Nissan nachsehend, braucht eine Weile, bis er versteht.

»Wie bitte? Goldmann wurde von Broderich erpresst?«

»Genau. Ich dachte, das würde Sie interessieren.«

Endlich ein Motiv. Dazu der Golfball. Vielleicht ist das der schnelle Durchbruch im Mordfall.

»Womit erpresst er ihn denn?«, setzt Borgfeld eilig hinterher.

»Goldmann sollte Broderich Geld zahlen, damit dieser positive Kommentare für die Golfplatzerweiterung in den Blog stellt und das Internetforum *Bürger gegen Golf* anschließend auflöst.«

»Von wem wissen Sie das?«

»Mein Informant …«

In diesem Moment meint Borgfeld Beckmanns Auto in der Ferne ausmachen zu können.

»Wir sind gerade in einem wichtigen Einsatz. Ich melde mich später.«

Entgeistert lauscht Trixi dem Tuten der unterbrochenen Verbindung. Was ist heute bloß los? Sie klappt ihr Handy zusammen. Interessiert denn niemanden, was sie herausgefunden hat?

58

Clara Rosenthal hat keine wahllosen Interviews geführt. Das wird Martha immer klarer. Diese Frau hat mit ihrer Befragung ein Ziel verfolgt. Nur welches?

Martha schaut auf ihre Armbanduhr. Es geht auf halb sechs zu. Das nächste Interview hat Clara mit Aaron Borgas geführt. Das liest sie noch und danach ruft sie Trixi zurück.

Der Güterbahnhof brannte. Es gab immer wieder Explosionen und Schreie. Wir liefen los, ohne uns noch einmal umzudrehen. Mein Bein schmerzte, aber ich achtete nicht darauf.

Zuerst versperrte uns ein Gemüsegarten den Weg. Wir rissen mit den bloßen Händen eine Latte aus dem Zaun und zwängten uns durch die Lücke. Wir rannten durch feuchtes, stoppeliges Erdreich, kamen zur nächsten Umzäunung, kletterten über die niedrige Drahtbegrenzung in den Nachbargarten. Der war frisch umgegraben. Am Ende des Beetes stand hinter einer Buchsbaumhecke eine kleine, quadratische Laube. Die Tür war zu unserer Überraschung nicht abgeschlossen. Mit einem Satz waren wir drinnen. Völlig außer Atem ließen wir uns erst einmal auf den Fußboden fallen und schöpften Luft.

Beim Laufen hatte ich nur daran gedacht, weiter zu kommen und nicht erwischt zu werden. Kaum saß ich jedoch, spürte ich ein höllisches Ziehen und Brennen in meinem Bein. Ich schloss die Augen, versuchte den Schmerz zu verdrängen, kämpfte darum, nicht ohnmächtig zu werden. Ich war überrascht, welche Kräfte noch immer in mir schlummerten.

Vor meiner Inhaftierung habe ich in Warschau geboxt, sogar noch, als ich in der Buchhaltung der Schuhfabrik meines Vaters gearbeitet habe. Ich war richtig gut im Ring. Das sieht man mir heute vielleicht nicht mehr an, aber damals erst recht nicht. Ich war ein körperliches Wrack, und dieses Laufen durch die Gärten hatte mich völlig fertig gemacht. Vor allem mit der klaffenden offenen Wunde am Bein. Der Stoff, den mir Josef als Verband fest um den Oberschenkel gewickelt hatte, war blutdurchtränkt. Völlig geschwächt hockten wir auf dem Fußboden. Josef erkannte schnell den Ernst der Lage.

»Wir brauchen etwas zu essen und zu trinken. Sonst schaffen wir das nicht.«

Während ich benommen auf dem Boden saß, sah Josef sich im Gartenhaus um. Eine Flasche Schnaps stand im Regal hinter einem Vorhang. Ohne viel zu fragen, deutete Josef auf meine blutige Kompresse, entfernte sie mit einem Ruck. Tränen schossen mir in die Augen. Er riss einen karierten Arbeitskittel in Streifen, tränkte einen Teil davon mit Alkohol, drückte den Stoff auf die Wunde und wickelte mir den neuen Verband um. Auf dem Haken an der Wand hingen auch zwei Arbeitsjacken und Hosen. Schnell schlüpften wir in die fremde Montur.

Unter dem Tisch entdeckte ich ein paar verschrumpelte Äpfel. Wir bissen hinein und verschlangen das Obst mit Kerngehäuse und Stiel. Beim zweiten Apfel waren wir schon etwas ruhiger und unsere Stimmung besserte sich zusehends. Josef nahm den Schnaps und zwei Äpfel, ich steckte die anderen sechs ein.

In der Ferne hörten wir Schüsse. Sie kamen näher. Also rannten wir los, kletterten durch eine Lücke des Zaunes in den nächsten Garten, versanken bis zu den Knöcheln im feuchten, weichen Erdreich. Ich trug Schuhe, die Schutz vor der aufsteigenden Kälte boten. Josef hingegen lief barfuss über den eisigen Boden.

Ausgemergelt, wie wir waren, blieben wir nach einer Weile stehen, um zu verschnaufen. Im Dämmerlicht sah ich in der Ferne Häuser. Das Geballer hatte uns nach links abgetrieben. Der Wald lag mehr rechts.

»Los«, flüsterte Josef. »Wir müssen Richtung Bäume laufen.«

Kurz vor dem nächsten Kleingartenzaun stolperten wir fast in eine Erdhöhle. Sie war ziemlich groß. Hölzer verstärkten die Wände und ragten als Stolpersteine oben heraus. Eine Decke fehlte. Mit dem letzten Abendlicht warf ich einen Blick in die Grube. Unter mir graublaue Streifen. Zwei andere Gefangene sahen unsere Hosenbeine mit angstvoll geweiteten Augen an. Sie erkannten uns in den Arbeitsjacken aus der Laube nicht. Aber wir sie. Mit Dimitri und Pjotr aus der Ukraine hatten wir in Drütte in der gleichen Baracke geschlafen. Die beiden Kriegsgefangenen sprachen kaum Deutsch. Dimitri mit seinem gedrungenen Hals wirkte trotz seiner Magerkeit bullig. Pjotr hatte wilde Augen, die jeden Wärter zu verschlingen drohten. Der alte Samuel hatte sich einmal gewundert, dass er überhaupt noch am Leben war.

»In Mauthausen wäre er damit nicht weit gekommen. Ich war da zwei Jahre inhaftiert. Der Lagerarzt dort ließ Gefangenen mit gutem Gebiss den Kopf abschneiden, um sie zu kochen und für die Schreibtische seiner Parteikollegen als Schmuck zu präparieren. So ein paar funkelnde Augen in Alkohol auf dem Beistelltisch hätten ihn sicher interessiert.«

Pjotr und Dimitri hielten beide ein Brot in der Hand, das sie bei der Verteilung vor dem ersten Bombenangriff ergattert haben mussten. Ich hatte auf der rechten Seite des Bahnsteiges einen Stapel auf einem Pritschenwagen gesehen.

Sie reichten uns wortlos ein Stück und Josef ihnen im Gegenzug die Flasche mit dem Korn. Schweigend nahmen alle einen Schluck, brachen vom Brot ab, kauten, tranken erneut, aßen wieder.

Wir fühlten, wie die Kräfte zurückkamen. Josef und ich steckten ein Brot ein, die anderen bekamen die Schnapsflasche.

»Wir wollen Richtung Wald«, zischte Josef den beiden zu. »Wollt ihr mit?«

Sie verstanden und nickten.

Plötzlich hörten wir Schüsse ganz in unserer Nähe. Keine 200 Meter entfernt. Wie schon im Güterzugwaggon, robbte ich mich vorsichtig nach oben und sah über den Rand des Erdbunkers. Linkerhand, am Ende des hinter uns liegenden Gartens, stand ein Gartenhaus. Zwei junge Burschen liefen mit Gewehren auf die Laube zu und schossen immerzu. Zwei Häftlinge in gestreifter Kleidung kamen mit erhobenen Händen aus der Holzhütte. Die Jungs fuchtelten mit ihren Waffen herum und die Bedrohten knieten sich hin. Es fielen Schüsse. Erst zwei, dann drei, dann vier. Die beiden Sträflinge fielen zur Seite und blieben bewegungslos liegen. Die Jungen mit kurzen Hosen und Knie-

strümpfen schlugen sich auf die Schultern und veranstalteten einen Freudentanz.

»Los, weg hier«, zischte ich nach unten.

Wir liefen so schnell wir konnten nach rechts, Richtung Neustädter Wald. Einmal drehte ich mich noch um. Außer den Jungen waren jetzt zwei SS-Männer wie aus dem Nichts aufgetaucht. Ich erkannte sie an ihren schwarzen Uniformen.

Sie standen in Höhe der Laube und redeten mit den Jungen.

Dimitri und Pjotr verloren wir unterwegs, aber wir konnten nicht warten. Jeder rannte um sein eigenes Leben. Mir blieb irgendwann die Luft weg und ich raunte Josef zu, dass ich bei der nächsten Gelegenheit eine Pause bräuchte.

Er hörte mich nicht, sondern verschwand in Richtung des kleinen Birkenwäldchens. Ich setzte mich völlig atemlos unter einen Busch im Heidegestrüpp und versuchte, zu Kräften zu kommen. Meine Wunde blutete wieder und ich fühlte mich schlapp. Ohne mich war Josef besser dran, das war mir klar – und ich wollte ihn nicht mehr mit mir belasten.

In diesem Moment hörte ich den Ruf: »Halt!«

Der Befehl kam nicht von weit her. Direkt hinter den Birken musste jemand stehen. Plötzlich sah ich ein Flakgeschütz und vier, fünf sehr junge Männer mit Gewehren im Anschlag davor. Keine sechzehn waren die, eher jünger, aber da kann ich mich auch täuschen. In ihren blauen Overalls und den Stahlhelmen sahen sie wie verkleidet aus. Sie wedelten mit den Waffen herum und schrien: »Halt! Halt!«

Eine Gruppe von etwa fünfzehn Häftlingen in gestreiften Hosen und Jacken kam mit erhobenen Händen aus den Büschen. Sie gingen langsam auf die Jungen zu, fast wie in Zeitlupe. Die von der Flak sagten etwas, das konnte ich nicht verstehen, weil es vom Bahnhof her immer noch Explosionen gab. Bis auf das Wort Schnaps. Irgendjemand hatte Schnaps. Pjotr und Dimitri waren dabei.

Die Gefangenen legten sich auf den Boden und die Jungen stellten sich vor ihnen auf. Plötzlich schallten Schüsse zu mir herüber. Eins, zwei, drei, vier, fünf. Dann war für einen Moment Ruhe. Ich sah, dass einige der Häftlinge aufgesprungen und im Zickzack in meine Richtung türmten. Die mit den Stahlhelmen liefen mit angelegten Gewehren hinterher.

Ich presste mich dichter in den Busch, damit mich niemand entdeckte. Dann rannte Dimitri an mir vorbei. Ich erkannte ihn sofort an seiner bulligen Figur und dem gedrungenen Hals. Er bemerkte mich nicht. Ich zischte: »Dimitri.« Lauter rufen durfte ich nicht. Das wäre zu gefährlich gewesen.

Dimitri schlug direkt hinter den Birken einen Haken. Ich konnte es genau sehen, hoffte mit ihm, dass er es schaffte. Sein Vorsprung wuchs. Da stolperte er über eine Baumwurzel. Plötzlich lag er bäuchlings auf dem Boden einer kleinen Anhöhe, etwa zehn Meter von mir entfernt. Bevor er wieder auf den Beinen war, entdeckte ihn einer der Verfolger. Dimitri winselte: »Nicht schießen, meine Frau, meine Mut …«

Ein Junge mit Overall und Stahlhelm stand genau hinter ihm, in den Händen eine Pistole. Er streckte den Arm, zielte und feuerte direkt auf Dimitris Hinterkopf. Ein lautes Krachen drang zu mir herüber. Kein Schrei. Nichts. Nur ein Uhu war zu hören. Seltsam, dass ich mich daran erinnere.

Dann drehte sich der Schütze in meine Richtung um. Nie werde ich diese leuchtenden Augen, dieses zufriedene Lächeln vergessen, aber auch nicht den Blutschwamm auf seiner linken Wange. Der dunkle Fleck erinnerte mich an den Umriss von Afrika. Der

Junge sah aus wie jemand, der gerade ein Tor geschossen hat oder wie einer, der zum ersten Mal mit einer Frau zusammen gewesen ist – so berauscht vor Glück und Zufriedenheit war er.

Starr vor Entsetzen klebten meine Augen an ihm und ich vergaß zu atmen. Gleich würde der Junge mich bemerken. Noch einen Schritt, dann würde er direkt vor mir stehen. Ich sah seine riesigen Füße, die in groben Lederschuhen steckten, ich hörte seinen pfeifenden Atem. Gleich würde er mich bemerken. Ich schloss vor Angst die Augen. Jetzt würde es nicht mehr lange dauern und der Schuss würde knallen – und ich wäre es, der mit einem Schlag zur Seite fiele, wie ein getroffenes Stück Wild bei der Jagd.

Ich wartete. Nichts. Knacken von Zweigen, dann Schritte, die sich entfernten. Meine Glieder wurden plötzlich vor Erleichterung schwer. Der Mörder mit den großen Füßen und dem Blutschwamm im Gesicht war weitergegangen.

59

»Nichts. Weder haben wir Felix gefunden, noch irgendwelche scharfen Waffen.«

Auf diesen kurzen Nenner bringt Beckmann das Ergebnis der Hausdurchsuchung, als er mit Borgfeld und Streuwald zurück in der Polizeiinspektion Burgdorf ist. Sie haben alles abgesucht: Im Haus, im Keller, in den Nebengelassen. Überall. Wörstein hatte sie dabei mit seinem arroganten Grinsen beobachtet, aber nichts gesagt.

Beckmann lässt sich auf den Schreibtischstuhl fallen und greift zum Telefon. Die Staatsanwältin hebt sofort ab. Er hält sich nicht mit langen Vorreden auf.

»Ich bin mit Borgfeld, Streuwald und einigen anderen persönlich durch alle Keller und jeden Raum marschiert. Nichts. Die ganze Zeit eskortierten uns zwei junge Männer. Beide ließen uns aber keinen Augenblick aus den Augen. Nach drei Stunden waren wir fertig. Eine Gruppe von etwa zwanzig jungen Männern stand breit grinsend neben Wörstein. Keiner ließ sich zu einem Spruch hinreißen, nur einer spuckte vor mir auf den Boden.«

»Und sonst, irgendetwas Interessantes bemerkt?«

»Die einen kamen aus dem Wald und hatten gerade einen Unterstand gebaut, die anderen waren dabei, Wände zu streichen. Roch alles nach Farbe.« Die Streicharbeiten im Landschulheim sind allerdings sehr nachlässig ausgeführt, das hat Beckmann auf den ersten Blick gesehen. Seit der Renovierung von Marthas Küche kennt er sich damit aus.

»Wer sind *die*? Können Sie *die* genauer beschreiben?«

»Entschuldigung, Frau Doktor Mackenrodt. Das sind natürlich die angeworbenen Jugendlichen. Sie sind zwischen achtzehn und zwanzig. Etwa die Hälfte der Jungen stand mit ihren abrasierten Köpfen vor uns, die Hände in die Hüfte gestemmt, als warteten sie darauf, zuzuschlagen. Einer trug ein T-Shirt mit dem Aufdruck »Horst Wessel«, einer eins mit einem weißen Totenkopf. Die bedienten jedes Vorurteil. Die anderen dagegen wirkten mit ihren akkuraten Kurzhaarschnitten eher unauffällig. Die könnten auch im Tischtennisverein spielen.«

An den Unterarmen hatte er bei einigen die gleiche Tätowierung ausmachen können. Ein langer Strich mit einem oben und unten schräg angesetzten Haken, Farbe rot.

»Das war's dann für heute.« Gequält kommen die Worte

über die schmalen Lippen der Staatsanwältin. Die Aktion ist wahrlich kein Grund zur Freude. Im Gegenteil: Das bedeutet Ärger. Ärger mit Wörstein. Ganz großen Ärger. Da ist sie sich sicher. Ob er sich etwas wegen Amtsanmaßung einfallen lassen wird? Sie steckt sich eine Zigarette in den Mund und zieht kräftig.

»Wenn man vielleicht mit der Hundestaffel …«

»Beckmann, ich bitte Sie«, prustet sie in den Hörer. »Nicht nach dieser Aktion.«

»Aber der Junge …«

»Beweisen Sie einfach, wie effizient Sie und Ihre Kollegen diesen Fall bearbeiten können, dann ist vielleicht noch das eine oder andere möglich.«

Beckmann wartet auf einen Nachsatz, aber der folgt nicht.

60

Wenn Aarons Bericht stimmt … Martha hält inne. Das ist wirklich eine Dynamitladung für das beschauliche Celle. Bürger jagen Menschen, knallen Flüchtende in den letzten Tagen des Krieges, ohne zu zögern, ab. Wenn es stimmt … Aber das lässt sich überprüfen.

Sie wählt die Nummer von Roswitha Neumann. Nach sechsmaligem Klingeln hebt diese endlich ab.

»Michael, ich bin gleich fertig.«

»Ich bin's, Martha.«

»Oh, Entschuldigung. Ich bin verabredet und dachte … Egal. Schön, dass du anrufst. Gibt es denn bereits Ergebnisse bei den Ermittlungen?«

»Das weiß ich nicht. Es geht um diese Aufzeichnungen, die ich am Freitag bekommen habe. Ich muss wissen, ob die echt sind, ob die historischen Bezüge stimmen.«

»Es hat gerade geklingelt. Ich werde abgeholt.« Roswitha kichert und drückt nebenbei auf den Türöffner. »Ich muss gleich weg.«

»Roswitha, bitte, es ist sehr dringend. Gab es im April 1945 einen Bombenangriff in Celle, einen bei dem …«

»Entschuldige, jetzt habe ich überhaupt keine Zeit. Wie wär's Montagabend bei mir?«

»Es ist mir wirklich sehr wichtig.«

Klingeln an der Tür.

»Warte einen Moment«, vertröstet Roswitha sie. »Hallo Michael.« Ihre glucksende Stimme dringt schwach zu Martha durch. »Setz dich, ich bin sofort da.«

Knacken im Telefon. Roswitha ist wieder in der Leitung. »Ich muss Schluss machen. Meine Verabredung ist da.«

»Gab es denn diesen Bombenangriff?«

»Es gab nur einen Einzigen. Der war tatsächlich im April 1945. Aber jetzt ist wirklich Schluss, mein Besuch …«

»Wie wäre es morgen früh?«

»Also gut, du Nervensäge. Komm morgen am späten Vormittag vorbei.« Nach einer Pause setzt sie hinzu: »Aber wirklich am späten. Wer weiß, was der Abend noch bringt.«

Kurz darauf hört Martha das Freizeichen. Schade, sie hätte gerne mehr gewusst. Jetzt sofort. Marthas Finger fangen an zu kribbeln. Diese Ungeduld kennt sie an sich. Sie hasst es, etwas auf die lange Bank zu schieben.

Martha holt sich ihren Laptop aus der Tasche und startet ihn. Sofort hört das Kribbeln ihrer Finger auf. Während der

Computer die Verbindung mit dem Internet aufbaut, wählt sie Trixis Nummer. Endloses Tuten am anderen Ende. Martha legt das Telefon zur Seite, als sich Google öffnet. Sie tippt ins Suchfenster: Celle 8. April 1945.

Wenige Sekunden später springt ihr das Datum in den verschiedensten Kombinationen entgegen. Sie startet mit der Onlineenzyklopädie Wikipedia.

Am 8. April 1945 kam es zum einzigen alliierten Bombenangriff auf Celle während des Zweiten Weltkriegs, bei dem die Bahnhofsanlagen das Ziel waren. Mehrere wartende Züge, in denen sich auch etwa 4000 KZ-Häftlinge befanden, wurden schwer getroffen, Hunderte Menschen kamen ums Leben. Einem Teil der KZ-Insassen gelang die Flucht ins nahe Neustädter Holz, jedoch erschossen SS-Wachmannschaften und Celler Bürger in den darauf folgenden zwei Tagen einen Großteil der Flüchtlinge. Die genaue Opferzahl wurde nicht ermittelt. Unter der sarkastischen Bezeichnung Celler Hasenjagd stellt dieses Ereignis das dunkelste Kapitel der Celler Stadtgeschichte dar.

Sie sieht sich weitere Beiträge an, stöbert in Augenzeugenberichten und Beschreibungen. Eigentlich kann sie sich den Besuch bei Roswitha morgen sparen. Als Historikerin hat sie aber vielleicht eine andere Sichtweise, zumindest – Marthas Finger kribbeln schon wieder – könnte sie einige Dinge im Archiv überprüfen.

61

Borgfeld und Streuwald bohren mit den Augen Löcher in ihre Schreibtische. Das Gespräch mit der Mackenrodt ist nach ihrem Geschmack alles andere als erfolgreich verlaufen. Borgfeld knetet seine Hände und bemerkt nicht einmal seinen knurrenden Magen. Die Probleme häufen sich. Felix Rinsing ist immer noch weg. Seine Tochter sitzt draußen und heult. Und als wenn das nicht reichte, hat ihm Maria am Telefon die Hölle heiß gemacht: »Wir müssen Felix' Eltern benachrichtigen.«

Natürlich hat sie Recht. Warum ist er nicht selber drauf gekommen? Weil er glaubt, dass dieser Felix jeden Augenblick wieder auftaucht.

Maria hat trotzdem sofort die Eltern von Felix angerufen. Allerdings vergeblich. Vielleicht ist das auch ganz gut so. Ihm ist nicht danach, mit irgendwelchen Eltern über das Verschwinden ihres Sohnes zu reden. Familie und Dienst hat er immer getrennt in all den Jahren. Und jetzt das!

»... müssen die Fakten zusammentragen«, beendet Beckmann seine Ausführungen und sieht seine beiden Kollegen erwartungsvoll an.

Borgfeld räuspert sich. »Sonja hat Felix um halb zehn das letzte Mal gesprochen.«

Beckmann mustert ihn entgeistert von oben bis unten.

»Hallo, ich rede von Henry Broderich. Wir müssen nebenbei einen Mord aufklären. Je schneller, umso besser, dann können wir vielleicht auch noch einmal mit dem allerhöchsten Segen Wörstein auf den Zahn fühlen, ansonsten bleibt uns nur ein Alleingang, außerhalb der ...«, er macht eine Atempause, »... Dienstvorschriften. Klar?«

Borgfeld schluckt und wirft Streuwald einen verzweifelten Blick zu, doch der bohrt mit seinen Augen zur Abwechslung jetzt Löcher in den Boden.

»Klar«, flüstert Borgfeld. Dabei ist ihm nichts klar. Oder doch? Plötzlich fällt ihm sein Notizbuch wieder ein. Er zieht es aus der Hosentasche und schlägt die Seite auf, die er im Clubheim geschrieben hat und reicht sie Beckmann. Der bekommt das Buch schlecht zu fassen und es landet aufgeschlagen auf der hinteren Seite.

»Handkuss ausprobieren«, liest Beckmann laut vor und runzelt die Stirn. »Was hat das zu bedeuten?«

»Nichts«, stammelt Borgfeld mit hochrotem Kopf, klappt die Seite zu, wo er sich seine guten Vorsätze notiert. Er blättert und hält Beckmann dann die richtige Seite hin.

Beckmann liest sich Borgfelds Tabelle mehrmals durch.

»Das ist ein Anfang. Gut gemacht. Während wir auf den Bericht von Schmidt und der Kriminaltechnik warten, arbeiten wir die offenen Fragen ab. Sie beide untersuchen Broderichs Wohnung. Überprüfen Sie, welche Angehörigen benachrichtigt werden müssen. Vielleicht ergibt sich ja da ein Anhaltspunkt. Ich kümmere mich ums Telefon und den Dorfkrug. Morgen früh um neun treffen wir uns wieder hier.« Er zögert einen Moment. Goldmann sollten sie sich auf jeden Fall genauer ansehen. Da hat Borgfeld völlig Recht. Genau wie mit seinen Fragezeichen.

»Bestellen Sie den Präsidenten vom Golfclub für 10:00 Uhr hierher. Dem fühlen wir auf den Zahn. Wenn Trixis Informationen stimmen, werfen sie ein neues Licht auf den Mann. Erpressung ist immer ein Motiv.«

Falls er Widerspruch erwartet hat, wird er überrascht. Heute scheint alles anders als sonst zu sein.

62

Endlich nimmt Rischmüller den Telefonhörer ab. Zum Glück ist er noch nicht auf dem Weg zum Maschseefest – dann hätte Beckmann schlechte Karten gehabt. Noch schlechtere. Denn auch jetzt ist sein Kollege nicht von dem Ansinnen begeistert, Broderichs Telefondaten an einem schwülwarmen Samstagabend zu checken.

»Bitte, wenn es nicht so dringend wäre, würde ich nicht um diese Uhrzeit anrufen.«

Schweigen am anderen Ende der Leitung.

Beckmann hasst es, wenn sich jemand lange bitten lässt. Aber ein freier Samstagabend ist ein freier Samstagabend und er kann sich denken, dass Frank Rischmüller ganz andere Pläne für den Abend hat. Das erste Wochenende des Maschseefestes wird bei den hochsommerlichen Temperaturen Tausende ans Seeufer locken. Vor allem paarungswillige Großstädterinnen. Frank hatte gestern Abend breit gegrinst, als er das in Anspielung auf einen deutschen Spielfilm in die dritte Flasche Bier genuschelt hatte.

»Bitte, du hast auch was bei mir gut.«

Rischmüller gibt sich endlich einen Ruck.

»Aber ich mach's auf dem kurzen Dienstweg. Von zuhause aus, und später gibst du mir an der Löwenbastion einen aus.«

Beckmann grinst. »Danke.« Der kurze Dienstweg. Der genauso genommen keiner ist. Das weiß er so gut wie Rischmüller. Aber manche Dinge spricht man besser nicht aus.

Bleibt noch der Dorfkrug. Und Martha. Vielleicht auch in der anderen Reihenfolge.

63

Goldmann ist irritiert. Wieso will ihn die Polizei morgen früh sprechen – und dazu noch im Polizeirevier?

Unruhig steht er auf, schenkt sich in der Küche ein Glas Wein ein und trinkt es mit einem Zug aus. Die Sache gefällt ihm nicht. Wenn die ihn als Präsidenten sprechen wollten, müssten sie ihn doch im Club treffen.

Goldmann greift zum Telefon und drückt auf Wahlwiederholung. Die Mailbox springt an.

»Georg hier. Wo steckst du, verdammt noch mal? Ich muss dringend mit dir reden.«

»Was ist denn so wichtig?« Zwei schmale Hände mit manikürten Fingernägeln legen sich auf seine Schulter. Erschrocken zuckt Goldmann zusammen. Er hat Liane gar nicht hereinkommen hören, dabei kündigt das Klackern ihrer Absätze seine Frau sonst stets an. Er wirft verstohlen einen Blick nach unten auf ihre Füße. Flip-Flops mit Gummisohle. Seine Sinne sind also noch wach.

»Geschäfte, Liebes, du weißt doch.«

Lianes Augen funkeln wütend. »Ich bin zwar blond, aber nicht blöd.«

Goldmann atmet tief ein, zählt bis drei und lächelt. Jetzt bloß nicht auf Diskussionen einlassen.

»Heute Morgen hat man einen Toten im Golfclub gefunden.« Mit der Wahrheit fährt man bei seiner Frau gewöhnlich am besten.

»Habe ich schon gehört. Das war heute Mittag *das* Thema beim Friseur.«

Goldmann streicht sanft über ihre grazilen Finger. »Und was erzählt man da so?«

»Fast alle kannten Broderich aus der einen oder anderen Geschichte. Niemand ließ ein gutes Haar an ihm. Wusstest du, dass er überall seine Internet-Städteseiten installiert hat?« Liane drückt sich zärtlich an ihn, während sie ihm sanft in den Nacken pustet.

Goldmann erschauert. Zum Glück hat Liane von den Gesprächen in den letzten Wochen nichts mitbekommen. Er hat alle wichtigen Telefonate nebenan hinter verschlossener Tür geführt. Nicht auszudenken, wenn sie mit ihrem Wissen auch beim Friseur angeben würde.

Sie drückt ihm einen Kuss in den Nacken.

»Mach weiter«, seufzt er und seine Erregung wächst. Wenn er Liane jetzt mal so richtig …

»Auf diesen Seiten bekommt man Geld für jeden Klick. Das muss man sich mal vorstellen.«

Goldmanns Magen verkrampft sich und seine Begierde nach Berührung verfliegt. Das Geld. Mist. Er hat vergessen, die Banderolen abzumachen, als er Broderich das Geld gegeben hat. Ob man diese Banderolen zu ihm zurückverfolgen kann?

»Wie viel Geld hast du ihm eigentlich gegeben?«

Mit dem erschrockenen Zusammenzucken, das dieser Frage folgt, ist Goldmanns Erregung endgültig verschwunden.

»Ich? Wie kommst du denn darauf?«

»Weil du am Telefon so laut herum geschrien hast.«

»Da hast du was falsch verstanden.« Liane kann ihn gar nicht gehört haben. Die Tür war immer geschlossen. Da ist er sich ganz sicher. Oder hat sie etwa gelauscht? Lianes Eifersucht treibt ihn noch zur Verzweiflung, dabei reichen ihm vier Ehefrauen. Auf eine Neue verspürt er nicht die geringste Lust.

»Georg …«

»Ja?«

»Deine Nase ist wieder fällig.«

64

»Felix haben wir nicht gefunden. Trotz Hausdurchsuchung.« Beckmanns Stimme klingt am Telefon vertraut, aber ernst.

»Tja.« Mehr fällt Martha dazu nicht ein. Ein Achtzehnjähriger meldet sich ein paar Stunden nicht. Ist das wirklich ein Grund zur Besorgnis?

»Borgfeld ist ziemlich genervt, seine Tochter und auch seine Frau setzen ihm gehörig zu.

»Ja«, kommt es gedehnt von Martha. »Tut mir leid.«

Beckmann wundert sich über den matten Ton ihrer Stimme. Setzt ihr der Tote von heute Morgen so zu, oder hat er wieder etwas falsch gemacht?

»Kommst du noch mit mir in den Dorfkrug?«, versucht er es in einem heiteren Tonfall.

Voller Befremden hört sie die Frage durch ihren Kopf rauschen. Tickt Max nicht mehr ganz richtig? Sie atmet tief ein und sagt nichts.

»Störe ich?« Betont munter kommt seine nächste Frage daher.

Nein, überhaupt nicht. Sein Verhalten ärgert sie. Ganz einfach. Max Beckmann meldet sich aus der Versenkung zurück und klagt den Dorfkrug ein. Zweimal an einem Tag. Glaubt er, übergangslos an die Zeit vor 67 Tagen anknüpfen zu können?

»Sag doch was.« Jetzt klingt er verunsichert.

»Das kommt mir alles ein bisschen schnell«, murmelt sie nach einer Weile. »Ich weiß gar nicht, ob ich dich treffen will.« Endlich ist es raus. Für diese Bäumchen-wechsele-dich-Spiele fühlt sie sich einfach zu alt.

Jetzt liegt das Schweigen bei ihm. Er überlegt. Macht er mit der persönlichen oder der beruflichen Ebene weiter? Er ist unsicher. Der Beruf ist im Moment die bessere Variante, da weiß er wenigstens, wovon er redet.

»Die Staatsanwältin hat mir die Leitung der Ermittlungen übertragen: Sonderkommission *Golfball*. In Hannover ist derzeit landunter. Ich soll die Sache hier zügig vorantreiben und kann gleichzeitig die Suche nach Felix verfolgen. Zwei Fliegen mit einer Klappe.«

Schweigen von ihrer Seite.

»Ich möchte im Dorfkrug noch Anton befragen. Broderich hat da gestern wahrscheinlich gegessen.«

»Stimmt – und zwar nicht alleine.«

65

Borgfeld klingelt an der Wohnungstür der viergeschossigen Wohnanlage am Rande Burgwedels. Niemand betätigt den Drücker. Das wundert ihn genauso wenig wie Streuwald, schließlich liegt der Bewohner in der Kühlkammer der Medizinischen Hochschule.

Er sieht sich um. Vor der Ligusterhecke steht ein verwaister Sandkasten, daneben ein paar vergessene Plastikbackförmchen. Es geht auf acht zu. Aus einem der geöffneten Fenster dringt die Tagesschaumelodie nach unten. Kein Mensch ist weit und breit zu sehen.

»Und jetzt?« Streuwald ist sichtlich genervt. Er würde gern noch die Bundesligaspiele des heutigen Tages in der Sportschau sehen.

Streuwald wird vom Quietschen der Bremsen eines Fahrrades aufgeschreckt, das direkt vor ihm zum Stehen kommt. Eine Frau Anfang vierzig springt energiegeladen vom Sattel. Mit strahlendem Lachen begrüßt sie die beiden Polizisten.

»Was machen unsere Freunde und Helfer noch so spät am Abend hier?« Sie schnallt ihre Sporttasche vom Gepäckträger. »Sie warten doch nicht etwa auf mich?«

Die Frau hat gleichmäßige Gesichtszüge, glatte Haut, eine gute Figur. Alles stimmt, nur die schrille Stimme, die sich vor gekünstelter Heiterkeit überschlägt, stört das harmonische Bild.

»Wissen Sie, wo wir den Hausmeister finden können?«, übernimmt Borgfeld das Kommando.

»So etwas gibt es hier nicht. Wir haben eine Hausverwaltung, aber da erreichen Sie um diese Uhrzeit niemanden. Die Telefonnummer steht da hinten auf dem Schild.« Sie deutet mit dem Finger auf ein rechteckiges Blechschild, das am Rande des Fußweges aufgestellt ist.

»Was wollen Sie denn?« Mittlerweile hat sie den Haustürschlüssel aus der Seitentasche gefummelt und schließt auf.

»Wir möchten uns die Wohnung von Herrn Broderich ansehen.«

Sie schiebt die Eingangstür auf. »Dann müssen Sie ihn wohl fragen. Er kommt allerdings immer spät nach Hause.«

Borgfeld hält den Türgriff fest. »Wie es aussieht, kommt er gar nicht mehr nach Hause.«

»Wieso?« Ihre Stimme wird noch schriller. »Ist was passiert?«

»Henry Broderich ist tot. Er wurde ermordet.«

Die Sporttasche plumpst mit einem klirrenden Krachen auf den Steinboden. »Scheiße.«

Borgfeld und Streuwald ist nicht klar, ob sie den Tod Broderichs oder die zerborstene Getränkeflasche meint.

66

Anton Bierbaum reicht Beckmann ein Glas Bier.

»Broderich saß mit einem schmächtigen Typen da. Mit Schnauzer. Sie haben sich angeregt unterhalten. Frag mich nicht über was. Ich hör nicht zu, wenn meine Gäste miteinander reden. Außerdem hat er da ganz hinten in der Ecke gesessen. Warte einen Moment. Yvonne ist gleich wieder da. Die kann dir vielleicht weiterhelfen.«

Einen Augenblick später kommt Yvonne mit einem vollen Tablett aus dem Biergarten zurück.

»Hallo Max, lange nicht gesehen.« Sie haucht ihm einen Kuss auf die Wange und zwinkert ihm zu. »Sehnsucht nach Isernhagen?«

Er grinst schief. »Ich leite die Ermittlungen im Fall Broderich.«

Yvonne packt die leeren Biertulpen ins Spülbecken. »Ich

hab's gehört.« Sie runzelt die Stirn. »Und gestern war er noch hier.« Ihr Mundwinkel verzieht sich.

Beckmann hat ihren angewiderten Gesichtsausdruck sehr wohl registriert und fragt sich, was das zu bedeuten hat.

»War etwas Besonderes?«

»Eher nicht«, murmelt sie und stellt das gespülte Glas auf dem Ablauf ab. »Er baggert jede Frau mit vulgären Sprüchen an, glaubt, dass dieses Machogehabe irgendwie ...«, sie ringt nach Worten, »... cool ist. Dabei geht er einem nur auf den Senkel.«

»Kannst du mir den Mann beschreiben, mit dem er gestern hier gegessen hat?«

»Ach, hat der Herr Wirt dir schon alles erzählt?« Sie wirft Anton einen liebevollen Blick zu und wuselt mit ihren Fingern durch seine dichten dunklen Haare. »Du sollst doch nicht petzen.«

Beckmann beobachtet die Szene verwundert. Petzen?

Yvonne lacht kurz und hell auf, Grübchen zeichnen sich auf ihren Wangen ab. Sie kommt einen Schritt auf ihn zu und senkt ihre Stimme. »Ich habe mich an dem Tisch direkt daneben mit dem Abräumen länger aufgehalten, als nötig gewesen wäre. Du weißt schon. Frauen sind von Natur aus neugierig.«

»Und?«

»Broderich hat auf den Schmächtigen wie auf einen lahmen Gaul eingeredet. Immer wieder hat er gesagt, dass er den kompletten Text braucht.«

»Welchen Text?«

»Keine Ahnung. Darüber haben sie nicht gesprochen. Broderich meinte nur, dass er den Text auf seine Internetplattform stellen würde.«

»Hast du gehört welche?«

»Nein.«

»Und sonst?«

»Der Schmächtige hat Broderich etwas gegeben, auf das er überaus scharf war.« Sie zögert. »Ich bin mir nicht ganz sicher, aber ich glaube, es war ein Datenstift.«

Immerhin. Jetzt wäre nur noch interessant, was darauf steht und wer der Unbekannte ist.

»War Broderich mit dem Auto da?«

»Nein, mit seinem Motorrad. Das hat er wie immer neben dem Zaun geparkt. Da vorne, am Garteneingang. Damit es auch niemand übersieht. Der andere fuhr einen roten Fiat 500 mit Faltdach, so ein süßes Retroauto, wie in den alten Filmen. Ist mir richtig aufgefallen. Ich bin sogar nach draußen gegangen und habe es mir genauer angesehen. Die Sitze waren mit kariertem Pepitastoff bezogen.« Yvonne lächelt. »Es hatte übrigens ein Celler Kennzeichen.«

Beckmann erhebt sein Glas und prostet ihr stumm zu: Auf die Neugier der Frauen.

67

Wilhelm Trott

Guten Morgen, Fräulein Clara. Gut geschlafen?

Haben Sie ein bisschen die Gegend erkundet? Im Frühling ist es hier sehr schön. Im April, besser noch im Mai. Aber der September jetzt, der hat seine besonderen Reize. Überall blüht die Heide, und Pilze gibt es reichlich. Waren Sie schon im Neustädter Holz? Da müssen sie unbedingt hin. Gleich hinter unserem

Haus die Straße entlang, an den Kleingärten vorbei, dann rüber über die Fuhrberger Straße …

Jetzt fangen Sie wieder mit dem 8. April an. Das ist nicht gut. Ich habe meiner Mutter versprochen, dass ich nicht mehr darüber rede. Nie mehr. Sie mit Ihrer Neugierde!

Also gut. Überredet. Sie ist ja gerade nicht da.

Ich habe Ihnen doch von dem Gefangenen bei uns in der Küche erzählt. Der Mann nahm sich die Wurst vom Haken, bedankte sich mit »Vergelt's Gott« und ging durch das Treppenhaus nach unten.

Ich stand mit meiner Mutter am Küchenfenster und sah ihm nach. Er trat gerade aus dem Treppenhaus, als lautes Trillerpfeifen zu hören war. Von überall her hörte man plötzlich dieses Pfeifen und eine Gruppe von Polizisten verteilte sich vor den Hauseingängen in unserer Straße. Sie kontrollierten jede Tür, pfiffen und schrien: »Herauskommen!«

Unser Besucher kam gehorsam mit erhobenen Händen heraus. Den erkannten die mit seinem eingefallenen Gesicht und dem kahlrasierten Schädel trotz Vaters Kleidung sofort als Gefangenen und legten die Gewehre an. Von Panik ergriffen, rannte er noch bis auf die gegenüberliegende Straßenseite, dann wurde er von hinten von einem Polizisten erschossen. Ein anderer in Sträflingskleidung wurde aus dem Nachbareingang getrieben. Er musste sich neben einen Laternenpfahl knien. Der Polizist machte einen Schritt auf ihn zu, bis er direkt hinter ihm stand. Der Uniformierte war riesengroß, fast zwei Meter und hatte so einen eierförmigen Schädel.

Nein, ich weiß nicht, wie der heißt.

Er zielte mit der Pistole auf den Kopf des Knienden. Der Sträf-

ling rief in gebrochenem Deutsch: »Nicht schießen, Herr Kommissär, nicht schießen, Herr Kommissär.«

Ich hörte das Krachen des Schusses und der Mann fiel zur Seite, ohne noch einen Laut von sich zu geben.

Elfriede Trott

Haben Sie mit dem Wilhelm ein Schwätzchen gehalten? Hat er Ihnen einen Kaffee angeboten? Ja, der gute Junge. Das ist für die Jugend nicht leicht in dieser Zeit.

Zum Glück hat er die Lehrstelle als Buchhalter in Altencelle. Da gab es etliche Bewerber, manche waren sogar ein Gutteil älter als unser Wilhelm. Aber der Bollund hat sich sehr für ihn eingesetzt. Auch für den Herbert Müller. Dem hat er einen Ausbildungsplatz bei der Polizei besorgt. Ein wirklich netter Nachbar. Den kennt mein Mann seit Ewigkeiten.

Stimmt, Bollund ist so ein Großer mit einem Eierkopf. Sie kennen ihn doch.

Ja, der war Ende der zwanziger Jahre Polizist hier in der Gegend. Das war eine schwere Zeit.. Erst dankte der Kaiser ab und dann kam die Weimarer Republik und die ganzen Sozis und Kommunisten. Davon hielt aber hier in Celle sowieso niemand etwas, außer so ein paar Versprengten dahinten am Rand der Siedlung. Wir sind hier mehr der Heimat verbunden und haben es nicht so mit der großen Politik. Jeder kümmert sich um seine Sachen und damit gut. Mit der großen Politik will hier niemand etwas zu tun haben. Jeder möchte sein Auskommen und seine Ruhe.

Daran ist doch nichts Verkehrtes. Oder?

Sie gucken so seltsam. Ist Ihnen nicht gut?

Aaron Borgas

Als der Junge fort war, habe ich eine ganze Weile in dem Busch gehockt und gewartet, dass die Luft rein ist. Der Mond war in der Zwischenzeit herausgekommen und sein Licht fiel direkt auf Dimitris Leiche. Sein Kopf war zertrümmert und bestand aus rotem Brei. Ich bin langsam aufgestanden und losgerannt, besser gesagt, losgehumpelt. Aber nicht ins Gehölz hinein, sondern in die entgegengesetzte Richtung. Am ersten Haus lief ich vorbei. Das zweite stand auf der anderen Straßenseite, direkt davor ein dampfender Misthaufen. Ohne zu zögern, rannte ich darauf zu, betastete den Dung und fing an zu graben. Ich riss die obersten warmklebrigen Schichten an der Seite ab, wühlte mich tiefer hinein. Hand rein, Mist raus, Hand rein, Mist raus. Schließlich hing ich kopfüber in dem stinkenden Haufen und förderte die mit Stroh vermischten Kuhfladen nach oben. Ich quälte mich immer weiter in das Innere vor. Endlich war das Loch tief genug und ich schob vorsichtig meine Beine hinunter. Mit den Fingern tastete ich nach dem heruntergefallenen Mist, holte ihn hoch, rutschte langsam nach unten und polsterte am Einstieg alles aus, damit mich niemand bemerkt. Ich weiß nicht, wie lange das gedauert hat, aber als ich fertig war und durch ein kleines Guckloch nach draußen schauen konnte, war ich so müde, dass ich von einer Sekunde zur anderen eingeschlafen bin.

Wilhelm Trott

Sie passen jetzt wohl jede Gelegenheit ab, um mich ohne meine Mutter zu sprechen.

Ist ja kein Vorwurf, nur eine Tatsache. Ja, ich habe noch mehr gesehen – und eigentlich finde ich es auch gut, mal mit jemandem darüber zu reden. Über allem liegt hier ein Teppich des

Schweigens. Ein ganz dicker – und wehe, man zieht daran, dann fallen die über einen her. Die Willmer aus der Fuhrberger Straße hat vor Gericht ausgesagt und alle haben ihr nachher bescheinigt, dass sie sich nur an dem Polizisten Bollund rächen wollte. Später brauchte die gar nicht mehr in die Geschäfte gehen, die wurde überall geschnitten, genau wie ihr Sohn.

Im April 1945 war ich vierzehn Jahre. Sie können sich vorstellen, wie neugierig ich war. Nach dem Bombenangriff tobte die Hölle um uns herum und ich sollte bei meiner Mutter im Wohnzimmer sitzen. Das hielt ich einfach nicht aus.

Als sie anfing, sich Sorgen um ihre Schwester zu machen, bot ich ihr sofort an, dort hinzugehen. Die Tante wohnte an der Fuhrberger Straße. Ich musste nur durch die Gärten. Erst wollte sie mich ja nicht losgehen lassen, aber schließlich hat sie zugestimmt. Einzige Bedingung war, dass ich nicht alleine gehe. Vor der Tür wartete Emil Zander, der war ein Jahr jünger als ich und genauso neugierig.

In den Kleingärten trafen wir einen Volkssturm-Mann, der meinte, wir sollten ihm helfen, Gefangene festzunehmen.

»Die ziehen plündernd und mordend durch Celle. Das können wir nicht dulden. Also los, kommt mit mir. Ich gebe euch auch eine Pistole.«

Der Emil nickte gleich bereitwillig und hielt die Hand hin, um die Waffe in Empfang zu nehmen. Ich murmelte, dass ich dringend zur Tante müsste. Auf eine Antwort wartete ich erst gar nicht und rannte los.

Später sah ich 30 bis 40 Sträflinge in Höhe des eingezäunten Blumenaufzuchtgartens. Auf der gegenüberliegenden Seite hatten sich Männer mit Gewehren aufgebaut. Einige von denen trugen SS-Uniformen, andere Wehrmachtsuniformen mit den verschiedensten Rangzeichen, mit Lorbeergold eingefasste Armbinden gab es auch.

Ja, Zivilisten standen auch dazwischen. Auf jeden Fall schossen alle ununterbrochen in die Menge rein, als wenn man eine Hasenjagd macht. Einzelne, ab und an ganze Trauben von diesen Gefangenen, lösten sich aus den Schutz bietenden Hecken und rasten wie vom Teufel getrieben im Zickzack über das Feld, auf dem im Herbst immer die bunten Astern blühen. Pausenlos fielen Schüsse. Immerzu brach einer zusammen und blieb auf dem Boden liegen. Manchmal zuckten sie noch.

Elfriede Trott

Haben Sie heute den schönen Herbsttag genossen? Es ist doch herrlich, durch die blühende Heidelandschaft zu gehen und die strahlende Sonne des Altweibersommers zu genießen. Lange wird es mit dieser Wärme nicht mehr dauern.

Ich habe als junge Frau diese Spaziergänge gerne gemacht. Sonntags, wenn mein Mann, der Karl, frei hatte und nicht zu Trüller in die Fabrik musste, dann sind wir oft über den Hermann-Löns-Weg in die Heide gewandert.

Geben Sie immer noch keine Ruhe mit dem 8. April? Mädchen, Mädchen.

Ach, der Wilhelm hat Ihnen von unserem ungebetenen Gast erzählt. Das sollte der doch nicht. Also gut, da ist ja auch nichts dabei. Der arme Kerl. Er sah so dürre und mitgenommen aus, nicht ein Gramm Fett war an ihm. Da hat er von mir erst einmal zu essen bekommen. Kotelett und Bratkartoffeln. Viel hatten wir ja damals nicht und Koteletts waren etwas ganz Besonderes. Gefreut hat der sich über das leckere Fleisch, ganz ungläubig geguckt hat er und alles ganz schnell in sich hineingeschlungen. Man muss manchmal großzügig sein.

Ich habe ihm Sachen von meinem Karl gegeben und er hat sich schnell umgezogen. Eine Wurst und ein paar Dosen hat er sich einfach noch, ohne zu fragen, unters Hemd gesteckt.

»Vergelt's Gott«, hat er mit einem harten Akzent gemurmelt. Kaum war er draußen, kamen Polizisten die Straße entlanggelaufen. Unser Mann blieb stehen und hob die Hände. Plötzlich fiel ein Schuss und er brach zusammen. Der Polizist beugte sich über ihn und öffnete seine Jacke. Und das war dann das richtig Gemeine: Der nahm einfach die Wurst und die Dosen an sich.

Friedrich Bollund

Ach, die Fräulein Rosenthal. Immer noch nicht genug von den alten Geschichten?

Sie haben einen Drohbrief erhalten? Zeigen Sie mal.

Dies ist ein gut gemeinter Rat:
Verschwinde, Du jüdische Schnüfflerin.
Hör auf, im Dreck zu wühlen,
sonst kannst Du bald was fühlen.

Keine Ahnung, wer das geschrieben hat. Ich habe es aber vorhin schon gesagt: Lassen Sie lieber das Stochern in vergangenen Zeiten. Das bringt nichts. Selbst die Engländer haben dieses Kapitel längst abgeschlossen.

Kollege Leifert, guten Tag.

Ich denke, das reicht erst einmal. Mein ehemaliger Kollege Leifert und ich wollen jetzt ein Bier trinken. Heute ist Veteranenabend.

Martha legt die Blätter erschöpft zur Seite. Dieser Wilhelm Trott muss der Vater des Mannes sein, der am Freitag in ihrer Redaktion war. Ob er noch lebt? Sie fasst sich an die Nase, wie immer, wenn sie glaubt, dass sie eine gute Idee hat.

Nein, das passt nicht. Wilhelm war nicht mit auf dem Flakstützpunkt. Er kann dort also gar nichts gesehen haben. Bollund hat er jedoch treffend beschrieben. Das muss auch Clara gemerkt haben. Dabei hat er behauptet, dass er ihn nicht kennt. Martha schnalzt mit der Zunge.

Dieser Wilhelm hat Clara einen Tipp gegeben. Frei nach dem Motto: Merkt sie es?

Martha schreibt auf einen Notizzettel: Trott anrufen. Fragen, ob der Vater noch lebt. Und Elfriede Trott? Was ist mit der?

Kaum hat sie diesen Namen aufgeschrieben, streicht sie ihn wieder. Das muss die Großmutter sein, Claras Vermieterin – und die ist gerade gestorben. Martha reibt sich die Augen und gähnt. Immerhin hat die Frau das Tagebuch all die Jahre aufgehoben. Seltsam, dass jemand so ein Tagebuch einfach zurücklässt.

Aber noch ein paar andere Dinge sind seltsam. Marthas Bleistift huscht über die leere Seite des Notizbuches.

II.

Sonntag

Der Oberobmann und Thedel drückten sich vorne in den Busch. An vier, fünf Stellen wurde geblasen, dann fiel ein Schuß. Die Weibsbilder schrien, und dann knallte es überall, und Wulf und Thedel sprangen von einem Machangel zum anderen, schossen, luden wieder, sprangen weiter und warteten, bis einer von der Bande herankam, zielten dann lange, und wenn es knallte, schlug er ein Rad. Wie die Hasen im Kessel wurden sie zusammengeschossen, ganz gleich ob sie Hosen oder Röcke anhatten.

Der Wehrwolf, S. 142

1

Die glutrote Morgensonne hat sich in eine hellgolden glänzende Kugel verwandelt, kaum dass sie mit ihrer oberen Rundung die Baumspitzen der Fichtenschonung hinter Marthas Fachwerkhaus erreicht. Grelle Strahlen bahnen sich den Weg durch den Spalt ihrer nicht fest zugezogenen Schlafzimmergardine und kitzeln sie an der Nase. Martha dreht sich auf die andere Seite, um weiter zu schlafen, doch der erste Gedanke hat sich bereits in ihren Kopf geschlichen. Clara. Heute Nacht hat sie von der neugierigen Frau geträumt. Nein, ganz stimmt das nicht. Es war noch viel mehr. Sie ist im Traum in die Rolle dieser Clara geschlüpft und durch Celle gelaufen. Um sie herum lagen Häuser in Trümmern, Bomben explodierten, überall war Rauch und Qualm. Ab und zu hörte sie Schüsse auf der Straße. Gefangene in gestreifter Sträflingskleidung rannten im Zickzack Richtung Wald, verfolgt von schießwütigen Bürgern. Clara stellte die Menschen zur Rede, wollte wissen, wer bei dieser Menschenjagd dabei gewesen ist, aber niemand antwortete ihr.

»Ich muss wissen, wer es war«, immer wieder sagte sie diesen Satz, ging von einem zum anderen und fragte, ohne Antworten zu bekommen. Plötzlich drückte ihr ein gesichtsloser Gefangener einen Schuh in die Hand.

»Wenn du den findest, dem der Schuh passt, dann hast du deinen Mörder.«

Wie der Prinz, der Aschenputtel sucht, stand sie auf der

violetten Heidefläche und starrte den Schuh an. Doch sie suchte nicht die liebliche Tänzerin – und in ihrer Hand lag kein zierlicher Damenschuh, sondern ein breiter lederner Wanderschuh von mindestens Größe 43. Jedem Mann, dem sie begegnete, hielt sie den Schuh hin. Dem ersten, der den Schuh anzog, war er zu klein. Die Tauben in der Birke über ihr gurrten.

»Rucke di guh, rucke di guh, kein Blut ist im Schuh.«

Dem Nächsten war er zu groß. Wieder gurrten die Tauben. »Rucke di guh, rucke di guh, kein Blut ist im Schuh.«

Dann stand sie vor einem Jungen mit einem großen Blutschwamm im Gesicht und hielt auch ihm den Schuh hin.

»Probier ihn an.« Er tat, wie ihm geheißen, und der Schuh passte perfekt. Da gurrten die Tauben.

»Rucke di guh, rucke di guh, Blut ist im Schuh.«

Bei den letzten Worten richtete der Junge das Gewehr auf sie und drohte: »Verschwinde oder wir bringen dich auch um.«

Er hielt ihr die Waffe vor die Brust und drückte ab. Laut auflachend ging er weg, und sie sank mit einer klaffenden Wunde auf blutrot blühendes Heidekraut nieder.

Marthas Herz schlägt aufgeregt, als sich die Szenen des Traumes in ihr hocharbeiten. Sie lauscht nach draußen. Vor ihrem Fenster gurren Tauben im Apfelbaum. Sie hört sie durch das geöffnete Fenster.

Alles klar, ein Lächeln huscht über Marthas Gesicht und ihre Starre löst sich.

Kein Blut ist im Schuh. Das ergibt keinen Sinn. Clara ist schließlich nicht Aschenputtel und schon gar nicht der Prinz. Alles Blödsinn, manchmal träumt man einfach nur wirres

Zeug. Martha will sich gerade noch einmal im Bett umdrehen, als ihr ein Gedanke durch den Kopf schießt und fast genauso schnell wieder verschwindet. Fragen. Es sind die Fragen, die Clara stellt. Schlagartig ist Martha hellwach. Der Drohbrief war ernst gemeint. Jemand hat Clara bedroht. Ihre unliebsamen Fragen haben einige Leute nervös gemacht. Und dann? Martha setzt sich im Bett auf. Was ist dann passiert?

Eine wie Clara Rosenthal geht nicht einfach weg und lässt das Tagebuch zurück, in dem sie die Interviews notiert hat. Schließlich ist sie extra deswegen aus New York gekommen. Diese junge Frau wollte wissen, was in den letzten Kriegstagen in Celle wirklich passiert ist. Sie hat sich in der Nähe der Bahngleise eingemietet, befragt die Nachbarn, will wissen, was die gesehen haben. Mit Akribie ist sie daran gegangen, die Menschen zu befragen, notiert alles genau und bohrt nach. Schlagartig wird Martha klar, dass es Clara um mehr ging, als nur darum, einen Artikel zu schreiben.

Martha zieht sich die Bettdecke bis ans Kinn hoch und starrt nachdenklich aus dem Fenster. Hat Clara vielleicht schon lange vorher von der Jagd auf Menschen gewusst und ermittelte in Celle deshalb auf eigene Faust? Hat sie sich von Amerika aus auf den Weg gemacht, um Schuldige zu finden, sie zur Verantwortung zu ziehen? Eine Unruhe beschleicht Martha, die sie nicht zu fassen bekommt.

Sie geht in die Küche und setzt Wasser auf.

Zehn Minuten später steigt sie mit einer Tasse dampfendem Tee wieder ins Bett. Sie schlägt ihr Notizbuch auf und liest sich die Stichworte noch einmal durch, die sie sich gestern Nacht notiert hat, bevor sie von der Müdigkeit übermannt wurde.

Wer ist der Junge am Fliegerhorst? Er hat wehrlose Häftlinge erschossen. Das ist Mord. Und: Mord verjährt nicht. Blutschwamm.

Sie bleibt an dem Wort Blutschwamm hängen. Einer der Jungen aus der Nachbarschaft hatte einen Blutschwamm im Gesicht. Herbert Müller. Auch der Junge am Fliegerhorst hatte einen großen Blutschwamm im Gesicht. Könnte Aaron Borgas Herbert Müller dabei gesehen haben, wie er auf Dimitri geschossen hat?

Marthas Unterbewusstsein hat sich längst entschieden: So viele Jungen mit Blutschwamm auf der Wange gibt es nicht.

Mit kleinen Schlucken trinkt Martha ihren heißen Tee aus und die Unruhe in ihr wächst. Warum hat Clara bei ihrer Abreise das Tagebuch nicht mitgenommen?

2

Beckmann drückt die Alarmtaste des Weckers herunter. Sieben Uhr. Müde dreht er sich noch einmal auf die Seite.

Als er fertig geduscht ist, bleibt ihm eine knappe Stunde, um die Unterlagen durchzugehen, die ihm Rischmüller gestern Abend auf dem Maschseefest zugesteckt hat, wo es noch voller als am Vortag gewesen ist.

Tausende hatten bei hochsommerlichen Temperaturen das Seeufer bevölkert. Jugendliche saßen auf der niedrigen Sandsteinmauer, die den See von der Promenade trennt. Menschenmassen schlenderten von einer Musikbühne zur anderen und lauschten mal irischer Musik, mal deutschen Schlagern. Manchmal vermengten sich die Klänge unterschiedlicher Musikrichtungen auf halber Strecke, so wie der Duft von gegrillten Scampis, Steaks und Bratwürsten. Auf dem See drehte das Ausflugsboot seine Runden und junge Leute auf Tretbooten lieferten sich laut kreischend Wettkämpfe.

Beckmann hatte Rischmüller an der Löwenbastion getroffen. Von dem sprungbereiten Löwenpaar, das die Treppe am Seeufer bewacht, war heute vor lauter Menschen nichts zu sehen. Die beiden Männer drängelten sich zum Getränkestand durch. Nach dem ersten Bier reichte Rischmüller Beckmann den Datenstick.

»Der Junge telefoniert nicht viel. SMS sind auch kaum vorhanden. Dafür quillt sein E-Mail-Fach über, dazu kommen noch seine Internetforen. Die sind voll mit Kommentaren. Das kannst du dir aber alleine ansehen. Die sind frei zugänglich.«

Beckmann und Rischmüller hatten noch lange an dem Stand gestanden. Das Wasser glänzte im Licht des Vollmonds, im leichten Sommerwind schwankende Lichterketten spiegelten sich darin. Erst spät stieg die Abendkühle hoch und brachte die ersehnte Erfrischung nach der stehenden Hitze des Tages. Niemanden zog es nach Hause, alle genossen die milde Luft, die sonst nur in südlichen Ländern anzutreffen ist. Kurz vor Mitternacht standen die Menschen immer noch Schlange an den Buden, um neue Erfrischungsgetränke zu kaufen. Auch bei Beckmann und Rischmüller wurden aus dem einen Absacker schnell mehrere. Rischmüller war in Plauderlaune und schwärmte von alten Zeiten im Computerchaosclub.

»Du kannst dir gar nicht vorstellen, in was wir da alles …«, er grinste Beckmann an und die Falten seiner Grübchen schlitzten sich tief in die Wangen ein.

»Ach, besser, du weißt das gar nicht. Das war eine irre Zeit – bis sie mich entdeckt haben.« Rischmüller zuckte bei diesen Worten mit den Schultern und trank sein Glas in einem Zug aus. »Das Angebot vom LKA kam für mich völlig überraschend. Aber wenn man auf der einen Seite mit der Pension wedelt und auf der anderen mit Knast droht, fällt die Entscheidung leicht.«

Eine besondere Abwandlung von Zuckerbrot und Peitsche fand Beckmann und wunderte sich im Stillen über einen so unbürokratischen Schritt. Den hätte er eher beim Secret Service vermutet als in einer deutschen Behörde.

Beckmanns Computer ist mittlerweile hochgefahren. Er verschiebt die Dateien des Datensticks in den Ordner *Broderich* und öffnet sie dort. Als Erstes sieht Beckmann Rischmüllers Anruferliste nach bekannten Telefonnummern durch. Zwei Teilnehmer aus Celle tauchen mehrmals auf. Ob der Schmächtige mit dem Fiat 500 dabei ist? Immerhin hat Broderich sich mit ihm zum Essen getroffen. Vielleicht haben sie sich vorher am Telefon verabredet. Beckmann druckt die Seite aus. Um den wird er sich als Erstes kümmern.

Seine Augen wandern die Liste weiter herunter. Eine Nummer taucht in den letzten Tagen dreimal auf. Der Name ist gespeichert: Georg Goldmann. Beckmann schnalzt mit der Zunge. Broderich und er hatten einen intensiven Telefonkontakt. Interessant. Davon hat der Präsident des Golfclubs gar nichts gesagt.

Der nächste eingespeicherte Name eines Anrufers ist Uwe Zwingel. Mit dem Golflehrer hat Broderich zweimal telefoniert. Das letzte Mal Freitagnachmittag. Den müsste man sich auch vornehmen.

Eine Susi hat Broderich im Laufe der letzten Woche dreimal angerufen, eine Anne zweimal. Die Gespräche haben jeweils nur wenige Sekunden gedauert.

Und dann kommt's. Ein breites Grinsen zieht sich über Beckmanns Gesicht. Wörstein ist ebenfalls im Namensverzeichnis abgespeichert. Gleich fünfmal haben die beiden miteinander telefoniert. Jetzt gibt es einen neuen Grund, mit dem feinen Herrn zu reden. Das wird die Mackenrodt freuen.

3

Wörstein hat schlecht geschlafen, sein Rücken schmerzt und die Muskeln lockern sich erst nach einigen Dehnübungen.

Als er nach einer Wechseldusche unter dem kalten Wasserstrahl steht, werden seine Gedanken klarer, aber sie gefallen ihm überhaupt nicht. Dieser Hausdurchsuchungsbefehl liegt ihm quer im Magen. Er knirscht verärgert mit den Zähnen, öffnet dann jedoch unvermittelt seinen schmallippigen Mund und schnappt mit lautem Zähneklappern zu – wie ein Hund, der seine Beute gefunden hat. Diese Staatsanwältin wird ihn noch kennen lernen.

Wörstein dreht den Wasserhahn zu. Trotzdem, die Sache gefällt ihm nicht. Matusch hat es verbockt. Von wegen: Wir haben den Jungen verjagt. Dass Matusch manchmal abdreht, weiß er. Deswegen ist er ja an seiner Seite. Es ist immer gut, jemanden fürs Grobe zu haben. Aber der Kerl muss lernen, so etwas unauffällig zu machen. Sonst muss er verschwinden.

Wörstein steigt aus dem Duschbecken und greift mit den Händen blind nach dem Handtuch. Genau genommen gibt es gar keine andere Möglichkeit. Matusch muss weg. Wenn dieser Bursche wieder auftaucht, redet er garantiert. Und dann wird es Ärger geben. Er trocknet sich das Gesicht und die Haare ab. Es hilft alles nichts, Matusch muss abtauchen. Der hagere Anwalt rubbelt sich den Rücken ab und geht in Gedanken verschiedene Varianten durch. Eine Idee nimmt langsam Gestalt an. Er wird sich Matusch gleich vornehmen.

4

Martha greift nach dem Papierstapel. Bevor sie zu Roswitha aufbricht, hat sie noch Zeit.

Emil Zander, Jahrgang 1932, 20 Jahre, Maurer, wohnhaft Riemannstraße

Der Wilhelm hat mir gesagt, dass Sie mich unbedingt sprechen wollen, wegen damals.

Gegen acht bin ich mit dem Wilhelm in Richtung Fuhrberger Straße losgelaufen. Ab durch die Gärten. Bis der vom Volkssturm kam und uns anhielt. Ich hab ihn gleich erkannt und bin stehen geblieben, es war unser alter Schulhausmeister Pietsch. Der Wilhelm, der war schlauer, der hat gleich was von seiner Tante erzählt und ist abgehauen. Aber mir drückte der Pietsch eine Pistole in die Hand und befahl mir, mitzukommen.

»Das ist deine Pflicht als Deutscher«, nuschelte er durch seine Zahnlücken.

Da traute ich mir nicht zu widersprechen, irgendwie kam ich mir auch geschmeichelt und plötzlich erwachsen vor. Also begleitete ich Pietsch. Bald stießen wir auf einen kleinen Trupp von bewaffneten Volkssturmmännern. Die durchsuchten Häuser und Gärten hinter dem Bahndamm nach entlaufenen Häftlingen. Als einer von diesen Volkssturmleuten einen Entflohenen entdeckte, musste der sich auf die Erde knien und bekam von ihm einen Schuss ins Genick.

»Gnadenschuss nennt man das«, zischte der alte Hausmeister.

Der mit dem Genickschuss lag mit dem Gesicht im Dreck, die Hälfte seines Kopfes fehlte, das Gehirn klebte an der Laube. Als ich das gesehen habe, konnte ich nicht mehr und gab dem Pietsch die Waffe zurück. Der meinte: »Lass mal gut sein. Dann hilfst du uns eben morgen früh beim Tragen.«

Pünktlich um sechs Uhr am nächsten Tag war ich wieder da. Ich durfte ja nicht einfach wegbleiben, die merkten sich so was.

Die vom Volkssturm gaben mir eine Kiste mit Munition. Es war noch dämmerig, als wir Richtung Neustädter Holz losgingen. Nach kurzer Zeit stießen zwei SS-Leute zu uns, die uns von da an begleiteten. Immerzu wurde mit den Gewehren in die Hecken gestoßen und gelauscht, ob jemand ein Geräusch von sich gab, aber sie fanden niemanden.

Nach einer Weile kamen wir an eine Senke. Die aufgehende Sonne tauchte das Moos in goldenes Licht, die Heide schimmerte kupfern, wie in den Gedichten von Hermann Löns. Die hatten wir ein paar Wochen vorher in der Schule durchgenommen. Genau daran habe ich damals gedacht. Wirklich. Ein paar verstreut stehende Kiefern verteilten sich auf der Fläche, da-

zwischen kleine Birkenbäumchen, ab und an ein mannshoher Machangelbusch. Ein Uhu heulte und alles wirkte so friedlich – bis wir sie entdeckten. Acht Männer in Sträflingskleidung lagen unter dem Buschwerk. Hausmeister Pietsch sagte gleich: »Die sind tot.«

Einer der SS-Leute brach einen dünnen Zweig von einer Birke ab und schlug ihn einem der Toten ins Gesicht. Der war ganz jung und hatte einen viel zu langen Hals. Die Augenlider zuckten bei diesem Schlag kurz, dann lagen sie wieder ruhig da. Er lebte. Mir wurde ganz flau im Magen.

Der SS-Mann mit dem Birkenzweig, ein Volkssturmmann und ich, standen etwa zweieinhalb Meter von ihm entfernt, der andere von der SS befand sich rechts von uns. Eigentlich konnte er nichts gesehen haben.

»Wollen wir weitergehen?«, versuchte ich abzulenken, aber der seitlich Stehende nahm seinen Karabiner von der Schulter und schoss dem Häftling in den Kopf. Einfach so. Seine Gehirnmasse flog uns allen um die Ohren. Zu Tode erschrocken, ließ ich den Kasten mit der Munition fallen. Nichts wie weg, war das Einzige, was ich noch dachte. Ich bin durch den Wald gelaufen und drehte mich nicht einmal mehr um. Vom Bahndamm kam mir bei den Kleingärten eine lang gezogene Kette von Polizisten entgegen. Sorgfältig durchkämmten die systematisch die einzelnen Parzellen und schreckten Sträflinge auf, die sich in Lauben verkrochen hatten. Die Uniformierten trieben diese ausgemergelten Kerle erst ein paar Meter vor sich her. Dann schossen sie. Einer nach dem anderen brach tot zusammen. Die ballerten ohne Vorwarnung auf alles, was Sträflingskleidung anhatte und sich rührte, sogar auf die, die schon blutüberströmt auf dem Boden lagen, sich aber noch bewegten. Ich winkte ihnen zu, damit sie

mich nicht etwa verwechselten und rief: »Hallo, Herr Bollund. Ich bin's, nicht schießen.«

Klar, der Bollund war dabei, den kannte ich gut. Den Leifert, gleich neben ihm, auch.

Verdammt, vergessen Sie, was ich gesagt habe.

Aaron Borgas

Gegen Morgen wachte ich von Schüssen und Schreien auf. Behutsam reckte ich mich nach meinem Guckloch, schob mit den Fingern vorsichtig die Kuhscheiße zur Seite und sah nach draußen. Vor mir lag ein grüngelb schimmerndes Feld, auf dem sich etliche Leute tummelten. Ich kniff die Augen zusammen. Die Fläche sah aus wie ein großer Sportplatz. Aber statt Fußballern standen dort jetzt Häftlinge. Ich weiß nicht, wie viele: zwanzig, dreißig, vielleicht auch vierzig. Es kamen immer mehr. Sie wurden wie in einem Kessel kreisförmig zusammengetrieben. Um sie herum bildeten Uniformierte einen Kreis und bewachten sie mit angelegten Waffen. Später erschienen noch Zivilisten und welche in Uniform. Ich habe keine Ahnung, ob das SS, Wehrmacht oder Volkssturm war, das konnte ich auf die Entfernung nicht erkennen. Außerdem waren die Sachen durch den Qualm und den Ruß nach den Explosionen verdreckt.

Ja, die hatten Gewehre in den Händen, einige sogar Maschinengewehre. Die meisten Männer standen, manche knieten sich hin, um besser zielen zu können. Ein Teil der Gefangenen blieb auch stehen, offenbar hofften die auf Gnade. Andere trauten dem Braten nicht, sie spritzten nach allen Seiten auseinander. Dann ging alles ganz schnell. Die Häftlinge in der Mitte des Kreises fielen um wie gefällte Bäume. Danach liefen die bewaffneten Männer den Flüchtenden hinterher. Immerzu knallten Schüsse.

Der Gestank des Misthaufens, der Durst, meine Wunde und die Schwäche ließen mich mehr als einmal in Ohnmacht fallen. Wenn ich daraus erwachte, hörte ich Geknalle. Nichts hatte sich verändert. Ich schaute nicht mehr durch das Guckloch, wollte nicht mit ansehen, was draußen passierte, wollte lieber sterben.

Wilhelm Trott

In jener Nacht habe ich bei meiner Tante geschlafen. Mir war klar, dass meine Mutter sich Sorgen machte, wenn ich nicht heim komme, aber ich hatte solche Angst, dass man mich aus Versehen erschießt.

Ich hockte am Fenster und sah auf die Straße. Mein Onkel, ein Kriegsversehrter, wollte kurz vor die Tür gehen.

»Ich muss mal Luft schnappen«, murmelte er und griff sich seine Holzkrücke. Das war natürlich Quatsch mit der Luft, Fensterscheiben gab es sowieso nicht mehr. Der war nur neugierig, was da draußen so passierte. Schließlich hörten wir nicht nur die Explosionen vom Güterbahnhof, sondern auch Schüsse von der Fuhrberger Straße und aus dem Neustädter Holz.

Kaum stand er im Vorgarten, kam da so ein SS-ler.

»Wir brauchen jeden kampffähigen Mann. Treffpunkt ist die Neustädter Schule«, donnerte der ihm entgegen. »Wenn Sie ein Gewehr besitzen, bringen Sie es mit.«

Ich drückte mich dicht an die Wand, damit der von der SS mich nicht zu sehen bekam, sonst wäre ich auch dran gewesen. Der holte jeden. Nachdem er meinem Onkel diesen Befehl gegeben hatte, griff er sich den zahnlosen Weitemeyer aus dem Nachbarhaus, der weit über siebzig war, und gab ihm die glei-

che Order. Anschließend nahm er sich den Fritz zur Seite, der war eine Klasse unter mir.

Mein Onkel ist aber nicht zur Neustädter Schule gegangen, sondern nur einmal um den Block und hat sich danach im Keller versteckt.

»Ich lasse mich doch nicht für diesen Scheiß einspannen und schieße auf Wehrlose. Ohne mich.«

5

»Ich mach da nicht mehr mit.« Kevin hat lange überlegt, bevor er den Satz ausspricht – auch wenn er es nur alleine vor dem Spiegel tut. Die ganze Nacht hat er sich unruhig auf dem schmalen Feldbett hin- und hergeworfen und über sein Leben nachgedacht. Sicher, es stimmt, dass Matusch ihm zu einer Art Heimat verholfen hat: die Kampfsportgruppe, die Partei, die Kameradschaft. Aber seit gestern ist ihm klar, dass er Matuschs Bedingungslosigkeit nicht teilt. Als er Felix auf dem Boden liegen sah, gefiel ihm die Seite, auf der er steht, nicht mehr. Plötzlich sah er sich mit den Augen seines alten Klassenkameraden – und das, was er sah, gefiel ihm nicht.

Felix war es, der früher gesagt hatte: Lass dich nicht in die Ecke drängen. Entscheide selbst. Arbeite an dir. Natürlich hatte er damit den Fußball gemeint. Aber es passt auf alles. Selbst entscheiden. Kevin starrt seine demolierte Nase an und fragt sich, wann er sich je selbst entschieden hat. Eigentlich haben das immer andere für ihn übernommen. Er ist derjenige, der reagiert, egal ob er seine betrunkene Mutter ins Haus geschleppt hat oder sich von Matusch oder Wörstein herumkommandieren lässt. Nie hat er etwas hinterfragt. Er drückt mit den Fingerspitzen seine Nase in Form. »Na, geht doch.«

»Was meinste?«

Erschrocken dreht sich Kevin um. Matusch steht im Türrahmen und mustert seinen Kumpel von oben bis unten, ohne ein weiteres Wort zu sagen. Kevin weiß nicht, wie lange er dort schon so steht. Er wird blass bei dem Gedanken, dass Matusch da schon länger steht. Kevin atmet tief ein und sagt mit betont entschlossener Stimme: »Ich hab Hunger.«

6

Beckmann hat wieder zu seiner guten Laune zurückgefunden und betritt schwungvoll das Zimmer von Streuwald und Borgfeld. Die Fenster sind weit geöffnet, um die frische Morgenluft hineinzulassen. Der Himmel ist von einem strahlenden Blau, es soll heute noch heißer als gestern werden. Der Jahrhundertsommer geht in die Vollen, und die ersten Bauern fangen an zu klagen.

»Guten Morgen, die Herren.« Beckmann legt eine Tüte mit Brötchen und Croissants auf den Tisch. »Frisch von der Lister Meile. Angeblich lässt sich Robert de Niro das Brot von diesem Bäcker schicken.«

Borgfeld nickt ihm müde zu. Er hat tiefe Ringe unter den Augen.

Die Frage, ob der Junge wieder aufgetaucht ist, spart Beckmann sich. Ein Blick auf Borgfeld genügt, um zu wissen, dass er harte Stunden im Kreis seiner Familie hinter sich hat.

In der Tat: Der gestrige Abend ist die Hölle gewesen. Borgfelds Familie hat zusammen im Wohnzimmer gehockt und aufs Telefon gestarrt, von dem sich jeder die erlösende Nachricht erhoffte. Doch die blieb aus. Immer wieder ist Sonja mit Maria alle Details von Felix' Verschwinden durchgegangen. Der Fotoausflug zum ehemaligen Landschulheim, das verschwundene Fahrrad, die Schüsse im Wald.

Eins wurde Borgfeld im Laufe der endlosen Stunden klar: Sonja macht sich wirklich Sorgen um Felix, dabei hat sie den Namen vorher nie erwähnt. Aber so ist das, wenn die Kinder erwachsen werden, sie gehen ihre eigenen Wege und erzählen nicht mehr alles. Nicht einmal Maria hat etwas von dem Jungen gewusst, und die hat sonst immer einen unschlagbaren Riecher in Gefühlsdingen. Dafür stürzt sie sich jetzt umso heftiger in die Angelegenheit. Detailliert wollte Maria alles über Felix wissen. Als Sonja dann irgendwann sagte, dass seine Eltern gerade in Schweden auf einer Paddeltour sind, legte Maria den Beschleunigungsgang ein.

»Du musst die Eltern benachrichtigen.« Unumstößlich stand der Satz im Raum. »Stell dir vor, dem Jungen ist etwas passiert und die paddeln da einfach weiter rum. Dieter, das kannst du nicht zulassen.«

Woher Maria so schnell die Handynummer der Rinsings hatte, war Borgfeld im Nachhinein nicht klar, aber ihre schier unerschöpflichen Kontakte in alle Kreise Burgdorfs zauberten die Zahlenkombination auch noch gegen zehn Uhr abends aufs Display ihres Handys. Allerdings hatte sie wieder Pech. Die schwedischen Seen, auf denen die Rinsings mit drei anderen Lehrerehepaaren paddeln, scheinen in einem Funkloch zu liegen.

»Und was soll ich deiner Meinung nach machen? Die Rinsings vielleicht von der Polizei in Schweden suchen lassen?«

Darauf hatte Maria keine Antwort gewusst. Genauso wenig wie auf seine Frage, was die Rinsings denn hier machen sollten. Schließlich hatte Borgfeld seine beiden Frauen so weit, dass sie ihm noch einen Tag Zeit zubilligten, bevor sie die Suche nach den Eltern aufnehmen wollten. Das bedeutet einen Tag Galgenfrist für ihn. Borgfeld stöhnt, als er an das Gespräch erinnert. An Handkuss und Paris ist nicht zu denken gewesen.

Beckmann schenkt sich eine Tasse Kaffee ein und sieht seine beiden Kollegen erwartungsvoll an.

»Was machen die Ermittlungen im Fall Broderich?«

»Er wohnt am Rand von Burgwedel in einer gemieteten Zweizimmerwohnung von irgendeiner Siedlungsgesellschaft. Keine besonders gute Lage. Wir trafen zufällig seine Nachbarin vor der Tür, die einen Ersatzschlüssel hat. In der Wohnung selbst haben wir nichts Auffälliges bemerkt – außer dass er ein Schmutzfink ist. Die Küche und das Klo strotzen vor Dreck. Überall benutztes Geschirr und leere Flaschen. Im Badezimmer stapelt sich die dreckige Wäsche, im Schlafzimmer sieht es ähnlich aus. Dafür ist sein Arbeitszimmer picobello sauber.«

Beckmann trinkt einen Schluck Kaffee und sieht Streuwald erwartungsvoll an. »Gab es interessante Hinweise zu seiner Person?«

»Ich habe kein Notizbuch oder so gefunden, wahrscheinlich hat er alles im Computer. Verwandte oder Freunde haben wir deshalb auch nicht ausfindig machen können. Die Nachbarin meinte, sie habe auch nie jemanden bei ihm zu

Besuch gesehen. Höchstens mal eine junge Frau. Aber auch die in der Regel nur einmal.«

»Habt ihr …« Nein, Beckmann brauchte nicht zu fragen, ob sie die Daten der Festplatte gespeichert hatten. So viel technischen Verstand haben die beiden nicht.

»Wir müssen an die Informationen vom PC kommen. Am besten, wir schicken jemanden von der Kriminaltechnik …«

»Siehste«, fällt Borgfeld Beckmann ins Wort und wirft Streuwald einen triumphierenden Blick zu. »Hab ich auch gesagt.« Er zeigt auf den Laptop, der auf dem gegenüberliegenden Sekretär steht. »Deshalb haben wir den gleich mitgenommen. Wir können ihn bloß nicht öffnen. Der hat so ein Passwort.« Dann deutet Borgfeld auf den blauen Plastikwäschekorb. »Und das ist der PC von Broderichs Schreibtisch.«

Beckmann greift zum Telefon. Ein Glück, dass er sich so gut mit Frank Rischmüller versteht.

7

Kann man wirklich in einen Misthaufen klettern? Martha hat ihre Zweifel daran. Die Situation erscheint ihr völlig unwirklich. Ein Mann baut sich eine Höhle im stinkenden Mist, beobachtet von dort aus, wie Sträflinge gejagt und abgeschlachtet werden, sieht, wie brave Celler Bürger Wehrlose jagen. Kleingärten sind übersät von Leichen, Heideflächen triefen vom Blut. Hat Clara sich diese Geschichte vielleicht doch ausgedacht?

Martha lenkt ihren Smart zügig über die Landstraße, die von Burgwedel über Fuhrberg nach Celle führt. Vor ihr fährt ein Reisebus aus Frankfurt. Auf dem Rückfenster klebt ein Schild. 10B2 auf Klassenfahrt. Blonde Mädchen winken ihr von der letzten Bank zu und lachen sie an. Links kommt die Abzweigung nach Bergen-Belsen. Der Bus blinkt hinter dem Hinweisschild für die Gedenkstätte des ehemaligen Konzentrationslagers und biegt kurz darauf ab.

Martha fährt ohne abzubremsen weiter. Sie drückt auf den Sendersuchlauf ihres Radios. Auf NDR läuft ein Bericht über die anhaltende Hitzewelle. Martha schwitzt schon beim Zuhören. Unter den Achseln ihres geblümten Sommerkleides zeichnen sich dunkle Schweißflecken ab. Sie hätte das ärmellose Kleid nehmen sollen.

Mit einem Seufzer lässt sie die Scheibe herunter. Der Fahrtwind verschafft ihr Kühlung. Das tut gut. Kurz darauf erreicht sie die Fuhrberger Straße. Kleine verputzte Einfamilienhäuser mit spitzen Ziegeldächern und geringen Dachüberständen säumen die Fahrbahn. Schlichte Bauten mit akkuraten Vorgärten, die meisten mit Jägerzaun oder der Gitterversion aus Schmiedeeisen. Vor den Fenstern hängen in Falten drapierte Stores. In den Beeten stehen orangefarbene Tangetis Spalier, blühen rote und pinkfarbene Geranien in braunen Plastikschalen. Nach einigen hundert Metern werden die nach dem Krieg entstanden Häuser von geklinkerten mit Kreuzgiebel und weißlackierten Sprossenfenstern abgelöst, die aus der Zeit der Jahrhundertwende stammen.

Martha hält am Straßenrand, als sie das Hinweisschild zu einem Sportplatz bemerkt. Könnte hier der Bauernhof mit dem Misthaufen gestanden haben? Martha sieht sich um, lässt den Platz auf sich wirken. Große Birken stehen am Rand. Und sonst? Martha ist sich nicht sicher, ob dies der Platz ist, an dem die Sammelstelle gewesen ist. Sie steigt wieder ins Auto. Nach wenigen Metern biegt sie rechts ab. Sie passiert im Schritttempo die Birkenstraße, entdeckt die Sophie-Dorotheen-Straße, dann die Riemannstraße. Sie fährt bis zum Ende, parkt und steigt aus. Hinter einem verwachsenen Zaun liegen die Bahngleise. Sie tritt dicht heran und schaut in beide Richtungen. Wo damals wohl der Zug gestanden hat? In einigen hundert Metern Entfernung meint Martha ein Bahnhofsgebäude zu erkennen.

Plötzlich spürt sie einen warmen Luftzug auf ihrer Haut, der ihren Schweiß trocknet. Es folgt ein kräftigerer Windstoß, der trockene Blätter aufwirbelt und sie zusammen mit einer Staubwolke die Straße entlangtreibt, direkt auf ein Auto zu, das mit aufgeklapptem Dach am Straßenrand parkt. Der Besitzer wird seine Freude haben, wenn er das Laub später heraussaugen darf.

Die kleinen Siedlungshäuschen reihen sich wie an einer Kette aneinander. Alle haben Gardinen vor den Fenstern, durch deren transparenten Stoff ab und an die Blätter grüner Topfblumen schimmern. In einem dieser Häuser hat Claras Zimmerwirtin gelebt. Es muss auf der rechten Seite liegen, die Fenster hatten Blick zu den Bahngleisen, sonst hätte ihr Nachbar nicht die Züge sehen können. Martha kann sich genau daran erinnern, dass Messerschmidt Clara von den Bahngleisen berichtet hat. Auch sein Kleingarten muss ganz in der Nähe gewesen sein.

Vor dem ersten mehrgeschossigen Haus bleibt Martha stehen und inspiziert die Klingelschilder. Der Name *Trott* ist nicht dabei. Martha öffnet die Pforte des Vorgartens und geht auf den Hauseingang zu. Sie liest die Namen auf dem Klingelschild. Glück muss man haben.

8

Sonja schläft zusammengerollt im Sessel. Sie zuckt erschrocken zusammen, als der Klingelton ihres Handys anschwillt. Benommen blinzelt sie in die Sonne, die durch das Fenster scheint, während ihre Hand blind das Mobiltelefon sucht. Schlagartig ist sie wach. Ihr Herz schlägt aufgeregt.

»Felix? Bist du das?«

»Ist dort Sonja Borgfeld?«

Diese Stimme hat sie noch nie gehört.

»Ja. Und wer bist du?«

Es ist ein Peter, der fragt, ob die Mahnwache stattfindet.

»Selbstverständlich bleibt es dabei. Alles läuft wie geplant. Um 15:00 Uhr ist Treffen.«

Sonja beendet enttäuscht das Gespräch. Für einen Moment hat sie die Hoffnung gespürt, dass sich alles zum Guten wendet und Felix sich meldet. Jetzt ist er schon fast einen ganzen Tag verschwunden. Das bedeutet nichts Gutes.

Sonja steht auf und streckt sich. Alle Glieder schmerzen. Sie schlurft ins Zimmer ihres Bruders. Ali liegt mit dem Oberkörper auf dem Schreibtisch vor dem eingeschalteten Computer und schläft. Sonja rüttelt ihn.

»Gibt's was Neues?«

Verschlafen reibt sich Ali die Augen.

»Papa ist schon los. Sie haben nichts von Felix gehört.« Er gähnt laut und sein Kiefer knackt. »Bei *facebook* habe ich jetzt 214 Kommentare zur Mahnwache. Alle positiv. Über *SchülerVZ* haben sich über vierzig gemeldet und gesagt, dass sie heute Mittag kommen wollen.« Er reckt sich und gähnt. »Die Sache steigt doch – oder soll ich absagen?«

Energisch schüttelt Sonja den Kopf. »Nein, es bleibt dabei.«

9

Goldmann geht im Flur der Polizeiinspektion nervös auf und ab, als Rischmüller mit schnellen Schritten die Treppe erklimmt und an ihm vorbei ins Zimmer von Borgfeld und Streuwald stürmt.

Hinter ihm knallt die Tür ins Schloss.

»Moin allerseits, Frank Rischmüller, LKA.« Er zwinkert Beckmann zu. »Dass mir das aber nicht zur Gewohnheit wird. Der Dienstweg sieht anders aus.« Rischmüller scheint mit seinen zerzausten Haaren und den dunkel schimmernden Bartstoppeln gerade aus dem Bett gefallen zu sein. »Ich bin erst gegen vier zu Hause gewesen. Wir sind mit den Mädels vom Nachbartisch noch ins Zaza gegangen.«

Beckmann kennt die Diskothek gegenüber vom Hauptbahnhof – ein seit Jahren angesagter Treffpunkt für Nachtschwärmer.

»Entschuldige, dass ich dich so früh gestört habe.«

»Schon gut, Hauptsache, ihr habt einen starken Kaffee für mich.« Rischmüller greift begierig nach der Tasse, die ihm Streuwald reicht. »Draußen geht übrigens einer in kurzer karierter Hose und Polohemd auf und ab. Will der zu euch?«

Beckmann nickt. »Das ist der Präsident vom Golfclub, aber der kann warten. Wir müssen erst mal die Fakten von gestern zusammentragen – außerdem schadet es nicht, wenn er ein bisschen weich gekocht wird.«

»Diese Telefonliste bringt uns wirklich weiter«, nuschelt Borgfeld, der sich gerade über das zweite Croissant hermacht. »Toll, was ihr beim LKA für Möglichkeiten habt.«

»Danke für die Blumen.« Rischmüller zwinkert Beckmann zu. »Wo ist denn das Schätzchen?«

»Steht auf dem Schreibtisch. Du kannst der Kleinen im Nebenzimmer das Reden beibringen.« Dann zeigt Beckmann auf den blauen Wäschekorb. »Und hier ist der große Bruder dazu.«

»Passwörter knacken ist meine Leidenschaft.« Rischmüller grinst und seine Grübchen bilden tiefe Einschnitte in der Wange. »Apple. Power Book G4. Schönes Stück. Aber schon ziemlich betagt.«

10

Felix erwacht. Er versucht, den Kopf zu heben, aber ihm wird sofort schwindelig. Alles tut ihm weh. Die Rippen, die Beine, der Schädel. Der vor allem. Etwas kitzelt unter den Armen. Vorsichtig öffnet Felix die Lider einen winzigen Spalt. Gleißendes Sonnenlicht trifft ihn unvermittelt. Er blinzelt und schließt die Augen sofort wieder. Wo bin ich?

Vögel zwitschern. Weiter weg hört er das Gekreisch von Krähen. Über ihm hämmert etwas. Dann ein Donner. Noch einer. Kaum hat Felix sich an die grellen Strahlen gewöhnt, sieht er sich um, ohne sich zu rühren. Um ihn herum lila gesprenkeltes Grünzeug. Ganz in der Nähe stehen Bäume. Kiefern und Birken. Die Wipfel bewegen sich im Sommerwind. Weiter weg entdeckt er einen Hochsitz. Wieder hört Felix das rhythmische Schlagen. Da muss jemand sein. Vielleicht ein Förster mit seinen Arbeitern?

Felix sucht seine Umgebung mit den Augen ab. Es ist niemand zu sehen. Wieder hämmert es. Die Geräusche kommen von oben, ist er sich plötzlich sicher. Sein Blick wandert hoch und er entdeckt den Specht, der mit der Schnabelspitze den Stamm einer Kiefer bearbeitet. Ein hilfsbereiter Holzfäller wäre ihm lieber gewesen.

Wieder ein Donner in der Ferne. Vielleicht gibt es gleich ein Gewitter. Felix schaut nach oben. Seltsam, der Himmel ist blau und wolkenlos.

Mittlerweile ist die Sonne weiter gewandert und knallt auf sein Gesicht. Felix' Lippen sind trocken und spannen, seine Zunge klebt am Gaumen. Was macht er hier auf dem Boden mitten im Heidekraut? Jegliche Erinnerung an die letzten Stunden ist weggewischt. Dafür verspürt er Durst. Riesigen Durst. Hunger auch, aber der ist nicht so schlimm wie die quälende Trockenheit im Mund. Seine Zunge fühlt sich pelzig an, Kopfschmerzen pochen hinter seinen Schläfen. Dehydriert, du bist völlig dehydriert. Das hat sein alter Fußballtrainer immer gesagt. Mit hochrotem Kopf blökte der nach dem Training in die Umkleidekabine: »Trinkt gefälligst was, sonst dehydriert ihr.« Immerhin erinnert er sich an etwas. Er ist Felix Rinsing. Er ist achtzehn Jahre alt. Er kommt in die 13. Klasse. Er ist dehydriert. Dehydriert. Das Wort schwappt wie ein voller Eimer Wasser über ihm hin und her.

Felix lauscht angestrengt. Kein Mensch ist zu hören. Gedämpftes Vogelgezwitscher. Erneut ein Donner. Wenig später noch einer. Dazwischen surren Mücken, krabbeln Fliegen über sein Gesicht. Er will sie verscheuchen, hat jedoch Mühe den Arm zu heben. Eine Drehung des Oberkörpers nach rechts, sofort schmerzt sein Brustkorb. Er tastet seine Rippen ab und fühlt ein brennendes Stechen. Wie lange ist er schon hier? Er weiß es nicht. Sein Zeitgefühl ist abhanden gekommen. Verdammt. Er muss sich konzentrieren. Ihm fällt nichts ein. Die Minuten fließen zäh dahin. Denk nach.

Das Letzte, an das er sich erinnern kann, ist ein feuchter Graben, nun liegt er auf einer trockenen Heidefläche. Felix fasst an seinen Kopf. Verkrustetes Blut. Er versucht aufzustehen, augenblicklich wird ihm schwindelig.

Felix tastet seinen Körper ab. Hemd, Hose, Schuhe. Seine Finger wandern in die Taschen seiner Hose. Alle leer. Bleibt nur die außen aufgesetzte am linken unteren Hosenbein. Da ist etwas. Es fühlt sich hart an.

11

»So, Herr Goldmann. Jetzt erzählen Sie uns bitte, was Sie für eine Beziehung zu Herrn Broderich hatten.« Beckmann lächelt sein Gegenüber freundlich an. Er ist beeindruckt von den Haaren, die ungebändigt aus Goldmanns Nasenlöchern sprießen wie das Unkraut aus den Ritzen von Marthas Terrasse.

»Beziehung?« Goldmanns sonnengebräuntes Gesicht erbleicht. »Wieso Beziehung? Wir haben miteinander geredet, weil er ein Interview mit mir machen wollte.«

»Haben Sie deshalb letzte Woche mit ihm telefoniert?«

Goldmann nickt, sichtlich erfreut, dass dieser Kommissar ihm die Antwort leicht macht. Vielleicht wird dieses Gespräch doch nicht so schlimm. Sein Lächeln bekommt einen jovialen Anstrich. Beckmann registriert das. Der Präsident des Golfclubs scheint sich wieder auf sicherem Terrain zu fühlen. Das ist ein guter Zeitpunkt, um die Taktik zu ändern.

»Über was haben Sie bei diesen drei Telefonaten gesprochen?«

Goldmanns Erleichterung verfliegt augenblicklich. Drei Telefonate. Verdammt, wieso weiß der Kommissar davon? Er versucht, sich nichts anmerken zu lassen, nur seine Backenzähne mahlen angespannt aufeinander. Haben die Broderichs Telefon gefunden?

»Über was haben Sie gesprochen?«, wiederholt Beckmann seine Frage.

»Nichts weiter, es ging nur um Termine wegen des Interviews«, murmelt Goldmann schließlich. In seinem Kopf arbeitet es. Er muss diesem Beckmann ein paar Brocken hinschmeißen, sonst gibt der keine Ruhe.

»Ist dieses Interview schon geführt worden?«

Goldmann zuckt zusammen. »Wie bitte? Was sagten Sie gerade?« Verdammt, welchen Brocken soll er nehmen?

»Ich fragte nach dem Interview. Ist das schon geführt worden?« Beckmann ist die Ruhe selbst. Wenn der Fisch den Köder geschluckt hat, lässt der Angler ihn gerne noch ein wenig zappeln.

»Ach, das Interview«, kommt es von Goldmann in einem Tonfall, als wenn er gar nicht wüsste, warum er hier sitzt und befragt wird. Arroganz ist das Einzige, was ihm als Ablenkung einfällt. »Das fand vorgestern Nachmittag statt.«

»Und wo?«

»Bei uns im Clubhaus.«

»Kurz bevor er ermordet wurde, hat er sie also interviewt. Bemerkenswert, dass man Ihnen das so aus der Nase ziehen muss. Von Unterstützung der Ermittlungsarbeit kann da nicht gerade die Rede sein.«

»Aber ich bitte Sie, wie hätte ich denn ahnen können, dass Sie das interessiert.«

»Bei Mord interessiert uns alles, was das Opfer betrifft und seinen möglichen Mörder.«

Borgfeld und Streuwald gefallen Beckmanns Handkantenschläge in Goldmanns Selbstgefälligkeit. Beide haben sich schon gefragt, wie Beckmann den Angriff starten würde. Mit Genugtuung sehen sie nun, wie der Präsident nach dem letzten Satz erblasst und schweigt.

Beckmann macht Borgfeld ein unmerkliches Zeichen. Er hat lange genug das Gefühl ausgekostet, den Fisch zappeln zu sehen. Jetzt ist es Zeit, ihn mit Schwung an Land zu ziehen.

»Wo sollte das Interview veröffentlicht werden?«

»Auf einer seiner Internet-Plattformen. Das habe ich doch schon gestern gesagt.« Goldmann versucht sich an einem freundlichen Lächeln, obwohl er am liebsten aufspringen und gehen würde.

Borgfeld hat Beckmanns Zwinkern verstanden und übernimmt. »Vielleicht bei *Bürger gegen Golf*?«

Goldmanns Gesicht wird noch eine Spur blasser, rote Flecken blühen auf seinen Wangen. Das betrachtet Beckmann als Startsignal für die nächste Runde. Er hebt den schlichten

Buchenholzstuhl an, dreht ihn um und setzt sich rittlings vor Goldmann.

»Jetzt sagen Sie uns endlich, womit er sie erpresst hat.«

Goldmanns Hände zittern. Verdammt, Zwingel und er haben diese Polizisten unterschätzt.

»Ich möchte meinen Anwalt sprechen.« Mehr kommt nicht über seine Lippen.

»Dürfen Sie.« Beckmann hält ihm den Telefonhörer hin. Der Fisch liegt im Eimer und zappelt. Beckmann liebt diesen Anblick. »Wäre schön, wenn Sie uns vorher noch mitteilen, wo Sie vorgestern Abend waren.«

»Verdächtigen Sie mich etwa?« Goldmanns Stimme überschlägt sich. Sein rechtes Augenlid flackert nervös.

»Geben Sie uns Ihr Alibi, und die Sache ist erledigt. Ganz einfach.« Beckmann hält immer noch den Telefonhörer in der Hand.

Goldmann starrt aus dem Fenster und verfängt sich mit seinen Gedanken im Laub der Linden.

»Was ist?« Beckmann lässt nicht locker.

»Ich möchte meinen Anwalt sprechen.«

»Machen Sie das. Wir treffen uns um 13:00 Uhr im Clubheim. Ob mit oder ohne Ihren Rechtsbeistand, das ist mir egal. Aber dann möchte ich Antworten auf meine Fragen.« Beckmann öffnet die Tür.

12

Was für ein Idiot ist er gewesen, allein zu dem Grundstück zu gehen. Als wenn er mit so etwas Sonja beeindrucken könnte. Das kann nur einem Blödmann wie ihm einfallen. Statt seinen Mut zu demonstrieren, hat er seine Dummheit bewiesen. Wenn er hier je wieder lebendig rauskommt, kann er sich nicht wieder unter ihre Augen trauen. Das wird ihm schlagartig klar. Kein Mädchen wie Sonja will etwas mit einem Trottel wie ihm zu tun haben.

Felix' Zunge klebt am Gaumen, als hätte er Haftcreme benutzt. Die Haut im Gesicht brennt und juckt. Seine Lippen sind aufgeplatzt und trocken. Oben in den Baumwipfeln klagen die Krähen. Modriger Geruch steigt ihm in die Nase. Wird er hier sterben? Der Gedanke kommt und geht, aber er schmerzt nicht. Felix hat nicht einmal mehr die Kraft, sich selbst zu bemitleiden. Grenzenlose Schwäche bemächtigt sich seiner.

Er muss wieder eingeschlafen sein. Als Felix die Augen erneut öffnet, blendet ihn die Sonne. Er will in den Schatten robben, doch beim ersten Versuch, sich zu bewegen, hält er inne. Nicht weit weg von ihm knackt etwas, erst leise, dann lauter. Ein dumpfes Geräusch kommt näher. Schritte. Sein Herz schlägt schneller. Der Förster, ein Jäger, irgendjemand kommt und rettet ihn. Aus den Augenwinkeln sieht Felix dunkle Hosenbeine auf sich zukommen. Nein, das kann nicht sein. Felix rührt sich nicht. Das darf nicht sein. Bitte, nicht wieder der. Felix versucht, nicht zu atmen, schickt immer wieder stumme Bittgebete zum Himmel, zu einem Gott, an den er gestern nicht mehr geglaubt hat.

Die schweren Schritte nähern sich, bleiben kurz vor Felix stehen. Über ihm hört er metallenes Ratschen. Scheiße, es ist der mit dem Messer. Felix bricht der Angstschweiß aus allen

Poren, als er eine Hand auf seiner Stirn fühlt. Finger heben sein Augenlid. Felix zwinkert und erkennt schwarze Stiefel. Dann verschwimmt alles um ihn herum.

13

Schade, dass Julius Trott nicht da ist. Martha wirft einen Blick auf ihre Armbanduhr. 10:00 Uhr. Zu früh, um bei Roswitha aufzulaufen.

Sie steigt in ihr Auto und fährt zurück zur Fuhrberger Straße, biegt an der großen Kreuzung rechts ab und passiert die Bahnunterführung, die am 8. April 1945 von Bomben getroffen wurde. Plötzlich sieht Martha in dem beschaulichen Residenzstädtchen überall Hinweise auf dieses Datum, egal wohin sie schaut. Selbst als sie am Barockschloss vorbeifährt, denkt sie nicht daran, wie reizvoll es auf dem Hügel steht, sondern assoziiert die Kommandoleitzentrale. Sie erinnert sich an Polizisten, die sich vor dem Gebäude versammelt hatten, bevor sie Jagd auf die ausgemergelten KZ-Flüchtlinge machten.

In der Nähe vom Großen Plan findet sie einen Parkplatz. Das Café in der ersten Etage der sich aneinanderschmiegenden Fachwerkhäuser gab es schon zu den Zeiten, in denen Clara hier gewohnt hat. Vielleicht kommt Martha dieser Frau dort näher. Ein belegtes Brötchen oder ein Stück Kuchen würden zumindest ihren knurrenden Magen beruhigen.

14

»Schmidt kommt zu dem Ergebnis, dass Broderich nach seinem Grillteller höchstens noch zwei Stunden gelebt hat, bevor ihn jemand mit den Händen stranguliert hat.« Streuwald blickt von dem Bericht des Rechtsmediziners auf, den er sich vor einigen Minuten aus dem Anhang der E-Mail ausgedruckt hat.

»Dann muss er gegen halb elf gestorben sein«, wirft Beckmann ein.

»Schreibt Schmidt auch.« Streuwald sieht Beckmann irritiert an und hält ihm den Bericht hin. »Aber woher wissen …«

»Um halb neun ist Broderich im Dorfkrug aufgebrochen. Mit seinem Motorrad. Dort hat er sich mit jemandem getroffen, der einen Fiat 500 mit Celler Nummernschild fährt. Rot und mit Faltdach. Ganz neues Modell. Davon gibt es nicht viele. Ich habe schon eine Anfrage gestartet. Die möglichen Fahrzeughalter müssten gleich durchgegeben werden.«

Beckmann nimmt den Textausdruck von Streuwald entgegen und liest den Obduktionsbericht Zeile für Zeile. Das Ergebnis ist eindeutig: Tod durch Erwürgen. Der Golfball wurde Broderich erst später in den Mund gedrückt. Auf dem Ball ist eine grün-gelb-rot gestreifte Fahne zu sehen.

»Hat diese Fahne auf dem Golfball etwas zu bedeuten?«, fragt Beckmann in die Runde.

»Das ist das Zeichen vom Golfclub. Den Ball kann man dort im *Pro Shop* kaufen.« Borgfeld zieht das Wort in die Länge. Er hält die bedruckte weiße Kugel hoch, die er dort erhalten hat.

»So sehen die aus.«

Beckmann nimmt den Golfball in die Hand und betrachtet ihn genauer. »Der hier ist grün-weiß-rot. Vielleicht hat sich Schmidt verschrieben.«

»Bestimmt«, entgegnet Streuwald. »Der war gestern sowieso schlecht drauf.«

»Die Farben.« Borgfeld schlägt sich vor den Kopf. »Walter, weißt du noch, was diese Verkäuferin im Laden darüber gesagt hat?«

Streuwald wirft ihm einen erstaunten Blick zu und zuckt mit den Schultern. Farben? Er erinnert sich nur daran, dass Borgfeld bei dem Anblick der Frau fast vergessen hatte zu atmen.

»Da war von einem Fehldruck die Rede.«

Jetzt nickt auch Streuwald. »Stimmt. Es gab angeblich davon nur ein paar Probedrucke.«

Beckmann wiegt nachdenklich den Kopf. »Schmidt soll uns ein Foto von dem Ball aus dem Rachen schicken. Kann nicht schaden. Wenn er nicht identisch ist, überprüfen wir das. Viel haben wir sonst ja nicht.«

Noch einmal liest Beckmann die Ausführungen Punkt für Punkt durch, doch es bringt ihn nicht weiter. Bislang gibt es keine verwertbaren DNA-Spuren. Der Rechtsmediziner hat Broderichs Kleidung ins Labor geschickt. Große Hoffnung macht Beckmann sich nicht – die Flecken auf der Hose können von überall her kommen.

Da piepst das Faxgerät. Die Liste der Fahrzeughalter läuft aus dem Drucker. Beckmann überfliegt die Zeilen und setzt ein zufriedenes Lächeln auf. Nur ein Fahrzeug vom Typ Fiat 500 in Rot mit Faltdach ist in Celle gemeldet.

15

Vom ersten Stock des Café Kiess hat man Blick auf den Großen Plan, den großen asphaltierten Platz am Rande von Celles Altstadt, auf dem im Winter der Weihnachtsmarkt stattfindet. Hier hat vielleicht auch Clara gesessen.

Doch nicht am Sonntagmorgen. Das Café öffnet erst um 14:00 Uhr. Martha lässt das Auto stehen und geht weiter Richtung Französischen Garten. Kurz darauf steht sie vor der breiten Freitreppe des Café Müller. Die gelb gestrichene Villa aus dem letzten Jahrhundert strahlt freundlich in der Morgensonne. Zögerlich zieht Martha an der Eingangstür. Sie lässt sich öffnen. Martha tritt ein und sieht eine Frau mit rosigen Wangen.

»Haben Sie schon geöffnet?«

»Aber sicher doch.« Die Kellnerin nickt Martha freundlich zu. »Immer ab neun. Wir servieren auch draußen.«

Martha nimmt im Schatten eines Sonnenschirms auf der Terrasse Platz und genießt die noch frische Morgenluft.

Als sie sich zu der Tasse Kaffee die beiden mit Tilsiter belegten Brötchenhälften einverleibt hat, geht es ihr deutlich besser und ihr flaues Gefühl im Magen ist verschwunden. Sie schiebt den Teller zur Seite und zieht die Kopien von Claras Aufzeichnungen aus ihrer Handtasche. Der Stapel ist deutlich geschrumpft.

Aaron Borgas

Als ich aus meiner Ohnmacht erwachte, war es seltsam still nach all den Explosionen, Schüssen und Schreien. Für einen Moment fragte ich mich, ob ich schon tot war. Ich riss meine verklebten Augen auf, atmete tief ein und roch den penetranten Mistgestank. Mein Magen knurrte und mir fiel der letzte Apfel in meiner Jackentasche ein. Nachdem ich ihn gegessen hatte, ging es mir besser, wenn man dieses Wort in diesem Zusammenhang überhaupt benutzen darf.

Vorsichtig reckte ich meine steifen Glieder. Nach einigen Versuchen konnte ich mich aufrichten und sah aus dem Guckloch. Auf der Straße vor mir wurden Gefangene in Kolonnen entlang geführt, eskortiert von SS-Leuten. Diese Männer und Frauen waren nur ein paar Meter von mir entfernt. Die meisten steckten in Sträflingskleidung, einige sogar noch mit gestreiftem Käppi auf dem Kopf. Die Menschen trotteten mit gesenkten Köpfen an mir vorbei. Keiner sah sich um, alle hatten die letzte Hoffnung verloren. Plötzlich entdeckte ich in einer der Viererreihen Josef. Mein alter Freund Josef Rosenthal lebte.

Marthas Finger fangen an zu kribbeln. Rosenthal? Erst Herbert Müller und der Blutschwamm, jetzt Josef Rosenthal. Gibt es eine Verbindung von ihm zu Clara Rosenthal? Sind sie etwa verwandt?

Martha stellt in ihrem Kopf eine Reihe von Möglichkeiten her, verwirft sie jedoch sogleich. Spekulationen bringen sie nicht weiter.

Es ist halb elf. Sie bestellt sich eine zweite Tasse Kaffee. Die nächste Eintragung ist auf kariertem Papier notiert – und in einer anderen Schrift. Irritiert mustert Martha den Bogen. Es ist ein Brief, der zwischen die Kopien der Aufzeichnungen gerutscht sein muss. Er ist viel älter als der Rest der Aufzeichnungen. Erst hat sie Schwierigkeiten, die Sütterlinschrift zu entziffern, aber nach und nach gelingt es ihr immer besser.

Hannover, 4. September 1946

Liebe Clara!

Euer Paket habe ich erhalten. Danke. Auf dem Foto habe ich Dich kaum erkannt, so groß bist Du geworden. Ich bin so unendlich glücklich, dass es Dir und Deiner Mutter gut geht, das kannst Du Dir gar nicht vorstellen. Vor allem bin ich glücklich, dass ich Euch endlich gefunden habe. Ich vermisse Euch, aber jetzt, da ich weiß, dass es ein Wiedersehen gibt, bin ich beflügelt. Ich denke, dass ich gegen Weihnachten zu Euch nach New York komme, dann habe ich hier hoffentlich alles bei den Behörden erledigt. Wenn nicht, wird es später. Natürlich berichte ich Dir von diesen letzten Tagen des Krieges, obwohl ich nicht gerne daran zurückdenke. Von dem Bombenangriff auf den Zug und von der ersten Etappe unserer Flucht habe ich im letzten Brief geschrieben. Auch davon, wie ich mich in dem Schuppen versteckte und dort die Nacht verbrachte. Machen wir mit dem Tag danach weiter.

Am nächsten Morgen schlich ich mich aus meinem Versteck, doch ich kam keine hundert Meter weit, als schon einer vom Volkssturm hinter einem Baum hervorsprang und mir seine geladene Waffe vors Gesicht hielt.

»Los, dreh dich um und geh ruhig weiter. Mach keine Scherereien, dann tu ich dir auch nichts.« Der Mann trieb mich vor sich her. »Ich kann nicht anders. Ich habe Frau und Kinder. Wenn ich mich weigere, komme ich vors Standgericht.«

Ich witterte meine Chance. Während ich mit erhobenen Armen vor ihm her ging, erzählte ich ihm, dass ich früher in Celle gelebt habe.

»Ich bin der Josef Rosenthal, der Rechtsanwalt. Meiner Cousine Ida gehörte ein Warenhaus in der Altstadt.«

Der Mann lockerte den Druck der Flinte auf meinem Rücken. »Erzähl keinen Unsinn. Der Rosenthal ist doch längst in Amerika mit seinem ganzen Zaster – und die Ida genauso.«

»Geld, Grundstücke, da ist kaum was übrig geblieben«, entgegnete ich.

Ich, ein angesehener Bürger Celles und Teilnehmer des 1. Weltkrieges, konnte es anfangs nicht fassen, wie man mit mir nach Hitlers Machtergreifung umging. Ich forderte mein Recht ein. Aber niemand wollte etwas davon wissen. Reichspogromnacht, Reichsfluchtsteuer – das interessierte keinen meiner Stammtischfreunde. Du glaubst gar nicht, wie schnell die sich von mir distanzierten. Im Gegenteil, alle versuchten davon zu profitieren. Allen voran Stadtsyndikus Vogel. Der spielte mit der Zeit. Statt mir einen fairen Preis zu machen, verleibte sich die Stadt Celle schließlich meinen gesamten Besitz für ein Butterbrot ein. Hatte das Finanzamt uns Juden am Anfang mit der Reichsfluchtsteuer drangsaliert, nahm man mir 1939 sogar die Verfügungsgewalt über das restliche Barvermögen. Ins Ausland durfte ich auch nichts transferieren. Also reichte das Geld für die Ausreise nach Amerika nur für Dich, Clara, und Deine liebe Mutter.

16

Beckmann wählt die Nummer aus Celle. Nach dreimaligem Tuten springt der Anrufbeantworter an.

»Hier ist der Anschluss von Julius Trott. Leider kann ich zurzeit Ihren Anruf nicht entgegennehmen. Hinterlassen Sie eine Nachricht, ich rufe schnellstmöglich zurück.«

Zu viel Glück darf man nicht verlangen. Dafür beantwortet Schmidt zügig die Anfrage nach dem Golfball und schickt mehrere Fotos mit dem Kommentar: »Wenn die bunten Fahnen wehen, geht die Fahrt wohl übers Meer.«

»Was ist mit unserem Knochenbrecher los?«, raunt Beckmann in die Runde. »Ist er jetzt unter die Scherzbolde gegangen?«

Niemand antwortet, denn genau in diesem Moment klingelt der andere Dienstanschluss.

»Polizeiinspektion Burgdorf, Kommissar Borgfeld«, bellt der in den Hörer. »Ja.« Seine Augen weiten sich. Immer wieder nickt er und murmelt: »Verstehe.«

Als er auflegt, kommt Leben in ihn.

»Das war das Celler Krankenhaus. Felix ist dort eingeliefert worden«, stößt er erleichtert aus. »Zwar lädiert, aber er lebt. Am Kopf hat er eine Platzwunde, dazu ein Hirn-Schädel-Trauma. Drei Rippen und das Schlüsselbein sind gebrochen. Er muss mindestens 48 Stunden stationär dableiben und bekommt Infusionen. Der Junge muss stundenlang durchs Moor geirrt sein, ohne einen Tropfen Wasser – und das bei der Hitze. Ein Soldat hat ihn heute früh unter einem Hochsitz in der Nähe von Bergen-Belsen am Rande des Truppenübungsgeländes gefunden und von dort in die Klinik gebracht.«

Auch Beckmann fällt bei dieser Nachricht ein Stein vom Herzen. »Dann können wir uns jetzt ja mit allen Kräften auf den Mordfall Broderich konzentrieren.«

Borgfeld öffnet den Mund, schließt ihn aber fast sofort wieder. Der Mordfall Broderich steht ab jetzt im Mittelpunkt der Arbeit. Trotzdem würde er gerne den Jungen im Krankenhaus besuchen. Er hat da so ein komisches Gefühl.

Das irritiert ihn. Sollte etwas von Beckmanns intuitivem Arbeitsstil auf ihn abgefärbt haben?

»Könnte ich zu dem Jungen fahren? Vielleicht ergibt eine Befragung etwas.« Endlich ist es heraus. »Wörstein und seine Jungs liegen mir auf dem Magen.«

»Kann ich gut verstehen.« Beckmann geht es da nicht anders. Wörstein kennt Broderich, Felix verschwindet auf Wörsteins Gelände. Das kann unabhängig voneinander geschehen sein, aber der Name Wörstein verknüpft beides. Das hat ja sogar die Mackenrodt eingesehen.

»Anschließend fahren Sie bei diesem Julius Trott in Celle vorbei, das liegt auf dem Weg. Von dem würde ich gerne etwas über sein Gespräch mit Broderich hören, schließlich ist er der Letzte, von dem wir wissen, dass er mit Broderich geredet hat.« Zwei Fliegen mit einer Klappe schlagen, das ist Beckmanns Spezialität.

»Geht klar«, Borgfeld lächelt Beckmann dankbar an und tippt schon Sonjas Nummer ins Handy, während Beckmann sich die Fotos von Schmidt vornimmt.

17

Martha parkt vor Roswithas Haus ein. Die Historikerin wohnt in einem mehrgeschossigen alten Wohnhaus aus der Jahrhundertwende in einer ruhigen Seitenstraße am Rande der Celler Altstadt, gleich hinter dem Neuen Wall.

»Du machst es ja wirklich dringend.« Roswitha sieht verschlafen aus, als sie die Tür öffnet.

»Komm rein, aber sei leise.«

In der Küche stellt Roswitha die Kaffeemaschine an und setzt sich zu Martha, die den Stapel der gelesenen Blätter bereits auf dem Tisch ausgebreitet hat. Roswitha blättert in den handschriftlichen Aufzeichnungen.

»Warum ist das eigentlich so eilig? Das ist doch uralt, da kann es doch auf einen Tag mehr oder weniger nicht ankommen.«

Martha übergeht diesen Einwand, wohlwissend, dass Roswitha Recht hat. Es ist ihre eigene Ungeduld, die sie antreibt. Julius Trott hatte den richtigen Riecher. Der Text enthält wirklich Sprengstoff und Martha kommt es vor, als wenn die Lunte schon gezündet sei.

Roswitha schenkt Kaffee ein.

»Nimmst du Milch und Zucker?«

»Milch, bitte.« Außerdem steht sie mit ihrem Gefühl nicht allein da. Auch Max hat sich gleich an den Interviews festgebissen. Martha wirft Roswitha ein entschuldigendes Lächeln zu.

»Eine Clara Rosenthal hat 1952 Interviews in Celle geführt«, fängt sie behutsam an und rührt mit dem Löffel in ihrer Tasse.

»Erst dachte ich, es seien die üblichen Erinnerungen an Bombenangriffe. Aber das hier ist mehr. Diese Clara war von Anfang an einer Sache auf der Spur. Anscheinend haben die Erinnerungen ihres Vaters ihr Interesse für das geweckt, was am 8. April 1945 in Celle geschehen ist. Sie kam eigens aus Amerika und recherchierte für die *New York Times*. Ob das mit der Zeitung stimmt, weiß ich nicht, Fakt ist jedoch, dass an diesem Tag Dinge in Celle passiert sind, die man im Nachhinein lieber vergessen wollte.«

»Du meinst bestimmt den Bombenangriff der Amerikaner auf den Güterbahnhof und die umliegenden Straßen. Das ist doch alles längst dokumentiert.« Der Satz – deswegen musst du mich nicht am Sonntagmorgen aus dem Bett schmeißen – liegt vorwurfsvoll in der Luft.

»In diesem Zug saßen Tausende von KZ-Gefangenen auf dem Weg nach Bergen-Belsen.«

»Auch das ist bekannt. Zu dem Thema hat ein Historiker in den achtziger Jahren Interviews geführt, es gibt sogar Luftbilder dazu, die liegen im Archiv. Gerade letztes Jahr hat ein Kollege eine neue Zusammenfassung dazu publiziert.« In Roswithas Stimme hat sich ein gereizter Unterton geschlichen.

»Über diesen Angriff habe ich im Internet nachgelesen. Es gibt allerdings eine Sache, die mir nicht klar ist. Sieh dir die rot angestrichenen Stellen an. Ich möchte wissen, ob die Fakten stimmen.«

»Bis wann?«

»Am besten sofort.«

»Ach nee, bitte nicht.«

»Ich will nicht nerven.« Martha zögert. »Die Sache ist mir wirklich wichtig.«

Roswitha verdreht die Augen. »Gewonnen, aber nur diese Seiten. Den Rest heute Abend und Morgen. Einverstanden?« Ihr Blick deutet zur Tür. »Ich hab schließlich Besuch.«

Roswitha holt nicht nur ihre Lesebrille aus dem Arbeitszimmer. Sie bringt Martha auch ein Buch mit.

»Wenn du dich so für die Geschichte der Nazizeit in Celle interessierst, solltest du das lesen. Da geht es um die Hintergründe von Enteignungen und die bislang nicht dargestellte Rolle der Finanzämter als Henkersknechthelfer. Ist interessant, was angestellt wurde, damit die Juden, die das Land verlassen wollten, ihr Vermögen in der Stadt ließen.«

Sie drückt Martha das Buch in die Hand. »Und interessant ist auch, dass der Mann, der bei den Nazis für Enteignungen zuständig war, sich nach dem Krieg um die Rückgaben an die Enteigneten kümmerte. Zum Wohle von Celle hat Stadtrat Vogel so wenig wie möglich ausgezahlt.«

Roswitha registriert Marthas Blick, der zwischen Staunen und Zweifel liegt.

»Du fragst dich, wie das funktioniert, wieso die wieder alle in Amt und Würden waren? Ganz einfach, alle haben sich gegenseitig ihre Unschuld bescheinigt. Es gab nur ein paar Bauernopfer.« Roswitha setzt sich ihre Brille auf und kräuselt die Nasenspitze. »War doch nach Auflösung der DDR genauso.«

18

Matuschs Bericht ist noch schlimmer ausgefallen, als Wörstein befürchtet hat. Kopfschüttelnd geht er vom Fenster zur Tür und wieder zurück, die Hände zu Fäusten geballt. Die Dielen knarren unter seinen festen Schritten. Am Fenster bleibt Wörstein stehen und starrt hinaus.

Matusch spritzt gerade die Ladefläche des Pick-ups ab, sein Freund, dieser Karl, steht daneben und raucht. Elende Bande. Statt diesen Spitzel einfach wegzujagen, fangen und verschleppen diese Idioten ihn. Es ist nicht zu fassen. Wörstein schlägt mit der flachen Hand auf den Tisch. Das Klatschen bringt Bewegung in die Fliegen, die an der Zimmerdecke kleben.

Auch wenn der Junge Hausfriedensbruch begangen hat, ist das keine angemessene Reaktion darauf. Damit kommt man vor keinem Gericht Deutschlands durch.

Wörstein fährt sich über den akkuraten Scheitel seiner glatt gekämmten Haare und atmet tief ein. Es ist nicht gut, wenn er sich aufregt. Das bringt niemanden weiter. Er muss die Fäden aufnehmen und neu verknüpfen. Ein erstes Lächeln huscht über seine versteinerten Gesichtszüge. Schlauer sein als die anderen. Das ist seine Devise. Seit jeher.

Wörstein geht zurück zur Tür, er stampft so fest auf, dass die Dielen aufjaulen. Er kann es drehen und wenden, wie er will, es besteht die Gefahr, dass die Sache nach hinten losgeht – falls die Polizei, das Gericht oder wer auch immer es schafft, diese Freiheitsberaubung Matusch anzuhängen. Und genau das ist der entscheidende Punkt: Man muss das Matusch erst einmal beweisen. Aussage steht gegen Aussage. Im Zweifel für den Angeklagten.

Wörsteins Laune erhellt sich augenblicklich. Matusch schwört Stein und Bein, dass ihn niemand gesehen hat, als er den Jungen weggebracht hat. Das ist immerhin etwas.

Wörstein atmet tief ein. Jetzt gilt es, Schadenbegrenzung zu betreiben, sonst fällt durch diese Vorfälle ein Schatten auf die Bewegung, seine Partei, sogar auf ihn. Das darf nicht passieren – notfalls opfert er den Bauern. Dennis Matuschenko ist ein vorbestrafter Gewalttäter, jemand, bei dem ab und zu die Sicherungen durchbrennen. Das ist aktenkundig. Er, Freiherr zu Wörstein, wollte dem Burschen eine Chance geben. Aber die Probleme bei Resozialisierungen gewaltauffälliger und straffällig gewordener junger Erwachsener sind in jeder sozialen Einrichtung bekannt – da kann man nicht von ihm erwarten, dass er Wunder vollbringt, wo auch andere scheitern.

Wieder und wieder wägt er alle Möglichkeiten ab. Es bleibt nur eine übrig. Er bleibt vor dem Fenster stehen, öffnet es und ruft Matusch zu: »Nimm den Hochdruckreiniger auf höchster Stufe und gib scharfes Putzmittel dazu. Das Auto muss sauber sein. Klinisch sauber. Haben wir uns verstanden?«

Zur Not müsste man es abfackeln.

19

Immer wieder muss Borgfeld Sonja wiederholen, was das Krankenhaus gesagt hat. Trotzdem gibt sie keine Ruhe.

»Wer hat Felix gefunden?«

»Ein Soldat.«

»Ein Soldat?«

»Habe ich doch gesagt.«

»Und wo?«

»Auf dem Truppenübungsgelände in Bergen-Belsen.«

»Wie geschmacklos.«

Borgfeld erwidert nichts, sondern steuert mit verbissenem Gesicht über die ausgebaute B 3. Muss er sich als Polizist eigentlich so ausfragen lassen? Und dann auch noch von seiner Tochter? Er hätte sich gar nicht von ihr überreden lassen sollen, sie mitzunehmen. Er ist einfach zu gutmütig.

»Was hat dieser Soldat denn gesagt?«

»Gar nichts.«

»Der kann doch nicht gar nichts gesagt haben.«

»Was weiß ich denn? Der hat deinen Felix gefunden und ins Krankenhaus gebracht.«

»Das ist nicht *mein* Felix.«

»Na dann hat er eben diesen Felix gefunden. Ist das besser?« Lieber Gott, wann ist die Pubertät endlich vorbei?

»Ja, und dann?«

»Wie dann?«

»Hat er ihn mit einem Krankenwagen ins Krankenhaus gebracht?«

Borgfeld wirft Sonja einen überraschten Seitenblick zu, sagt aber nichts.

»Hat er denn nun einen Krankenwagen geholt?«

»Weiß ich doch nicht«, brummt Borgfeld. »Glaub ich aber eher nicht. Ist ja ganz unzugänglich da im Wald.«

»Warst du denn schon mal da?«

Borgfeld umklammert mit beiden Händen das Lenkrad. Diese Rotznasen können einen zur Verzweiflung bringen.

Auch Sonja gibt auf. Mit hochrotem Kopf sitzt sie von nun an schweigend neben ihrem Vater.

Sie brauchen keine zwanzig Minuten, bis sie die Allerbrücke queren. Das dunkle Wasser hat einen niedrigen Stand. Kein Wunder, bei der Hitze und dem spärlichen Niederschlag.

Borgfeld biegt kurz darauf rechts ab, und das mehrgeschossige, langgezogene Gebäude des Celler Krankenhauses taucht vor ihnen auf. Ein schmuckloser Bau wie aus dem Legokasten, der seit den sechziger Jahren ständig erweitert und umgebaut wird.

Borgfeld passiert die Schranke und sucht sich einen Parkplatz. Er hat den Motor noch nicht ausgeschaltet, da piepst schon das Signal des Abschnallzeichens und Sonja springt aufgeregt aus dem Auto.

Borgfeld quält sich hinter dem Lenkrad hervor und kann ihrem Tempo kaum folgen. Am Empfangsschalter des Krankenhauses holt er sie endlich ein.

»Nun hetz nicht so.« Borgfeld schnauft wie ein Walross.

»Wir müssen in die zweite Etage.« Sonja hält ihrem Vater den Zettel mit der Zimmernummer hin und eilt sofort wieder los.

»Warte doch.«

Sonja fasst seinen Ruf weder als Bitte noch als Befehl auf. Sie ignoriert ihn kurzerhand und nimmt immer zwei Treppenstufen gleichzeitig.

»Bleib jetzt stehen, verdammt noch mal. Du begleitest mich, und nicht umgekehrt.«

Sonja bleibt mitten im Treppenaufgang stehen.

»Dann beeil du dich aber auch. Dir kann man ja beim Gehen die Schuhe besohlen.«

»Sonja …« Schlimm, wenn die eigenen Kinder die Lieblingssprüche gegen einen selbst verwenden.

»Ich mein ja nur. Wozu ist denn das ganze Rumgelatsche mit diesen Skistöcken gut, wenn du nicht mal die Treppe hochkommst?«

Statt einer Antwort erntet Sonja eine Ohrfeige. In Gedanken. Obwohl nicht viel daran gefehlt hätte und die Hand wäre ihm tatsächlich ausgerutscht.

Atemlos betritt Borgfeld mit seiner Tochter kurz darauf den Flur der Station. Er will sich gerade bei den Stationsschwestern anmelden, als ihnen ein Arzt im weißen Kittel entgegenkommt. Borgfeld bleibt stehen.

»Entschuldigung, können Sie mir helfen?« Er schnappt nach Luft. »Kommissar Borgfeld, Polizeiinspektion Burgdorf. Ich möchte mit Felix Rinsing sprechen. Er wurde heute früh eingeliefert.«

Auf dem Kittel ist ein Namensschild befestigt. Oberarzt Doktor Schnippkoweit. Der Arzt mit den ebenmäßigen Gesichtszügen und den nach hinten gestrichenen grauen Haaren nickt bedächtig.

»Der Junge liegt hier im Zimmer. Sie können ihn sprechen. Aber nur kurz«, setzt Schnippkoweit in strengem Tonfall nach. »Der Patient hat neben den Rippenbrüchen und Prellungen ein Schädel-Hirn-Trauma. Er braucht unbedingte Ruhe.«

Als er Borgfeld immer noch schnaufen hört, fügt er hinzu: »Sie sollten sich auch einmal durchchecken lassen.«

Dann geht er weiter. Vor dem Stationszimmer dreht er sich noch einmal um.

»Aber das hier wird wirklich nur ein kurzer Besuch. Haben wir uns verstanden, Herr Kommissar?«

Borgfeld legt die Hand auf die Türklinke und zischt Sonja zu: »Du wartest draußen.«

Sonja ist wenig begeistert von dem Befehlston ihres Vaters, doch sie gehorcht ausnahmsweise, ohne zu widersprechen, und begibt sich in die für Besucher vorgesehene Sitzecke. Nur der Flunsch, den sie dabei zieht, ist unmissverständlich.

Borgfeld öffnet behutsam die Tür. Die eingeschalteten Neonröhren tauchen das Dreibettzimmer in kaltes Licht. Felix' Bett steht direkt vor dem Fenster. Die anderen zwei

Betten sind leer. Der schmale Körper des Jungen zeichnet sich unter der dünnen Bettdecke ab, um seinen Kopf ist ein Mullverband gewickelt. Neben dem Bett steht ein Ständer für die kopfüber aufgehängte Flasche mit der Ringerlösung. Langsam tröpfelt die Flüssigkeit durch die transparenten Schläuche in die Infusionskanüle, die mit weißem Tape am Handgelenk befestigt ist.

»Guten Morgen, Felix.«

Felix' Augen wandern zu dem Besucher. »Wer sind Sie?«

»Kommissar Borgfeld von der Burgdorfer Polizeiinspektion, Sonjas Vater.«

Ein mattes Lächeln huscht über das von Kratzern verunstaltete Gesicht des Jungen. Die Dornen der Schlehe haben ganze Arbeit geleistet.

»Ich hätte ein paar Fragen an dich. Kannst du sprechen?«

Felix mustert Sonjas Vater. Der quadratische Schädel des Polizisten ist zwar groß, aber noch immer zu klein, verglichen mit seinem massigen Körper.

»Legen Sie los.«

»Man hat dich auf dem Truppenübungsplatz Bergen-Belsen gefunden«, beginnt Borgfeld und knöpft seine Uniformjacke auf.

Felix lehnt sich im Kissen zurück. Sonja hat Glück. Sie ähnelt ihrem Vater überhaupt nicht.

»Was ist genau passiert? Erzähl von Anfang an.«

»Das Landschulheim am Großen Moor, das kennen Sie? Ich habe mich da am Samstagmorgen im Wald versteckt. Hinter einem Busch. Von dort aus beobachtete ich die Leute von den »Aufrechten Deutschen«. Ich habe Fotos gemacht.« Nach dem letzten Satz schließt Felix die Augen. Jedes Bild erscheint vor seinem inneren Auge als Film, allerdings nicht mit ihm als glamourösem James Bond, sondern eher als gehetztem Richard Kimble.

»So gegen zehn Uhr kam ein Auto. Ein dicker Mann stieg aus. Wörstein hatte ihn erwartet. Die beiden standen vor dem Eingang und redeten. Hörte sich so an, als wenn das dieser Typ war, der das Heim gekauft hat. Niemand weiß, wie er aussieht. Es gibt keine Fotos von ihm im Internet. Also habe ich welche gemacht.«

Felix versucht, sich zu erinnern. Er hat fotografiert. Alles war ganz einfach, bis der dunkle Schatten aus dem Nichts auftauchte.

»Plötzlich war jemand hinter mir und hat mich niedergeschlagen. Er hatte einen großen Prügel in der Hand. Sah aus wie ein Baseballschläger. Danach klafft bei mir eine Lücke … ich war wohl für einen Moment ohnmächtig.«

»Hast du erkannt, wer das war?«

»Nein. Eigentlich habe ich nur Beine gesehen. Schwarze Hosen und feste Lederstiefel. Springerstiefel.«

Felix hebt den Kopf. Ein stechender Schmerz zieht von der linken zur rechten Schläfe. Er verzieht die Lippen, unterdrückt aber das Stöhnen.

Borgfeld registriert das Zucken. Unauffällig wirft er einen Blick auf seine Armbanduhr. Es geht auf elf Uhr zu. Hoffentlich kommt der Arzt nicht gleich rein und schickt ihn nach Hause.

»Und dann?«

»Als ich wieder zu mir kam, hat ein Typ mich hochgezogen und zu einem Auto gebracht. Einem grünen Pick-up.«

»Hast du den schon mal vorher gesehen?«

»Der Kerl stand morgens vor dem Landschulheim. Es gibt auch ein Foto von ihm. Sonja hat es auf ihrem Computer, der mit dem blauen Shirt und der 88 auf dem Rücken.« Ein Lächeln umspielt Felix' Mund, als er Sonjas Namen nennt.

»Hast du etwas Besonderes bemerkt?«

»Der Typ hat blonde kurze Haare und eine Narbe unter dem Kinn. Ein schmaler Strich mit einer Wulst.« Felix hält inne und überlegt. »Der hatte außerdem eine rote Tätowierung am Arm. Ein gerader Strich, oben und unten mit einem kleinen Haken. Die gleiche Tätowierung trug der andere auch am rechten Unterarm, an der gleichen Stelle.«

»Der andere?«

»Da war noch einer.« Felix zögert einen Moment, als er an seinen ehemaligen Mitschüler denkt. »Den kenne ich von früher. Der andere hat ihn Karl genannt. In Wirklichkeit heißt er aber Kevin. Kevin Fischer. Ich bin mit ihm zur Schule gegangen. Nachdem ich den ersten Schlag abbekommen hatte, sollte der mich verprügeln. Als er auf mich losging, hat er mich erkannt. Er wollte, dass der andere Typ, der mit der 88, mich in Ruhe lässt. Diese 88, die hat er Matusch genannt.« Schweres Ausatmen unterbricht Felix' geflüsterte Worte.

»Dieser Matusch meinte, dass er seinen Spaß haben will.«

Spaß?, fragt sich Borgfeld, während er sich die Namen notiert. Was so einer wohl unter Spaß versteht? Borgfeld lächelt Felix mit einem Anflug von Mitleid an.

»Erinnerst du dich an die Autofahrt?«

»Ich lag auf der Ladeklappe: Unter mir eine Plastikfolie, über mir ein alter Sack. Der Typ hat meine Arme und Beine mit Kabelbindern fixiert.« Wie ein eingeschnürter Hummer hatte er sich gefühlt. Konnte sich weder mit den Armen noch mit den Füßen abstützen. Schlagloch folgte auf Schlagloch. Hilflos rollte er von einer Seite auf die andere, stieß sich Kopf, Arme und Beine, wurde durchgeschüttelt.

»Wir fuhren bestimmt eine halbe Stunde. Genau weiß ich das aber nicht. Irgendwann hielt das Auto. Ich wurde von diesem Matusch von der Ladefläche geschubst und fiel auf den Boden.«

Felix atmet pfeifend aus. Und dann hat er sich vor mich hin gestellt und mich angepinkelt. Nein, das würde er nicht sagen. Voller Ekel erinnert er sich an die warme Flüssigkeit, den scharfen Geruch der warmen Pisse. Dreck und Staub klebte sofort an den feuchten Stellen seiner Kleidung. Aber das war nicht das Schlimmste. Das Schlimmste war das Gefühl der Erniedrigung. Aber warum sollte er davon reden? Das machte es auch nicht ungeschehen. Felix sieht Borgfeld direkt in die Augen.

»Danach schnitt er mir die Fesseln ab und eröffnete die Jagd.«

»Jagd?«

»Er sagte zu mir: ›Lauf los, du Arsch‹.«

Borgfeld sieht ihn begriffsstutzig an.

»Ich konnte loslaufen, bekam quasi einen Vorsprung. Plötzlich knallte hinter mir der erste Schuss. Dann der zweite und der dritte. Ich lief, nirgendwo gab es Deckung. Vor mir lag eine ungeschützte Heidefläche. Ohne auf irgendetwas zu achten, raste ich los. Immer wieder fiel ein Schuss, aber keiner traf mich. Ich stolperte über Äste, versteckte mich hinter Baumstämmen und Wacholderbüschen. Die Schüsse verfolgten mich, der Abstand wurde aber immer größer. Das muss der Kerl auch gemerkt haben. Er muss zurückgegangen sein, denn plötzlich hörte ich Motorengeheul. Die Jagd mit dem Auto war eröffnet. Er fuhr mir nach, stoppte und schoss aus dem Fenster. Ich rannte, ohne nachzudenken, immer weiter. Plötzlich tauchten vor mir Gräben auf. Das war mein Glück. Da kam er mit seinem Nissan nicht weiter.«

Felix stockt and fährt mit leiser Stimme fort: »Einige Gräben übersprang ich, suchte immer wieder Deckung hinter Büschen, schließlich sprang ich in einen Graben, legte mich platt auf den Boden und lauschte. Es dauerte nicht lange und ich hörte das Schlagen einer Autotür. Er suchte mich. Das Knacken von Ästen kam näher, genau wie der Ruf: ›Ey, du Arsch, wo bist du?‹«

Felix konnte sich nicht daran erinnern, wie lange das alles gedauert hatte, aber die Minuten blieben ihm zäh und endlos in Erinnerung. Jeden Augenblick hatte er damit gerechnet, dass sich diese kräftigen Beine abermals vor ihm aufbauten; er hielt im Graben seinen Atem an, wartete, doch nichts passierte. Die Rufe entfernten sich, kamen wieder dichter heran, schwappten weg. Dann war schließlich Türschlagen und Motorstarten zu hören.

»Als ich mich endlich traute, über den Rand des Grabens zu gucken, habe ich auf dem Weg eine Staubwolke gesehen – der Nissan war tatsächlich fort. Sofort suchte ich mein Handy. Ich wollte Sonja anrufen, die Polizei, was weiß ich. Ich tastete meine Hosentaschen ab. Nichts. Das Handy fehlte und der Fotoapparat auch.« Felix schließt die Augen, redet aber weiter.

»Ich sah mich um. Kein Anhaltspunkt. Nichts. Ich hatte nicht die geringste Ahnung, wo der Typ mich rausgeschmissen hatte. Über mir summten Bienen, flatterten bunte

Schmetterlinge – sonst nichts.« Felix' Augen zucken. »Ich hab' überlegt, was ich machen soll. Warten war schlecht. Wer sollte mich in dieser Einöde finden? Also bin ich losgelaufen – aber ich wusste nicht wohin. Ich hatte keinerlei Orientierung. Egal, wie weit ich lief, alles sah irgendwie gleich aus. Irgendwann habe ich einen alten Hochsitz entdeckt, der sah ziemlich marode aus. Schien lange niemand dagewesen zu sein. Nicht einmal ein Weg führte dorthin. Also bin ich weiter gelaufen. Heide, Birken, Wacholder. Immer wieder das Gleiche. Ab und an hörte ich einen Donnerschlag, den ich nicht einordnen konnte. Ich lief und lief. Irgendwann stand ich wieder vor dem Hochsitz.«

Als Felix erneut vor der Jagdkanzel gestanden hatte, verließen ihn die Kräfte. Mutterseelenallein stand er da und heulte. Kein Mensch weit und breit. Sein Kopf, die Rippen und Beine – alles schmerzte. Und nicht nur ein bisschen. Sein Körper war ein einziger Schmerz. Sein Gesicht von der Sonne verbrannt, die Augen geschwollen, am ganzen Körper von Mücken zerstochen. Auch die Bremsen hatten ihn nicht verschont. Überall hatte er Quaddeln. Aber das war noch nicht das Schlimmste. Hunger und Durst plagten ihn. Er pflückte sich Heidelbeeren, verschlang sie wie ein Tier, die Warnungen seiner Mutter wegen des Fuchsbandwurms noch gut im Ohr. Fuchsbandwurm! Bis der sich entwickelt hätte, wäre er entweder tot oder in Sicherheit. Den Hunger hätte er noch verdrängen können, nicht aber den Durst. Seine Lippen waren aufgeplatzt, der Mund ausgetrocknet. Wie lange kann man ohne Wasser leben? Einen Tag, vielleicht zwei. Bei der Hitze eher einen. Als Felix dies unter dem Hochsitz begriff, überkam ihn Todesangst.

Felix hält die Augen geschlossen. Zu schrecklich ist der Gedanke daran. Darüber reden möchte er schon gar nicht.

Borgfeld glaubt, dass der Junge eingeschlafen ist. Er will gerade aufstehen und gehen, als Felix unvermutet die Augen wieder öffnet.

20

Roswitha Neumann hat sich einige der markierten Seiten durchgelesen, andere nur überflogen.

»Soweit ich das auf die Schnelle beurteilen kann, stimmen die Aussagen in den Interviews mit den Fakten überein. Ich werde das morgen noch einmal im Archiv überprüfen lassen. Mein Kollege Werner hat sich in dieses Thema besonders intensiv eingearbeitet.« Roswitha hält Martha die Aufzeichnungen hin.

»Diesen Bombenangriff gab es, die Jagd der SS, des Volkssturms und der braven Bürger auf die wehrlosen KZ-Häftlinge ebenfalls. Auch den Flakeinsatz – und tatsächlich nur diesen einen. Das hat Werner mir neulich erst erzählt.«

»Gibt es eine Liste der dafür eingeteilten Personen?«

»Keine Ahnung, aber wenn, wird Werner es wissen.«

»Ich will dich nicht überstrapazieren – kommt dir der Name Friedrich Bollund bekannt vor? Er scheint diese Clara bedroht zu haben.«

»Tut mir leid, da muss ich passen. Von dem habe ich nie gehört.«

»Danke.« Martha deutet auf Roswithas Buch. »Ist wirklich interessant. Über einige Mitarbeiter der Celler Stadtverwaltung bin ich schon in den Aufzeichnungen von Clara gestolpert.«

»Du kannst das Buch mitnehmen. Bring es mir einfach irgendwann zur Golfstunde mit. Apropos: Hat die Polizei den Täter?«

Martha zuckt mit den Schultern.

»Keine Ahnung. Aber sie arbeiten mit Hochdruck dran.«

Martha verabschiedet sich mit einem Wangenkuss von Roswitha und geht nachdenklich die Stufen des Treppenhauses hinunter. Seltsamerweise hat sie in den letzten Stunden nicht einmal an Broderich gedacht. Dieser Tote, dem man auf so brutale Art das Maul gestopft hat, ist bei ihr in den Hintergrund getreten. Liegt es an Claras Interviews, den beiden Flüchtenden, die das Brot auf dem Bahnhof mitgenommen haben und es bei Aaron und Josef gegen Schnaps getauscht haben, bevor einer von beiden kurz darauf von einem Jungen in der Nähe der Flakstation erschossen wurde oder …?

Gedankenverloren öffnet Martha ihre Autotür. Sie hält inne, als sie endlich hinter ihrem Lenkrad sitzt. Etwas ist in ihrem Kopf aufgeflackert, etwas, das sie bislang nicht richtig eingeordnet hat. Sie schließt die Augen, konzentriert sich und versucht, die Gedanken der letzten Minuten zurückzuverfolgen.

Plötzlich macht es klick.

21

Felix' Müdigkeit ist wie weggeblasen, als Sonja ins Zimmer schlüpft und ihm einen Kuss auf die lädierte Stirn haucht. Der fiebrige Glanz ist aus seinen Augen verschwunden und die Blässe aus seinem Gesicht gewichen. Sie zieht sich den Besucherstuhl ans Bett und streichelt seine Hand.

»Vielleicht kommst du nach der Visite nach Hause.«

»Dann kann ich bei der Mahnwache mit dabei sein«, strahlt Felix.

Borgfeld sagt nichts dazu, aber sein Kopf wird rot. Sonja kennt diese Vorzeichen eines sich ankündigenden Wutausbruchs und flüchtet normalerweise. Jetzt atmet sie tief ein und geht in Habachtstellung.

»Hast du immer noch nicht genug?«, blafft Borgfeld seine Tochter an. »Der Junge hat ein Schädel-Hirn-Trauma. Der bleibt mindestens 48 Stunden hier. Ist das klar? Dieser Doktor Schippoweg meint, dass Felix Schonung braucht. Das hast du doch gehört. Wir müssten eigentlich schon längst weg sein.«

Borgfeld mag es nicht, wenn seine Tochter sich in Dinge einmischt, bei denen Ärger in der Luft liegt.

»Der Arzt heißt Schnippkoweit.«

»Na und? Schonung hat er trotzdem verordnet.«

Felix zuckt bei der gewaltigen Lautstärke der Worte zusammen. Diesen Tonfall kennt er von seinen Eltern nicht. Sonja hingegen reagiert auf den verbalen Klatscher gar nicht, sondern fixiert nur stumm das Bild an der Wand, während sie sturmerprobt das Gewitter über sich niedergehen lässt. Doch es kommt nichts mehr. Borgfeld fühlt sich in Anwesenheit von Felix vom Schweigen seiner Tochter ausgebremst. Er räuspert sich und schaltet eine Stimmlage zurück.

»Die Mahnwache findet also statt?«, presst er hervor.

»Ja, und es haben ganz viele zugesagt. Das mit Felix hat sich wie ein Lauffeuer herumgesprochen, und jetzt kommen die Leute von überall her.«

Borgfeld ist bei dieser Protestversammlung nicht wohl. Hoffentlich kommt es nicht zu Prügeleien. Der Vorgeschmack hier im Krankenhaus reicht ihm. Freiheitsberaubung, Verschleppung, Mordversuch. Mit diesen Delikten könnte man die »Aufrechten Deutschen« allerdings packen. Man muss ihnen die Verschleppung und die brutale Verfolgung nur beweisen – aber genau da liegt der Haken.

»Kannst du uns einen Anhaltspunkt geben, wo man dich abgesetzt hat?«, versucht Borgfeld es noch einmal.

»Da waren hohe Bäume in der Nähe.« Felix überlegt. »Drei Birken standen nebeneinander.«

Das könnte überall in dem Waldgebiet sein. Drei Birken oder die Stecknadel im Heuhaufen.

»Und der Weg? Gab es da etwas Besonderes?« Borgfelds Stimme klingt hoffnungsvoll.

»Fester Sand mit vielen Schlaglöchern, zwischendurch hörte ich Kies knirschen. Wieso fragen Sie?«

»Wenn wir denen Körperverletzung, Entführung oder Ähnliches nachweisen wollen, brauchen wir Beweise, sonst lacht uns Wörstein aus. Vielleicht finden wir die Patronenhülsen, das wäre das Beste. Hast du dir das Nummernschild gemerkt?«

»Nein, aber das habe ich morgens schon fotografiert, es müsste bei Sonja auf dem Rechner sein. Mein Fotoapparat und das Handy fehlen. Die Nikon war ganz neu.«

Plötzlich hellt sich Felix' Gesicht auf. »Bevor die mich niedergeschlagen haben, habe ich den Chip der Kamera gewechselt. Der volle steckt in meiner Hosentasche.«

Felix deutet mit dem Kopf zum Schrank. Sofort zuckt er zusammen. Der schmerzhafte Stich zieht wieder von der einen Seite der Schläfe zur anderen.

22

»Martha, was für eine Überraschung.« Trixi ist beim ersten Läuten ihres Telefons dran.

»Kennst du einen Herbert Müller aus Celle?«, fällt Martha mit der Tür ins Haus.

»Hat der was mit Henry Broderich zu tun?«

»Damit nicht, aber ich bin bei einer anderen Recherche auf diesen Namen gestoßen. Könntest du versuchen herauszubekommen, ob er noch lebt und wo er wohnt?«

»Das hört sich aber geheimnisvoll an.« Vielleicht ist das ja etwas für ihre Rubrik »Leute von heute und morgen«. »Wer ist das denn?«

»Am Freitag besuchte mich jemand aus Celle. Im Nachlass seiner verstorbenen Großmutter hat er eine Interviewsammlung aus dem Jahr 1952 gefunden.«

»Celle«, Trixi rümpft die Nase. »Wen interessiert hier in der Gegend Celle?«, ziert Trixi sich, bevor sie Marthas Bitte um Hilfe Folge leistet. Schließlich muss ja nicht jeder in der Redaktion wissen, dass sie am Wochenende alleine in der Wohnung sitzt und beim ersten Klingeln des Telefons aufspringt. Manchmal hat sie sowieso das Gefühl, dass die anderen über sie reden, weil sie immer noch keinen Erfolg bei der Suche nach einem passenden Heiratskandidaten hatte. Andererseits muss sie vielleicht einfach nur lernen, über den Dingen zu stehen. Wenn bei Beziehungen nur so ein Hin und Her wie bei Martha herauskommt, kann sie genauso gut auch alleine bleiben. Da bleibt ihr wenigstens der Liebeskummer erspart.

Martha senkt ihre Stimme und bettelt: »Bitte, du hast doch da deine sehr speziellen Informationsquellen.«

»Ich soll also versuchen, so viel wie möglich über diesen Herbert Müller herauszubekommen. Und was machst du in der Zwischenzeit?«

»Ich bin auf dem Weg zu Julius Trott. Ich habe so ein Gefühl, dass das ganz wichtig ist. Vorhin hat er die Tür nicht geöffnet. Vielleicht ist er ja jetzt da. Anschließend melde ich mich bei dir. Versprochen.«

»Wer zum Teufel ist Julius Trott?«

»Hab ich das nicht gesagt? Das ist der Enkel.«

23

Es ist mittlerweile elf Uhr. Aus dem Labor gibt es noch kein Ergebnis. Am Wochenende gehen die Uhren eben überall langsamer.

Rischmüller hingegen kennt das Wort langsam nicht. Er hat die Passwörter des Computers in atemberaubender Geschwindigkeit geknackt und durchstöbert nun die Dateien auf der Festplatte. Die Internetforen haben nichts wesentlich Neues gezeigt. Um manipulierte Leserbriefe nachweisen zu können, müsste Rischmüller sich intensiver mit dem Thema beschäftigen.

Plötzlich hat er eine Idee. Er öffnet den Papierkorb des Computers und sieht sich die Liste der gelöschten Dokumente an. Es sind jede Menge Briefentwürfe. Nacheinander ruft er sie auf. Immer wieder geht es um den Golfplatz. Nur die Adressaten wechseln im Briefkopf.

Rischmüller öffnet die Tür zum Nebenzimmer und steckt seinen Kopf hindurch.

»Neuigkeiten, liebe Leute. Ich habe ein paar Textentwürfe mit unterschiedlichen Absendern entdeckt. In den Briefen wird gegen die Erweiterung des Golfplatzes gewettert. Sie wurden am Freitag alle gelöscht. Vielleicht ist das ein Hinweis.«

»Heißt das, Broderich hat die Leserbriefe tatsächlich manipuliert?« Streuwalds Mundwinkel zuckt vor Begeisterung.

»Sieht so aus.«

»Dann hat ja Goldmann jeden Grund, sauer auf ihn zu sein.« Streuwald strahlt vor Begeisterung. Vielleicht ist der Fall ja schnell vom Tisch. »Goldmann war's. Da bin ich mir ganz sicher.« Seine Stimme strotzt vor Überzeugung.

»Keine voreiligen Schlüsse ziehen«, bremst Beckmann seinen Kollegen ab. »Wir sichten erst einmal das vorhandene Material.«

Beckmann dreht sich zu Rischmüller um.

»Mach am besten mit den Konten weiter. Zahlungsein- und -ausgänge in den letzten Monaten.«

Während Rischmüller versucht, sich einen Überblick auf den Konten von Broderich zu verschaffen, sehen sich Beckmann und Streuwald die zusammengesetzten Aufnahmen der 360°

Kamera an. Dreimal. Von dem Wunderwerk der Technik haben sie viel erwartet, doch das Ergebnis ernüchtert sie: Nichts ist dabei, was ihnen hilft. Auch eine vierte Durchsicht bringt sie keinen Schritt weiter.

Und nun? Beckmann knetet sein Ohrläppchen. Ihn beschleicht eine Ungeduld, die er aus langen Dienstjahren kennt. Am liebsten rennt er einer Anfangsidee hinterher – um ein paar Stunden später den Täter zu überführen. Bei diesem Arbeitsstil gibt es allerdings ein Problem: Man kann sich vergaloppieren. Das ist ihm in seiner bisherigen Praxis nicht nur einmal passiert. Andererseits hat er genau aus diesem Grund einige sensationell schnelle Erfolge hingelegt, die ihm in Fachkreisen den Spitznamen »Spürnase« eingetragen haben. Heute fehlt ihm die zündende Idee, um loszurennen – auch wenn es die falsche Richtung sein sollte.

»Was sind die bislang gesicherten Erkenntnisse?«, fragt Beckmann mehr sich selbst als Streuwald und reibt an seinem Ohrläppchen. »Broderich ist Samstagmorgen tot hinter dem Caddyraum des Golfclubs gefunden worden, erwürgt, in seinem Hals steckte ein Golfball.«

Beckmann malt mit seinem Kugelschreiber eine Kugel auf die Schreibtischunterlage.

»Nach dem Bericht der Kriminaltechnik ist der Tatort vermutlich nicht mit dem Fundort identisch. Die Aufnahmen der Kamera zeigen deutliche Schleifspuren. Die könnten dabei entstanden sein, als der oder die Täter den Toten zur Bank gezogen oder getragen haben.«

Minuten des Schweigens folgen. Beckmann malt einen zweiten Golfball und sieht dann erwartungsvoll auf. Als von Streuwald keine Reaktion kommt, redet Beckmann weiter.

»Warum brachte man Broderich zum Golfplatz, und was hat der Ball in seiner Kehle zu bedeuten?«

»Ist doch eigentlich alles ganz einfach«, legt Streuwald sofort los. »Goldmann hat Broderich im Affekt umgebracht. Der Mann hat ein Motiv und die Gelegenheit. Der kennt sich doch auf dem Golfplatz bestens aus. Außerdem tut sich Goldmann mit dem Alibi schwer.« Leute, die erst ihren Anwalt konsultieren müssen, bevor sie etwas sagen, haben Dreck am Stecken, das ist so sicher wie das Amen in der Kirche. »Wir sollten den lieben Herrn Präsidenten mal so richtig in die Mangel nehmen, dann wird der schon plaudern. Noch einen Kaffee?«

Beckmann nickt und legt den Kugelschreiber auf den Tisch.

»So blöd kann der doch gar nicht sein. Angenommen, Goldmann hätte Broderich tatsächlich am Clubhaus umgebracht, hätte er ihn doch besser versteckt oder woanders hingebracht.«

»Oder gerade nicht«, wendet Streuwald ein und reicht Beckmann eine Kaffeetasse. »Möglicherweise kam es zu einer Auseinandersetzung auf dem Parkplatz oder im Clubhaus und man musste den Toten schnell wegschaffen.«

»Und das Motiv?«

»Erpressung reicht immer. Wer weiß, was Broderich gegen Goldmann noch in der Hand hatte?« In Gedanken reiht Streuwald Homosexualität, Kinderpornografie und ausschweifende Bordellbesuche aneinander, sagt aber nichts, sondern kneift nur die Augen zusammen. Dem Herrn sollte man unbedingt auf den Zahn fühlen.

Beckmann kann sich den Argumenten Streuwalds nicht

völlig verschließen. Darüber hinaus hat er jedoch diese unbestimmte Ahnung, seit er bei Martha im Haus war. Liegt es an dem Manuskript?

Irgendetwas ist ihm daran aufgefallen. Das ist alles weit hergeholt. Viel zu weit. Wahrscheinlich hat es nur mit seinen Gefühlen für Martha zu tun.

Streuwald hat Recht. Goldmann hat sich verdächtig gemacht, zwar nicht so, dass es für einen Haftbefehl reichte, das Motiv ist allerdings da. Man müsste ihm die Tat nur beweisen und sein angebliches Alibi knacken. Und den Golflehrer sollten sie sich dann auch noch gleich vornehmen. Vielleicht stecken die beiden unter einer Decke. Immerhin taucht er zweimal auf Broderichs Handy auf.

Er seufzt und hebt die Tasse an die Lippen.

24

Im Patientenschrank liegt die zusammengerollte Hose in der Plastiktragetasche eines Supermarktes. Mit spitzen Fingern und gerümpfter Nase zieht Sonja sie heraus.

»Großer Gott«, ruft sie. »Die stinkt ja … brrh«, Sonja schüttelt sich. »Felix, was hast du damit gemacht?«

»Gar nichts.«

»Aber die stinkt wie läufiger Kater.«

»Dieser Matusch hat mich angepinkelt.« Mehr möchte Felix dazu nicht sagen.

Angeekelt sucht Sonja in den zahlreichen Taschen. In der dritten wird sie fündig. Sie hält den Chip triumphierend hoch.

»Den schaue ich mir gleich an. Irgendwo muss es hier doch einen Computer geben.«

»Nichts da«, schaltet sich ihr Vater ein. »Um die Bilder kümmern wir uns im Kommissariat. Das ist Beweismaterial in einer Strafsache. Ist das klar?«

Als Sonja pflichtschuldigst nickt, kommt die nächste Anweisung ihres Vaters.

»Du hast jetzt genau fünf Minuten Zeit, um dich von Felix zu verabschieden. Anschließend nehmen wir noch kurz eine Personenüberprüfung in Celle vor. Ich vertret' mir derweil die Beine.«

Eine knappe Viertelstunde später überqueren Borgfeld und Sonja im Einsatzwagen der Burgdorfer Polizei die Aller, biegen rechts ab und folgen dann der parallel zu den Bahngleisen verlaufenden Straße zur Bahnunterführung.

Als sie an der roten Ampel stehen, muss Borgfeld an Matusch denken. Da bringt der Felix mit dem Auto fast bis zum Truppenübungsplatz in Bergen-Belsen und lässt ihn dann laufen, um auf ihn zu schießen. Das ist pervers. Borgfeld trommelt auf das Lenkrad. Genauso merkwürdig ist das mit dem Bepinkeln. Als Borgfeld die Bahnunterführung passiert, wird ihm klar, was er so merkwürdig an dieser Verfolgungsjagd findet: dass Felix überlebt hat.

Matusch muss von vorneherein den Tod von Felix eingeplant haben. Diese Gewalttaten darf niemand überleben, wenn man nicht dafür zur Rechenschaft gezogen werden will. Ein Zeuge bedeutet für den Gewalttäter eine potentielle Gefahr, das hat Borgfeld schon in seinem ersten Lehrgang im Rahmen der Polizeiausbildung gelernt.

Dieser Matusch kann doch nicht auf jemanden schießen und glauben, dass er damit davonkommt? Darauf gibt es nur zwei Antworten. Entweder Matusch ist völlig blöd, oder sein Plan ist nicht aufgegangen.

Die Ampel schaltet auf Grün und Borgfeld fährt an. Felix hat Glück gehabt, dass er dem Kerl entwischt ist. Großes Glück.

An einer großen Weggabelung biegt Borgfeld links ins Wohngebiet ab. Er passiert mehrere Kreuzungen, bis endlich die Riemannstraße vor ihm liegt. Es ist leicht, die richtige Hausnummer zu finden. Der rote Fiat Cinquecento parkt direkt vor der Tür.

Borgfeld stutzt, als er aussteigt. Vor der Eingangstür steht eine dunkelhaarige Frau, eine, die ihm erst gestern begegnet ist. Hat Beckmann dieser Zeitungstante etwa einen Tipp gegeben? Möglich ist alles. Aber warum sollte er dann unbedingt hierher kommen?

Während Sonja im Wageninneren wartet, geht Borgfeld auf den Jägerzaun zu. Verwundert registriert Martha den stämmigen Polizisten in der blauen Uniform.

»Kommissar Borgfeld, was tun Sie denn hier? Verfolgen Sie mich?«, versucht sie ihre Überraschung zu überspielen.

»Guten Morgen, Frau Landeck. Das könnte ich Sie genauso fragen. Hat Hauptkommissar Beckmann Sie geschickt?«

»Beckmann?«

Borgfeld zuckt mit den Schultern. »Ich dachte nur … Wieso sind Sie dann hier?«

»Um Julius Trott zu sprechen.« Martha klingelt erneut. »Und Sie?«

»Den will ich ebenfalls …«

»Dann haben wir wohl beide Pech«, unterbricht sie ihn. »Er ist nicht da.«

Borgfeld zeigt auf den Fiat. »Sieht so aus, als ob er das Dach bereits für den Sonntagsausflug heruntergeklappt hat.«

»Das ist Trotts Auto?« Martha verzieht den Mund. »Vor zwei Stunden stand der Wagen schon genauso da.« Seltsam, wundert sie sich. Bei dem Dreck, der durch die Straßen wirbelt, würde sie ihr Auto nicht so lange offen herumstehen lassen.

»Was wollen Sie eigentlich von ihm?«

»Ich kann Ihnen keine Informationen über laufende Ermittlungen geben. Und Sie: Aus welchem Grund möchten Sie denn zu ihm?«

»Er hat mir am Freitag eine alte Textsammlung gegeben. Darüber würde ich gern mit ihm sprechen.« Sie zögert. »Kommissar Beckmann kennt den Text übrigens.«

In diesem Moment kommt ein junges Pärchen auf dem schmalen Gartenweg auf sie zu und sucht nach dem Klingelschild von Elfriede Trott.

25

Beckmann nimmt den ersten Schluck Kaffee und erstarrt augenblicklich – der muss seit Stunden auf der Warmhalteplatte gestanden haben.

Kaum hat er die Tasse unauffällig hinter den Papierstapel geschoben, vibriert sein Handy. Auf der Vorderseite leuchtet das Symbol für eingehende Telefongespräche auf. M. Hoffnungsvoll nimmt er das Gespräch entgegen.

Ein Lächeln breitet sich über seinem Gesicht aus. Sie vermisst ihn.

»Hallo Martha, schön, deine Stimme zu hören.«

»Ich habe gerade Borgfeld vor der Tür von Julius Trott getroffen«, legt sie ohne Begrüßung los.

»Und was machst du da?«, fragt Beckmann verdattert. »Kennst du ihn?« Martha kann unmöglich wissen, dass Julius Trott der Letzte war, mit dem Broderich am Freitagabend vor Zeugen geredet hat. Sie besitzt zwar ein untrügliches journalistisches Gespür, aber nicht den siebten Sinn.

»Von Trott habe ich doch die Aufzeichnungen von Clara Rosenthal. Er hat sie mir am Freitag in die Redaktion gebracht. Ich hab dir doch davon erzählt.«

Was ist er für ein Idiot! Beckmann schlägt sich mit der flachen Hand vor den Kopf. Trott. Natürlich. Plötzlich fügen sich einige Puzzleteile zusammen. Broderich und Trott verabreden sich. Broderich will etwas von ihm haben. Wahrscheinlich die Aufzeichnungen. Trott weigert sich, sie ihm zu geben. Sie setzen ihr Treffen woanders fort, es kommt zum Streit und Trott tötet ihn, anschließend …

»Was wollt ihr denn von Julius Trott? Borgfeld sagt mir nichts. Angeblich ist alles ein riesengroßes Dienstgeheimnis. Hat Trott etwas mit dem Toten vom Golfclub zu tun?«

»Ich …«, er zögert, gibt sich dann einen Ruck. Bei diesem Fall läuft ohnehin schon etliches nicht nach Vorschrift.

»Trott hat sich mit Broderich im Dorfkrug getroffen. Er ist nach dem jetzigen Stand der Letzte, der ihn vor dem Mörder gesehen hat, wenn er es nicht sogar selbst getan hat.«

»Julius Trott?« Der schmale, schmächtige Mann mit dem gepflegten Schnauzbart soll einen Menschen getötet haben?

Unmöglich. »Ich kann mir das nicht vorstellen – aber egal. Er ist nicht da, zumindest öffnet er nicht auf unser Klingeln. Dabei stehen jetzt außer uns bereits vier andere vor dem Haus – er hat in der *Celleschen Zeitung* eine Haushaltsauflösung ab heute 12:00 Uhr annonciert.« Plötzlich kribbeln ihre Finger.

»Außerdem ist das Dach seines nagelneuen Autos heruntergeklappt. Seit mindestens zwei Stunden, da stand ich nämlich das erste Mal vor der Tür. Einer wie Julius Trott würde so etwas nie machen, wenn der Wind die Blätter durch die Gegend wirbelt. Der würde sein Auto wie seinen Augapfel hüten.«

26

Die Suche im Internet ergibt keine Treffer für Herbert Müller. Nicht einmal im Telefonverzeichnis wird Trixi fündig. Also wählt sie die Nummer ihres Hairstylisten. Wenn jemand etwas weiß, dann er.

»Hallo, Jean Claude, hier ist Trixi. Entschuldige, dass ich dich am Sonntag anrufe, aber es ist wirklich dringend. Darf ich dich was fragen?« Sie weiß aus langjähriger Erfahrung, dass er diesen devoten Ton liebt. Also tut sie ihm den Gefallen.

Jean Claude versichert ihr prompt, dass sie nie störe, zu keiner Tages- und Nachtzeit, solange sie ihn immer wieder lobend in ihrer Kolumne erwähne.

»Sag mal, Jean Claude«, säuselt sie, »kennst du eigentlich einen Herbert Müller aus Celle?«

»Celle ist nicht so meine Gegend. Ich fahre eher nach Hannover. Entweder gehe ich in die *Men's Factory* oder in die *Schwule Sau*. Manchmal verirrt sich auch jemand aus Celle dorthin. Aber eher selten. Müller – gibt's dagegen häufiger«, er überlegt. »Aber der Name Herbert Müller kommt mir nicht bekannt vor. Ich könnte aber mal rumfragen. Wie alt ist dieser Herbert denn?«

»Etwa achtzig.«

Jean Claude prustet laut los.

»Aber Trixi, ich bitte dich. Ich habe was gegen Pädophile, aber auch gegen Scheintote, die nicht merken, wann Schluss mit lustig ist.«

Weder Jean-Claude noch die nächsten zehn besten ihrer Quellen kennen jemanden mit dem Namen Herbert Müller. Trixi stöhnt auf, als sie den Telefonhörer auflegt.

»Meine Beziehungen reichen nicht bis Celle. Spätestens hinter Ehlershausen ist Schluss.«

27

Die Sonntagstalkrunde im Radio auf NDR 2 mit Tietjen ist vorbei und Sonja hat schon dreimal den Sender gewechselt, während sie auf ihrem Handy spielt, als der Einsatzwagen der Polizei vorfährt. Erst jetzt fällt ihr auf, dass außer der brünetten Frau, mit der ihr Vater seit seiner Ankunft redet, noch mehr Leute dazu gekommen sind. Mittlerweile hat sich ein regelrechter Auflauf vor der Tür gebildet.

Sonja steigt aus dem Auto aus und stapft durch die brütende Hitze zu ihrem Vater.

»Du hast gesagt, dass es ganz schnell geht. Wenn ich gewusst hätte, wie lange das hier dauert, wäre ich lieber bei Felix geblieben«, mault sie.

»Das dauert eben.« Eine mürrische Tochter, die gleich mit dem Fuß aufstampft, hat ihm gerade noch gefehlt. Borgfeld dreht sich verärgert zu den beiden Kollegen aus Celle um.

»Schön, dass Sie da sind.«

»Womit können wir helfen, Kollege?«, wendet sich der kleinere der beiden Polizisten an Borgfeld.

»Ich möchte zu dem Wohnungsinhaber.«

Die beiden Uniformierten sehen sich an, als wenn Borgfeld vom Mond käme. Dann drehen sie sich um und klingeln mehrmals.

»Keiner da«, konstatiert der Kleinere.

»So weit war ich auch schon.« Die sollen ihn bloß nicht für blöd halten, flucht Borgfeld. »Die Tür muss geöffnet werden.« Sein Tonfall liegt an der Grenze zum Barschen.

Die beiden Polizisten verziehen den Mund, ohne ein Wort zu sagen. Die Blicke, die sie miteinander austauschen, sprechen jedoch Bände. Der linke, der den anderen um eine Haupteslänge überragt, schüttelt den Kopf und nimmt grinsend seine Uniformmütze ab.

»Dann müssen Sie wohl warten«, lispelt er.

»Mein Kollege vom LKA möchte aber, dass …«

»Wir können die Wohnung nicht mir nichts dir nichts auftreten«, wird er von dem kleineren der beiden unterbrochen. »Wir sind hier schließlich nicht im Wilden Westen.« Der trotz seiner geringen Größe sportlich und dynamisch wirkende Polizist um die dreißig grinst breit.

»Technisch ist so ein einfaches Schloss natürlich kein Problem, rechtlich jedoch …« Er spricht den Satz nicht zu Ende, grinst Borgfeld dafür umso breiter an.

»Der Wohnungsbesitzer, Herr Trott, hat vorgestern als Letzter ein Mordopfer gesehen, jetzt steht sein neues Auto mit zusammengefaltetem Dach zugestaubt auf der Straße.« Borgfeld hebt die Klappe des Briefschlitzes an.

»Hier, schauen Sie durch den Schlitz. Im Flur herrscht absolutes Chaos. Da ist Gefahr im Verzuge. Vielleicht ist dem Mann was passiert.«

Borgfeld selbst hält diese Vermutung zwar auch für übertrieben, aber Beckmann hat darauf bestanden, dass die Wohnung geöffnet wird. Sofort. Angeblich hat er so ein Gefühl. Von Gefühlen hält Borgfeld eigentlich nicht viel, aber wenn Beckmann die hat, soll er seinen Willen bekommen. Schließlich ist Beckmann beim LKA, und schließlich hat er ihm bei der Suche nach Felix geholfen.

Die Celler Kollegen werfen einen Blick durch den für die Post vorgesehenen Spalt und schütteln den Kopf.

»Wir können nicht einfach eine Tür aufbrechen, bloß weil irgendein Typ unordentlich ist. Da hätten wir ja viel zu tun.«

Borgfeld fischt sein Handy aus der Jackentasche und tippt auf Wahlwiederholung. Nachdem er Beckmann in wenigen Worten die Situation geschildert hat, reicht er den Hörer an den kleineren der beiden Celler Kollegen weiter. Der scheint der Wortführer zu sein.

»Hier Hauptkommissar Beckmann, LKA. Ich übernehme als leitender Ermittler der Sonderkommission *Golfball* die Verantwortung für die Öffnung der Wohnung und kläre die Formalien mit Staatsanwältin Doktor Mackenrodt ab. Öffnen Sie also bitte die Tür.«

»Aber …«

»Es gilt § 102 StPO«, belehrt Beckmann den hartnäckigen Kollegen.

Der Polizist am anderen Ende der Leitung nickt schließlich, zuckt jedoch gleichzeitig mit den Schultern. Ganz sicher ist er sich immer noch nicht, ob dieses Vorgehen der Verhältnismäßigkeit entspricht. Aber wenn dieser Hauptkommissar vom LKA die Verantwortung übernimmt, dann soll es ihm egal sein.

Während der größere der beiden Polizisten den Schlüsseldienst ruft, stellt sich Martha neben Sonja.

»Ist Ihr Freund wieder aufgetaucht?«

Borgfelds Tochter mustert die Frau überrascht. Das Verschwinden von Felix hat sich wirklich wie ein Lauffeuer herumgesprochen.

»Einen Tag muss er noch im Krankenhaus bleiben. Er hat eine Gehirnerschütterung. Deshalb kann er auch nicht bei der Mahnwache dabei sein.«

»Mahnwache?«

Stolz erzählt ihr Sonja von den Vorbereitungen dazu und erwartet Beifall, als sie endet.

Von einer Mahnwache weiß Martha nichts. Sie wischt sich die Schweißperlen mit dem Handrücken von der Stirn. In der vollen Sonne auf den Gehwegplatten muss man Angst haben, einen Sonnenstich zu bekommen.

»Habt ihr die Presse gar nicht informiert?«

»Nee, wieso? Das läuft alles über Facebook.«

Die Wohnungstür ist nicht abgeschlossen, und der Mitarbeiter des Schlüsseldiensts erledigt seine Sache schnell und präzise. Am Türrahmen ist nicht ein einziger Kratzer zurückgeblieben. Dafür sieht das Innere der Wohnung umso schlimmer aus. Borgfelds Blick fällt auf einen geräumigen Flurschrank. Der Inhalt der Schubläden liegt überall verstreut. Spielkarten verteilen sich auf dem blauen Teppichboden, genau wie Schulhefte, Stifte, Ansichtskarten. Borgfeld macht zwei vorsichtige Schritte über den Flur und linst in die Küche. Dort bietet sich das gleiche Bild. Alle Schubfächer sind aus den Schränken gezogen und ausgekippt, als wenn es jemandem sichtliche Freude gemacht hätte, Chaos zu hinterlassen.

Eine böse Ahnung beschleicht Borgfeld, als er ins Wohnzimmer guckt. Hier sieht es nicht besser aus. Die Sitzfläche des Sofas ist aufgeschlitzt, der Schaumstoff herausgerissen. Er geht durch eine geöffnete Tür ins Nebenzimmer und hält den Atem an.

28

Vor dem Clubhaus sind herrenlose Caddys in allen erdenklichen Farben abgestellt, aus einigen ragen mit Plüschtieren bezogene Schläger heraus. Ein Löwenkopf mit wilder Mähne grinst Beckmann an, als er am Eingang vorbeigeht.

»Morgen«, grüßen Beckmann und Streuwald.

»Guten Morgen«, erwidern vier Herren in kurzen Hosen den Gruß.

»Haben Sie den Täter?«, fragt einer von ihnen.

Streuwald schüttelt den Kopf. »Nein, aber wir arbeiten mit Hochdruck an dem Fall.«

Die Köpfe der Männer rücken dichter zusammen. Sie tuscheln, und Gesprächsfetzen dringen zu Beckmann und Streuwald herüber: »Der Mörder hat …« – »Meine Frau sagt …« – »Unser Club …«

Ein kleiner stämmiger Mittfünfziger macht schließlich einen Schritt auf die beiden Polizisten zu.

»Gestatten, Dreyer. Darf ich fragen, ob es erste Verdächtige gibt?«

»Tut mir leid, darüber kann ich keine Auskunft geben«, wimmelt Beckmann ihn sofort ab. »Sie entschuldigen uns. Wir haben zu tun.«

Beckmann, der den Tatort bislang nur vom Bildschirm kennt, bückt sich unter dem rotweißen Absperrband durch. Sein Blick streift den steinernen Waschtrog mit dem billigen Wasserhahn aus dem Baumarkt, auf dem eine Spülbürste liegt. Überall auf dem Steinfußboden liegen kurze Grasschnipsel herum. Ein weiterer Schritt und Beckmann kann um die Ecke gucken. Sofort fällt sein Blick auf die Bank, auf der Henry Broderich gefunden wurde. Es ist ein einfaches Modell aus Kiefernholz. Beckmann lässt den Platz zwischen Schuppen und Bäumen auf sich wirken, als sein Handy in der Hosentasche vibriert. *Borgfeld* wird im beleuchteten Feld angezeigt.

»Trott lag tot im Wohnzimmer«, ist das Einzige, was dieser über die Lippen bekommt.

»Genauer!«

Konzentriert hört Beckmann sich den kurzen Bericht an. Schließlich endet Borgfeld mit den Worten: »Die Celler haben sich der Sache angenommen und Verstärkung gerufen. Ein Arzt war zufällig auch da und hat sich das Opfer angesehen. Julius Trott ist vermutlich gestern erwürgt worden. Er lag tot unter seinem Klavier. Umfassendes erfahren wir natürlich erst später, wenn der Rechtsmediziner dagewesen ist.«

»Gibt es auf den ersten Blick Parallelen zu dem Fall Broderich?«

»Trotts Wohnung ist völlig verwüstet.«

»So wie bei Broderich?«

»Nein, anders. Bei dem war es nur schlampig. Hier ist Chaos angesagt, reines Chaos. Da scheint jemand etwas gesucht zu haben.«

»Bleiben Sie vor Ort und unterstützen Sie die Ermittlungen. Streuwald und ich sind jetzt auf dem Golfplatz und nehmen uns noch kurz Goldmann vor. Dann kommen wir. Ich möchte mir gerne selbst ein Bild vom Tatort verschaffen.«

Kaum ist das Gespräch beendet, telefoniert Beckmann mit Staatsanwältin Mackenrodt und setzt sie über den neuen Todesfall in Kenntnis.

»Die Kollegen in Celle wissen schon Bescheid. Sie haben auf meine Anweisung hin die Tür öffnen lassen.«

»Ohne Beschluss.« Ihre Stimme wird eine Nuance schärfer.

»Es war Gefahr im Verzuge.«

»Ah ja«, kommt es gedehnt aus ihrem Mund. Mit Beckmanns Auslegung, was eine Gefahrensituation ist, muss man nicht immer einverstanden sein. Aber der Tote scheint die Maßnahme mehr als nur zu rechtfertigen.

»Julius Trott hat sich wenige Stunden vor Broderichs Tod mit diesem getroffen«, redet Beckmann unbeirrt weiter.

»Broderich wollte etwas von ihm. Jetzt sind beide tot und Trotts Wohnung ist durchwühlt. Was liegt näher, als die Fälle zusammenzulegen?«

Sie streicht sich nachdenklich einen Zigarettenkrümel von der Lippe.

»Ich werde mit den Kollegen in Celle Verbindung aufnehmen, die sollen die Leiche in die Medizinische Hochschule transportieren. Ich kümmere mich darum.«

29

Das für den Vorstand des Golfclubs reservierte Zimmer ist durch eine Tür mit dem Sekretariat verbunden und sieht mit seiner sachlich und praktisch gehaltenen Einrichtung aus wie die Zwillingsschwester des Vorzimmers. Regale mit Akten stehen an den Wänden, an der Seite befindet sich ein ausladender Schreibtisch, in der Mitte thront ein Computer. Der einzige Unterschied zum Nebenzimmer ist die kleine Sitzgruppe in der hinteren Ecke.

Nachdem Goldmann sein verschwitztes Polohemd zum zweiten Mal an diesem Vormittag gewechselt hat, läuft er unruhig im Vorstandszimmer auf und ab.

»Nun setz dich doch«, versucht ihn sein Anwalt, Doktor Dietrich, zu beruhigen. »Wir haben doch die Taktik besprochen. Kein Grund, nervös zu sein.«

»Aber wo bleiben diese Polizisten denn? Die sind schon vor einer ganzen Weile aufs Gebäude zugegangen?« Goldmann streicht sich beim Gehen nervös durch die Haare. Vor dem Fenster bleibt er stehen und stützt seine Hände auf der Fensterbank ab. Er selbst bewegt sich nicht, doch seine Augen wandern unruhig im Eingangsbereich des Golfclubs hin und her. Direkt vor ihm glänzt der frisch gewässerte Rasen im Sonnenlicht. An der Abschlusskante des Beetes eskortieren kugelig geschnittene Buchsbäume die frisch angepflanzten Hortensien. Wenn man genau hinsieht, haben die blauen Blüten gelbe Einsprengsel. Die Anlage wirkt gepflegt. Ein zufriedenes Lächeln huscht bei dieser Feststellung über Goldmanns Gesicht. Ganz genau so hatten sie es vor Jahren geplant. Das rotweiße Flatterband in der Reinigungsecke stört allerdings den gediegenen Eindruck.

Schnell wandert Goldmanns Blick zum Parkplatz auf der anderen Seite des Clubhauses. Er reckt seinen Kopf vor. Durch das dichte Buschwerk sieht er einige parkende Autos, aber sonst niemanden. Nur die vier Herren der Gruppe Se-MiGo, dem Senioren-Mittwochs-Golf, stehen immer noch vor dem Eingang zum Clubhaus und stecken die Köpfe zusammen.

»Von diesen Polizisten ist nichts zu sehen, die sind wie vom Erdboden verschluckt.« Goldmann dreht sich um und lässt sich in den schmalen Sessel fallen. »Wo die bloß stecken?«

Kaum hat er den Satz zu Ende gesprochen, klopft es an der Tür.

»Herein!« Goldmanns energischer Tonfall klingt bemüht. Federnd steht er auf, begrüßt die beiden Polizisten mit Handschlag.

»Das ist mein Anwalt, Doktor Dietrich.«

Der großgewachsene Anwalt steht ebenfalls auf und reicht seine Hand zum Gruß. Er gibt ein paar Höflichkeitsfloskeln zum besten, dann deutet er auf die Sitzecke.

»Meine Herren, nehmen Sie doch Platz.«

Beckmann und Streuwald quetschen sich auf das schmale Sofa. Ihre Oberschenkel berühren sich, für die Arme bleibt kaum Platz. Beckmann drückt sich in die eine Ecke, Streuwald in die andere. Der enge Körperkontakt behagt beiden nicht.

»Meine Herren«, schnarrt die joviale Stimme des Anwalts, »kürzen wir die unleidige Angelegenheit ab. Ich hatte ein ausführliches Gespräch mit meinem Mandanten und kann Ihnen versichern, dass er mit dem Mordfall nichts, aber auch gar nichts zu tun hat. Des Weiteren kann ich Ihnen versichern, dass er in jeder Hinsicht mit Ihnen kooperieren möchte, allein, um Schaden vom Golfclub abzuwenden.«

»Wenn das so ist«, Beckmann lächelt sowohl den Anwalt als auch Goldmann an, »können wir die Sache ja schnell hinter uns bringen.« Beckmann registriert das nervöse Zucken in Goldmanns Mundwinkel. *Der* Fisch ist noch nicht vom Haken.

»Kooperation ist immer eine schöne Sache.« Beckmanns Lächeln geht bei diesem Satz in ein zufriedenes Grinsen über.

»Herr Goldmann, wo waren Sie gestern Abend gegen halb elf?«, schießt er unvermittelt.

»Zuhause«, pariert Goldmann.

»Haben Sie Zeugen?«

»Meine Frau.«

Es gibt wirklich bessere Alibis. Beckmanns bedauernder Blick ist unmissverständlich.

»Und vorher?«

»Vorher war ich mit Uwe hier im Restaurant essen. Uwe Zwingel, das ist der Golftrainer. Nach der Runde kehren wir hier immer ein. Anschließend bin ich dann nach Hause gefahren.«

»Wann war das?«

»Gegen neun.«

»Sicher?«

»Vielleicht war es auch schon halb zehn, aber auf keinen Fall später.« Das Zucken seines Mundwinkels hat sich beruhigt. Goldmann scheint sich sicher zu fühlen, und Beckmann meint sogar, den Hauch eines Lächelns auf seinen Lippen zu sehen. Jetzt ist es Zeit, um die Beute zu erlegen.

»Hatten Sie Herrn Broderich zu diesem Zeitpunkt schon das Geld gegeben oder haben Sie sich später deswegen noch einmal getroffen?«

Wie ein angeschossenes Tier zuckt Goldmann bei dieser Frage zusammen. Kreidebleich starrt er seinen Anwalt an und flüstert: »Ich muss dich kurz sprechen. Unter vier Augen.«

Als die beiden aus dem Nebenzimmer zurückkommen, wirkt Goldmann noch fahriger als zuvor. Auf seiner Stirn stehen Schweißperlen. Er zieht ein weißes Stofftaschentuch aus seiner Hosentasche und tupft sie ab. Er starrt an Beckmann vorbei aus dem Fenster und macht keine Anstalten zu reden.

Stattdessen räuspert sich der Anwalt und ergreift dann das Wort.

»Mein Mandant ist auch in dieser Frage zur Offenheit bereit, aber nur, wenn alles unter uns bleibt. Können Sie uns das versichern?«

Beckmann glaubt seinen Ohren nicht zu trauen. In der Scheiße stecken und Forderungen stellen. Das liebt er.

»Im Unterschied zu anderen Leuten stellen wir unsere Erkenntnisse nicht für alle zugänglich ins Internet«, schleudert Beckmann dem Anwalt entgegen.

»Das muss Ihnen als Erklärung reichen. Sollte die Aussage von Herrn Goldmann für den Prozess relevant sein, werden wir weitersehen.«

Beckmanns Stimme ist bei den letzten Worten noch schneidender geworden. Was glaubt dieser Anwalt denn, mit wem er hier verhandelt?

»Also gut, dann versuche ich Ihnen zu erklären, in welcher Beziehung mein Mandant zu Herrn Broderich stand.«

Fast zehn Minuten lang ergeht sich der Rechtsanwalt in präzisen, aber langatmigen Erklärungen. Als er mit seinen Ausführungen endet, ist Beckmann endlich das Prinzip von Broderich klar: Der Journalist hat sich als Dienstleister betrachtet, nicht als Erpresser. Für seine öffentliche Meinungsmache nahm er Geld. Der Preis richtete sich nicht nach der Anzahl der Zeilen, sondern nach der Wichtigkeit der Behauptungen für den jeweils Betroffenen. Im Fall von Goldmann ist die Auflösung des von Broderich initiierten Internetforums *Bürger gegen Golf* ein geldwerter Vorteil. Dafür wollte Broderich ursprünglich fünfzigtausend Euro haben, hat sich aber schließlich mit zwanzigtausend begnügt.

»Natürlich ist die Summe kein Pappenstiel, die Verhinderung des Projektes hätte den Club jedoch wesentlich mehr gekostet – vor allem an Prestige.« Goldmanns hellblaues Poloshirt zeigt unter den Achseln Schweißflecken in der Größe eines Gummibaumblattes. Seine Augen flackern unruhig, als er Beckmann ansieht. Doch der lässt nicht locker.

»Von wem stammt das Geld, und wann haben Sie es Broderich gegeben?«

»Das Geld gehört mir, privat.« Goldmann zögert kurz, dann fügt er hinzu. »Ich möchte nicht, dass darüber etwas an die Öffentlichkeit dringt.«

Beckmann übergeht diesen Einwand kommentarlos. Er hasst es, sich zu wiederholen.

»Und wann haben Sie ihm das Geld gegeben?«

»Als er zum letzten Interview kam. Das ging alles ziemlich schnell. Wir haben nicht viel gesprochen. Nicht einmal *danke* hat er gesagt.« Goldmann tupft sich mit dem Taschentuch erneut die Stirn ab.

Beckmann mustert den vor sich hin schwitzenden Präsidenten des Golfclubs. Die durchnässte Stelle unter den Achseln reicht mittlerweile tief bis zur Taille hinunter, auch auf Rücken und Brust gibt es einen dunklen Fleck. Ist der Schweiß der Hitze geschuldet oder der Angst? Wie auch immer, wohl scheint Goldmann sich nicht in seiner Haut zu fühlen. Das heißt aber nichts. Jemand, der zwanzigtausend Euro aus der Privatschatulle für den Golfclub zückt, hat auf jeden Fall keine Geldsorgen, zumindest keine, die groß genug wären, um dafür zu töten.

Streuwald hat von Beckmanns Überlegungen nichts mitbekommen und ist überrascht, als dieser ihm mit dem Kopf ein Zeichen macht, dass sie gehen sollten.

Streuwald kann nicht begreifen, dass die lapidare Antwort des Anwalts ausreichen soll, Goldmann einfach hier zu lassen, ohne ihn zum Protokoll zu bestellen, ohne Daumenschrauben anzulegen. Streuwald bleibt deshalb auf dem Sofa sitzen.

»Kommen Sie, Streuwald. Es ist erst einmal alles gesagt.«

Streuwald erhebt sich widerwillig vom Sofa.

»Meine Herren, wir sehen uns wieder«, verabschiedet sich Beckmann, als Streuwald endlich neben ihm steht. »Kommen Sie morgen im Kommissariat vorbei, damit wir Ihre Aussage zu Protokoll nehmen können.«

Im Gehen fällt Beckmanns Blick auf die aufgereihten Golfbälle. Der Golfball. Doktor Schmidt. Wenn die bunten Fahnen wehen. Verdammt, den Golfball hatten sie ganz vergessen, als der Anruf wegen Felix kam. Beckmann nimmt einen der kleinen runden Dinger in die Hand.

»Hier sind die Farben der Fahne anders als bei dem, den Sie hatten – dafür stimmen sie mit der Fahne von Schmidts Foto überein. Grün, gelb, rot.«

»Stimmt.« Streuwald dreht sich zu Goldmann um. »Ihre Mitarbeiterin sagte gestern etwas von einem Fehldruck. Ist das einer aus dieser Serie?«

»Sie meinen Frau von Lauenstein? Das ist eigentlich keine Mitarbeiterin, sondern …«

»Ist es einer von diesen Fehldrucken?«, unterbricht Beckmann ihn.

»Ja, das ist einer davon.«

»Wie viele gibt es?«, kommt es wie aus der Pistole geschossen von Beckmann.

»Als Probedruck wurden nur zehn Exemplare produziert.«

Beckmann zählt die Bälle mit den Augen ab.

»Und wo ist der Zehnte?«

»Keine Ahnung.« Goldmann zuckt mit der Schulter.

»Wann haben Sie zum letzten Mal alle Bälle gesehen?« Genervt von dem zähen Frage- und Antwortspiel schaut

Beckmann auf die Uhr. Eigentlich sollten sie schon längst auf dem Weg nach Celle sein. Eine halbe Stunde brauchen sie bestimmt. Hoffentlich ist der Tote bis dahin nicht schon abtransportiert.

»Ich kann mich wirklich nicht erinnern«, murmelt Goldmann. »Die liegen da schon ewig. Die nehme ich gar nicht mehr wahr.«

Schlechte Erinnerung scheint das Markenzeichen von Goldmann zu sein, findet Beckmann. Genau wie das fehlende Vermögen, den Ernst der Lage zu erfassen.

»Der Raum ist auch den anderen Vorstandsmitgliedern, den Sekretärinnen und den Spielführern zugänglich«, schaltet sein Anwalt umso schneller.

»Und der Golflehrer?«, fragt Beckmann. »Kann der auch hier rein?«

»Natürlich«, ist die prompte Antwort Goldmanns. »Im Grunde genommen kann eigentlich fast jeder hier rein, der dem Vorstand in irgendeiner Form verpflichtet ist.«

30

»Ich habe gesagt, dass ich keine Zeugen möchte – und gestern steht die Polizei hier vor der Tür.«

Nachdenklich geht Wörstein im Zimmer auf und ab. Seine Hände hat er tief in den Hosentaschen vergraben, sein Gesichtsausdruck ist mehr als mürrisch, als er auf die jaulende Diele vor der Tür tritt. Wütend stampft er noch ein zweites Mal darauf, als wenn er Freude hätte, den Klagelaut zu hören.

»Ihr müsst eine Zeitlang verschwinden. Kamerad Morell aus Schweden wird sich um euch kümmern und euch auch Quartier geben, bis Gras über die Angelegenheit gewachsen ist. Er verwaltet einen Gutshof in der Nähe von Göteborg, der mir gehört.«

Matusch nickt ergeben, doch Kevin fühlt sich zusehends unwohl in seiner Haut. Er will nirgendwohin fahren. Schon gar nicht mit Matusch. Wer weiß, wo er da wieder hineingerät?

Seine Stelle im Nacken fängt an zu jucken. Kevin schiebt die Hand zum Hals, als wenn er sich über die Haare streichen will und kratzt sich möglichst unauffällig. Er weiß, dass Wörstein das nicht leiden kann, aber er kann nicht anders. Mitten in der Bewegung hält er inne. Wörstein hier und Wörstein da. Die ganze Zeit geht das so. Warum lässt er sich das eigentlich gefallen? Warum macht er nicht endlich einmal das, was er für richtig hält? Plötzlich begreift Kevin, was er zu tun hat. Er muss reinen Tisch machen, bevor er sich immer weiter in diese Sache verstrickt – und reden. Jetzt oder nie. Ein beklemmendes Gefühl legt sich auf seine Brust. Er atmet zur Beruhigung tief ein und aus. Dann nimmt er seinen ganzen Mut zusammen.

»Ich will eigentlich nicht weg.« Die Worte bröckeln in Zeitlupe aus seinem Mund, als wenn sie sich nicht trauen, aus dem Kohlenkeller ans Tageslicht zu kommen.

Wörsteins Gesichtszüge versteinern, die Nase wirkt noch spitzer, die Augen noch kälter.

»Wie bitte?«, zischt er. »Habe ich eben richtig gehört?«

Kevins schorfige Stellen am Nacken und in der Armbeuge jucken plötzlich unerträglich. Seine Hand wandert zum Nacken und seine Finger kratzen hemmungslos. Hautschuppen verteilen sich rasend schnell auf Kevins Schultern und segeln langsam auf den Dielenboden.

Wörstein sieht angewidert zu. Was bildet sich dieser kleine Wicht ein? Funken sprühen aus Wörsteins stahlblauen Augen. Kaum sichtbar für den Beobachter hebt und senkt sich seine Oberlippe bei jedem seiner Gedanken um ein paar Millimeter. Er, Freiherr zu Wörstein, hat diesen Jungen aus der Gosse geholt und ihm eine Perspektive gegeben – und jetzt zweifelt dieser Wurm seine Entscheidung an. Wörsteins Lippen zucken stärker. Er bemüht sich um einen ruhigen Tonfall, obwohl er lieber schreien würde.

»Überleg es dir noch einmal, Karl.«

Ein Ruck läuft durch Kevins Körper, als Wörstein ihm den zugewiesenen Namen entgegengeschleudert. Kevin ist kein deutscher Name, hatte Wörstein ihm am ersten Tag gesagt. Ab jetzt heißt du Karl. Und was hatte er erwidert? Nichts. Er war von Stund an einfach nicht mehr Kevin gewesen, sondern Karl.

Karl, wer ist das?, möchte er jetzt entgegnen, aber so viel Mut hat er nicht. Karl, scheiß auf Karl!, feuert er sich in Gedanken an. Er ist Kevin. Kevin Fischer. Er spannt seinen Körper, der sich für ihn plötzlich wieder nach Kevin anfühlt.

Trotzdem macht sich ein plötzliches Zaudern in ihm breit. Vielleicht ist es ein Fehler gewesen, überhaupt etwas zu sagen. Vielleicht hätte er sich einfach heimlich aus dem Staub machen sollen.

Wörsteins Gesichtszüge versteinern und sein Blick liegt unterhalb der Frostgrenze. »Du kannst jetzt gehen.«

Als Kevin vor der Tür steht, setzt sich auch Matusch in Bewegung, doch Wörstein winkt ihn zu sich heran.

»Du bleibst. Ich muss noch mit dir reden.«

31

»Goldmann war's«, raunt Streuwald Beckmann beim Einsteigen ins Auto zu. Für ihn ist die Sache eindeutig: Broderich sitzt im Zimmer von Goldmann und fordert Geld. Mehr Geld. Es kommt zum Streit. Goldmann würgt Broderich, der bricht tot zusammen. Goldmann nimmt anschließend in einer spontanen Eingebung den Ball vom Wandbord und stopft ihn Broderich in den Mund.

Beckmann hat Oldhorst schon längst hinter sich gelassen und fährt im Schritttempo hinter einem alten Traktor her, der links nach Thönse abbiegen will, als Streuwald mit seinen Ausführungen zum Ende kommt.

»Wahrscheinlich hat er doch mehr als diese zwanzigtausend Euro gewollt, und da ist der Präsident ausgeflippt.«

Beckmann nimmt Streuwalds Gedankenkette zweifelnd zur Kenntnis. Als er auf die B 3 einfädelt, hat er sie jedoch endgültig verworfen. Wenn Goldmann tatsächlich der Täter wäre, hätte er niemals diesen Golfball des Clubs benutzt. Er wusste schließlich nur zu gut von dem Fehldruck und der geringen Stückzahl. Das ist viel zu augenfällig. Eher lenkt jemand ganz bewusst die Schuld auf Goldmann. Aber wenn das so ist, grübelt Beckmann weiter, wie ist der Mörder dann an den Ball gekommen? Er zögert. Aber nur kurz.

Jemand hat den Ball aus dem Regal genommen. Das grenzt den Kreis ein. Viele haben Zutritt zu dem Raum. Selbst Broderich war drin. Aber ist der, der den Golfball mitgenommen hat, auch der Täter?

Beckmann chauffiert seinen alten Volvo konzentriert über die doppelspurige Bundesstraße nach Celle, quert die Kreuzung, an der es links nach Ehlershausen geht, als sich in Höhe von Großmoor Rischmüller per Funk meldet. Ohne abzuwarten, legt er sofort los.

»Broderich war in extremen Geldnöten. Er hatte jede Menge Schulden. Alle Konten sind überzogen, mit der Rückzahlung von Krediten ist er im Verzug. Kein Wunder, dass er keine Gelegenheit ausließ, um Geld aufzutreiben. Seine letzten Recherchen betrafen eine Stiftung. Stiftung Golter.«

»Alle Achtung«, murmelt Beckmann. Sonst dauert es ewig, bis man die Konten offiziell einsehen kann. Die Ampel vor ihm schaltet auf Rot und Beckmann bremst ab.

»Frank, woher weißt du das eigentlich mit den Konten?«

Beckmann starrt auf das vor ihm stehende Fahrzeug, einen alten Ford, dessen rechtes Bremslicht nicht funktioniert.

»Das möchtest du gar nicht wissen.«

Als Beckmann und Streuwald in der Riemannstraße ankommen, parken dort fünf weitere Polizeifahrzeuge. Eine große Menschentraube hat sich auf dem Fußweg vor dem Haus gebildet, die wenigsten davon Interessenten für die annoncierte Haushaltsauflösung.

Beckmann entdeckt Martha vor dem Jägerzaun. Sie sieht blass und abgespannt aus. Beckmann eilt auf sie zu. Direkt vor ihr bleibt er stehen. Was soll er machen? Ihr mit der

Hand durch die Haare fahren, sie an sich drücken und den Duft ihrer Haut einatmen? Am besten alles auf einmal.

»Alles in Ordnung?«, murmelt er unbeholfen und rührt sich nicht von der Stelle, seine Arme scheinen festzukleben.

Martha blinzelt ihm müde zu. »Wie soll es mir gehen?«

Beckmann tritt noch dichter an sie heran. Ob sie jetzt eine Berührung duldet? Vorsichtig legt er seine Fingerspitzen auf ihren Unterarm. Martha zuckt zusammen. Ist er mit dieser klitzekleinen Berührung schon einen Schritt zu weit gegangen?

»Max, ich muss mit dir reden.«

Er reibt verunsichert seine Fingerspitzen gegeneinander.

»Ja …« Wollte sie ihn wirklich für immer loswerden?

»Mir ist etwas aufgefallen.« Sie klopft auf ihre Tasche. »Je länger ich darüber nachdenke, desto eher glaube ich, dass Julius Trott wegen dieser Aufzeichnungen sterben musste.«

32

Von der Straße aus kann man das ehemalige Landschulheim kaum sehen, nur die im seichten Sommerwind flatternden Reichsflaggen stechen ins Auge. Etwa fünfzig Menschen haben sich an der Zufahrtsstraße zum Landschulheim versammelt. Es ist ein bunter Haufen junger und alter Bürger aus den benachbarten Ortschaften. Einige sind aus Celle angereist, andere aus Hannover. Borgfeld ist seit halb drei mit seiner Tochter vor Ort.

Mittlerweile parken Fahrzeuge links und rechts der Straße, Fahrräder lehnen an Bäumen und immer noch treffen

Neuankömmlinge ein, die meisten sind zu zweit oder in kleinen Gruppen. Viele kennen sich, manche begrüßen sich mit Küssen, andere schütteln einander die Hand. Eine blasse Frau um die sechzig im langen dünnen Sommerkleid mit einem grauen Dutt im Nacken dirigiert die Teilnehmer der Mahnwache wortgewaltig zum Waldrand, wo sie sich in Dreierreihen hintereinander aufstellen.

»Keine Lücken lassen – und an den Händen anfassen.« Die Frau winkt einen Mann mit dem Transparent »Bunt statt Braun« zu sich heran. »Du da, komm hierher, das macht sich gut, wenn Autos vorbeifahren. Dann wissen die gleich, worum es geht.«

Borgfelds Sohn hält das Schild »Nazis raus« hoch. Die Frau mit dem Dutt winkt auch ihn zu sich heran, doch Ali stellt sich rechts an den Rand, ohne das Kommando seiner pensionierten Grundschullehrerin zu beachten. Er mustert ihr Kleid in den schrillen Regenbogenfarben. Bunt statt braun. Sie scheint immer noch alles wörtlich zu nehmen.

Auf dem Rückweg von Celle fährt Beckmann im Schritttempo an den fast hundert Leuten vorbei, die sich mittlerweile an der Einfahrt zum Landschulheim versammelt haben. Er sucht einen Parkplatz, aber der Straßenrand ist dicht zugeparkt. Erst am Ende der schier endlosen Autoschlange kann er sein Fahrzeug abstellen. Als Beckmann nach einem strammen Marsch entlang der geparkten Autos die Menschenansammlung erreicht, wirft er einen Blick in die Runde. Er entdeckt Borgfeld, nicht weit von ihm entfernt steht seine Tochter. Die anderen Demonstranten sieht er alle zum ersten Mal. Bis auf den Mann mit den dunkelblonden Haaren. Der steht am Rand und beobachtet mehr das Geschehen, als dass er daran teilnimmt. Zu seiner Funktionshose in Beige trägt er ein T-Shirt in unauffälligem Grün. Überhaupt vermittelt alles an ihm den Eindruck der Unauffälligkeit und Beliebigkeit.

Beckmann tippt ihm auf die Schulter.

»Kollege Meier, ich habe da mal eine Frage.«

»Nicht hier«, zischt der Kollege vom Verfassungsschutz.

»Geht auch ganz schnell.«

Zehn Minuten später suchen Beckmanns Augen die Reihen ab. Wo ist Martha? Er entdeckt sie nirgends. Ist sie vielleicht schon nach Hause gegangen?

Die Leute stehen dicht gedrängt nebeneinander, der Hüne am Rande des Waldes verdeckt eine dunkelhaarige Frau. Als er einen Schritt zur Seite macht, kann er den Hinterkopf der Frau sehen. Das könnte passen.

Endlich dreht die Frau sich um. Fehlanzeige. Es ist nicht Martha. Beckmanns Augen wandern weiter. Blonde Haare, brünette, schwarze – nur von Martha ist nichts zu sehen. Schließlich bückt sich eine kräftige Frau und gibt den Blick auf Martha frei.

Beckmann winkt, doch Martha bemerkt ihn nicht. Sie ist intensiv in ein Gespräch mit einem Mann vertieft. Er ist dem Aussehen nach deutlich über fünfzig und trägt eine Nickelbrille mit runden Gläsern. Beckmann winkt noch einmal. Endlich wird Martha auf ihn aufmerksam. Sie streicht sich eine widerspenstige Haarsträhne aus der Stirn und lächelt Beckmann an.

Beckmann drängelt sich durch die Protestierenden zu Martha durch. Gerade, als er sie erreicht, ereifert sich in ihrer

Nähe eine junge Frau mit hennaroten Haaren: »Wie kommen diese Penner von der Region dazu, dem Wörstein das Haus zu verkaufen?«

Die Hennarote hält ihr pausbäckiges Kind im Arm und wippt breitbeinig in den Knien auf und ab.

»Die denken nie nach, die da oben.«

»Die Region hat das Haus einem Spediteur verkauft und nicht dem Wörstein. Wir wussten doch nicht, dass diese Stiftung Golter …«, versucht ein älterer Herr sie zu korrigieren.

Die Rothaarige zuckt gleichgültig mit den Schultern und unterbricht ihn: »Kommt doch aufs Gleiche raus.«

»Stiftung Golter?«, wirft eine andere Frau fragend in die Runde. Bekleidet mit Fahrradhose, Touringhemd und Helm scheint sie eher zufällig in die Gruppe geraten zu sein.

»Golter war mal die größte Spedition im Umland«, antwortet ein junger Bursche, die Hände fest in die Hosentaschen versenkt.

Plötzlich verstummen alle Gespräche. Fünf kräftige Männer in Springerstiefeln und schwarzen Hosen nähern sich auf der Zufahrtsstraße der Menschentraube. Die Kapuzen ihrer dunklen Pullis haben sie sich über die Haare gezogen, vor ihren Mündern sind schwarze Tücher. Einer hält einen Fotoapparat in der Hand und macht wahllos Aufnahmen der Demonstranten. Es ist keine Nikon, wie Borgfeld sofort registriert. Ein anderer beobachtet alles durch den Monitor eines Camcorders. Auf seinem Unterarm ist eine eintätowierte rote Rune zu erkennen. Ein lang gezogener Strich mit einem Haken oben und unten. Hinter den beiden tauchen drei weitere schwarz Vermummte auf. Sie drehen sich um. Auf den Rücken prangt jeweils eine 88. Ansonsten sehen sie aus wie ehedem die maskierten Autonomen bei den Chaostagen in Hannovers Nordstadt.

Bleiernes Schweigen lastet über allen, bis Sonja schreit: »Nazis raus.«

Sofort wandert das Zoomobjektiv der Kamera in ihre Richtung. Borgfeld beschleicht ein klammes Gefühl bei diesen Aufnahmen. Der Ruf »Nazis raus« schallt jetzt von überall her und wird immer lauter. Hoffentlich gehen die nicht gleich aufeinander los. Borgfeld fühlt sich von Minute zu Minute unwohler. Jeder kümmert sich um seine Angelegenheiten – und damit gut. Das ist seit jeher seine Devise. Mit Politik will er nichts zu tun haben. Er möchte sein Auskommen und seine Ruhe.

Misstrauisch beäugt Borgfeld einen Mann, der die Teilnehmer der Mahnwache fotografiert. Ist das ein Spitzel der »Aufrechten Deutschen« oder wird er langsam paranoid? Ali macht doch auch die ganze Zeit Fotos.

Als sich wie auf ein geheimes Kommando die fünf mit der 88 umdrehen und zu den wehenden Reichskriegsflaggen zurück marschieren, fängt Sonja an zu klatschen. Andere fallen in das rhythmische Schlagen ein.

Dann erneute Rufe: »Nazis raus. Nazis raus.«

Die pensionierte Lehrerin fällt in den Sprechchor ein. Ein langhaariger junger Mann greift zur Trommel und feuert alle an.

»Nazis raus.« Der Ruf wird immer eindringlicher und lauter.

Die Vermummten stiefeln mit ruhigen Schritten zurück. Nur der mit der Tätowierung auf dem Unterarm dreht sich um und zeigt der schreienden Menschenmenge den Stinkefinger.

33

»Können wir jetzt reden?« Mit diesen Worten zieht Martha Beckmann zur Seite. Im ersten Moment hofft er, dass sie ihm etwas Persönliches sagen will. Doch kaum stehen sie nebeneinander, beginnt sie, ihm ihre Entdeckungen aus der Interviewsammlung aufzulisten.

»Die Jagd der Celler Bürger auf die fliehenden KZ-Flüchtlinge ist historisch belegt. Aber niemand wurde damals zur Verantwortung gezogen, keiner hat Namen von Tätern genannt, dabei …

»Martha …«

»Doch das stimmt. Das kannst du mir wirklich glauben. Ich habe …«

»Vielleicht steckt da sogar noch mehr hinter.« Beckmann tritt dichter an sie heran.

»Max, was weißt du eigentlich über diese Stiftung Golter?«, wechselt Marta das Thema.

Beckmann wirft ihr einen überraschten Blick zu.

»Wie kommst du denn jetzt auf die?«

»Die Stiftung soll das Gelände hier gekauft haben.«

»Stimmt. Aber viel ist über den nicht bekannt, auch wenn unser Kollege vom Verfassungsschutz mir vorhin ein bisschen auf die Sprünge geholfen hat.«

»Schieß los.«

Beckmann lacht und seine Fältchen bilden einen Kranz um seine grünen Augen, die spitzbübisch leuchten. Das ist die Martha, die er kennt. Taumelt von einer Bredouille in die nächste und bleibt unerschrocken neugierig.

»Kennst du die Lastwagen mit dem *G* auf den blauen Planen?«

Martha hat auf der Autobahn schon häufiger solche Lastwagengespanne überholt, sich aber nie gefragt, was sie bedeuten.

»Und für was steht das *G*?«, fragt sie, obwohl sie sich die Antwort fast denken kann. »Für Golter?«

»Genau. Das *G* ist das Logo einer Spedition, die im Laufe von Jahrzehnten aufgebaut wurde. Der Besitzer kommt aus kleinen Verhältnissen, er hat seine ganze Kraft in das Transportunternehmen gesteckt. Er gilt als pressescheu, es gibt kaum Fotos von ihm. Er hält sich immer im Hintergrund und aus den Schlagzeilen heraus. Bei den üblichen Treffen der Reichen und Schönen war er nie dabei. Nicht mal in der VIP Loge von Hannover 96 oder den Scorpions hat man ihn je gesehen.« Beckmann legt die Stirn in Falten. »Vor ein paar Jahren hat er alles für eine mehrstellige Millionensumme verkauft, die Spedition läuft aber noch weiter unter dem Namen. Der Verkaufserlös floss in die Stiftung Golter. Wörstein ist der Vorsitzende der Stiftung.« Beckmann zögert. »Angeblich war die Gründung der »Aufrechten Deutschen« nur mit dem Geld der Stiftung Golter möglich.«

»Aber was hat das mit dem Tagebuch zu tun?«

»Ich weiß es auch noch nicht. Die Spedition kommt zumindest aus Celle.«

Celle. Immer wieder Celle. In Marthas Kopf drehen sich die Gedanken.

»Man eröffnete damals den Prozess gegen eine Handvoll Leute, davon sprach man die meisten frei. Das ist alles im Internet nachzulesen. Vielleicht hätte man den Prozess mit

Marthas Informationen neu aufrollen können. Mir sind zwei Namen aufgefallen. Bollund und Müller.«

Beckmann lächelt Martha an, während sie weiterredet. Sie gibt nie auf. Auch das gefällt ihm an ihr.

»... über den Flakstützpunkt erfährt man im Tagebuch so gut wie nichts. Herbert Müller war an jenem Tag dort. Das steht fest. Vielleicht hat er etwas mit Claras Verschwinden zu tun, möglicherweise zusammen mit diesem Bollund. Der altgediente Polizist hat ihm später einen Ausbildungsplatz bei der Polizei besorgt.«

Beckmann hat sich bei Marthas letzten Worten umgedreht. Er fühlt sich beobachtet. Und richtig, der mit der Nickelbrille rechts neben Martha, scheint sie nicht aus den Augen zu lassen. Mit seiner spitzen Nase und dem kleinen Mund erinnert er ihn an ein Frettchen.

»Kann ich Ihnen helfen?«, zischt Beckmann. Hat Meyer etwa noch einen Kollegen dabei?

»Entschuldigung, dass ich zugehört habe, aber bei dem Namen Herbert Müller konnte ich nicht weghören. Gestatten, dass ich mich vorstelle: Zander, Peter Zander. Mein Vater ist mit einem Herbert Müller aufgewachsen. Vielleicht täusche ich mich ja auch. Schließlich ist Müller kein seltener Name.«

34

Beckmann legt die Füße auf den kalten Heizkörper und starrt aus dem Fenster. Draußen in der Sonne rührt sich nichts auf dem schattenlosen Platz. Die spätsommerliche Hitze lähmt alle Aktivitäten. Auch die Mahnwache hat sich nach einer guten halben Stunde aufgelöst, nachdem ein junges Mädchen in Ohnmacht gefallen ist.

Beckmann dreht sich zu Borgfeld um, der gerade die Wassergläser frisch gefüllt hat. Seine Wangen sind eingefallen, aber sein Blick ist lebendiger als heute Morgen. Man sieht ihm die Erleichterung über das Auftauchen von Felix an, daran ändert selbst der Mord an Julius Trott nichts.

Zwei Morde in zwei Tagen. Das gefällt Beckmann gar nicht. Wenn sie jetzt nicht schnell die Fälle lösen, werden sie noch monatelang damit zu tun haben. Statistische Wahrheiten können motivieren oder lähmen. Beckmann entscheidet sich für das Erstere.

»Hat jemand Hunger oder können wir mit der Besprechung anfangen?«, fragt er in die Runde.

Streuwald schüttelt den Kopf und Borgfeld tut es ihm gleich, auch wenn sein Magen knurrt.

»Der Wille ist alles, sagt die Leiterin bei den Weight Watchers immer«, murmelt er und bereut diesen Satz sofort, als aus dem Nachbarraum ein lautes »Ja« von Rischmüller kommt, der am Computer von Broderich arbeitet.

»Riesigen Hunger«, setzt Rischmüller noch hinterher.

Eine halbe Stunde später hat sich Rischmüller den letzten Rest des Kuchens einverleibt, den eine Kollegin anlässlich ihres Geburtstages am Freitag mitgebracht hatte. Borgfeld hat jeden Bissen von Rischmüller abgezählt, in der Hoffnung, dass etwas übrig bleibt. Aber Rischmüller hat alle drei Stücke in sich hineingestopft, ohne noch einmal zu fragen. Borgfeld bietet sich an, den Teller hinaus zu tragen und klaubt dabei die letzten Krümel vom Teller.

Als er wieder zurückkommt, sitzen alle erwartungsvoll um den langgezogenen Tisch. Die von Felix geschossenen Fotos sind ausgedruckt und hängen an der Pinwand. Matusch und Kevin Fischer sind gut darauf zu erkennen.

»Der da«, Borgfeld zeigt auf Matusch, »den habe ich vorhin auf dieser Mahnwache gesehen.«

Streuwald baut sich vor der Fotografie auf und studiert die Köpfe der Jungen eingehend.

»Ich dachte immer, diese Rechten laufen einheitlich mit kahlgeschorenen Schädeln und Bomberjacken herum.«

Streuwald deutet auf einen Blonden.

»Der hier ist auf den ersten Blick gar nicht von den anderen zu unterscheiden.« Seine Augen wandern von dem gepflegten Kurzhaarschnitt des einen Jungen zu dem eines anderen. Dann bleibt sein Blick auf den Zahlen des T-Shirts hängen.

»Bedeutet die 88 auf dem Rücken eigentlich was?« Streuwald schaut erwartungsvoll in die Runde.

»Hab ich mich auch schon gefragt«, kommt es gedehnt von Borgfeld. »Fast alle tragen irgendwelche Zahlen durch die Gegend.«

»Das *H* ist der achte Buchstabe im Alphabet. Zweimal acht steht für *Heil Hitler*. Die von einem Lorbeerkranz eingerahmte 88 ist oft als Brustemblem auf Polohemden zu finden. Diese Zahlen werden auf Aufnähern, Fahnen oder Emblemen verwendet, aber ebenso als Grußformel in Briefen benutzt, häufig sind sie Bestandteil von Band- und Organisationsnamen«, rattert Beckmann herunter. »18 bedeutet *Adolf Hitler*.«

»Wirklich?«, kommt es wie aus einem Mund von Borgfeld und Streuwald. Genauso wenig wussten die beiden bisher, dass die Kleidermarke *Consdaple* und die Produkte von *Thor Steinar* Erkennungscodes der rechten Szene sind.

»Bei dem Schriftzug von *Consdaple* verdeckt man gerne einige Buchstaben mit einem Schal, sodass nur *nsdap* übrig bleibt«, erklärt Beckmann.

»Und wie sehen diese Sachen aus? Sind die irgendwie anders?«, kommt es gequält von Streuwald, der sich nur mit wenigen Markenartikeln auskennt. *Adidas*, *Puma*, *Nike*. Von *Consdaple* und *Steinar* hat er noch nie gehört.

»Die Jungen unterscheiden sich äußerlich kaum von anderen, abgesehen von den Bomberjacken. Außerdem tragen die Rechten zunehmend die gleichen schwarzen Kapuzenpullis wie die Autonomen und vermummen sich mit Palästinensertüchern – da wissen die Kollegen im Einsatz manchmal nicht, wer auf welcher Seite steht.

35

»Wir lassen den Zeitungsartikel so, wie er ist. Der neue Mord hat in Celle stattgefunden. Da sollten wir die Arbeit den Kollegen überlassen, die für den Niedersachsenteil des *Hannoverschen Anzeigers* im Hauptteil verantwortlich sind – und natürlich denen von der *Celleschen Zeitung*. Wir können das dann morgen ja übernehmen. Das spart Arbeit.« Mittenwald dreht seine Zigarre in der Hand und schneidet sorgfältig die Spitze ab.

»Morgen ist auch noch ein Tag.« Das Streichholz flammt auf und er hält die Zigarrenspitze ins Feuer.

Martha äußert keine Einwände – nicht, weil sie ihm zustimmt, im Gegenteil, sie verfolgt einen ganz anderen Gedanken.

»Könnte man nicht die Zusammenarbeit mit der Celler Zeitung grundsätzlich intensivieren? Ehlershausen liegt doch fast an der Landkreisgrenze zu Celle.«

Mittenwald wirft ihr einen überraschten Blick zu.

»Wie kommen Sie denn jetzt darauf?«

»Ich habe Ihnen doch von dieser Interviewsammlung erzählt. Wir könnten die Sache zusammen mit den Cellern groß herausbringen.«

»Mädchen, Mädchen, das ist alles schon so lange her. Das interessiert keinen mehr.«

»Aber dieser Herbert Müller war auf der Flakstation. Und er hat geschossen. Vielleicht lebt er ja noch.«

»Lassen Sie sich eins gesagt sein: Sollte dieser Müller noch leben, wie wollen Sie ihm nachweisen, dass er tatsächlich auf der Flakstation war und Leute erschossen hat? Die alten Interviews sind kein Beweismittel, das kann alles auch mit viel Fantasie vermischt sein.«

Mittenwald stößt mit Genuss einen Rauchkringel aus seinem Mund und beobachtet, wie er langsam aufsteigt und dann wieder absinkt.

»Außerdem war Müller damals minderjährig und in einer sehr speziellen Situation. Versetzen Sie sich in seine Lage: Der erste Flakeinsatz seines Lebens, er kommt direkt aus der Schule – wie hieß noch dieser Lehrgang?«

»Bannausbildungslager«, antwortet Martha, während sie beobachtet, wie der Rauchkringel sich in einen schlierigen Rauchfaden verwandelt und sich schließlich in rauchigen Dunst auflöst.

»Das war eine Pflichtveranstaltung in der Schule.«

»Wie auch immer«, übergeht Mittenwald die Erklärung. »Aufgeputscht von seinen Ausbildern in diesem Bannausbildungslager will der junge Müller gegen den Feind kämpfen. Alle anderen sehen das genauso, loben ihn vielleicht sogar für seinen hochmotivierten Einsatz mit der Waffe in der Hand.« Mittenwald dreht seine Zigarre bedächtig zwischen seinen Fingern. »Das war eine andere Zeit damals. Selbst wenn er geschossen hätte, wird er sich darauf berufen, dass er einen Befehl erhalten und den lediglich ausgeführt habe. Beweisen Sie ihm da mal das Gegenteil. Und Zeugen? Die übrigen Männer von der Flakstation sind garantiert alle tot – und wenn nicht, sagen die bestimmt nicht gegen ihn aus. Schon gar nicht nach so vielen Jahren. Ich kann mir nicht vorstellen, dass sich ein Gericht da rantraut.«

»Mag sein.« Martha zögert einen kurzen Augenblick, »… vielleicht hat er aber auch etwas mit dem Verschwinden von Clara Rosenthal zu tun.«

»Sie wollen sich wohl unbedingt die Finger verbrennen!«

Mittenwald hat den Satz gerade zu Ende gesprochen, als es klingelt. Er nimmt das Telefon der Gegensprechanlage ab.

»Besuch für Sie. Ein Herr Zander, Lehrer an der Waldschule in Ehlershausen. Er sagt, er sei mit Ihnen verabredet. Mit Ehlershausen scheinen Sie es ja im Moment zu haben,« brummt er verwundert. »Wer ist das?«

Ein Lächeln huscht über Marthas Gesicht.

»Ich habe ihn vorhin bei der Mahnwache kennen gelernt. Sein Vater heißt Emil Zander und ist mit Herbert Müller aufgewachsen.«

Mittenwald schüttelt nachdenklich den Kopf.

»Frau Landeck, verrennen Sie sich nicht in dieser Sache. Es gibt Wichtigeres als diese alten Interviews.«

Martha geht über die breite Eichenholztreppe eine Etage tiefer zur Eingangstür. Als sie öffnet, grüßt der Mann mit der Nickelbrille mit einem höflichen Nicken, wobei sein Mund auf- und zuschnappt wie bei einem Terrier, der überlegt, ob er zubeißen soll oder nicht. Der bissige Mund passt nicht zu seinem sonst freundlichen Aussehen. Da hat Beckmann Recht. Aber wie ein Frettchen sieht er wirklich nicht aus. Peter Zander trägt eine khakifarbene Zipp-Hose mit farblich passendem T-Shirt, dazu Treckingsandalen.

»Da bin ich. Ich habe alles mitgebracht. Wie versprochen.«

Martha begrüßt ihren Gast mit Handschlag und bittet ihn in ihr Zimmer. Peter Zander folgt ihr. In seinen Händen hält er Rucksack und Fahrradhelm.

Der Raum ist nicht groß, aber zumindest passen außer ihrem Schreibtisch noch ein kleiner Beistelltisch und ein Besucherstuhl hinein. Martha nimmt einen Zeitungsstapel vom Stuhl und bietet ihn ihrem Besucher an, während sie ihren eigenen Schreibtischstuhl heranrollt.

»Schön, dass Sie heute noch Zeit hatten, Herr Zander.«

»Kein Problem, ich wohne in Heeßel, dass ist nun wirklich kein Weg mit dem Rad. Einmal unter der Bahnunterführung durch, und schon ist man da.« Durch die Brillengläser mustert Peter Zander sie mit freundlich blitzenden Augen und blickt unschlüssig seinen Fahrradhelm an.

»Legen Sie ihn doch hier aufs Regal.« Martha deutet nach rechts. Männer mit Fahrradhelmen haben etwas Lächerliches, besonders wenn sie auf einem Hollandrad sitzen.

»*Muss* man eigentlich einen Fahrradhelm tragen?«

»Es gibt keine gesetzliche Verpflichtung, wenn Sie das meinen. Aber immer wieder verunglücken Kinder im Straßenverkehr. Auch an unserer Schule gab es da einen bedauerlichen Unfall mit schweren Hirnschädigungen. Als Lehrer ist man immer und jederzeit Vorbild. Deshalb trage ich den Helm. Auch wenn ich damit albern aussehe.«

Stolz und Vorurteil. Es wird Zeit, dass sie das Buch endlich einmal liest.

»Und was bringen Sie Interessantes mit?«

Er klopft auf das Paket, das er aus dem Rucksack fischt.

»Jede Menge Fotos. Herbert Müller wohnte als junger Mann bei uns in der Nachbarschaft. Er in der Denickestraße und mein Vater in der Riemannstraße.«

Der näselnde Klang der Stimme passt nicht zu der drahtigen Erscheinung des Mannes. Das irritiert Martha, genau wie sein Mund. Trotzdem wirkt Peter Zander nicht unsympathisch, vielleicht ein bisschen zu eifrig. Martha lächelt ihm zu und schimpft mit sich selbst. Immer hat sie etwas auszusetzen an anderen Leuten. Dann ist er eben eifrig. Wenn er das nicht wäre, wäre er auch nicht hier.

»Und wie war Herbert Müller so in seiner Jugend?«

Zander lehnt sich in dem unbequemen Besucherstuhl zurück und legt das Fotoalbum auf den kleinen Tisch.

»Vater hat nie von früher erzählt, obwohl ich oft gefragt habe. Wenn sein Name nicht unter dem einen oder anderen Bild stehen würde, hätte ich gar nicht gewusst, wie der Junge heißt.

»Wissen Sie denn, ob Herbert Müller noch lebt?«

Peter Zander zuckt mit den Schultern.

»Bevor ich geboren wurde, sind meine Eltern nach Lehrte gezogen. Mein Vater hat bei der Bahn gearbeitet, den interessierte nur die Arbeit und sein Kleingarten. Als ich nach seiner Jugend gefragt habe, hat er immer abgewunken. Nur einmal hat er mir etwas erzählt. Da ging es um diesen Müller. Müller war von klein auf einer der Wortführer, einer, mit dem man es sich nicht verderben durfte. Sie waren zusammen in der Hitlerjugend. Da muss der Müller ihm einmal übel mitgespielt haben.«

»War Ihr Vater auch im Bannausbildungslager?«

Peter Zander zuckt wieder mit den Schultern.

»Nicht, dass ich wüsste.«

Peter Zander schlägt das Fotoalbum auf, überblättert die ersten Seiten mit der Hochzeit seiner Eltern, den ersten Kinderfotos von sich selbst, seiner Einschulung. Plötzlich schlägt er die Seite aus schwarzem Tonpapier noch einmal zurück.

»Hier«, er zeigt auf eine Gruppe von Jungen in kurzen Hosen und Kniestrümpfen. Daneben steht die Jahreszahl 1943. »Da ist mein Vater mit Herbert Müller. Sehen Sie, da steht sein Name. Meine Großmutter hat dort alles fein säuberlich notiert.«

Martha zieht das Album dichter zu sich heran und betrachtet das Foto eingehend. Emil Zander steht neben Herbert Müller. Er ist einen Kopf kleiner als der andere und sieht ehrfurchtsvoll zu ihm hinauf, als ob er in dem Gesicht des anderen lesen wollte. Vielleicht mustert er aber auch nur den dunklen Fleck auf Müllers Wange. Der Blutschwamm ist riesig. Selbst das Feuermal auf Gorbatschows Kopf ist kleiner. Sie beugt sich über das Album und betrachtet das Gesicht

Müllers noch genauer. Der Blutschwamm sitzt mitten auf Müllers rechter Wange, er ist handgroß und hat tatsächlich die Form von Afrika. Marthas Herz schlägt heftig und sie fühlt es bis zum Hals. Sie liegt mit ihren Vermutungen richtig. Es gibt keinen Zweifel. Müller ist der Junge von der Flakstation, der Junge, der mit glänzenden Augen geschossen hat.

Ihre Hände zittern vor Aufregung. Am liebsten würde sie Zander um den Hals fallen, liebt sein eifriges Gehabe geradezu.

»Wissen Sie etwas über eine Clara Rosenthal?«, prescht Martha vor. Vielleicht kommen jetzt die Fakten, auf die sie die ganze Zeit gewartet hat.

»Ich muss sie enttäuschen. Den Namen habe ich nie gehört. Aber wie gesagt, mein Vater hat nie über früher geredet.«

»Hätte ja sein können.« Martha streicht sich eine Haarsträhne aus der Stirn. Das wäre ja auch zu schön gewesen.

Zander blättert im Fotoalbum weiter.

»Hier hinten sind noch mehr Fotos von Müller.« Plötzlich hält er mitten im Blättern inne. »Vielleicht hat das ja nichts zu bedeuten.«

»Was denn?«

»Ach nichts.«

»Sagen Sie es ruhig, manchmal ergeben unwichtige Dinge in anderem Zusammenhang einen Sinn.«

»Mein Vater hat in letzter Zeit mehrmals den Namen Clara erwähnt. Aber das hat sicher nichts zu bedeuten.«

Marthas Aufmerksamkeit ist trotzdem geweckt.

»Wieso gerade in letzter Zeit?«

»Wissen Sie, mein Vater leidet unter Altersdemenz, noch

in einer schwachen Form, aber es wird zunehmend schlimmer. Ich habe ihn in einem Pflegeheim untergebracht, weil ich mit der Betreuung überfordert bin. Er vergisst ständig Dinge des Alltags: Termine, den Wasserkessel auf der Gasflamme, vom Schlüssel gar nicht zu reden. Dauernd wiederholt er seine Fragen und Geschichten, andererseits erinnert er sich an Sachen, die lange zurück liegen. Letzte Woche hat er gesagt: ›Clara, wo bist du?‹ Vielleicht ist das die Clara, die Sie meinen.«

Marthas Augen verengen sich zu Schlitzen. Clara, wo bist du? Das ist die Frage, die auch Martha sich die ganze Zeit stellt.

»Wo befindet sich das Heim Ihres Vaters?«

»In Kleinburgwedel.«

Das ist keine zwanzig Minuten von Burgdorf entfernt. Augenblicklich steht Marthas Entschluss fest.

»Darf ich Ihren Vater besuchen?«

»Warum nicht?« Zander zieht die Hosenbeine seiner Zipphose übers Knie und reibt sich seine schmalen Finger. »Mein Vater freut sich immer, wenn jemand vorbeikommt; aber dass Sie viel von ihm erfahren werden, kann ich mir nicht vorstellen. Er verliert dauernd den Faden. Ich sagte ja schon, dass er unter Altersdemenz leidet.«

Ja, das hatte er gesagt. Eine leichte Form von Demenz. Vielleicht ist er ja noch nicht komplett in die Innenwelt seiner Gedanken abgetaucht. Plötzlich hat Martha eine Idee.

»Könnte ich mir die Fotos ausleihen und mitnehmen?«

Die könnten dem alten Mann auf die Sprünge helfen.

»Von mir aus. Wann wollen Sie hin?«

»Morgen früh um zehn Uhr?«

»Das ist eine gute Zeit zwischen den Mahlzeiten. Ich melde Sie an.«

36

»Fassen wir zusammen.« Beckmann geht zu der weißen Metalltafel, greift nach dem roten Edding und schreibt: Henry Broderich. Anschließend malt er einen Kreis darum. Ein paar Zentimeter weiter rechts schreibt er: Julius Trott. Auch der Name wird von ihm eingekreist.

»Das sind unsere Mordopfer.« Dazwischen setzt er einen Pfeil mit zwei Spitzen. »Beide wurden erwürgt. Einer bekam zusätzlich noch den Golfball in den Mund gestopft. Wir gehen davon aus, dass es sich in beiden Fällen um den gleichen Täter handelt. Einwände?«

Streuwald und Borgfeld schütteln den Kopf und starren beeindruckt die Kreise an.

»In welcher Verbindung stehen die Opfer zueinander?« Nachdenklich fasst sich Beckmann an die Unterlippe und streicht mehrmals darüber. »Trott findet ein Manuskript und will, dass es veröffentlicht wird. Irgendwie muss Broderich von diesem Text gehört haben. Vielleicht hat er auch nur Auszüge gesehen und will das Material jetzt komplett haben. Deshalb das Treffen im Dorfkrug.«

»Was für ein Manuskript?« Rischmüller sieht neugierig von seinem Laptop auf.

»Bei der Landkreisausgabe des *Hannoverschen Anzeigers* wurde am Freitag eine Art Tagebuch aus der Nachkriegszeit abgegeben. Eine Frau hat in Celle Leute interviewt und das

Ganze aufgeschrieben. Es ging um die letzten Tage im Zweiten Weltkrieg.«

Gelangweilt bohrt Borgfeld sich bei dieser Erklärung in der Nase und zuckt erschrocken zusammen, als Beckmann ihn dabei anstarrt. Ertappt steckt er den Finger samt Popel in seine rechte Hosentasche und nimmt Haltung an, wie ein Schüler, der beim Abschreiben erwischt wird.

»In diesen Interviews ging es darum, dass Celler Bürger Jagd auf KZler machten, die bei einem Bombenangriff entkommen sind.«

Als Beckmann die ungläubigen Blicke der anderen bemerkt, informiert er sie so kurz es geht darüber, was damals passiert ist.

»Aber das ist doch alles schon ewig her«, wendet Streuwald ein.

»Stimmt«, gibt ihm Beckmann Recht. »Aber etwas daran hat Broderich interessiert – und garantiert nicht nur die historischen Fakten. Keine Ahnung, was es ist, aber wir werden es herausbekommen.«

Dann nimmt Beckmann den Edding und schreibt Goldmann an den Rand. Er zieht einen Pfeil von Goldmann zu Broderich und zurück.

»Broderich braucht dringend Geld. Von Goldmann verlangt Broderich fünfzigtausend Euro. Er bekommt zwanzigtausend. Als Gegenleistung platziert er positive Artikel über die Erweiterung des Golfclubs im Internetblog *Bürger gegen Golf* und verspricht Goldmann, den Blog umgehend zu löschen.«

Beckmann sieht erwartungsvoll in die Runde.

»Gibt es einen Hinweis, dass Goldmann etwas mit Trott zu tun hat?«

Alle schütteln stumm die Köpfe.

»Betrachten wir jetzt Wörstein. Frank, was hast du herausbekommen?«

Rischmüller tippt noch einen letzten Befehl in die Tastatur seines Computers, dann sieht er auf.

»Broderich hat für Wörstein die Internetseite *Wir für Niedersachsen* gestaltet, eine bezahlte Auftragsarbeit. Das Geld kam von der Stiftung Golter.«

»Golter?« Streuwald wirft einen fragenden Blick auf Beckmann. »Wer ist denn das nun schon wieder?«

»Die Stiftung Golter finanziert die »Aufrechten Deutschen«. Man könnte sagen, ohne sie gäbe es diese Gruppe um Wörstein nicht. Jedenfalls hätten sie nicht das Geld für ein Schulungsheim und andere öffentlichkeitswirksame Maßnahmen.«

Rischmüller grinst lausbübisch, als er einen kurzen Blick auf die von ihm aufgerufene Datei wirft und streicht sich seine Haare aus der Stirn.

»Hier, das ist interessant: Broderich hat im *Celle-blog* die Interviewsammlung von Trott angeboten bekommen, weil die *Cellesche Zeitung* sie nicht haben wollte. Trott tat es leid, dass das Material nur im Archiv landen sollte. Er schickte einen eingescannten Textauszug an das Postfach des *Celle-blogs*. So haben Trott und Broderich sich gefunden.« Rischmüller grinst noch breiter. »In dem Brief erwähnt Trott ausdrücklich einen Friedrich Bollund und einen Herbert Müller, die in dieser alten Sammlung interviewt werden. Und jetzt kommt es. Broderich hat letzten Mittwoch einen Brief geschrieben:

Lieber Kamerad Müller!

Das war aber nicht nett, was Sie da auf der Flakstation ver-

anstaltet haben. Eine weitere Spende an den Wehrwolf in Höhe von 100.000 € deponieren Sie an diesem Freitag bis 22:00 Uhr an der bekannten Stelle. Der Wehrwolf.

Na, was sagt ihr nun?« Rischmüller sieht sich Beifall heischend in der Runde um.

»100.000 Euro für den Wehrwolf.« Beckmanns Adrenalinspiegel steigt. »Freitag, 22:00 Uhr. Mann, Mann, Mann. Das sieht gut aus.«

»Bingo«, zischt Streuwald und auch durch Borgfelds massigen Oberkörper geht ein Ruck. Endlich kommt Bewegung in die Sache.

Beckmann malt einen Pfeil von Müller zu Broderich und Trott. Dann unterstreicht er den Namen Müller und führt den Pfeil zurück zu Broderich.

»Broderich hat diesen Müller erpresst.« Beckmann schnalzt mit der Zunge. »Und wie es aussieht nicht zum ersten Mal. Eine weitere Spende. Das ist ganz eindeutig. Und der Betrag ist üppig.«

»Und wer ist dieser Müller?«, wirft Borgfeld dazwischen.

»Ein Herbert Müller wird einige Male in dem Tagebuch erwähnt. Das könnte passen.«

Borgfeld schaut ungläubig auf. »Dann muss der doch aber schon steinalt sein. Ich weiß nicht …«

»Wo Dieter Recht hat, hat er Recht«, springt ihm Streuwald zur Seite. »Das hört sich alles merkwürdig an. Vor allem das mit dem Wolf. Gab es da nicht mal so einen Horrorfilm in den achtziger Jahren – American Wehrwolf oder so?«

»Das war american werewolf und ist etwas ganz anderes. Hermann Löns hat unter dem Titel »Der Wehrwolf« in den dreißiger Jahren eine Art Bestseller geschrieben«, versucht

Rischmüller den Kollegen aus Burgdorf auf die Sprünge zu helfen. »In dem Buch geht es darum, wie sich zu Zeiten des Dreißigjährigen Krieges Bauern zwischen Heide und Moor in einem Geheimbund gegen plündernde und mordende Söldner aus aller Herren Länder zur Wehr setzten. Die Nazis haben außerdem unter diesem Namen eine Art Widerstandsbewegung gegen die Siegermächte am Ende des Krieges ins Leben gerufen.«

»Deine Detailkenntnisse in allen Ehren«, raunt Beckmann Rischmüller zu, »das hilft uns aber auch nicht weiter. Wie finden wir diesen Müller und wie steht's mit Wörstein?«

»Wörstein hat die Internetseite bestellt. Mehr nicht.« Rischmüller zuckt mit der Schulter. »Tut mir leid. Ich habe immer wieder seinen Namen eingegeben, aber ich habe nichts gefunden. Gleich kümmere ich mich um Müller, aber das kann dauern. Ist ja nicht gerade ein seltener Name.«

»Stimmt.« Beckmann malt einen Pfeil von Müller zu Broderich. »Sieht fast so aus, als wenn sich Wörstein geschickt aus allem rausgehalten hat. Der Brief von Broderich an ihn reicht nicht. Es ist ja nicht einmal gesagt, dass er ihn abgeschickt hat.«

Beckmann schaut in die Runde. »Mir behagt eins nicht: Angenommen, dieser Müller ist tatsächlich der Müller aus dem Tagebuch. Dann ist er doch mit seinen über achtzig Jahren ein alter Mann. Besitzt der wirklich noch den Mumm, einen kräftigen Kerl in den besten Jahren zu erwürgen und anschließend hinter das Caddyhaus zu tragen?«

»Sag ich doch!«, ruft Borgfeld dazwischen. »Das ist doch schon ein Greis – und nicht zu vergessen: der Golfball. Woher sollte er den denn haben?«

Alle sehen sich an, keiner weiß eine plausible Antwort. Schließlich ergreift Streuwald das Wort.

»Die Bälle lagen in Goldmanns Büro. Broderich hatte drei Interviewtermine in diesem Raum, er könnte ihn sich bei einem der Besuche eingesteckt haben, quasi als Souvenir.«

Die letzten Worte bleiben in der stickigen Luft des Büros hängen. Beckmann steht auf und geht zum Fenster.

»Vermutungen helfen uns in dieser Frage nicht weiter. Was sind die Fakten? Ein Mann namens Müller wird von Broderich mit den Aufzeichnungen erpresst.« Beckmann öffnet das Fenster weit und dreht sich zu den anderen um.

»Was macht man in so einem Fall?« Er klopft mit den Fingerspitzen gegen die Glasscheibe. »Man fordert Beweise und das Original.«

»Und alle Kopien«, ergänzt Streuwald. »Vielleicht lässt sich das Chaos in Trotts Wohnung mit der Suche danach erklären.«

Streuwald hat Recht, doch der Gedanke gefällt Beckmann gar nicht. Wenn diese Überlegung stimmt, ist jeder in Gefahr, der das Manuskript kennt oder eine Kopie hat. Und genau das ist das ungute Gefühl, das in ihm aufgekeimt ist, seit Martha vor Trotts Haus auf ihre Tasche gezeigt hat. Hoffentlich findet Rischmüller diesen Herbert Müller schnell.

37

Der Oberarzt des Celler Krankenhauses, Doktor Schnippkoweit, ist müde nach der langen Nachtschicht. Ein Motorradunfall hatte ihn und die Kollegen die halbe Nacht im Operationssaal festgehalten. Gerade mal eine halbe Stunde Pause hatte er gehabt, bevor dann der nächste Notfall hereinkam. Jetzt wünscht er sich nur noch eins: Ein ausgiebiges Frühstück und dann eine Runde mit seinem Hund an der Aller.

Aber daraus wird nichts. Es ist Zeit für die morgendliche Visite. Trotz seiner Müdigkeit begrüßt Schnippkoweit Felix mit einem zackigen: »Guten Morgen, wie geht's denn unserem Patienten?«

»Bestens!«

»Wunderbar, das wird schon.« Der Arzt wirft einen Blick auf das Patientenblatt und nickt zufrieden. »Sehr schön.«

»Wenn das so ist ...«, Felix sieht seine Gelegenheit gekommen, »möchte ich jetzt endlich nach Hause.« Er hat sich aufgesetzt. Vorsichtig bewegt er die Beine und lässt sie aus dem Bett baumeln. Der stechende Schmerz an der Schläfe ist wieder da, aber er ignoriert ihn. Mit den nackten Zehen angelt Felix nach seinen Schuhen.

»Junger Mann, ich würde Sie gerne noch mindestens eine Nacht hier behalten. Damit wir ganz sicher sind, dass Sie die Sache überstanden haben. Mit Gehirnerschütterungen ist nicht zu spaßen.«

»Es geht mir gut«, murrt Felix. »Wirklich.«

»Dann stehen Sie auf.« Schnippkoweit streicht seine grauen Haare nach hinten. Die Skepsis spricht aus jedem Winkel seines Gesichts, »und kommen Sie zu mir.«

Felix stellt die Füße auf den Boden und stützt sich mit den Händen auf der Bettkante ab. Er kommt in den Stand, macht einen Schritt vorwärts. Sofort wird ihm schwindelig und er setzt sich wieder.

»In Ordnung, ich bleibe«, gibt er klein bei.

38

»Liebe Leute. Rom ist auch nicht an einem Tag erbaut worden.« Borgfeld gähnt und streckt sich.

»Ich finde, wir machen für heute Schluss. Die Rechtsmedizin ist erst morgen so weit. Schmidt hat vorhin angerufen und etwas von wichtigen Terminen am Nachmittag gesagt, außerdem sei seine Abteilung im Moment völlig überlastet.«

»Wenn das so ist«, kommt es gedehnt von Beckmann, »packen wir zusammen.«

Als Beckmann mit Rischmüller das Polizeigebäude verlässt, schlägt der ihm auf die Schulter.

»Wie sieht es mit einem Abstecher zum Maschseefest aus?«

»Schau'n wir mal. Wir sind ja sowieso mit zwei Autos hier.«

»Treffpunkt Löwenbastion?«

Beckmann hätte wirklich nichts gegen ein Bier einzuwenden, andererseits würde er aber auch gerne Martha treffen. Es gibt so viele Dinge, die ungeklärt sind zwischen ihnen. Er tippt im Auto sitzend ihre Nummer auf dem Handy ein. Beim Hausanschluss nimmt niemand ab. Unter M hat er mehr Glück. Nach zweimaligem Klingeln meldet sie sich.

»Wenn du möchtest, kann ich gleich bei dir vorbeikommen, wir machen für heute Schluss. Ich könnte mir die brisanten Stellen im Text ansehen, von denen du gesprochen hast. Vielleicht bringt uns das bei den Ermittlungen weiter.«

Er stockt kurz und ergänzt dann: »Wie es aussieht, hat Broderich deinen Müller mit dem Dokument erpresst.«

Das Zögern auf der anderen Seite der Telefonleitung dauert nur einen winzigen Augenblick.

»Komm vorbei. Ich packe meine Sachen in der Redaktion auch gerade zusammen. Der Artikel für morgen steht.«

III.

Montag

Er [der Prediger] wußte wohl, was den Mann drückte, ...: »Wer sich und die Seinen gegen Schandtat und Greuel wehrt und Witfrauen und Waisen beschützt, Drewsbur,« sagte er, »den wird unser Herrgott willkommen heißen, und wenn seine Hände auch über und über rot sind.«

Der Wehrwolf, S. 145 f.

1

Als Beckmann am nächsten Morgen erwacht, schläft Martha noch. Vorsichtig löst er sich aus ihren Armen. Er wirft einen Blick auf das friedlich schlummernde Gesicht. Manchmal wünscht er sich, dass er die Zeit zurückdrehen könnte. Aber in guten wie in schlechten Momenten geht es einfach immer nur weiter. Dabei hätte er gestern Abend am liebsten die Zeit angehalten. Zur Begrüßung hatte Martha sich wie selbstverständlich an ihn gelehnt, die Stirn auf seine Schulter gelegt und ihn an sich gedrückt, ohne ein Wort zu sagen. Eine Weile standen sie beide reglos da. Kopf und Gedanken waren ausgeschaltet, stattdessen übernahmen behutsame Finger das Kommando, hungrige Lippen trafen aufeinander und verlangten nach mehr.

Erst viel später, als es schon dunkel war und sie vertraut nebeneinander im Bett lagen, redeten sie. Es dauerte, bis er die Tragweite ihres Berichtes verstand, aber dann dämmerte es ihm: Müller und der Junge mit dem Blutschwamm sind identisch. Herbert Müller hat einen Sträfling erschossen – und vermutlich nicht nur das. Martha glaubt, dass er auch an Claras Verschwinden beteiligt gewesen ist.

So eine wie Clara geht nicht einfach weg und lässt ihre Textsammlung zurück, hat Martha gesagt. Auf keinen Fall. Beckmann knetet mit Daumen und Zeigefinger an seinem Ohrläppchen. Die Sache von damals passt zu den Morden von heute, vielleicht ist sie sogar der Anlass für sie. Broderich erkennt den Wert des Textes. Unter dem Namen »Wehrwolf« erpresst er Müller mit den Hinrichtungen während der Sträflingsjagd. Wie reagiert Müller? Er zahlt einmal. Beim zweiten Erpressungsversuch ahnt er, dass es endlos so weitergehen kann. Was tut er also? Er entledigt sich des Mitwissers. Ein Motiv für einen Mord ist Erpressung allemal, aber noch lange kein Beweis. Wo steckt dieser Müller? Hoffentlich hat Rischmüller etwas herausgefunden.

Martha dreht sich im Schlaf um und seufzt. Was sie wohl träumt? Liebevoll streicheln Beckmanns Augen ihr Gesicht, als der Gedanke Form annimmt, der gestern zum ersten Mal im Kommissariat aufgetaucht ist. Wenn seine Vermutungen zum Mordmotiv stimmen, kann er nur hoffen, dass der Täter nichts von Marthas Kopie der Interviewsammlung weiß.

Vorsichtig setzt er sich im Bett auf. Es ist erst sieben. Soll er einen Cappuccino machen? Er zögert. Vielleicht ist es noch zu früh, alte Gewohnheiten wieder aufzunehmen, besser, sie vollziehen diesen Neustart ganz behutsam.

So leise wie möglich zieht Beckmann sich an, schließt die Tür fast lautlos hinter sich und macht sich auf den Weg zu seiner Wohnung. Ein sauberes Hemd kann bei der Hitze auch nicht schaden.

Entlang der Moorautobahn wiegen sich reife Kornfelder im Sommerwind, Bauern sind mit Mähdreschern unterwegs. Die Sonne strahlt bereits mit voller Kraft und taucht alles in ein flirrendes Licht. Heute soll die Hitzemarke von 36 °C im Schatten geknackt werden, flötet die Moderatorin von *radio 99* zwischen zwei Hits.

Eine Stunde später ist Beckmann frisch geduscht und rasiert. Den Deodorant in Form des Kristallstifts hat er doppelt aufgetragen, bevor er sich das weiße Leinenhemd zur Jeans überzieht. Dann erst greift er zum Telefon. Er wählt die Nummer der Staatsanwältin. Nichts. Er ist immer noch zu früh dran. Die Mackenrodt ist nach dem langen Wochenenddienst noch nicht zu erreichen, auch bei Rechtsmediziner Schmidt hebt niemand ab. Dafür ist die Polizeiinspektion in Burgdorf bereits besetzt. Borgfeld und Streuwald haben einen Anruf erhalten, dass Broderichs vermisstes Motorrad in einem Fischteich in der Nähe von Neuwarmbüchen gefunden wurde und einen weiteren, dass das Labor des Landeskriminalamtes dringend um Rückruf bittet.

»Wir fahren zum Teich«, verkündet Streuwald Beckmann am Telefon.

Nichts ist nahe liegender, als dass Beckmann das Labor übernimmt, zumal er sowieso in Hannover ist. Er wählt zögerlich die Nummer – das erste Mal seit über zwei Monaten. Nach mehrmaligem Klingeln meldet sich eine ihm unbekannte Mitarbeiterin des LKA, die ihn sofort weitervermittelt. Wenige Sekunden später hört er Vanessas weiche Stimme.

»Max, du wolltest dich doch melden.«

Punktlandung auf seinem schlechten Gewissen.

Er atmet tief ein und sagt eine Spur zu lapidar: »Die Zeit rast so dahin. Es ist immer viel zu tun.«

Vanessa lacht auf. »Hab schon gehört, dass du den Fall *Golfball* leitest. Ich habe die Analysen extra vorgezogen, obwohl hier noch jede Menge Sachen von dieser zerstückelten Leiche liegen.« Sie hält kurz inne und fügt dann hinzu: »Ich finde, dass man alte Freundschaften pflegen muss, oder?«

Als er nicht darauf reagiert, fährt sie im geschäftsmäßigen Ton fort: »Die bisherigen Ergebnisse sind viel versprechend. Du solltest sie dir ansehen.«

Ohne eine Antwort abzuwarten, legt sie auf.

Beckmann ist beruhigt, es scheint keine weiteren Vorhaltungen von Vanessas Seite zu geben. Das ist gut. Im Unterschied zu Martha ist sie offensichtlich nicht nachtragend.

Bevor er in seinen Volvo steigt, für den er ausnahmsweise einen Parkplatz direkt am Wedekindplatz bekommen hat, wählt er die Nummer von Rischmüller. Sein Kollege sitzt schon am Arbeitsplatz und hat gerade den Computer hochgefahren.

»Ich hab dich gestern Abend vermisst, du wolltest doch noch zum Maschsee nachkommen«, empört dieser sich, als er hört, wer am Apparat ist. »An der Löwenbastion war die Hölle los, eine geile Band nach der anderen, und die Schnitten …«, er macht eine viel sagende Pause, als wenn er sich ein Stück Torte auf der Zunge zergehen lässt, »waren allererste Sahne.«

Als Beckmann nicht weiter reagiert, fügt er hinzu: »Aber bei dir läuft ja was auf dem Lande, hab ich läuten hören.«

So, wie dieser mindestens zehn Jahre jüngere Kollege sein Verhältnis zu Martha umreißt, fühlt Beckmann sich seltsam ertappt und wechselt das Thema abrupt.

»Hast du was über Müller herausgefunden?«

»Noch nicht, aber ich bin dran.«

Beckmann will schon das Gespräch beenden, als ihm etwas einfällt.

»Kennst du dich eigentlich mit Runen und Emblemen aus der rechten Szene aus?«

»Nicht so gut, aber das wird sich sofort ändern«, lacht Rischmüller ins Telefon, und Beckmann kann sich vorstellen, wie der schlaksige Mann sich auf seinem Schreibtischstuhl räkelt und über die Tastatur seines Computers huscht, während sie miteinander reden. »Spezielle Zeichen?«

»Ein gerader roter Strich mit einem Zacken oben und unten.«

2

Wörstein hat wieder schlecht geschlafen. Immerzu ist er von einem sich fortsetzenden Traum aufgewacht: Er läuft jemandem hinterher, der plötzlich weg ist und an der nächsten Ecke erneut auftaucht. Seine eigenen Beine sind schwer wie Blei und er kommt nicht von der Stelle, scheint mit dem Erdboden verwachsen zu sein. Der andere dagegen rennt wieselflink an ihm vorbei. Bittet er Passanten um Hilfe, verschwinden sie sofort aus seinem Gesichtsfeld. Der Wettlauf von Hase und Igel. Er stöhnt innerlich auf, wenn er an das Gefühl der um sich greifenden Ohnmacht denkt. Solche Alpträume muss man schnell vertreiben, sonst vergällen sie einem den Tag. Mit entschlossenem Griff zieht Wörstein seine Joggingschuhe aus dem Regal, schlüpft hinein und bindet die Schnürbänder fest zu. Schon im Flur dribbelt er sich warm.

Oberstes Gebot ist es, die Kontrolle zu behalten und alles im Voraus zu bedenken. Wie ein Mantra betet er sich diese Sätze immer wieder vor.

Wörstein läuft über die mit Heidekraut bewachsenen Sandwege am Rande des Großen Moores, vorbei an Wacholderbüschen und jungen Birken. Er zieht die Luft tief in die Lungen und fühlt sich von Schritt zu Schritt besser.

Als er nach einer Stunde zurückkommt, sitzt Matusch vor dem Eingang des Hauses, in den Händen das Messer mit dem Walnussgriff. Er schnitzt an einem schmalen Haselnussstecken. Immer wieder gleitet die Klinge rauf und runter, schmale Holzschnitzel fliegen zur Seite und fallen vor seine Füße.

Wörstein bleibt vor ihm stehen. Er verschränkt seine Arme im Nacken, beugt sich vor und versucht, zu Atem zu kommen.

»Alles klar, Matusch?«, keucht er. »Was macht Plan B?«, schiebt er flüsternd hinterher.

Matusch blickt auf und verzieht den Mund.

»Karl ist verschwunden.«

»Du machst die Sache prima«, wispert Wörstein. Laut sagt Wörstein: »Karl, wo kann der bloß sein?« Er atmet ein paar Mal ein und aus.

Matusch schüttelt den Kopf. »Der ist echt weg. Noch vor Plan B. Der hat Lunte gerochen. Ich habe überall nach ihm gesucht. Der ist nirgends zu finden.«

Ganz langsam senkt Wörstein seine Augenlider und beißt die Zähne aufeinander. Verdammt. Dieser Kerl macht Ärger.

3

Als Martha von den Sonnenstrahlen erwacht, die durch den Schlitz ihrer Vorhänge aufs Bett fallen, bleibt sie mit geschlossenen Augen liegen und lauscht. Nichts ist zu hören. Kein noch so leiser Atemzug.

Sie dreht den Kopf zur Seite und blinzelt durch ihre dichten dunklen Wimpern. Nichts. Das Kopfkissen ist leer. Ob Max einen Cappuccino macht? Es ist nichts zu hören, weder Zischen noch Blubbern. Sie setzt sich auf, greift nach ihrem dünnen Morgenmantel und zieht ihn über. Mit nackten Füßen geht sie in die Küche. Die Weingläser stehen unverändert auf der Spüle, genau wie die schmutzigen Teller. Kein Zettel auf dem Tisch – so wie früher. Enttäuscht gießt sie sich kaltes Wasser aus dem Hahn in ihr Glas ein und trinkt es mit kleinen Schlucken. Wie ein Phantom ist Max Beckmann gestern Abend aufgetaucht und verschwunden. Dazwischen war es allerdings … sie seufzt. Viel zu schön ist es gewesen. Dabei hatte sie sich in den letzten Wochen immer wieder die Vorteile des Alleinseins vorgebetet, hatte fast schon geglaubt, sich daran zu gewöhnen. Was für einen Blödsinn man sich einreden kann. Als sie in seinen Armen lag, spürte sie, wie sehr sie ihn vermisst hatte. Sein schneller Atem, die Schweißtropfen, die von seinem Kinn auf ihre Stirn tropften, ihr … Sie hört ein leises Kratzen an der Tür. Ist er zurück? Sie läuft zum Hauseingang und drückt die Klinke herunter. Der kleine schwarze Kater mit dem weißen dreieckigen Fleck auf der Brust legt seinen Kopf auf die Seite und maunzt vorwurfsvoll.

»Na, du Rumtreiber.« Martha gießt Milch in eine Schale und verdünnt sie mit Wasser. Sie streicht dem Kater übers Fell. »Ich sollte dich Beckmann nennen.«

Als Martha wenig später mit einer Tasse Tee im Bett liegt, greift sie zu dem Stapel Blätter, der vom Manuskript noch übrig geblieben ist, und fängt an zu lesen.

Aaron Borgas

Wie lange ich in diesem Misthaufen gehockt habe, weiß ich nicht. Als Josef in dieser Sträflingskolonne an mir vorbeiging, konnte ich nicht einmal weinen, ich hatte keine Tränen mehr. Ich stand völlig verkrümmt in diesem stinkenden Haufen, hungrig und vor Durst fast besinnungslos, meine Lippen eine einzige vertrocknete Kruste. Hoffnungslos und erschöpft, wie ich war, glaubte ich, das sei das Ende. Plötzlich dann das Kettengeklirr auf der Straße. Direkt vor meinem Misthaufen rollten englische Panzer entlang. Unglaublich.

Ich versuchte zu rufen, aber nur ein Krächzen kam heraus. Ich presste die Faust gegen den Mist und wollte schnell zu ihnen. Es ging nicht. Ich drückte stärker. Nach etlichen Versuchen stießen meine Finger durch die feste Masse. Ich ruderte mit ihnen in der Luft, machte Zeichen. Die Ketten der Panzer rasselten weiter, niemand bemerkte mich.

Stück um Stück riss ich den Dung um mich herum weg und endlich war ich mit meinem Kopf bis zur Nase draußen. Meine Hand wedelte hin und her. Ich hatte es geschafft. Die mussten mich doch sehen.

Wieder schaffte ich nur ein leises Krächzen. Ich winkte, als einer der Männer in meine Richtung blickte. Er stutzte und blieb stehen, er zeigte auf mich. Wenige Augenblicke später standen drei Soldaten vor mir. Vorsichtig entfernten sie die einzelnen Schichten des Misthaufens und zogen mich heraus. Sie trugen mich zum Panzer, dann kam ein Sanitätswagen.

Adalbert Messerschmidt

Am 12. April rollten Panzer in die Stadt. Die Engländer marschierten ein. Dann kamen auch noch Neger. Alle waren sauber und gut genährt. Nicht so wie unsere Jungs, die sahen ja ganz abgemergelt aus, als sie in den letzten Kriegstagen an Celle vorbeizogen.

Die Engländer waren am Anfang nett zu uns. Den Kindern gaben sie Schokolade und Kaugummis. Oder waren das die Amerikaner? Ist ja auch egal.

Das änderte sich, als sie am 15. April das Lager in Bergen-Belsen öffneten. Danach waren die wie ausgewechselt. Dabei hatten wir doch gar nichts damit zu tun. Wir wussten doch nicht einmal, dass es so ein Lager gab.

Wilhelm Trott

Hab ich mir gedacht, dass Sie irgendwann auf den Prozess kommen.

Bei dem Gerichtsverfahren hier ging es um die Übergriffe in der Nacht vom 8. auf den 9. April. Ein englischer Sergeant marschierte überall herum. Aber er konnte fragen, soviel er wollte, keiner hatte etwas gesehen und gehört. Uns Kinder ließen sie aus. Dabei wären wir die Einzigen gewesen, die geredet hätten. Die anderen hatten sich alle abgesprochen. Die Polizisten bescheinigten sich gegenseitig, dass sie nur über die Köpfe geschossen haben. Also waren sie aus dem Schneider.

Wenn Sie mich fragen, war der ganze Prozess eine Farce. Vierzehn Männer wurden angeklagt. Der Großteil der Polizisten in jener Nacht kam von außerhalb, die kannte also keiner hier. Wo kein Kläger, da keine Anklage. Das kennen Sie. Aber hier galt: Wo kein Zeuge, da kein Beweis.

Es kam zu sieben Freisprüchen. Ja, der Bollund war dabei. Der hatte ja angeblich auch nur in die Luft geschossen. Die anderen haben das bestätigt.

Drei Angeklagte verurteilte man zum Tode. Die wurden aber später begnadigt.

Elfriede Trott

Was soll ich Ihnen über das Gerichtsverfahren sagen, das stand alles lang und breit in der Presse.

Also ich fand das nicht richtig, dass der Amelung, der Decker und der Joost zum Tode verurteilt wurden. Bei dem Joost haben sie es ja schon drei Monate später wieder zurückgenommen und ihn wegen unzureichender Beweise freigesprochen. Amelung und Decker sind doch quasi für ihre Ehrlichkeit bestraft worden. Hätten die wie die anderen behauptet, dass sie auf Befehl eines Vorgesetzten gehandelt oder über die Köpfe geschossen hätten, wäre die Sache erledigt gewesen. Aber so waren die Engländer froh, überhaupt jemandem die Schuld in die Schuhe zu schieben. Die zwei wurden stellvertretend für all die bestraft, die für Volk und Vaterland geschossen haben und dann feige in Deckung gegangen sind. Denn das muss mal gesagt werden: Frauen waren nicht mit dabei. Die Männer waren doch damals wie von Sinnen, wie im Blutrausch. Der Bollund …

Halt, das habe ich nicht gesagt und werde ich auch nicht vor Gericht wiederholen.

Dora Müller

Dieses englische Gerichtsverfahren war wirklich seltsam. Dieser Sergeant lief wie blind durch die Gegend, bekam kaum vernünftige Antworten und tappte im Dunkeln. Da habe ich dem auch nicht viel gesagt. War ja schließlich unser Feind. Gut, unser ehemaliger, aber trotzdem. Man weiß ja nie.

Protokolle gab es von diesen Sitzungen auf dem Schloss in den letzten Tagen des Krieges nicht. War alles geheime Angelegenheit. Wir Sekretärinnen hatten nicht viel zu tun, mussten uns nur bereithalten. Fakt ist, dass der Oberbürgermeister Meyer zuständig für alle Maßnahmen nach einem solchen Bombenangriff war. Der Meyer hat aber später erklärt, dass er in diesen Tagen krank war. Er sei wegen seiner Herzprobleme dienstunfähig gewesen. Dabei habe ich ihn auf den Sitzungen gesehen, auch am Abend des 8. April, das weiß ich ganz genau.

Das fand ich seltsam, dass da niemand widersprochen hat.

Nein, ich habe natürlich auch nichts gesagt. Wenn mich jemand gefragt hätte, dann vielleicht. Aber so?

Friedrich Bollund

Sie wollen dafür sorgen, dass die Verfahren wieder neu aufgerollt werden?

Ist das eine Drohung?

Ich will Ihnen mal was sagen: Tun Sie, was Sie nicht lassen können. Kein Mensch hat Interesse an einem solchen Verfahren.

Ach, Sie haben neue Zeugen. Interessant. Da bin ich aber gespannt.

4

Beckmann lenkt seinen Volvo über die Celler Straße zur Hamburger Allee, fädelt sich nach einigen hundert Metern rechts auf die Vahrenwalder Straße ein. Gleich an der ersten Ampel biegt er erneut rechts ab.

Er parkt vor dem hohen Eisenzaun des Landeskriminalamtes und meldet sich beim Pförtner. Keine zwei Minuten später steht ihm Vanessa gegenüber, die es sich nicht hat nehmen lassen, ihn direkt abzuholen. Sie fasst ihn an der Hand und zieht ihn hinter sich her ins Treppenhaus.

»Schön, dich mal wieder zu sehen. Hast dich ja am Telefon ziemlich rar gemacht.« Sie strahlt ihn an.

Unsicher, wie er diesen Frontalangriff überstehen soll, zuckt Beckmann mit den Schultern.

»Ich hatte viel zu tun. Neuer Posten, neue Wohnung.«

»Bei mit gibt es auch was Neues.« Erwartungsvoll legt sie den Kopf zur Seite, schüttelt ihre langen blonden Haare und setzt dieses Lächeln auf, das ihn vom ersten Augenblick an die Sprache verschlagen hat. Der Leberfleck rechts über der Oberlippe zieht sich ein Stück nach oben, und er muss an Cindy Crawford denken – so wie jedes Mal, wenn Vanessa ihm begegnet.

Als Beckmann nichts sagt, streckt sie ihm ihre Hand entgegen. Verwirrt starrt er auf ihre schlanken Finger und die ovalen, hellrosa lackierten Fingernägel. Sie reckt ihren Ringfinger in die Höhe und dreht mit dem rechten Zeigefinger an dem glitzernden Ring.

»Ich bin verlobt.«

»Glückwunsch.«

»Dominik und ich haben uns versöhnt. Er hält es ohne mich nicht aus und hat mir einen Heiratsantrag gemacht. Im November ist Hochzeit.«

Beckmann erinnert sich dunkel an das gerahmte Foto eines gutaussehenden dunkelhaarigen Mannes, das umgedreht auf ihrem Nachttisch gelegen hat.

»Du könntest dich ruhig ein bisschen mehr für mich freuen – oder bist du in letzter Zeit immer so einsilbig?«, trällert sie und läuft vor guter Laune fast über.

Mittlerweile sind sie in den Räumen der Abteilung 5 der Fachgruppe für DNA-Analytik und Molekulargenetik angekommen. In den Gängen stapeln sich nach wie vor die Akten, sie sind nur weiter in der Höhe angestiegen. Mit dem seit Jahren geplanten Neubau ist man noch keinen Schritt weitergekommen.

Vanessa biegt links in einen schmalen Flur ein und führt ihn in eins der vier Spurenlabore. Auf einem Tisch liegt eine Jeans. Sie reicht Beckmann eine Brille und setzt sich selbst auch eine auf.

»Warum ist das Glas orange?«, will er wissen.

»Zum Schutz für deine Augen.« Vanessa schaltet die CrimeScope ein und das Deckenlicht aus. »Ich habe Trotts Hose extra für dich liegengelassen. Ich möchte dir etwas zeigen, damit du mein Ergebnis besser zu würdigen weißt.«

Der Raum ist in blaues Licht getaucht und auf den Hosenbeinen schimmert es gelblich.

»Mit Hilfe dieser forensischen Lichtquellen kann man Fingerabdrücke, Haare, Fasern, Blut, Sperma und andere Körperflüssigkeiten wie Spucke und Urin fluoreszierend sichtbar machen. Auf der Jeans von Broderich habe ich so Urinspuren im gesamten Bereich der Beine, sogar an den Hüften entdeckt und ein DNA-Extrakt daraus gewonnen.«

»Der Mann hat sich vielleicht vor Angst in die Hose gemacht. Das soll öfter vorkommen.«

Sie ignoriert seinen Einwand und redet unbeirrt weiter.

»Das Gleiche habe ich mit Trotts Hose gemacht. Auch hier findet sich Urin auf dem Stoff.«

Beckmann wirft ihr einen fragenden Blick zu und beginnt zu ahnen, dass es jetzt interessant wird.

»Nun brauche ich ein paar Stunden Zeit für die DNA-Probe. Wenn sie übereinstimmt …«

Er nickt bedächtig. »… benötigen wir nur noch die entsprechende Gegenprobe und wir haben den Täter.«

Vanessa grinst. »Genau.«

5

An den hellen Chromteilen des schwarzen Motorrads hängen Faserfäden grüner Wasserpflanzen. Ob das wirklich das Wunderwerk auf zwei Rädern mit dem neuen wassergekühlten Vierzylinder-Reihenmotor ist, von dem der Kollege der Kriminaltechnik so geschwärmt hat?

»Was ist …?«, weiter kommt Streuwald nicht.

»Armleuchteralgen und Laichkraut sind das«, belehrt ihn ein Mann um die sechzig, Mitglied des Sportfischereivereins, der mehrere hintereinander liegende Teiche am Rande von Neuwarmbüchen gepachtet hat.

»Sauerei, so etwas in den Fischteich zu werfen«, ereifert er sich, kaum hat er das Zucken um Streuwalds Mundwinkel bemerkt. »Da ist Benzin ausgelaufen. Sehen Sie die schillernden Schlieren?« Aufgebracht dreht er seine dunkle Schiebermütze auf dem Kopf hin und her.

»Kalle, das sieht nicht gut aus.« Der Anglerkollege im grünen Drillich bohrt sich mit dem Zeigefinger in der Ohrmuschel. »Hoffentlich haben die ausgesetzten Forellen keinen Schaden genommen – und die Seerosen.«

»Wer haftet eigentlich dafür?« Der mit der Schiebermütze

geht auf den Polizisten zu und stemmt die Arme fordernd in die Hüfte.

Streuwald zuckt mit den Achseln. »Keine Ahnung.« Bloß weg von hier – ist der Gedanke, der ihn beherrscht.

»Das geht so aber nicht. Da muss doch …« Der in dem Drillich hat endlich den Finger aus dem Ohr gezogen.

Streuwald hört nicht mehr hin und hat schon einen Schritt zur Seite gemacht, als Borgfeld ihm von hinten auf die Schulter schlägt. »Scheint wirklich Broderichs Motorrad zu sein.«

»Die Leute vom Angelverein haben …«, setzt Streuwald an.

»Ich bitte Sie. Wir sind ein Fischhege- und Sportangelverein, wir…«, fällt der mit der Schiebermütze ihm sofort ins Wort und redet endlos weiter, ohne dass die beiden Polizisten ihm zuhören.

Streuwald macht Borgfeld ein Zeichen.

»Komm, lass uns verschwinden. Die Kriminaltechnik nimmt das Ding sowieso mit. Kollege Harms darf sich mit der querliegenden Kurbelwelle und dem anderen Mist beschäftigen. Das wird ihn freuen. Frühstücken wir irgendwo?«

»Ich habe meine Punkte für heute Morgen schon weg, aber ein Kaffee ist noch drin.« Borgfelds Augen flackern entschuldigend. Wenn es nach ihm ginge, wäre er für ein Bauernfrühstück mit Speck und Eiern zu haben, aber wenn er am Donnerstag mit Maria zum Wiegen geht und zugenommen statt abgenommen hat, dann hängt der Haussegen schief. Endgültig.

»Scheint ja bei dir wieder alles seinen normalen Gang zu gehen.« Falls man das normal nennen kann, fügt Streuwald in Gedanken hinzu und schickt Borgfeld einen dieser Blicke, von denen man nie weiß, ob er gleich vor Lachen losprusten oder sich angewidert abwenden wird.

»Ist ja gut«, nuschelt Borgfeld einlenkend.

»Wo wollen wir hin?«

»Der Golfclub liegt gleich um die Ecke. Lass uns dort frühstücken; dabei können wir uns auch gleich nach den Bällen erkundigen.«

6

In Kleinburgwedel liebt man Schilder. An den Kopfseiten der Scheunen sind überdimensionierte Plakate zur 750-Jahrfeier des Ortes angebracht. Jockel, der ortsansässige Hahn, ist auf einem verewigt. Er sitzt auf dem Misthaufen und begrüßt die Durchfahrenden als einer von 2613 aufgeweckten Einwohnern.

Martha biegt rechts ab. Jetzt ist es nicht mehr weit. Das Seniorenpflegeheim »Lindenriek« liegt mitten in Kleinburgwedel an der Durchgangsstraße.

Martha geht die wenigen Schritte vom Parkplatz zum Eingang. Im Flur begegnet sie einer Frau mittleren Alters. Die blonden Haare sind zurückgekämmt und werden mit einem Gummiband im Nacken zusammengehalten. Ihr pausbäckiges Gesicht strahlt Güte und Gelassenheit aus.

»Kann ich Ihnen helfen?«, spricht sie Martha fröhlich an.

Überrascht bleibt Martha stehen. »Gerne, ich möchte zu Herrn Zander. Können Sie mir sagen, wo ich ihn finden kann?«

»Aber natürlich. Herr Zander wohnt im Birkenweg. Nehmen Sie den Fahrstuhl in die erste Etage. Dann halten Sie sich links. Es ist gleich die zweite Tür links. Sie müssen aber kräftig klopfen, sonst hört Herr Zander es nicht. Er ist ein bisschen schwerhörig.«

Martha nimmt den Fahrstuhl und findet die Tür mühelos. Sie klopft. Nichts rührt sich. Sie versucht es noch einmal energischer. Wieder nichts. Schließlich drückt Martha die Klinke herunter und öffnet die Tür. Das Zimmer ist leer.

Enttäuscht kehrt Martha zur Eingangshalle zurück. Eine andere Pflegerin kommt ihr mit einem Getränkewagen entgegen. Sie ist höchstens zwanzig und hat die strohblonden Haare zu einem wippenden Pferdeschwanz gebunden.

»Entschuldigung«, spricht Martha sie an. »Ich suche Herrn Zander. Er sollte in seinem Zimmer sein, aber das ist leer.«

»Ach, der Herr Zander.« Das junge Mädchen lächelt. »Der Herr Zander ist bestimmt draußen. Er ist so gerne an der frischen Luft.«

Zusammen mit Martha geht sie um die Hausecke. Unter einer ausladenden Kastanie sitzt ein alter Mann auf einer breiten Holzbank im Schatten. Die Lernschwester zeigt auf ihn.

»Sie haben Besuch, Herr Zander.«

Emil Zander ist ein Mann Mitte achtzig. Alles an ihm wirkt wie die winzige Ausgabe seines Sohnes. Das Gesicht ist schmal und eingefallen, die Lippen sind zu einem Strich verkümmert, erinnern aber trotzdem noch an einen bissigen Hund. Seine grauen Augen blinzeln trübe hinter dicken Brillengläsern. Ohne zu fragen, aktiviert Martha an ihrem Diktiergerät die Aufnahmetaste.

»Guten Morgen, Herr Zander.«

Überrascht blickt er auf, greift nach Marthas Hand und umklammert sie. Martha glaubt ein erkennendes Blitzen hinter seiner Brille wahrzunehmen.

»Du bist es. Endlich. Ich habe auf dich gewartet.«

Martha blinzelt der Lernschwester zu.

»Sehen Sie, er erwartet mich, er hat es nicht vergessen.«

»Dann gehe ich wieder«, murmelt die junge Frau und verschwindet mit ihrem wippenden Pferdeschwanz.

»Ihr Sohn hat gestern angerufen und mich angemeldet. Mein Name ist Landeck, Martha Landeck.«

Der Greis legt den Kopf schief und mustert sie.

»Ich wollte mit Ihnen über die Zeit nach dem Zweiten Weltkrieg reden.«

»Hast du die Pflaumen schon gepflückt?«

Martha wirft ihm einen verständnislosen Blick zu. »Gestern habe ich Ihren Sohn getroffen. Ich soll Sie grüßen.«

Emil Zander blinzelt und reibt sich hinter den Brillengläsern am Auge.

»Ein guter Junge. Hat er auch den Schlüssel mitgenommen? Dauernd klingelt er, wenn er nach Hause kommt. Sogar nachts.«

Martha ist unschlüssig, was sie machen soll. Emil Zander scheint mit ihrem Hinweis auf seinen Sohn nichts anfangen zu können. Kurz entschlossen setzt Martha sich neben Emil Zander auf die Bank. Vielleicht macht Nähe den alten Mann gesprächiger.

»Kennen Sie einen Herbert Müller?«

Statt einer Antwort starrt der alte Mann vor sich hin.

Nach zähen Minuten, in denen Martha nur das Klackern des im Gaumen hin- und hergeschobenen Gebisses hört, spuckt er plötzlich mit unvermutetem Schwung auf den sandigen Boden zu seinen Füßen.

So schnell gibt Martha nicht auf. »Können Sie sich an Herbert Müller erinnern? Der wohnte bei Ihnen in der Nachbarschaft.«

Langsam dreht Emil Zander den Kopf in Marthas Richtung.

»Herbert Müller«, seine Lippen formen langsam den Namen.

»Sie waren zusammen auf einer Schule.«

»Schule …«, murmelt Zander und lässt seinen Kopf hängen. »Gab immer was auf die Finger, wenn einer frech war.«

Plötzlich hat Martha eine Idee.

»Hausmeister Pietsch war ein ganz strenger.« Jetzt muss er sich doch einfach erinnern. Diesen Abend in den Kleingärten kann er nicht vergessen haben. Pietsch hat ihm eine Pistole in die Hand gedrückt. Das ist eine ganz frühe Erinnerung, heute würde man sie mindestens als traumatisch bezeichnen, das kann doch nicht aus dem Gedächtnis verschwunden sein.

»Pietsch, der alte Pietsch …«, murmelt Zander.

Endlich, jubiliert Martha innerlich. Jetzt kommt die Geschichte langsam hoch. »Hausmeister Pietsch hat Ihnen die Pistole in die Hand gedrückt, als die Bomben fielen.«

Der alte Mann hebt den Kopf und mustert Martha, als wenn er sie noch gar nicht gesehen hätte. »Pistole?«

»Ja, die Pistole. Überall lagen Tote.«

»Tote?« Er nickt. »Viele sind tot. Mutti, Vater, Tante Selma.«

Der Mann scheint wirklich alles vergessen zu haben. Mit dem Frühstadium der Altersdemenz scheint sein Sohn nicht richtig zu liegen. Martha seufzt enttäuscht. Den Weg hätte sie sich sparen können. Gerade als sie zum innerlichen Rückzug bläst, greifen die von Arthritis gekrümmten Finger nach ihr.

»Schön, dass du mich besuchst. Hast du mir was mitgebracht?«

Verdammt, daran hat sie nicht gedacht. Und was hätte sie ihm auch mitbringen sollen? Schokolade?

»Hast du mir nichts mitgebracht?« Wie ein kleines Kind sieht er sie schmollend an.

Da fallen ihr die Fotografien ein. Sie zieht das Album aus ihrer geräumigen Umhängetasche und schlägt es auf.

7

Borgfeld öffnet die Tür des Autos und prallt von der ihm entgegenkommenden heißen Luft zurück. Der Einsatzwagen hatte sich in der Morgensonne unerträglich aufgeheizt. Verdammt, warum hatte er beim Parken nicht auf einen schattigen Platz geachtet!

»Warte noch einen Moment«, raunt er Streuwald zu und lässt die Fensterscheiben herunter. »Das wird gleich besser.«

»Ich hätte auch dahinten unter den Eichen geparkt.«

Borgfeld zieht seine Jacke aus und wirft sie auf den Rücksitz. »Willst du fahren?«

»Kann man hier überhaupt nichts mehr sagen?«, brummt Streuwald und lässt sich auf den Beifahrersitz fallen.

Borgfeld folgt dem Alten Postweg, passiert einen weiteren

Teich und taucht dann in den Schatten des Staatsforsts Lohne ein. Er bremst ab, als er einen Radfahrer überholt.

»Was ist das denn für ein seltsames Ding?«, fragt Streuwald und deutet auf das quadratische Steinmonster im Wald. »Das habe ich auf dem Hinweg gar nicht gesehen.«

»Soll ich mal anhalten?«

Borgfeld interpretiert Streuwalds Brummen als »ja« und hält, dann legt er den Rückwärtsgang ein und sucht sich einen Parkplatz im Schatten.

»Recht so?«

»Nun werd mal nicht komisch. Ich denk ja auch an dich. Die Hitze ist nicht gut für den Kreislauf.« Streuwald steigt ächzend aus und macht einen Schritt auf den hellen Baukörper zu.

»Das ist ja wohl ein Riesending hier am Waldrand«, ruft er Borgfeld zu. Er geht noch einen Schritt näher heran und liest das Hinweisschild der Denkmalschutzbehörde:

Gerhard Hoyermann, Apotheker in Hoheneggelsen, entdeckte den Mineraldünger Thomasphosphat.

Streuwald geht wieder zurück zum Auto. Kaum sitzt er, fragt Borgfeld: »Und? Was ist das nun?«

Streuwald rastet den Sicherheitsgurt in der dafür vorgesehenen Verankerung ein. »Das ist ein Mausoleum.«

»Ein Mausoleum? Und wer stellt sich so ein protziges Ding in den Wald, hier am Arsch der Welt?«

Streuwald lächelt. Endlich erkennt er seinen alten Kollegen wieder. Arsch der Welt. Volltreffer. »Warum, weiß ich auch nicht. Aber der hat mal den Mineraldünger erfunden. Hoyermann heißt er, und das Zeug nennt sich Thomasphosphat.«

»Ach der.«

»Ach der? Was meinst du denn damit?« Borgfeld soll bloß nicht so tun, als ob er wüsste, was Thomasphosphat ist.

»Der Hoyermann hat das Gut gebaut oder gekauft, was weiß ich – das da, hinter dem Golfclub. Gut Lohne.« Borgfeld startet den Motor. »Einer der Nachfahren von diesem Hoyermann soll am Ende des Krieges brutal von seinen eigenen Zwangsarbeitern gelyncht worden sein. Angeblich haben die gefangen gehaltenen Russen und Polen nie genug zu essen bekommen.« Borgfeld schaltet vom ersten in den zweiten Gang. »Die sollen den Toten vorne an den Laster gebunden haben und sind dann mit ihm hupend bis nach Burgwedel gefahren.« Borgfeld zögert kurz. »Vielleicht hat er aber auch noch gelebt und ist erst bei dieser Tour gestorben.«

Streuwald wirft Borgfeld einen zweifelnden Seitenblick zu.

»Doch, kannst du mir glauben, das habe ich auf dem Geburtstag meiner Mutter gehört. Mein Cousin, der Gerrit, gräbt immer wieder neue Geschichten bei den Bauern aus, wenn er auf diesen Feuerwehrfesten ist«, ereifert sich Borgfeld.

Streuwald sagt nichts, aber seine Skepsis bleibt. Ein Funken Wahrheit, vielleicht, aber der Rest ist alkoholisiertes Geschwätz von Wichtigtuern. Garantiert.

Wenig später biegen sie in die Zufahrtsstraße zum Golfclub ab. Links wiegen sich blühende Gräser im Wind, rechts hat man Aussicht auf Loch eins, dessen gelbe Fahne sich schwach im Wind bewegt. Das lang gezogene Fairway der gegenüberliegenden Bahn wird gerade mit der Beregnungsanlage bewässert. Der kräftige Wasserstrahl spritzt Richtung Himmel und fällt dann nieder. Eine unendliche Anzahl von Wassertropfen rieselt auf das Gras und schillert dabei in allen Regenbogenfarben. Ohne das Rattern der sich langsam drehenden Pumpe und den in der Ferne knatternden Rasentraktor wäre die Idylle perfekt.

Auf der Zufahrt zum Clubhaus wundert sich Borgfeld über den leeren Parkplatz. Die mit Schildern reservierten Plätze für Vorstand und Organisation sind genauso unbenutzt wie der für die Gastronomie.

»Schlafen die heute alle aus?«, brummt Borgfeld beim Verriegeln des Autos.

Streuwald ist schneller. Er drückt bereits gegen die Eingangstür. Nichts passiert. Er zieht an der Klinke. Wieder nichts.

»Was ist denn los?«, wundert sich Borgfeld. »Die müssen doch den Club wegen Broderich nicht gleich schließen. Da war nie die Rede von.«

Beide werfen einen Blick durch die Fensterscheibe. Drinnen ist alles dunkel.

»Lass uns zum Geschäft gehen«, schlägt Streuwald vor.

Auch hier Fehlanzeige. Sie beratschlagen gerade, was sie machen wollen, als ein Rasenmähertraktor um das Caddyhaus herumfährt. Der Fahrer sieht die Polizisten und hält an.

»Kann ich Ihnen helfen?«

»Wir wollten einen Kaffee trinken und mit der Sekretärin reden.« Streuwald zeigt auf das Clubhaus. »Da macht niemand auf.«

»Tut mir leid.« Der Mann im dunkelgrünen Overall wischt sich mit einer Bewegung den Schweiß von der Stirn. »Montags ist Greenkeepertag, da ist morgens die Driving Range gesperrt. Das Restaurant hat Ruhetag, genau wie das Sekretariat.«

Er grinst und zwischen seinen Vorderzähnen zeigt sich eine breite Zahnlücke.

»Da haben Sie sich einen schlechten Tag ausgesucht.«

Zum Gruß hebt er zwei Finger an die Schirmmütze und braust mit seinem Traktor davon.

8

»Warum hast du mir gestern nicht davon berichtet?« Wörsteins Tonfall ist scharf und seine Augen funkeln. Plan B ist gescheitert, und Matusch sagt ihm nicht einmal etwas davon. Die Dinge laufen aus dem Ruder. Schon wieder muss er sich das eingestehen. Er schickt Matusch einen Blick, dessen Schärfe ihm die Wange aufritzen könnte.

Matusch kneift die Lippen aufeinander. Wäre er bloß noch zu Wörstein gegangen, egal wann. Immer diese scheiß Rücksichtnahme. Die muss er sich endlich abgewöhnen.

»Sie waren am Abend in Hermannsburg und kamen sehr spät zurück – außerdem dachte ich, dass Karl vielleicht nur kurz unterwegs ist und ich mich danach um ihn kümmern könnte«, setzt er entschuldigend hinterher. Scheiße, wie man's macht, macht man's falsch.

Wörstein hat Mühe, seinen Zorn unter Kontrolle zu halten. Seine eisigen Augen sezieren Matuschs Schädel, vereisen dessen Ohren und Nase. Mit was für Idioten hat er es hier eigentlich zu tun? Plan B ist eine klare Ansage und kein »wir machen vielleicht etwas«. Doch es wäre ein Fehler von ihm, das in dieser Situation auszusprechen. Matusch ist zwar geistig nicht besonders helle, könnte aber noch nützlich sein. Man muss ihn nur richtig einsetzen.

Wörstein reibt mit Zeigefinger und Daumen an seiner langen Nasenspitze. Die gefährliche Figur im Spiel ist jetzt Karl. Das steht fest. Ein Bursche mit wenig Grips, der viel zu viel weiß. Das darf ihm in Zukunft nicht wieder passieren. Wörstein atmet tief ein und versucht, sich in die Lage von Karl zu versetzen. Ein Achtzehnjähriger ohne Geld und Ausbildung, ein Junge ohne Freunde und Familie. Wörstein hält inne. Das stimmt nicht ganz. Karl hat ihm eines Abends von seiner Mutter erzählt, die in einer Schlichtwohnung am Rande von Burgdorf lebt, besser gesagt: in ihrem Alkoholnebel vor sich hin vegetiert. Er sollte ihr einen Besuch abstatten.

»Sag mal, Matusch, in welcher Straße wohnt eigentlich Karls Mutter?«

9

Emil Zander klappt das Fotoalbum auf. Zuerst starrt er das Bild an, auf dem er mit einer großen Zuckertüte am Tag der Einschulung vor der Schultür steht. Dann blättert er vorsichtig weiter. Eine Jungengruppe steht in Kniestrümpfen nebeneinander vor einem spitzzackigen Eisenzaun. Martha zeigt auf den rechten Jungen.

»Das ist Herbert Müller. Der mit dem Blutschwamm im Gesicht. Erkennen Sie ihn?«

Emil Zander hebt den Kopf und betrachtet Martha, als wäre sie eben gerade vom Himmel gefallen. Er greift nach ihrer Hand und drückt sie kräftig.

»Bist du doch zurückgekommen?« Er drückt noch fester zu. »Hab nicht mehr daran geglaubt.«

Martha sagt nichts, mustert stattdessen die geschwollenen

Gelenke seiner Finger, registriert die braunen Altersflecken auf dem Handrücken, genau wie den abgestandenen muffigen Geruch, der von ihm ausgeht. Bitte, lass ihn sich erinnern, schickt sie als Stoßgebet zum Himmel.

»Die neugierige Clara ist wieder da. Zurück aus Amerika. Hast du alles herausbekommen, was du wissen wolltest?«, murmelt Emil Zander leise.

Martha kann ihn trotzdem gut verstehen, seine Stimme ist klarer und fester als noch vor wenigen Minuten. Statt einer Antwort lächelt Martha ihn an und erwidert den Druck seiner Hand.

»Weißt du jetzt Bescheid?« Ein Lächeln huscht über das Gesicht des alten Mannes.

»Herbert Müller hat an der Flakstation Leute erschossen.«

»Das ist nichts Neues. Das hast du ihm doch direkt ins Gesicht geschleudert. Aber was hat der andere dazu gemeint?«, schnauft der Alte.

»Welcher andere?«

»Weißt du das nicht mehr?« Fast scheint es, als ob der alte Mann sich freut, dass die Frau ihm gegenüber etwas vergessen haben könnte.

Martha zuckt statt einer Antwort mit den Schultern. Wen meint er bloß? Emil Zander grinst spitzbübisch und erinnert sie für einen Augenblick an seinen Sohn.

»Der Bollund natürlich, der war doch mit dabei. Was hat der dazu gesagt?«

»Wozu? Redest du von den Schüssen auf den Mann in Sträflingskleidung. Redest du über den Mann, der aus Wilhelms Wohnung kam?«, fällt Martha in das vertrauliche »du« ein, das Emil Zander gewählt hat.

»Nein, ich rede von den Meineiden, die sich alle gegenseitig geschworen haben. Du wolltest die erneut vor Gericht ziehen.« Ein verschmitztes Lächeln umspielt Zanders faltige Lippen. »Diese Morde sollen nicht ungesühnt bleiben, hast du immer gesagt. Die krieg ich dran, die bring ich vor Gericht.« Emil Zander lächelt immer noch. »Wie war denn nun dein Treffen mit Herbert? Du hast mir nichts davon gesagt. Am nächsten Tag warst du einfach weg – und alle haben erzählt, dass du zurück nach Amerika bist.« Die Ungeduld in seiner Stimme ist nicht zu überhören.

»Wer sind alle?«

»Herbert und Bollund natürlich, ich glaube, auch der Wilhelm, der Wilhelm Trott, aber bei dem bin ich mir nicht so sicher.«

»Wo hatten wir uns verabredet?«

Emil Zander erstarrt plötzlich, dreht sich zu ihr um und betrachtet sie mit leerem Blick. Sie streicht über seinen Arm, aber er reagiert nicht.

»Wo hatten wir uns verabredet?«, wiederholt sie.

»Wann gibt es Essen? Ich habe Hunger.«

»Bitte, wo hatten wir uns verabredet?«, bettelt Martha.

»Hunger. Ich habe Hunger.«

10

Beckmann schließt nachdenklich die Autotür auf. Auf den Hosen beider Opfer gibt es großflächige Urinspuren, besonders im Kniebereich. Eine Möglichkeit ist natürlich, dass sie sich selbst bepinkelt haben, ein unwahrscheinlicher Zufall, doch nicht gänzlich auszuschließen. Beckmann lässt sich auf den kochend heißen Sitz fallen und startet den Volvo. Die Zündspule knarzt kurz, aber dann springt der Motor an und er legt den ersten Gang ein. Angenommen, ein unbekannter Dritter kommt ins Spiel, einer der auf die Opfer uriniert. Ganz bewusst und garantiert nicht mit deren Zustimmung. Beckmann hält inne und spürt seinen Gedanken noch einmal nach. Broderich und Trott befanden sich in einer Lage, in der sie sich nicht mehr wehren konnten, waren vielleicht sogar schon tot. Hilflose zu bepinkeln, ist für ihn Ausdruck höchster Verachtung. Dieses Gebaren ist nichts anderes als das primitive Gefühl, Macht und Überlegenheit zu genießen.

Beckmann fährt im zweiten Gang vom Hof des LKA und beobachtet einen Hund, der sein Hinterbein vor einem Laternenpfahl hebt. Hunde markieren ihr Revier. Macht der Mörder vielleicht das Gleiche bei seinen Opfern? Vielleicht hat dieses primitive Verhalten gar nichts mit Macht und Überlegenheit zu tun.

Die Vahrenwalder Straße liegt schon hinter ihm, als ihm klar wird, dass diese vagen Überlegungen nur eins mit Sicherheit bedeuten: Dieser Stehpinkler hat keine Ahnung vom aktuellen technischen Stand der DNA-Analyse.

Kaum angekommen in der Polizeiinspektion, wählt Beckmann erneut die Nummer der Staatsanwältin. Doktor Mackenrodt ist sofort am Apparat und entschuldigt sich, dass sie vorher auf lautlos geschaltet hat.

»Oberstaatsanwalt Meininger hat mich zu sich gebeten, weil er einen Anruf von Staatssekretär Wiesner aus dem Innenministerium bekommen hat. Wiesner spielt seit Jahren im Golfclub Isernhagen und war nicht angetan von der Polizeipräsens am Wochenende auf seinem Platz.«

»Ein Mord ist ein Mord.« Beckmann lehnt sich in seinem Stuhl zurück und legt die Füße auf die Heizung.

»Eben, das habe ich ihm auch gesagt, danach gab er Ruhe. Trotzdem wäre es natürlich schön, wenn die Sache zügig geklärt würde. Die Presse sitzt mir im Nacken und will mehr als nur unsere bisherige knappe Erklärung.«

»Wir sind dran. Goldmann und Müller wurden von Broderich erpresst. Ein Motiv wäre das allemal. Für beide.« Beckmann berichtet ihr von den Manipulationen der Internetplattform *Bürger gegen Golf* und von den Interviews. »Broderich hat versucht, aus allem Kapital zu schlagen, weil er dringend Geld brauchte. Als er den Brief von Trott erhielt, hat er sofort die Brisanz der Textsammlung erkannt. Aus irgendeinem Grund muss er Müller gekannt haben und hat ihn dann sofort erpresst. Geld scheint für Müller kein Problem gewesen zu sein, beim zweiten Erpressungsversuch ist ihm jedoch mit Sicherheit klar geworden, dass das nicht unbedingt das Ende der Fahnenstange ist. Goldmann und Müller sind im Moment unsere Hauptverdächtigen.«

»Wer ist dieser Müller?«

»Mir ist er nur aus dieser Interviewsammlung. bekannt. Aber Kollege Rischmüller ist schon dabei, mehr über ihn herauszufinden.«

»Sehr gut.« Im nächsten Moment setzt die Staatsanwältin hinterher: »Und Wörstein? Hängt der da auch mit drin? Dem würde ich zu gerne mal richtig auf die Füße treten.«

Genussvoll dreht sie den Bleistift mit der Handfläche auf der Tischplatte hin und her und betrachtet dabei ihre frisch lackierten Fingernägel. Es wäre ihr mehr als nur eine große Genugtuung, Wörstein endlich dran zu kriegen.

»Ich muss Sie enttäuschen, das mit dem Auf-die-Füße-Treten, müssen wir verschieben. Wörstein lässt sich nur nachweisen, dass Broderich ihn in der letzten Woche häufiger angerufen hat. Aber er wird sich damit rausreden, dass es wegen der Gestaltung der Internetseite viel zu bereden gab – und wer will das widerlegen?«, entgegnet Beckmann und schlägt die Beine übereinander. »Goldmann und dieser Müller hingegen wurden direkt von Broderich mit einem Erpresserschreiben unter Druck gesetzt. Der Ball in Broderichs Rachen stammt aus dem Zimmer des Golfclubpräsidenten. Seine Erklärungen dazu sind äußerst dürftig.«

»Warum sollte Goldmann Broderich töten, ihm seinen Golfball in den Hals stecken und am Golfplatz ablegen – *seinem* Golfplatz? Das müssen Sie mir mal erklären«, fordert die Staatsanwältin und legt den Bleistift in die Schale für die Stifte zurück.

Schweigen am anderen Ende der Leitung.

»Sind Sie noch da, Hauptkommissar Beckmann?« Mit der Daumenkuppe fährt sie über die manikürten Spitzen ihrer Fingernägel.

»Ja.« Beckmann zieht das Wort in die Länge. Ganz wohl ist ihm bei dem Gespräch nicht.

»Warum sagen Sie dann nichts?«

»Sie haben ja Recht«, räumt Beckmann widerwillig ein. »Ein Motiv allein reicht nicht. Warum sollte Goldmann den Verdacht auf sich selbst lenken?« Er macht eine kurze Pause, bevor er fortfährt: »Und der achtzigjährige Müller ist auch nicht die Idealbesetzung, das gilt für beide Mordfälle.« Beckmann seufzt.

»Bleibt nur der unbekannte Dritte.«

Vielleicht ist das ja wirklich die Lösung. Beckmann berichtet der Staatsanwältin von der Untersuchung mit den forensischen Lichtquellen.

»Wir warten nur noch auf die Ergebnisse der DNA-Analyse, das könnte dann der Durchbruch sein.«

Jetzt schweigt die Staatsanwältin.

»Frau Mackenrodt? Sind Sie noch da?«

»Ja.« Sie räuspert sich. »Angenommen, die beiden Proben stimmen tatsächlich überein, wollen Sie etwa den ganzen Golfclub zum Gentest antreten lassen oder alle ›Aufrechten Deutschen‹?«

11

»Herr Zander?« Martha schaut auf den alten Mann, dem ein Speichelfaden langsam aus dem Mund läuft. Er scheint es nicht zu bemerken. Mit starren Augen fixiert er den sandigen Boden und sagt kein Wort.

»Herr Zander, bitte!«

Keine Reaktion.

»Emil?«, versucht Martha es mit der vertraulicheren Ansprache. Was ist nur passiert? Müller und Bollund wollten sich mit Clara treffen. Ahnten sie nur oder wussten sie, dass Clara die Vorfälle am 8. April 1945 kannte?

»Was weißt du über Müller?«

Immer noch hängt der Speichelfaden an Emil Zanders bläulich verfärbter Unterlippe, direkt neben einem dunkelroten Punkt. Einem winzigen Blutschwämmchen. Kein Vergleich zu dem von Herbert Müller. Trotzdem. Blutschwamm bleibt Blutschwamm. Es juckt Martha in den Fingern, die Spucke mit ihrem Taschentuch abzuwischen, aber sie traut sich nicht. Emil Zander ist schließlich nicht ihr Vater. Emil Zander ist ein wichtiger Zeuge. Schade nur, dass sein Wissen versteckt in seinem Gehirn schlummert.

Martha streicht behutsam über die braun gefleckte Hand des alten Mannes. Er hebt kurz den Kopf und mustert sie aus seinen trüben Augen. Es hat keinen Zweck. Heute würde er nichts mehr sagen. Vielleicht sollte sie morgen einen weiteren Versuch starten.

»Soll ich Sie zum Essen bringen?«

Erstaunt hebt der alte Mann den Kopf und sieht sie an. Sein Blick ist plötzlich wieder so lebhaft wie vor wenigen Minuten. Er macht auf Martha den Eindruck, als wenn er aus einer Hypnose aufgewacht wäre. Ängstlich sieht er sich nach allen Seiten um und zischt: »Ich habe dich gewarnt.«

»Wovor?« Emil Zander ist wieder im Ring, jubiliert Martha und ihr Rücken spannt sich erwartungsvoll.

»Nicht so laut«, wispert der alte Mann ihr zu. »Die beobachten uns. Da musst du aufpassen.«

»Wovor hast du mich gewarnt?«, flüstert Martha.

»Die wollen keine Nachforschungen. Das habe ich dir gleich gesagt. Den Tommy haben sie auch auflaufen lassen. Die haben alle dicht gehalten, niemand hat geredet, niemand durfte reden. Und wenn einer geredet hat, dann gnade Gott.« Emil Zander lächelt Martha mit seinen vom grauen Star getrübten Augen zu und zieht die flache Handkante energisch am Hals vorbei.

»Da wurde nicht lange gefackelt.« Er seufzt. »Und dann kamst du.« Er drückt ihre Hand. »Plötzlich hatte ich wieder Hoffnung. Hoffnung, dass es doch noch so etwas wie Gerechtigkeit gibt.« Eine Träne rinnt über seine faltige Wange.

»All die Toten.« Er schüttelt den Kopf. »All die Toten.«

Martha tupft seine Tränen mit einem Taschentuch ab.

»Warum bist du … zu dem Treffen mit Müller gegangen? Ich habe dich gewarnt«, stammelt er.

»Wo haben wir uns getroffen?«

»Bei ihm zu Hause.«

»Bei Müller?«

»Ja.« Emil Zanders Blick flackert wieder.

»War seine Mutter da?«

Zander antwortet nicht, stattdessen starrt er auf den Sandboden zu seinen Füßen.

»Und seine Mutter?« Marthas Herz pocht. Bitte, bleib klar, alter Mann. Rede weiter. Erinnere dich.

Plötzlich hebt er den Kopf. »Die Mutter?«

Bitte rede nicht wieder davon, dass du Hunger hast. Bleib beim Thema.

»Müllers Mutter war nicht da. Die war bei ihrer Freundin, der Babette.«

Martha stößt einen Seufzer der Erleichterung aus. Müllers Mutter hat die neugierige Babette besucht. Clara ist allein zu dem Treffen gegangen. Vielleicht war auch Bollund da. Und dann? Dann war sie plötzlich verschwunden. Hat alles zurückgelassen. Sogar das Tagebuch.

»Was hast du eigentlich gedacht, als ich so plötzlich fort war?« Erwartungsvoll sieht sie Emil Zander an.

Schweigen folgt. Der Alte ist erschöpft, schließt die Augen und flüstert: »Am nächsten Tag war der Gemüsegarten bei den Müllers umgegraben. Direkt neben dem Komposthaufen vor der Hecke. Das ging mir nie aus dem Kopf.«

»Was willst du damit sagen?« Martha ist irritiert. Gräbt man im Frühherbst einen Gemüsegarten um?

»Warum wurde der Garten umgegraben?«, bohrt sie nach.

Wieder keine Antwort.

»Emil, was hast du gesehen?«

In Marthas Kopf arbeitet es unaufhörlich. Was hat Herbert Müller mit Clara gemacht? Die junge Frau stellte für Müller und Bollund plötzlich eine Bedrohung dar. Nicht nur, dass sie zu viel wusste, sie wollte die Verfahren auch wieder aufrollen. Hat Müller ihr bei diesem Treffen gedroht, sie vielleicht sogar getötet? Oder war es Bollund? Oder beide? Haben sie sie dann weggeschafft, um einen Mord zu vertuschen?

In Gedanken geht Martha die verschiedensten Szenarien durch: Clara wurde verschleppt oder ermordet. Verschleppt ergibt keinen Sinn. Bleibt die letzte Variante. Von dem Tagebuch scheinen die beiden nichts gewusst zu haben. Martha fixiert den alten Mann, nimmt seine Hand und streicht sacht darüber.

»Emil?«

Emil Zander starrt auf den Boden und schweigt. Ein Speichelfaden löst sich gerade von seiner Unterlippe.

»Emil, sag doch was! Was hast du gesehen?«

Tatsächlich, er hebt den Kopf und dreht sich in Zeitlupe zu

ihr um: »Die Babette backt leckere Kuchen. Ihr Käsekuchen und der Streuselkuchen … Alles mit guter Butter.«

12

Kevins Mutter öffnet gleich beim ersten Klingeln die Haustür. Abgestandener kalter Rauch fällt Wörstein entgegen und er weicht angeekelt einen Schritt zurück. Das scheint die Wohnungsinhaberin aber entweder nicht zu stören oder sie bemerkt es gar nicht.

»Sind Sie Frau Fischer?«

»Was wollnse von mir?«

»Ich möchte mit Ihnen über Karl sprechen.«

»Kenn keinen Karl.«

»Sie haben doch einen Sohn.« Für einen Moment ist Wörstein irritiert.

»Hat der Kevin wieder was ausgefressen?« Ohne die Antwort abzuwarten, will sie die Tür zuknallen.

Schnell streckt Wörstein sein Mitbringsel durch den Türspalt. Richtig, dieser Karl heißt ja eigentlich Kevin. Das darf er nicht durcheinander bringen.

»Nein, Ihr Sohn ist in Ordnung. Ich bin ein Freund von Kevin.«

Ihre kleinen rotgeäderten Augen blitzen freudig auf, als sie die zwei Schnapsflaschen sieht, die er ihr statt Blumen mitbringt.

»Na, wenn das so ist.« Sie winkt ihn herein. »Kommse rein. Da müssen wir ja nicht im Treppenhaus rumstehen.«

Wörstein geht über einen schmuddeligen Teppichboden

ins Innere der Wohnung. Sich aneinanderreihende Flecken geben dem Velours eine undefinierbare Farbe, die irgendwo zwischen graugrün und schwarz liegt. Auf dem Belag im Wohnzimmer ist rechts neben der Tür ein großer brauner Fleck. Ein mit Nippes voll gestopfter Vitrinenschrank aus Kiefernholz verdeckt die Wand. Gegenüber steht eine ausladende Sitzgruppe, die auf den Fernseher ausgerichtet ist.

»Setzense sich, ich hol nur schnell Gläser.«

Mit der flachen Hand fegt Wörstein Brotkrümel von der Sitzfläche des mit hellbraunem Velours bezogenen Polstersofas und sucht sich die sauberste Stelle aus, um sich hinzusetzen.

»Bin schon wieder da.«

Die unscheinbare blonde Frau ist höchstens vierzig, sieht aber deutlich älter aus. Früher muss sie einmal ganz gut ausgesehen haben, nicht schön, aber immerhin hübsch. Jetzt scheint sie jedoch keinen Wert mehr auf ihr Äußeres zu legen. Strähnige dunkelblonde Haare fallen ihr ungekämmt in die Stirn, am Hinterkopf sind sie platt gelegen.

»Dann wollenwa Mal.« Sie zeigt auf die Schnapsflasche und lächelt, dabei verschwimmen die Konturen in ihrem aufgedunsenen Gesicht. »Nennse mich Andrea.«

Wörstein grinst. Eine Alkoholikerin, der alles um sich herum egal ist. Matusch hatte Recht, diese Sorte von Mäusen fängt man nicht mit Speck.

Andrea Fischer setzt sich auf den gegenüberliegenden Sessel, schiebt den überquellenden Aschenbecher zur Seite und stellt zwei Wassergläser auf den Tisch. Wörstein öffnet die Flasche und gießt ihr großzügig vom Doppelkorn ein.

»Was wollnse?« Sie hebt das Glas an ihre Lippen und trinkt

es zur Hälfte aus. Ein wohliges Lächeln breitet sich auf ihrem Gesicht aus. »Das ist ja mal ein guter Tropfen.«

»Ich mache mir Sorgen um Ihren Sohn. Eigentlich ist er ein feiner Kerl, aber ….« Ausführlich erzählt Wörstein, dass ihr Sohn gerade die Chance seines Lebens verspielt, er, Wörstein, jedoch bereit sei, ihm eine neue zu geben. Eine letzte. »Der Junge braucht eine vernünftige Ausbildung. Nicht nur für ihn ist das wichtig, sondern genauso für Sie – wie will er sonst später für Sie sorgen?« Wörstein füllt ihr nach und sie lächelt ihn dankbar an, während sie das Glas austrinkt.

»Wirklich nett, dasse sich Gedanken um Kevin machen. Er hat doch außer mir niemanden. Sein Vater ist ja auf und davon. Hat sich seit Jahren nich blicken lassen. Vorm Unterhalt drückt er sich auch, dieser Scheißkerl. Lässt mich hier sitzen und ich kann mich um alle Probleme kümmern. So einen Jungen zu erziehen, is nich einfach, dass könnse mir glauben.«

Nach dem nächsten Glas berichtet sie ihm, dass ihr Sohn gestern Nachmittag überraschend aufgetaucht sei.

»Er sah so komisch aus mit dieser platten Nase. Ich hab ihn erst gar nich erkannt.« Ihre Stimme ist bei diesem Satz schon eine Spur schwerer. Erneut gießt Wörstein ihr nach.

»Erzählt hat der nich viel. Der war aber immer schon maulfaul.« Sie trinkt und hält plötzlich inne. »Vorhin hat er im *Marktspiegel* geblättert, dann isser aufgesprungen. Hat gesagt, dass er jemanden im Krankenhaus besuchen will.«

Als Wörstein aus Burgdorf zurückkommt, ist er mehr als zufrieden. Der mitgebrachte Schnaps ist eine sinnvolle Investition gewesen. Ein zynisches Lächeln umspielt seine Lippen.

Der Artikel, den dieser kleine Hosenscheißer gelesen hat, liegt nun vor ihm. Das in allen Haushalten kostenlos verteilte Werbeblättchen hat ausführlich von Felix Rinsing und seinem Krankenhausaufenthalt berichtet. Vielleicht ist doch noch nicht alles verloren. Wörstein legt die Zeitung zur Seite, beugt sich aus dem Fenster und pfeift nach Matusch. Jetzt wird es ernst.

13

Martha sitzt an ihrem Computer und starrt auf den Bildschirmschoner. Statt an dem Artikel über die Eröffnung des neuen Kindergartens zu arbeiten, geht ihr das Gespräch mit Emil Zander immer wieder durch den Kopf. Der alte Mann mag zwar vieles vergessen haben, aber an diese lange zurückliegenden Gespräche mit Clara kann er sich erinnern. Kein Zweifel, Clara Rosenthal hat gelebt, sie ist kein Fantasieprodukt. Clara ist zu den Bewohnern Celles gegangen und hat unangenehme Fragen nach den Ereignissen des 8. April 1945 gestellt. Sie hat Sachen ans Licht gebracht, die manche schon als erledigt betrachtet hatten. Vor allem Bollund und Müller. Ein Foto zeigt den jungen Müller mit einem unübersehbaren Feuermal. Es sieht genauso aus, wie Borgas den Blutschwamm des Flakhelfers beschrieben hat. Ist das der Beweis, dass Müller Dimitri vor Borgas' Augen erschossen hat? Nachdenklich reibt Martha ihre Fingerspitzen aneinander. Ein Gedanke nimmt langsam aber sicher Form an. Sie wägt ihn ab. Wieder und wieder. Es würde passen. Das Auftauchen der Aufzeichnungen hat Müller nervös gemacht. So nervös, dass er deshalb Broderich und Trott ermordet.

Sie darf jetzt keinen Fehler machen. Was weiß sie wirklich?

Herbert Müller könnte identisch mit dem Jungen im Wald sein. Herbert und Clara treffen sich bei Müller in der Denickestraße. Seine Mutter ist nicht da. Am nächsten Tag ist Clara verschwunden.

Halt, ermahnt sich Martha erneut. Kein Mensch verschwindet einfach so. Jemand muss nach ihr gesucht haben. Schließlich hat sie Angehörige gehabt. Von Tante Ida ist die Rede und von ihrer Mutter.

Marthas Gedankenfluss gerät ins Stocken. New York ist weit weg. Damals noch viel weiter als heute. Das Telefonieren war schwierig und teuer. Und: Wen hätte die Mutter oder die Tante auch in Celle anrufen sollen? Martha zögert erneut, aber dann ist sie sich sicher. Wenn die Tochter spurlos verschwindet, fragt jede Mutter nach. Gibt zumindest eine Vermisstenanzeige auf. Vielleicht weiß Roswithas Historiker Rat. Irgendwo müssen diese Vermisstenanzeigen doch gesammelt werden.

Martha seufzt tief und atmet langsam aus. Diese Gedanken bringen sie nicht weiter. Absolut nicht. Sie muss sich an das halten, was sie weiß: Am Tag nach dem Treffen der drei war die Stelle neben dem Komposthaufen in Müllers Garten umgegraben. Claras Leiche könnte dort liegen. Das ergibt einen Sinn. Alle haben gedacht, sie sei weggefahren, dabei hat sie Celle nie lebend verlassen.

Das Klingeln des Telefons reißt Martha aus ihren Gedanken. Es ist Mittenwald.

»Ich habe da was für Sie«, legt er sofort los und wartet erst gar keine Antwort ab. »Der verschwundene Junge ist wieder aufgetaucht. Wissen Sie das schon?«

Das gedehnte »Ja« Marthas ist Mittenwald Antwort genug.

»Eigentlich hätten Sie mir darüber ausführlicher berichten können. Ein Junge aus unserer Kleinstadt wird entführt und brutal misshandelt. Das ist schließlich ein Thema, das unsere Leser interessiert.«

Nicht diese alten Kamellen aus Celle, die Sie ständig anbringen. Martha hört die unausgesprochenen Zwischentöne durchaus. Bevor sie jedoch antworten kann, redet Mittenwald schon weiter.

»Die ganze Sache hat doch an dem neuen Schulungsheim hinter Ehlershausen ihren Anfang genommen. Da ist der Junge verschwunden. Egal, ob die »Aufrechten Deutschen« etwas damit zu tun haben oder nicht, die ganze Sache wächst sich zum Politikum aus und bringt Unfrieden in die Stadt.«

Während Mittenwald redet, überlegt Martha, worauf ihr Chefredakteur eigentlich hinaus will, aber ihr fällt beim besten Willen nicht ein, in welche Richtung er galoppiert.

»Soll ich ein Interview mit dem Jungen machen?«, wagt sie sich vor.

»Das ist vielleicht keine schlechte Idee. Aber damit warten wir, bis dieser junge Mann aus dem Krankenhaus entlassen wird. Ich habe da eine ganz andere Idee. Sie haben mir doch von der Mahnwache vor diesem Heim berichtet und dass die Region den Kaufvertrag am liebsten rückgängig machen würde.«

»Soll ich zur Region gehen und nachhaken, wie es zu dieser Vertragsunterzeichnung gekommen ist? Ich kenne da jemanden in der Verwaltung …«

»Auch keine schlechte Idee«, unterbricht Mittenwald sie. »Aber mir schwebt da etwas ganz anderes vor.«

Mittenwald macht eine Pause und wartet auf einen neuen Einwurf von Martha. Als keiner kommt, redet er weiter und lässt sich jedes Wort auf der Zunge zergehen.

»Ich dachte, wir packen den Stier bei den Hörnern.«

Martha stutzt. »Und wer ist der Stier? Wörstein?«

»Nein, ich dachte an den Mäzen im Hintergrund.«

»Aber an den kommt doch keiner ran. Es gibt kein Foto, nichts. Der Mann tritt nie in Erscheinung.«

»Man muss eben seine Beziehungen haben.«

Martha hört durch den Telefonhörer, wie Mittenwald genüsslich an seiner Zigarre zieht.

»Ich bin gerade bei meinem alten Lions-Freund Mallewitz in Altencelle, ein begnadeter Mediziner und Jäger. Der kennt ihn gut, schließlich ist er seit Jahren sein Hausarzt. Und Mallewitz hat mir auch erzählt, dass der Mann plant, seine Lebensgeschichte aufzuschreiben. Er sucht jetzt jemanden, dem er von seinem unaufhaltsamen Aufstieg erzählen kann, damit alles für die Nachwelt festgehalten wird. Mallewitz soll sich umhören, wo es einen guten Biografen gibt. Daraufhin hat der mich gefragt – man kennt sich eben – und ich habe Sie ins Spiel gebracht. Der Zeitpunkt könnte nicht besser sein.«

»Mich? Ich habe so etwas aber noch nie gemacht.«

»Ist doch egal. Sie können gut zuhören und schreiben können sie auch. Das passt schon.«

»Aber der lässt garantiert niemanden von der Zeitung an sich heran. Der soll ausgesprochen pressescheu sein.«

»Wer sagt denn, dass er weiß, dass Sie von der Zeitung

kommen? Es kommt zu einem kleinen Vorgespräch, da muss man ihm doch nicht alles auf die Nase binden.«

Langsam begreift Martha, was Mittenwald von ihr will.

»Muss ich denn dazu etwas über ihn wissen?«

»Viel weiß ja niemand. Mallewitz hat mir nur ein paar Eckdaten genannt. Der Mann kommt aus einfachen Verhältnissen. Mitte der fünfziger Jahre hat er zusammen mit seinem Schwiegervater aus einem Fuhrunternehmen mit einem Lastwagen ein viel versprechendes Transportgeschäft aufgebaut. Tag und Nacht fuhr er abwechselnd mit dem Lastwagen von Celle nach Hannover oder Hamburg. Die Geschäfte florierten. Nach einem Jahr kam der zweite Lastzug dazu. Der erste Fahrzeugführer wurde angestellt. Von nun ab nannten sie sich »*Spedition Golter – pünktlich ans Ziel*«. Dann ging es Schlag auf Schlag. Mitte der Sechziger besaßen sie hundert Fahrzeuge und ebenso viele Fahrer. Vor ein paar Jahren hat er dann alles verkauft und einen Großteil des Geldes in die Stiftung »Golter« fließen lassen. Seine Frau und die Tochter sollen nach Kanada ausgewandert sein, sagt Mallewitz, aber so genau wusste er das nicht. Auf jeden Fall wohnen die beiden seit Jahren nicht mehr mit ihm zusammen. Abgesehen davon, dass die Tochter auch schon über fünfzig sein muss.«

»Gibt es irgendwelche Besonderheiten?«

»Da hat Mallewitz nichts von gesagt. Der Mann ist Diabetiker. Aber das gilt wohl nicht als Besonderheit. Lassen Sie sich einfach überraschen. Lernen Sie sich kennen, beschnuppern Sie sich ein bisschen und vielleicht machen Sie ganz unauffällig ein Foto. Zum Schluss stellen Sie fest, dass Sie entweder diese Erinnerungen schreiben möchten oder eben nicht. Das liegt dann ganz an Ihnen. Es wird Ihnen aber zwischendurch vielleicht gelingen, das Thema auf dieses Schulungsheim und die »Aufrechten Deutschen« zu lenken. Würde mich interessieren, was er dazu denkt. Am liebsten wäre es mir natürlich, wenn er sich mittlerweile überlegt hätte, den Kauf rückgängig zu machen. Das würde unserer Gegend hier endlich wieder Ruhe bringen. Aber das wäre vielleicht zu viel des Guten.«

»Warum machen Sie es dann nicht selber?«

»Ich bitte Sie, ich glaube nicht, dass er mir diese Rolle abnimmt.«

»Also gut, ich werde es mir überlegen.« Martha ist immer noch nicht wohl bei der Sache.

»Da haben Sie aber nicht mehr lange Zeit. Mallewitz hat Sie für 12:00 Uhr in der Villa Golter angekündigt.«

»Villa Golter?«

»Genau, so heißt sein Anwesen am südlichen Rand von Celle. Ich schick Ihnen die Adresse per SMS. Nehmen Sie sich Trixi mit und plaudern Sie ein bisschen mit dem Herrn.«

»Aber …«, protestiert Martha. »Mir ist nicht wohl bei der ganzen Sache.«

»Sie haben doch Trixi dabei.«

»Aber …«

»Widersprechen Sie mir nicht immer.«

Martha sieht geradezu Mittenwalds verärgertes Gesicht am anderen Ende der Leitung.

»Wenn Sie meinen«, gibt Martha auf, obwohl ihr die Sache immer noch nicht behagt. Sie hält die ganze Idee Mittenwalds für ausgemachten Schwachsinn. »Wir klingeln also beim Mäzen der »Aufrechten Deutschen« und bieten uns an, seine Lebensgeschichte aufzuschreiben – und ganz nebenbei versuchen wir, ihm etwas zu entlocken. Verstehe ich das richtig?« So was kann doch nur nach hinten losgehen. Das sagt ihr ihr inneres Gefühl ganz deutlich.

»Nun seien Sie doch nicht so negativ. Es kostete mich einige Überredungskünste, um Mallewitz zu überzeugen, dass er mir hilft.« Von den VIP-Karten für die nächsten 96 Spiele gar nicht zu reden. »Ich bin überzeugt, dass Sie so an ihn rankommen.« Mit der Exklusivgeschichte würde er denen in Hannover zeigen, was investigativer Journalismus bedeutet.

Mittenwald hat gut reden, rumort es in Martha und ein weiteres »Aber« liegt ihr auf der Zunge, doch sie schluckt es herunter.

»Und seien Sie bitte pünktlich. Der Mann liebt Zuverlässigkeit.«

»Dieser Golter ...« Martha redet noch weiter, doch Mittenwald hat schon aufgelegt. Stattdessen piepst Marthas Handy. Eine SMS. Ob sie von Max ist?

14

Matusch springt in den Pick-up. Er hat keine Zeit zu verlieren, wenn er Karl noch erwischen will – und dann, nichts wie ab nach Schweden. Seine Klamotten sind schon gepackt. Der Seesack steht in der Ecke seines Zimmers. Noch einmal darf er die Sache nicht vergeigen. Das ist seine letzte Chance.

Matusch startet den Wagen. Wörstein ist stinksauer auf Karl – und er hat Recht. Völlig Recht. Karl hat Wörstein bitter enttäuscht. Matusch schaltet wütend in den zweiten Gang, und das Getriebe kreischt. Aber nicht nur Wörstein hat er enttäuscht. Ihn auch. Dritter Gang. Dabei lief am Anfang alles bestens. Karl hat in der Schießsportgruppe mitgemacht, war Feuer und Flamme, der Kameradschaft der ewigen Jäger beizutreten. Ihre Kameradschaft ist etwas ganz Besonderes. Aber sie funktioniert nur, wenn man sich bedingungslos auf den anderen verlassen kann und die Befehle ausführt. Nicht nur beim Verteilen von Parteizeitungen oder CDs vor Schulen. Vierter Gang. Wörstein zählt auf ihn, und er, Matusch, hat es jetzt in der Hand, die vertrackte Situation hinzubiegen. Es war sein Fehler mit Karl. Eindeutig, auch da hat Wörstein Recht. Er hätte ihn zu dem Treffen mit der Geldübergabe nicht mitnehmen sollen. Aber er, Matusch, würde das klären. Ein für alle Mal. Wörstein kann auf ihn zählen.

Matusch tritt aufs Gaspedal. Kiefern wechseln sich am Straßenrand mit dünnen Birkenstämmen ab, Entwässerungsgräben folgen, später Felder. Auf der B 3 beschleunigt er noch einmal. Ein Fichtenwald fliegt an ihm vorbei, genau wie die Musterhaussiedlung, der Möbelmarkt und das Gestüt. Der frische Fahrtwind kühlt den Schweiß auf seiner Stirn. Nach einer guten Viertelstunde erreicht er die Stadtgrenze von Celle, jetzt ist es nicht mehr weit bis zum Krankenhaus.

Karl ist ein Idiot. Endlich wendet sich in seinem Leben alles zum Guten, da fängt er an, von schlechtem Gewissen und Moral zu schwafeln.

»Dafür kannst du dir nichts kaufen«, hat er Karl immer wieder gesagt. »Das wird nur gegen dich verwendet. Wenn du siegen willst, musst du kämpfen. Deshalb sind wir zusammen und haben uns ewige Treue geschworen. Dafür steht der *Eihwaz*. Man kann nicht heute einen Schwur leisten und ihn morgen brechen. Das geht nicht.«

Plan B wäre genau das Richtige gewesen, aber dieses Weichei hat sich verpisst. Noch einmal wird Karl das nicht gelingen. Mit der Hand fasst Matusch nach dem Walnussgriff des Messers, streichelt ihn behutsam. Die Glätte des Holzes beruhigt ihn und lässt alle Zweifel verfliegen.

15

Die SMS stammt von Mittenwald. Es ist die versprochene Adresse. Celle. Auf dem Hohen Lehn. Bevor Martha sie zu Ende gelesen hat, klopft es an der Zimmertür. Trixis Kopf erscheint im schmalen Spalt der Öffnung.

»Trixi, gut, dass ich dich sehe«, beginnt Martha. »Hast du was über Herbert Müller herausbekommen?«

»Tut mir leid. Ich hatte zwar einen in Wettmar, aber der war erst vierzig. Auch Jean Claude wusste nichts.«

Trixi schiebt sich im kurzen geblümten Sommerkleid ins Zimmer und zupft an ihren roten Spaghettiträgern. »Und, sonst so?«

»Willst du einen Kaffee?«

»Ein Wasser wäre besser. Das ist ja wieder einen Bullenhitze da draußen.«

Martha gießt Trixi ein Glas Mineralwasser ein und hält es ihr hin. »Dafür hast du den Knaller mit Goldmann gelandet. Wenn Goldmann wirklich erpresst wurde, hat er ein Motiv. Das stellt den ganzen Fall in ein anderes Licht.«

Trixi strahlt und setzt sich auf die Tischkante. »Bei Jean Claude laufen eben immer wieder alle Fäden zusammen. Haben die denn Goldmann schon verhaftet?« Trixi schlägt ihre Beine übereinander und betrachtet voller Wohlwollen die rotlackierten Zehennägel, die aus dem Schlitz ihrer Sandalette herausluken.

»Nein, so schnell geht das nicht. Es gab aber Gespräche mit seinem Anwalt.«

Trixis Augenbraue hebt sich unmerklich.

»Hast du deine ganz speziellen Kontakte zur Polizei wieder intensiviert?« Ein wissendes Schmunzeln umspielt bei dieser Frage ihre Mundwinkel. Martha erwidert nichts darauf, das Flackern ihrer Lippe ist Trixi jedoch Antwort genug.

In diesem Moment piepst Marthas Handy. Sie klappt es auf. Diesmal ist es wirklich eine SMS von Max: »Vermisse dich. Sehen wir uns heute?«

Trixi grinst, als sie Marthas Lächeln sieht. »Du kannst ruhig zurückschreiben. So viel Zeit habe ich.«

»Quatsch. Es gibt viel zu tun. Mittenwald hat für uns beide um zwölf Uhr einen Termin vereinbart.«

»Für uns beide?«

»Ja, in der Villa Golter. Der Mäzen der »Aufrechten Deutschen« möchte seine Lebensgeschichte der Nachwelt hinterlassen.«

»Und da will der mit uns reden?«

»Das hat sich Mittenwald ausgedacht. Ich bin froh, dass wir da zusammen hinfahren, alleine käme mir die Sache noch merkwürdiger vor.«

In wenigen Sätzen schildert Martha Trixi Mittenwalds Idee.

»Wann fahren wir los?«

»Ich schreib nur noch den Artikel über den Kindergarten zu Ende.«

16

Am späten Vormittag zeigt die Säule des Thermometers bereits 28 °C im Schatten. Borgfeld und Streuwald stehen in der kleinen Teeküche. Sie berichten Beckmann von dem Motorrad im Fischteich und trinken eisgekühltes Wasser dazu. Beckmanns Handy piept. Rischmüller hat eine SMS geschickt. »An Müller bin ich noch dran. Es gibt mehr Müllers, als man denkt. Mit diesen Runen und Emblemen war es einfacher. Habe alles an deine E-Mail-Adresse gesendet. Ruf mich in einer Stunde an, dann habe ich bestimmt mehr.«

Beckmann geht in seinem Menü zu »Nachrichten verfassen« und tippt an Martha: »Melde dich bitte.«

Er klappt sein Handy wieder zu. »Hat Schmidt sich eigentlich schon gemeldet?«

»Vorhin, als wir zurückgekommen sind.« Streuwald trinkt sein Glas aus und füllt es gleich wieder nach. »Julius Trott wurde am Sonnabend gegen 10:00 Uhr morgens getötet. Die gleiche Todesursache wie bei Broderich. Tod durch Erwürgen. Die Abdrücke der Finger sind am Hals gut sichtbar erhalten, leider ohne verwertbares DNA-Material von einem möglichen Täter.«

Beckmann ruft den Rechtsmediziner zurück und kommt nach einem kurzen Geplänkel sofort zur Sache.

»War es der gleiche Täter?«

»Könnte sein, aber muss nicht. Die Daumenabdrücke entsprechen sich in der Größe. Ich würde mich trotzdem nicht festlegen wollen, ob es dieselbe Hand ist. Es steckt jedenfalls kein Golfball im Mund. Unser Mörder ist also kein Serienkiller, der symbolische Zeichen setzt. In Italien gab es da mal so einen, der seinen Ermordeten mit kleinen Zetteln Schachzüge an den ermittelnden Kommissar übermitteln ließ. Das ging eine ganze Weile, bis sie dem dann auf die Schliche gekommen sind. Aber lassen wir das.« Schmidt lacht kurz auf. »Fragen Sie im Labor nach, vielleicht haben die was gefunden.«

Schmidt ist heute außerordentlich gut gelaunt. Der Abend mit Ina von Lauenstein hatte nicht nur verheißungsvoll begonnen, sondern ebenso geendet. Auch der Herbst hat schöne Tage, pflegt sein alter Freund und Schachpartner Josef immer zu sagen.

»Habe ich schon. Auf beiden Hosen wurden Proben von DNA-Extrakten entnommen.«

»Ist ja bestens. Die Beweise sind da, jetzt müssen Sie nur noch den Täter finden. Das wird dann vor Gericht ein Klacks.«

Ein lautes bellendes Lachen folgt. »Sie machen das schon.«

Nach einem zackigen Gruß und der Bemerkung, dass er noch eine Leiche auf dem Tisch vor sich liegen habe, beendet Schmidt das Gespräch.

Der hat leicht reden. Beckmann hält Borgfeld sein leeres Glas hin.

Während Borgfeld ihm das Wasser eingießt, wundert er sich: »Was für DNA-Extrakte? Davon habe ich gar nichts mitbekommen.«

Beckmann trinkt das Glas in einem Schluck aus. Bei dieser Hitze kann man pausenlos Flüssigkeit nachschütten, ohne dass man einmal zur Toilette muss. Dafür hat sein Polohemd nicht nur unter den Achseln weiße Schweißränder.

»Habe ich das nicht erzählt? Tut mir leid, muss ich wohl in dem ganzen Tohuwabohu vergessen haben.« Beckmann stellt das leere Glas auf der Spüle ab. »Im Labor hat man Spuren von Körperflüssigkeiten auf der Kleidung von Broderich und Trott sichtbar gemacht und es geschafft, davon DNA-Proben zu nehmen – die werden zurzeit untersucht. Sollten sie identisch sein, sind wir dem Täter dicht auf den Fersen.«

Borgfeld sieht ihn verständnislos an. »Was heißt das im Klartext?«

»Jemand hat auf die Opfer gepinkelt. Warum auch immer. Mit Sicherheit aber aus Dummheit. Denn wenn die Ergebnisse übereinstimmen, brauchen wir nur eine Vergleichsprobe. Und dann: Bingo.«

17

Trixi liest die SMS von Mittenwald und tippt die Adresse in das Navigationsgerät ein, während Martha den Smart schon auf die Marktstraße lenkt. An der nächsten Ampel stoppen sie. »Das Navi sagt, dass wir um 12:05 Uhr da sind.«

»Dann muss ich mich beeilen. Dieser Golter liebt Pünktlichkeit über alles.«

Auf der Geraden nach Otze beschleunigt Martha den Smart, und auf der ausgebauten B 3 tritt sie das Gaspedal durch.

»Was gibt es sonst so?«, fragt Trixi in das Schnurren des Motors hinein.

»Gestern habe ich mich mit einem alten Mann getroffen. Emil Zander.«

»Muss ich den kennen?« Trixi hält sich mit der rechten

Hand am Türgriff fest, weil sie das Gefühl hat, dass der Smart gleich abhebt.

»Nein, natürlich nicht. Das ist kein Promi. Ich bin über seinen Namen in der Interviewsammlung gestolpert. Du weißt schon, die aus Celle, die mich im Moment gar nicht mehr loslässt.« Die Ampel an der Kreuzung nach Ehlershausen schaltet auf Rot. Martha tritt auf die Bremse. »Das Gespräch mit dem alten Mann war nicht einfach. Dauernd verlor er sich in seinen Gedanken und manchmal dachte ich schon, dass der nie wieder den Faden findet.«

Martha seufzt und sieht das Gesicht des Mannes vor sich. Wieder läuft ein langer Speichelfaden aus seinem Mund, wieder bemerkt er dies nicht einmal. Kurz vor seinem Tod hat Marthas Vater geschrieben: »Keiner hat gesagt, dass Altwerden eine schöne Sache ist.«

Die Ampel wechselt auf Grün und Martha schaltet schon nach wenigen Metern in den zweiten Gang.

»Ich glaube, dass der Nachbarjunge von diesem Zander für den Mord an einem oder mehreren Kriegsgefangenen verantwortlich ist, vielleicht sogar am Verschwinden von Clara Rosenthal.«

»Clara Rosenthal?« Trixi umklammert den Handgriff noch fester, weil Martha gerade zum Überholen eines Traktors ansetzt.

»Die hat die Interviews geführt und ist dann plötzlich verschwunden.«

»Und wieso kommst du darauf, dass dieser Junge was mit einem Mord zu tun hat?«

»Ich weiß, das hört sich blöd an, aber in diesem Interview gibt es ein paar Passagen, die fügen sich wie ein Puzzle zusammen. Und das entscheidende Puzzleteil ist ein Junge mit einem Blutschwamm im Gesicht. Der Nachbarjunge hatte so ein Mal in der Form des afrikanischen Kontinents im Gesicht und ein Junge mit genau so einem Mal hat einen russischen Kriegsgefangenen erschossen. Ich gehe davon aus, dass es sich um Herbert Müller handelt.«

»Ach, deshalb sollte ich nach dem suchen.«

»Genau. Max versucht auch herauszubekommen, ob er noch lebt. Und wenn, dann ist er dran.«

Punkt 12:00 Uhr passieren Martha und Trixi das in die zwei Meter hohe Backsteinmauer eingelassene Stahltor des golterschen Anwesens am Rande von Celle. Anschließend fahren sie über die mit Buchsbaum gesäumte Auffahrt direkt auf die großzügige Villa zu. Der rote Klinker glänzt im Sonnenlicht und die dunkelgrünen Holzfensterläden der oberen Etage geben dem Haus einen überaus gediegenen Anstrich. Linkerhand steht ein Garagenbau mit vier Rolltoren, rechterhand säumt eine Armee schlanker Wacholderbüsche das Anwesen. Trotzdem erweckt das Gebäude den Anschein von geschmacklosem Protz. Vielleicht, weil alles überdimensioniert ist, vielleicht liegt es aber auch an den runden Türmchen und den verschnörkelten schmiedeeisernen Fenstergittern im Parterre, die nicht zum Rest der Architektur passen.

»Wovor hat der Angst?«, wispert Trixi und zeigt auf die Gitter vor den Fenstern.

»Keine Ahnung.« Martha schaltet das Diktiergerät in ihrer geräumigen Handtasche auf Aufnahme und drückt auf die Klingel. Ein tiefer Gong ertönt und die Haushälterin in weißer Schürze mit aufgesetzter Spitzenborte öffnet wenige

Augenblicke später die Tür. Sie scheint sie erwartet zu haben, Martha kommt noch nicht einmal dazu, sich vorzustellen.

Die dralle Frau legt sofort los: »Sie sind sicher die Damen, die Herr Mallewitz angekündigt hat. Kommen Sie herein, Sie können im Herrenzimmer Platz nehmen. Der gnädige Herr wird gleich bei Ihnen sein.«

Das Herrenzimmer, ein großzügiger rechteckiger Raum, ist umlaufend mit dunkelbrauner Eiche getäfelt. Auf der linken Seite steht ein Bücherschrank, auf der rechten ein schwarzes Büffet. Aus der Entfernung macht Martha durch dessen grünverglaste Türen sowohl Cognac- als auch Whiskyflaschen aus. Im Fach darüber reihen sich Kristallgläser in allen Größen aneinander. Zwischen der Tür und dem Fenster stehen braune Ledersessel um einen Couchtisch. Über der Holzvertäfelung hängen Jagdtrophäen: ein ausladendes Hirschgeweih, etliche Böcke, der Kopf eines Bären und Geweihe, die sie nicht kennt.

»Boah, ist das irre«, staunt Trixi. »So was habe ich mal im Zoo gesehen.«

»Es ist das geschwungene Gehörn einer Impala oder Schwarzfersenantilope«, dröhnt der Hausherr gutgelaunt. Er hat beim Eintreten Trixis letzten Satz aufgeschnappt.

»Die Impalas benutzen ihr Gehörn gern als Waffe. Schöne Tiere mit rötlich gefärbtem Rücken und hellen Flanken, durch die zwei schwarze Streifen verlaufen. Für ihre Sprungkünste sind sie berühmt: Zehn Meter weit und drei Meter hoch springen sie auf der Flucht.« Bewunderung liegt in seiner Stimme. »Trotzdem habe ich eins erlegt. Mit einem Schuss.«

Mit ausgestreckter Hand strebt der alte Mann auf die beiden Frauen zu.

Martha ist überrascht, wie stark sein Händedruck ist. Überhaupt macht er einen kraftvollen Eindruck für sein fortgeschrittenes Alter. Auch der gewölbte Bauch, den die großzügig geschnittene Anzugjacke verdeckt, ändert nichts daran. Ihre Augen wandern zum Gesicht hoch und bleiben an der rechten Wange kleben. Dort ist ein dunkler Fleck. Ein Blutschwamm. Marthas Herz beginnt aufgeregt zu schlagen.

Der Blutschwamm ist längst nicht so groß, wie der auf dem Foto von gestern, er hat auch nicht die Form von Afrika, sondern höchstens von Australien. Trotzdem, eine Unruhe ergreift sie, ihre Hände zittern und auf dem Rand ihrer Oberlippe bilden sich winzige Schweißperlen. Martha reibt ihre Hände aneinander, atmet tief ein und aus. Bis zum letzten Wochenende hat sie nie einen Blutschwamm im Gesicht gesehen, jetzt scheinen sie sie zu verfolgen.

Als Trixi Marthas Verstörung bemerkt, übernimmt sie das Kommando und streckt entschlossen die Hand nach vorne.

»Schön, Sie kennen zu lernen, Herr Golter. Und schön, dass Sie uns für die Umsetzung Ihres Biografieprojektes in die engere Wahl ziehen.«

»Gestatten, Müller. Mein Name ist Herbert Müller. Nur weil die Spedition Golter heißt, bin ich noch lange nicht Herr Golter.«

18

Kevin geht ruhelos auf dem Vorplatz des Celler Krankenhauses auf und ab. Auf den angrenzenden Parkplatz fährt ein schwarzer Mercedes durch die Schranke und parkt kurz darauf ein. Eine junge Frau steigt aus und geht zielstrebig auf den Eingang des Krankenhauses zu. Kevins Blick wandert wieder zur Schranke. Dieses Mal steht ein weißer Ford an der Zufahrt. Die Schranke hebt sich, das Auto dreht eine Runde und parkt dann am hinteren Ende in einer freien Parkbucht. Kevin dreht sich um und mustert das Gebäude des Krankenhauses. Irgendwo da oben liegt Felix. Zweite Etage, Zimmer 2035.

Kevin schwitzt in der prallen Sonne des Mittags. Er sieht sich um. Ein paar Schritte seitwärts entdeckt er eine Bank im Schatten einer mächtigen Eibe. Kevin setzt sich und schließt die Augen. Mit seiner rechten Hand umschließt er immer noch den Zettel mit der Nummer von Felix' Zimmer. Was soll er bloß tun?

Zehn Minuten zuvor hatte er es noch genau gewusst. Er ist durch die breite Drehtür in die Eingangshalle gegangen. Die Brünette mit der Hochsteckfrisur hinter dem Informationsschalter hatte ihm, ohne zu zögern, die Zimmernummer von Felix Rinsing aufgeschrieben. Doch genau in diesem Moment verließ ihn der Mut. Was sollte er seinem alten Klassenkameraden sagen?

»Felix, ich möchte mich entschuldigen. Ich bin jetzt weg von den »Aufrechten Deutschen«. Das könnte ein Anfang sein. Und dann? »Das war nicht richtig, was Matusch gemacht hat. Überhaupt ist nichts richtig gelaufen.«

So geht das nicht. Er muss anders beginnen. Aber wie?

»Ich habe in der Zeitung gelesen, dass du hier im Krankenhaus liegst. Wie geht es dir? Ich möchte mich entschuldigen. Die sind zu weit gegangen.« Und wenn Felix wissen will womit? Kevin zögert und die Kopfschmerzen, die ihn seit dem frühen Morgen plagen, werden noch heftiger. Dieses Nachdenken macht ihn ganz irre. Aber es hilft nichts. Es muss alles gut durchdacht sein, damit er heil aus der Sache kommt. Am besten, er sagt, dass er nicht drüber reden kann. Nur so viel: »Was Matusch mit dir gemacht hat, war Scheiße.«

19

Herbert Müller bemerkt Marthas entgeisterten Blick.

»Ist etwas?«

»Nein«, druckst Martha herum, während es in ihrem Kopf arbeitet. Herbert Müller. Ihr Herzschlag springt bis zum Hals. Der Name zerrt in ihr und spannt ihre Nerven aufs Äußerste. Wie ist das möglich, dass sie plötzlich vor Herbert Müller steht? Jenem Herbert Müller? Das kann doch nicht sein. So viele Zufälle gibt es nicht. Sie rechnet in Gedanken sein Alter nach. Doch. Es könnte hinkommen. Der Fleck ist allerdings kleiner. Das irritiert Martha.

»Ich bin nur über Ihren Namen überrascht«, stottert Martha. Ob Mittenwald weiß, dass Herbert Müller in der Villa Golter wohnt?

»Setzen Sie sich meine Damen.« Ein joviales Lächeln umspielt seinen Mund. »Mein Schwiegervater ist der Namensgeber der Spedition und somit auch der Stiftung. Was soll man die Leute mit einem Allerweltsnamen wie »Müller« durcheinanderbringen? Müller oder was?« Ein bellendes Lachen folgt seinem Witz. »Namen sind Schall und Rauch. Ich hänge nicht daran.«

Also doch. Trixi blinzelt ihr zu und Marthas Herzschlag beschleunigt sich nochmals. Das ist jetzt ihre Chance. Eine andere zwar, als Mittenwald gemeint hat, aber eine Chance, Licht in das Dunkel der Vergangenheit zu bringen. Nur: Wie kitzelt sie die Wahrheit aus diesem Mann heraus?

»Sie sind ein passionierter Jäger?«, versucht Martha die Konversation in Gang zu bringen und gleichzeitig ihr Ziel nicht aus dem Auge zu verlieren.

Herbert Müller lächelt und faltet seine kräftigen Hände über dem gewaltigen Bauch.

»Ja, das kann man sagen, obwohl mir nie viel Zeit dafür blieb. Der Aufbau meines Betriebs hatte stets Vorrang.« Der alte Mann berichtet den beiden Frauen ausführlich darüber, wie alles mit dem Lastwagen seines Schwiegervaters angefangen hat.

»Das war in den Fünfzigern nicht einfach. Deshalb möchte ich das ja auch gerne festhalten. Heute schreien immer alle nach dem Staat. Damals war noch Eigeninitiative angesagt. Aber da haben Sie ja noch gar nicht gelebt.« Ein wohlwollender Blick des alten Mannes streift die Spaghettiträger von Trixis ärmellosem Kleid.

Trixi lächelt zurück. »Und für wen sind diese Aufzeichnungen gedacht? Für Ihre Kinder?«

Der Gesichtsausdruck des Mannes verhärtet sich. Martha registriert, dass die Selbstgefälligkeit des Alten an dieser Stelle einen wunden Punkt hat. Mit Sicherheit ist es nicht seine einzige Schwachstelle. Sich eine Biografie anfertigen zu lassen, weist andererseits auf Stolz hin. Man ist stolz auf das, was man geleistet hat und möchte es schriftlich festgehalten wissen. Vielleicht ist es so etwas wie ein Abschluss, ein

Schlussstrich unter ein erfülltes Leben, egal, wie viele Leichen man im Garten verbuddelt hat.

»Im weitesten Sinne soll es mein Nachlass sein. Meine Familie ist weiter gefächert, als dies für andere gilt. Die Bewegung … Aber das tut hier nichts zur Sache.«

Martha achtet auf jedes seiner Worte. Der Mann liebt nur seine eigenen Wahrheiten, die nicht unbedingt mit der Realität übereinstimmen müssen. Mit seiner Frau und seiner Tochter stimmt etwas nicht. Mittenwald hat gesagt, dass sie in Kanada sind. Hoffentlich stimmt das. Clara sollte ja angeblich auch nach Amerika zurückgegangen sein.

Müller räuspert sich und ein unauffälliges Stirnrunzeln leitet einen Themenwechsel ein. »Sie haben schon Lebensgeschichten für andere aufgezeichnet?«

»Mehrmals«, lügt Martha zu ihrer eigenen Überraschung, ohne mit der Wimper zu zucken. »Letztes Jahr für einen Industriekapitän, der als Großwildjäger in den sechziger Jahren in Afrika unterwegs gewesen ist.«

»Sehr schön.« Müllers Gesichtszüge entspannen sich. Martha lächelt verstohlen Trixi an. Anscheinend hat er den Köder geschluckt.

»Am besten, wir halten gleich ein paar Fakten fest, dann kann ich mich über die örtlichen Gegebenheiten informieren und das Lokalkolorit später besser einfließen lassen. Was meinen Sie?«

»Warum nicht? Sie sind die Expertin für Biografien.«

»Wollen wir gleich beginnen?«

»Sie sind mir aber eine Zackige. Aber gut, warum nicht? Zielstrebigkeit hat mir schon immer gefallen. Womit wollen wir anfangen?«

»Wo sind Sie denn aufgewachsen?« In der Denicksstraße? Die letzten Worte kann sich Martha gerade noch verkneifen. Sie muss den Kerl kriegen, aber sie darf nichts überstürzen, sonst macht er die Schotten dicht.

20

Borgfeld stutzt, als Beckmann von den bepinkelten Hosen und den Laboruntersuchungen erzählt. Verdammt, flucht er in sich hinein. Was ist er für ein Idiot! Auf die Idee mit DNA-Spuren hätte er auch selbst kommen können.

In Borgfelds Kopf schieben sich in Bruchteilen von Sekunden die Eindrücke der letzten Stunden zusammen. Er sieht das angeekelte Gesicht seiner Tochter vor sich, die mit spitzen Fingern die stinkende Hose aus dem Spind des Krankenhauses holt, erinnert sich, wie Felix schamvoll zur Seite sieht.

Eine heiße Welle durchläuft Borgfeld. Aufgeregt wägt er noch einmal alles ab. Es gibt keine andere Schlussfolgerung.

»Ich hab's«, ruft er in die Runde und ein Strahlen breitet sich auf seinem Gesicht aus.

Streuwald sieht seinen Kollegen irritiert an. »Was hast du?« Sein Blick wandert zur Wasserflasche. Er greift danach und reicht sie Borgfeld.

Der wedelt nur abwehrend mit der Hand. »Den Mörder.«

»Was ist mit dem Mörder?« Streuwald hält ihm die Flasche noch einmal hin. Sauerstoffleere im Kopf. Das kennt er vom Training, wie oft sind seine Jungs da dehydriert – und wenn Borgfeld fastet, ist er nicht nur dehydriert, sondern auch noch unterzuckert.

»Lass mich mit deinem Wasser in Ruhe«, zischt Borgfeld. Er faltet die Hände und knackt mit den Fingern. »Ich weiß, wer der Mörder ist.«

»Ach«, kommt es ungläubig von Streuwald. »Willst du nicht doch lieber einen Schluck Wasser trinken?«

Beckmann hört auf, in den Papieren auf seinem Schreibtisch zu blättern.

»Und?«, fragt er skeptisch. »Wer ist es gewesen?«

21

Martha macht sich Notizen in ihren Block. Jetzt schaut sie auf. »Sie wurden also 1935 in Celle geboren. Wo haben Sie denn dann gewohnt?«

»In der Denickestraße.«

»Die liegt doch gleich in der Nähe des Bahnhofs.«

»Genau. Sie kennen sich gut in Celle aus.« Ein wohlwollendes Lächeln breitet sich um Müllers Mund aus.

»Gibt es Besonderheiten in Ihrer Kindheit? Eine zentrale Situation? Vielleicht im Krieg?«

»Da gab es viele Begebenheiten. Es waren stürmische Zeiten in Celle. Anders als heute.«

»Erzählen Sie einfach. Ich mache mir Notizen.«

Herbert Müller skizziert seine frühe Kindheit und Jugend. Er war das älteste Kind und musste früh mit anpacken, vor allem als der Vater gleich zu Beginn des Krieges eingezogen wurde und schließlich sogar fiel. Die Mutter arbeitete den ganzen Tag im Büro und er war für die jüngeren Geschwister zuständig.

»Zum Glück bekam ich dann diesen Ausbildungsplatz bei der Polizei nach dem Krieg. Meine Mutter hätte gar nicht gewusst, wie sie uns sonst hätte durchfüttern …«

Es klopft und die Haushälterin kommt mit Erfrischungsgetränken herein.

»Eistee, Mineralwasser? Was darf ich Ihnen anbieten?«

Nachdem sie allen Eistee eingeschenkt hat, verschwindet die korpulente Dame in der weißen Schürze wieder.

In Marthas Fingern kribbelt es. Sie will keine Zeit mehr verlieren.

»Wie war das noch mit Ihrer Ausbildung im Polizeidienst?«, legt sie los, kaum dass sich die Tür wieder hinter der Haushälterin geschlossen hat.

»Ein ehemaliger Polizeioffizier hat mir kurz nach dem Krieg einen Ausbildungsplatz bei der Celler Polizei besorgt.«

Martha legt den Bleistift auf ihren Block, strafft den Rücken und sieht ihn erwartungsvoll an.

»1945 war so eine Stelle mit Pensionsgarantie fast wie ein Sechser im Lotto, nicht wahr? So einen Platz bekam man doch nicht einfach so.«

»Nein, einfach war das nicht. Aber eine Hand wäscht die andere, wie man so schön sagt.« Müllers Mundwinkel zuckt nervös. Es ist eine schnelle Bewegung, die nur wenige Sekunden dauert. Martha nimmt sie trotzdem wahr, sieht sogar noch ein leichtes Nachzucken, obwohl Müller die Lippen fest aufeinander beißt. Jetzt ist der richtige Zeitpunkt gekommen. Sie atmet tief ein und nur das erste Wort quält sich über ihre Lippen.

»War das die Hand von Friedrich Bollund?«

Müllers Augen weiten sich vor Erstaunen.

»Alle Achtung, woher wissen Sie denn vom alten Bollund?«, ringt er nach Worten.

»Von Clara Rosenthal.« Martha spürt jeden einzelnen Buchstaben auf ihrer Zunge, als sie die Bombe zündet. Nach der gelungenen Detonation entgleisen Müllers Gesichtszüge.

22

»Der Junge, der Felix niedergeschlagen hat und mit dem Auto weggefahren ist, der war's. Das ist der Mörder.«

Streuwald mustert Borgfeld verständnislos. Er schenkt sich selbst ein Glas Wasser ein und trinkt es mit einem Zug aus. »Wie kommst du denn da jetzt so auf die Schnelle drauf?«

Der ungläubige Ton in seiner Frage ist nicht zu überhören. Sein Kollege hat ihn schließlich während ihrer gemeinsamen Dienstzeit noch nie mit Geistesblitzen überrascht.

»Ich kann eben kombinieren.«

Streuwald füllt das Glas erneut und hält es Borgfeld kommentarlos hin.

»Jetzt lass mich mit dem Wasser zufrieden. Du bist doch nicht …«, *meine Maria.* Das verkneift Borgfeld sich. »Begreift doch endlich«, schnaubt er stattdessen. »Der Junge war's, dieser Matusch.«

Beckmann lehnt sich in seinem Schreibtischstuhl zurück und mustert Borgfeld aufmerksam. Der schmale Kopf wirkt auf dem massigen Körper wie ein Fremdkörper, erst recht in Knallrot. Hoffentlich ist die Aufregung der letzten Stunde nicht zu viel für den übergewichtigen Kommissar gewesen.

»So, der Junge war's.« Am liebsten würde Beckmann ihm auch ein Glas Wasser reichen.

»Genau.«

»Mein lieber Borgfeld. Der Kerl ist kräftig, zweifelsohne, aber deshalb muss er nicht unbedingt für die Morde verantwortlich sein«, wirft Beckmann in den Raum. Von Schnellschüssen hält er gar nichts. Schon gar nichts von solchen, die von Borgfeld kommen. »Lasst uns noch einmal die Fakten durchgehen. Ich …«

»Jetzt hört mir doch mal zu.« Borgfeld schlägt mit der flachen Hand auf den Tisch. »Dieser Matusch hat auf Felix gepinkelt, als er hilflos auf dem Boden lag. Ich hab vergessen, davon zu erzählen. Ich wusste ja nicht, dass das wichtig ist.«

Streuwald starrt Borgfeld an. »Wie war das?«

»Matusch hat auf Felix gepinkelt.«

Beckmann hält den Atem an. Sollte Borgfeld tatsächlich mit seinen Gedanken richtig liegen? Es gibt zwei Tote, auf die jemand, vermutlich der Mörder, uriniert hat. Felix ist der Dritte. Beckmann trommelt unruhig mit den Fingern auf der Tischplatte.

»Das könnte tatsächlich das fehlende Glied in der Beweiskette sein. Vorausgesetzt Felix' Hose zeigt die gleichen DNA-Spuren.« Beckmann atmet tief ein und ruft sich alle vorhandenen Fakten auf. Die Hosen von Broderich und Trott zeigen verwertbare DNA-Spuren, möglicherweise sogar identische. Wenn sie die passende Gegenprobe hätten, dann: Bingo. Wenn Matuschs Duftmarke passt, wäre der Fall geklärt. Trotzdem, ermahnt Beckmann sich und seine Finger trommeln weiter hektisch auf der Tischplatte, bloß keine vorzeitigen Schlüsse ziehen. Das könnte fatale Folgen haben.

»Und?« Streuwald kratzt sich nervös am kleinen Finger. »Was bedeutet das alles?«

Beckmann dreht sich mit einem Ruck zu ihm um.

»Immerhin wissen wir dann, dass dieser Matusch an allen Tatorten war. Falls er nicht selbst der Täter ist, war er zumindest mit dabei.« Beckmann schickt ein Stoßgebet zum Himmel. Hoffentlich kommen die Ergebnisse dieser DNA-Auswertung bald. Vielleicht sollte er Vanessa anrufen.

»Wo ist die Hose von Felix?«

»Im Patientenschrank in Celle«, sagt Borgfeld in einem Ton, der nahe legt, dass kein anderer Ort dafür denkbar gewesen wäre.

»Worauf warten Sie? Setzen Sie sich ins Auto und holen Sie sie, bevor jemand noch auf die Idee kommt, sie in die Waschmaschine zu stecken. Anschließend bringen Sie die Hose ins Labor nach Hannover. Ich benachrichtige die dort schon, dass noch eine dringende Untersuchung dazwischen geschoben werden muss.« Beckmann hält kurz inne. »Und nehmen Sie die Ausdrucke der Fotos mit, damit Felix seinen Drangsalierer identifizieren kann.«

23

Müller erbleicht und seine Augen verengen sich. Sein Kiefer schiebt sich von links nach rechts und sein Atem geht schwer.

»Von wem sprechen Sie?«, stößt er eine Spur heftiger als gewollt aus.

»Von Clara Rosenthal.«

»Kenne ich nicht.« Es gelingt ihm nicht mehr, sein Gesicht

unter Kontrolle zu halten. Sein rechter Mundwinkel zuckt nervös.

»Sie kennen Clara nicht? Aber sie hat Sie doch 1952 interviewt. Erinnern Sie sich wirklich nicht?«

Müller kann sich nur mühsam beherrschen. Hass sprüht ihr aus seinen Augen entgegen.

»Mag sein, das ist lange her. Das habe ich wohl vergessen.« Seine Stimme bricht beim letzten Wort weg und ihm ist anzumerken, dass er mit seiner Beherrschung ringt, die er um jeden Preis verteidigen will. Als wäre sie das letzte Bollwerk gegen den Feind.

»Ich habe Clara letzte Woche getroffen und sie hat mir aufgetragen, dass ich Ihnen Grüße bestellen soll.«

»Hat sie?« Er würgt den Satz heraus und spuckt ihn Martha vor die Füße. Seine Fassade bröckelt Sekunde zu Sekunde mehr. Wutverzerrt stürzt sich Müller mit einem Schwung auf Martha, den man dem alten Mann nicht zugetraut hätte.

Schon im nächsten Moment umklammern seine kräftigen Hände ihren Hals.

24

Matusch überquert die träge vor sich hin fließende Aller und biegt direkt dahinter in die Wittinger Straße ab. Gepflegte Villen reihen sich aneinander, Rosen wetteifern mit Buchsbaum.

Matusch parkt den Pick-up unterhalb des Celler Krankenhauses neben der dicht bepflanzten Böschung. Während der gesamten Fahrt hat er versucht, sich einen Plan zurechtzulegen, aber er ist nicht weit gekommen. Alles hängt davon ab, wo er Karl zu fassen bekommt. Am schwierigsten wird es, wenn dieser Verräter irgendwo in dieser verschachtelten Klinik bei dem anderen Weichei ist. Er kann doch nicht durch alle Zimmer gehen und ihn suchen. Nicht einmal den Nachnamen von dem Typen weiß er.

In was für eine Scheiße ist er da nur hineingeraten? Hätte er Karl doch damals beim Fußball einfach stehen gelassen. Er ist eben immer wieder zu gut zu den anderen, glaubt, dass er sich kümmern muss. Einen Scheiß muss er sich um andere kümmern. Das hier biegt er jetzt noch gerade, und dann sind nur noch seine Sachen dran. Vielleicht ergeben sich ja in Schweden ganz neue Dinge. Und die lässt er sich nicht von diesem Idioten verderben.

Matusch öffnet die Fahrertür und springt heraus. Es gibt nur eins: Er muss seinen alten Kumpel abpassen und überreden, mit ihm ein Bier zu trinken. Er könnte ihm anbieten, ihn zum Bahnhof zu fahren oder … Plötzlich hat er die zündende Idee: Er sagt ihm, dass er auch aussteigen will, dass er die Nase von Wörstein voll hat.

Je länger er darüber nachdenkt, desto besser gefällt ihm dieser Gedanke. Der Idiot wird das schlucken, da ist sich Matusch ganz sicher. Sie würden als Freunde mit dem Auto losfahren und dann – würde er weitersehen. Es gibt genug Wald zwischen Celle und Hannover, um mit Wörsteins kleiner Selbstladepistole alles zu klären.

Nach ein paar Metern auf dem asphaltierten Fußweg kommt die Treppe, die zum Krankenhausgelände hochführt. Matusch sieht nach oben. Wie viele Stufen mögen es sein? Fünfzig, hundert? Er nimmt die ersten Stufen im schnellen

Tempo und zählt mit. 13, 14, 15. Das hat er schon als Kind gerne gemacht. In dem Hochhaus in Vahrenheide waren es 86 Stufen bis zur Wohnung. In halber Höhe sieht Matusch beim Zählen nach oben und erstarrt.

Auf einer Parkbank kurz hinter dem Treppenaufgang sitzt jemand. Ein blonder Junge.

Matusch würde den Hinterkopf des Jungen unter Tausenden erkennen. Vor allem die rot leuchtende Schuppenflechte. Sein Herz beginnt, aufgeregt zu schlagen.

Geräuschlos steigt Matusch die restlichen Treppenstufen hoch und nähert sich unbemerkt der Bank. Sollte er wirklich so viel Glück haben und diesen Idioten auf dem Präsentierteller angeboten bekommen?

Drei weitere lautlose Schritte geben ihm Recht. Linkerhand lümmelt Karl mit ausgestreckten Beinen auf einer Bank, die im Schatten eines riesigen Nadelbaums steht – und merkt nichts. Matusch schaut sich nach allen Seiten um. Weit und breit ist niemand zu sehen, weder auf dem Vorplatz des Krankenhauses noch an den Fenstern des gegenüberliegenden Hauses.

Wie soll er vorgehen? Die Gedanken rasen durch seinen Kopf. Matuschs Finger umklammern den Horngriff seines Messers. Ein Stich – und gut ist.

Im letzten Moment zögert er. Ein Schrei wäre nicht gut. Wer weiß, wer da angelaufen kommt.

Was dann? Genau in diesem Moment streckt Karl seine Arme nach oben und gähnt laut. Bestens, geht es Matusch durch den Kopf. Der Penner merkt nichts. Gar nichts. Ein breites Grinsen huscht über Matuschs Gesicht.

Bald wirst du genug Zeit zum Schlafen haben. Matusch

zwängt sich so leise wie möglich unter den kahlen Ästen am Fuße der Eibe durch. Nur wenige Zentimeter trennen ihn von der Sitzbank, als ein Ast knackend zurückschnellt.

25

Beckmann geht seine Mails durch. Zwei sind von Frank Rischmüller. Eine hat er gegen 11:30 Uhr geschickt, die andere eine Stunde später.

Beckmann geht der Reihe nach vor.

Hallo Max!

Habe endlich den richtigen Herbert Müller gefunden. Er wohnt in Celle. Er war früher Inhaber der Spedition Golter. Biografie und Adresse findest du im Anhang.

Beckmann muss die Mail dreimal lesen, bis er begreift. Der Herbert Müller aus den Interviews ist identisch mit dem Mäzen der »Aufrechten Deutschen«.

Beckmann öffnet den Anhang und überfliegt die Biografie. In Celle geboren, in der Denickestraße aufgewachsen. Ausbildung im Polizeidienst, Heirat. Später arbeitet Müller im Transportunternehmen des Schwiegervaters. Mit großem Erfolg.

Das Telefon klingelt, und völlig gefangen in den neuen Informationen hebt Beckmann ab.

»Goldmann, hier. Ich sollte mich doch melden, wenn mir eingefallen ist, wo der fehlende Ball geblieben sein könnte.«

26

Kevin hat das Zurückschnelles des Astes gehört. Verwundert dreht er sich um und blickt in das Gesicht von Matusch.

»Was …« Weiter kommt er nicht. Er kann nicht einmal mehr schreien, blitzschnell schießen Matuschs Arme vor. Seine kräftigen Hände drücken, ohne zu zögern, auf Kevins Kehlkopf.

»Verräter«, zischt Matusch, als sich seine Finger schließlich vom Hals lösen und Kevins Kopf schlaff zur Seite fällt. Matusch spuckt auf die Erde. Das wäre geschafft. Jetzt muss er den Kerl nur noch wegschaffen.

Matusch sieht ein Auto, das einen Parkplatz sucht. Verdammt, Zeugen kann er nicht gebrauchen. Er sollte sich beeilen. Matusch packt Kevin an den Füßen und zieht ihn unter die Eibe bis dicht an den Betonsockel des benachbarten Gebäudes.

»Unser Bund gilt fürs Leben, du Wurm. Tod oder Leben. Dafür steht der *Eihwaz*, die Todesrune«, raunt er ihm zu.

Matuschs Blick wandert zu Kevins Faust, die immer noch krampfhaft einen Zettel umklammert. Ein Ruck und Matusch hat ihn: 2. Etage, Zimmer 2035. Er wirft einen letzten Blick auf seinen alten Sandkastenfreund, dessen Kopf auf einem vertrockneten Zweig ruht. Das ging leichter als gedacht, grinst Matusch. Ein fester Druck – und alles ist vorbei.

Matusch will sich gerade durch die Zweige der Eibe auf den Fußweg zwängen, als er mitten in der Bewegung innehält, weil ein Fahrzeug langsam aufs Krankenhausgebäude zu fährt. Ein weißer Mercedes. Es wird Zeit, dass er sich um seine nächste Aufgabe kümmert, bevor ihn hier noch jemand sieht.

Als der Wagen aus seinem Sichtfeld verschwunden ist, schlüpft Matusch zurück auf den Weg. Niemand ist zu sehen. Glück gehabt. Bei der Hitze bleiben alle lieber im Foyer der Klinik, statt sich in dem wenig einladenden Garten die Beine zu vertreten.

Matusch geht auf den Haupteingang zu und schaut an der Fensterfront des Krankenhauses hoch. Sein Blick fixiert die Fenster im zweiten Geschoss. Irgendwo da oben muss der kleine Scheißer mit dem Fotoapparat liegen.

27

»Du verdammte Nutte! Hast du mich reinlegen wollen?« Müllers Augen treten fast aus den Höhlen, während seine Hände sich immer fester um Marthas Hals schließen.

»Clara kann nicht reden, und das weißt du genau.«

Herbert Müller ist kräftiger, als er aussieht. Aber Martha ebenfalls. Sie nimmt alle Kräfte zusammen und drückt den Alten mit Schwung von sich weg. Er taumelt ein paar Zentimeter zurück, dabei lösen sich seine Finger. Ein weiterer Schubs bringt ihn schließlich zum Straucheln. Er verliert das Gleichgewicht und fällt auf den mächtigen Ohrensessel vor dem Fenster. Schnaufend stützt er sich auf der Lehne ab.

»Habt ihr Clara auch so gewürgt, bevor ihr sie in eurem Garten verscharrt habt?«

Spucke sammelt sich weißschaumig in Müllers Mundwinkeln, sein Kopf ist hochrot.

»Woher weißt du das, du Hexe?«, schreit er und seine Stimme überschlägt sich. Rasend vor Zorn stürzt er sich erneut auf Martha, die nicht mit einer so heftigen Reaktion gerechnet hat. Ehe sie einen klaren Gedanken fassen und zur Seite springen kann, haben sich Müllers Pranken wieder um ihren Hals gelegt.

Als Trixi das sieht, erwacht sie endlich aus ihrer Starre, überlegt nicht lange und greift zum ersten besten, was ihr in die Hände kommt: ein gusseiserner Adler, der seine Schwingen über einem Granitsockel ausbreitet.

28

Felix schaut überrascht zu der Tür, die sich langsam öffnet. Ist das schon die Krankenschwester oder kommt Sonja früher zu Besuch? Kurze blonde Haare schieben sich durch den Türschlitz. Matusch. Erschrocken presst sich Felix' Rücken in die Matratze und seine Hand wandert, ohne nachzudenken, nach oben. Dorthin, wo über seinem Kopf die Fernbedienung des Schwesternrufes an einem Metallgestell baumelt.

Matusch braucht nur einen Blick ins Zimmer zu werfen, dann weiß er, dass das Glück heute wirklich auf seiner Seite ist. Felix liegt allein im Zimmer.

Ohne zu zögern, macht Matusch zwei schnelle Schritte auf Felix' Bett zu. Das ist seine Chance. Felix drückt immer noch auf den Knopf des Schwesternnotrufs, als sich die kräftigen Finger von Matusch bereits wie eine Schraubzwinge um seinen Hals legen.

29

»Meine Sekretärin ist sich ganz sicher, dass Broderich den Golfball entwendet hat. Er war zweimal alleine im Zimmer. Kein anderer würde das sonst tun. Da ist sich Frau …«

»So weit waren wir gestern auch schon.« Beckmann würgt Goldmanns langatmige Erklärungen ab.

»Ja, aber ich dachte, es sei wichtig …«

»Tut mir leid, ich habe im Moment keine Zeit.«

»Aber …«

»Wir melden uns.« Beckmann legt auf, ohne ihm zu sagen, in welche Richtung die Ermittlungen laufen. Ein bisschen zappeln darf dieser Präsident noch. Das kann er als behördliches Dankeschön an seine spärliche Informationsbereitschaft werten.

Beckmann öffnet die zweite Mail von Rischmüller.

Hallo Max!

Dein »Angelhaken« stellt die Rune *Eihwaz* dar. *Eihwaz* steht für den Lautwert *e* und *die Eibe*. Zwei Deutungen sind möglich: Entweder *Widerstand, Ausdauer und Jäger* oder *Selbstverteidigung und Schutz von Unschuldigen. Eihwaz gilt als die Todesrune,* heißt es im *Schwarzen Netz* der germanischen Mythologie. Auf mehreren rechtsextremen Internetseiten wird die *Stärkung der persönlichen Kräfte* und *initiatisches Wissen* als Eigenschaften dieser Rune beschworen.

Gruß Frank

30

Borgfeld eilt mit stürmischen Schritten ins Celler Krankenhaus, hastet am Café und dem *Geschenklädchen* vorbei und nimmt die Treppe in die zweite Etage. Hoffentlich hat niemand die Hose entsorgt. Sonst kann er nur sagen: Ade, Vergleichsprobe. Borgfeld öffnet mittels Knopfdruck die Tür zur Station. Er bemerkt gerade noch, wie ein breitschultriger Mann mit kurzen blonden Haaren in Felix' Zimmer verschwindet. Die 88 prangt groß auf seinem Rücken.

Ohne weiter nachzudenken, beschleunigt Borgfeld sein Tempo, rennt den Flur entlang und reißt die Zimmertür zu Felix auf. Was er sieht, verschlägt ihm die Sprache: Der Blonde beugt sich mit vorgestreckten Armen über das Krankenhausbett. Am Fußende ragen unter der verrutschten Bettdecke die Beine von Felix heraus. Er zappelt wie ein Fisch auf dem Trockenen und gibt außer einem Grunzen keinen Ton von sich.

Ohne zu zögern, stürzt Borgfeld sich auf die 88 und schmeißt sich mit der ganzen Kraft seiner Körpermasse von 115 Kilo gegen ihn. Vom unvermittelten Angriff überrascht, löst Matusch seinen Würgegriff, wankt und weicht zur Seite aus. Felix nutzt diese Unaufmerksamkeit und versucht, aus dem Bett zu springen. Er stützt sich ab, kommt hoch. Kaum sitzt er, wird ihm schwindelig und er plumpst auf der Fensterseite wie ein nasser Sack auf den Linoleumboden, stößt sich im Fallen noch den Kopf am Nachtschrank.

»Bring dich in Deckung!«, schreit Borgfeld ihm zu. »Verschanz dich hinter der Tür vom Badezimmer.«

Benommen kommt Felix hoch. Er sieht, wie Borgfeld mit Matusch kämpft, hört die ächzenden Laute der beiden. Ein übergewichtiger Polizist mittleren Alters und ein durchtrainierter junger Mann. Die Chancen stehen schlecht für Sonjas Vater. Das ist Felix augenblicklich klar. Er müsste ihm beistehen, aber er weiß, dass er nicht eingreifen kann. Sobald er steht, braucht Matusch ihn nur anzustupsen, dann kippt er um wie eine wackelige Statue. Auf allen vieren kriecht Felix Richtung Badezimmer. Kaum hat er die Tür erreicht, hört er Borgfeld brüllen: »Ergeben Sie sich, Polizei!«

Felix sieht noch, wie Matusch unbeeindruckt sein Messer aus der Tasche zieht.

»Scheiße«, flucht Borgfeld. Warum hat er keine Dienstwaffe dabei? Er ärgert sich über sich selbst – aber wie hätte er ahnen können, dass er sie das erste Mal in seinem Leben brauchen würde?

Klack. Mit einem metallenen Schnappen springt die Klinge aus dem Schaft. Matusch macht einen schnellen Schritt auf Borgfeld zu, doch bevor er bei ihm ist, kommt eine Krankenschwester durch die geöffnete Tür ins Zimmer und will das Notruflicht ausschalten.

»Was gibt es …?«

Sie blickt von links nach rechts. Was sie sieht, irritiert sie. Ihr Gehirn hat Mühe zu verstehen, was ihre Augen nach oben senden. Der junge Mann, der vor wenigen Minuten am Schwesternzimmer vorbeigegangen ist, bedroht einen uniformierten Polizisten mit einem Messer. Beide stehen neben einem leeren Krankenbett. Ihre Augen weiten sich vor Schreck, als sie ihren Patienten auf allen vieren auf dem Fußboden entdeckt. Einordnen kann sie das alles immer noch nicht. Aber sie weiß, dass hier etwas nicht stimmt. Sie dreht sich auf dem Absatz um.

»Hilfe, Überfall!« Immer wieder schreit sie beide Worte in den Flur der Station.

Hat Matusch eben noch geglaubt, die Situation unter Kontrolle zu haben, versetzt ihn ihr Kreischen nun endgültig in Panik. Gehetzt schaut er von Borgfeld zur Krankenschwester, dann zu Felix und wieder zu Borgfeld. Mit dem Messer in der Hand rennt Matusch auf die Krankenschwester zu.

31

Beckmann vergleicht die *Eihwaz-Rune* auf den Fotos mit den Tätowierungen der jungen Männer im Landschulheim. Die Strichführung ist identisch. Kein Zweifel. Ist es das Gruppenzeichen einer Kameradschaft? Davon gibt es in Niedersachsen etliche. Oder zeigt es nur die Zugehörigkeit zum Schulungszentrum?

Denk anders, ermahnt Beckmann sich. Die Todesrune ist Sinnbild für die Ausdauer des Jägers. Jäger und Gejagte. Passt gut zu den Interviews der Clara Rosenthal. Wollen die Träger dieses Zeichens etwa eine Todesschwadron bilden? Herbert Müller vorneweg?

Mit einer entschlossenen Geste schiebt Beckmann die Fotos weg, als wenn ihm der Abstand weiterhelfen könnte. Er mustert sie erneut, aber in seinem Kopf ist nur Leere.

Was machen die Jungen in diesem Landschulheim, was für einer Ideologie sitzen sie auf? Jäger und Gejagte. Wie weit außerhalb der Gesellschaft müssen sie sich fühlen, um sich zu solchen Gemeinschaften zusammen zu finden?

Beckmann will gerade die Staatsanwältin über die bisherigen Ergebnisse informieren, als sein Handy vibriert. M.

»Hallo Martha!«

Ohne ein liebes Wort, ohne zu fragen, wie es ihm geht und vor allem, ohne zu fragen, was vielleicht in der Zwischenzeit passiert ist, legt Martha los. Im ersten Moment ist er beleidigt. Nach dem zweiten Satz weicht seine Missstimmung jedoch wachsender Besorgnis.

»Was hast du gemacht?« Ungläubig stößt er die Frage aus. »Sag das noch mal!«

Aufgeregt, wenn auch nicht mehr außer Atem, versucht Martha das Geschehen zusammenzufassen.

»Wir waren in der Villa Golter.«

»Stiftung Golter?« Verdammt! Hört sie die Flöhe husten?

»Genau.«

»Wie kommt ihr denn dahin?«

»Mittenwald hatte uns über seinen Freund Mallewitz einen Termin für ein Vorgespräch bei dem Mäzen der »Aufrechten Deutschen« verschafft. Der sucht jemanden, der sein Leben und Wirken formvollendet aufschreibt. Mittenwald hat mich ins Gespräch gebracht.«

»Der Müller von der Stiftung Golter?« Einen Sack Flöhe hüten ist einfacher, hätte seine Mutter gesagt.

»Ach, du weißt, wie der heißt?« Ein ärgerlicher Unterton mischt sich in Marthas Stimme. »Das hättest du mir ja mal früher sagen können, dann hätte ich ihn nicht mit ein paar gezielten Schüssen aus der Reserve locken müssen.«

»Du hast auf ihn geschossen?« Wenn man nicht ständig

auf sie aufpasst, gerät sie von einer brenzligen Situation in die nächste.

»Das war bildlich gesprochen. Frag doch nicht so blöd! Als wenn ich eine Pistole hätte.« Warum können Männer sich nicht einfach mal einfühlen? »Der Mann ist der Herbert Müller aus dem Tagebuch. Der mit dem Blutschwamm. Muss ich noch mehr sagen?«

»Nein.« Er hätte Rischmüllers Mail schneller lesen müssen. Vor allem hätte er schneller handeln müssen. »Und dann?«, drängelt er. Unruhe befällt Beckmann.

»Als ich ihm die Brocken mit Clara vor die Füße geworfen habe, stürzte der sich auf mich, frag nicht nach, mit welcher Wucht. Der geriet völlig außer Kontrolle.« Martha zögert kurz. »Ich hätte nie geglaubt, dass so ein alter Mann noch so viel Kraft aufbringen kann.«

Vielleicht hätte sie sich dann diesen Vorstoß im Alleingang auch nicht getraut. Wahrscheinlich sogar nicht. Bei diesem Gedanken reibt Martha sich die Hämatome am Hals. Sie sind mittlerweile dunkelviolett verfärbt, und ihre Kehle schmerzt beim Schlucken. Dann setzt sie ihren Bericht fort.

Beckmann glaubt seinen Ohren nicht zu trauen, als Martha vom Kampf mit Müller erzählt. Verdammt, warum hatte er Rischmüllers Mail nicht eher gelesen, hämmert es immerzu in Beckmanns Kopf, während Martha die dramatische Beschreibung der Eskalation abkürzt und mit den Worten endet: »Bei dem sind alle Sicherungen durchgeglüht. Trixi hat sich dann diesen Adler geschnappt, so einen, der auf dem Granitsockel steht. Sie hat ihn hochgehoben und auf Müller fallen gelassen.«

Das Krachen hat Martha immer noch im Ohr, auch das Splittern seiner Knochen.

»Müller hat einmal laut aufgeschrien und ist dann zu Boden gesunken. Er hat geblutet wie ein Schwein, aber er lebt. Der Krankenwagen hat ihn eben abgeholt, und deine Kollegen aus Celle nehmen jetzt das Protokoll auf.«

Was um Himmels Willen macht diese Frau? Warum begibt sie sich in solche Gefahren? Beckmann weiß nicht, ob er zornig oder besorgt sein soll. Oder beides. Weiß sie denn nicht, dass sie das Wichtigste in seinem Leben ist?

»Bist du verletzt?«

»Nein, es ist alles in Ordnung bei mir.«

»Wie kannst du da nur alleine hingehen, Wenn ich mir vorstelle, was hätte passieren können …«

»Erstens hat Mittenwald mich dahin geschickt, zweitens wusste ich ja nicht, dass der Mäzen der »Aufrechten Deutschen« und dieser Herbert Müller eine Person sind – und außerdem war Trixi doch mit dabei«, unterbricht sie ihn und wiegelt ab. »Uns ist ja eigentlich auch nichts passiert!«

»Wie konnte Mittenwald das nur machen?«

»Habe ich doch eben schon gesagt. Der wusste nicht, dass das ein und dieselbe Person ist. Genauso wenig wie ich. Im Unterschied zu dir. Du scheinst ja bestens informiert gewesen zu sein.«

»Aber erst seit ein paar Minuten. Hätte ich gewusst, dass du zu ihm hinfährst …« Was sollte diese Erbsenzählerei jetzt im Nachhinein? Beckmann fühlt eine wachsende innere Unruhe in sich. Vielleicht sollte er ihr einfach sagen, dass er ohne sie nicht mehr leben will. Dass er es nicht ertragen kann, dass sie sich in Gefahr begibt. Beckmann bricht der

Schweiß aus. Hat diese Frau überhaupt eine Ahnung, was alles hätte passieren können? Stattdessen sagt er: »Wo bist du? Ich komme sofort.«

32

Die Krankenschwester springt zur Seite, als Matusch mit dem Messer in der Hand aus dem Zimmer rast und schreit noch lauter. Borgfeld hastet ihm hinterher und ruft: »Benachrichtigen Sie die Polizei. Dringend.«

Borgfeld rennt, überspringt Treppenstufen, stößt sich an Ecken – kann aber das Tempo des Flüchtenden trotzdem nicht mithalten. Der Rücken mit der 88 verschwindet in Höhe des *Geschenklädchens* aus seinem Blickfeld. Als Borgfeld außer Atem auf dem Parkplatz vor dem Krankenhaus ankommt, ist von dem Jungen nichts mehr zu sehen. Enttäuscht gesteht Borgfeld sich ein, dass ihm die sportlichen Bemühungen der letzten Wochen keine nennenswert bessere Kondition beschert haben.

Verdammt, wo ist der Kerl? Er muss doch mit dem Auto durch die Schranke fahren, sagt sich Borgfeld immer wieder.

Seine Augen gleiten über die Parkbuchten. Bis auf drei Lücken sind alle besetzt, kein einziges Auto bewegt sich. Keine Spur vom Pick-up. Scheiße. Borgfeld stützt sich an einem Pfosten ab und tippt die Nummer vom Kommissariat in sein Handy.

»Matusch hat versucht, Felix umzubringen.«

»Was sagst du?«, Streuwald klopft auf den Telefonhörer. »Da schnauft etwas ganz laut.«

»Verdammt, leite die Fahndung nach Matusch ein.«

»Jetzt geht es besser. Ich verstehe immer Fahndung.«

»Genau. Matusch hat versucht, Felix zu erwürgen. Mich hat er mit dem Messer bedroht, und jetzt ist er flüchtig.«

»Ach, das mit dem Schnaufen bist du, sag das doch gleich?«

»Ist doch egal. Leite die Fahndung ein.«

»Wie ist er denn unterwegs? Zu Fuß?«

»Vielleicht. Vielleicht auch mit dem Auto.«

»Kennzeichen oder so?«

»Walter, bring mich nicht zur Raserei. Der ist mir entwischt. Probier es mit dem Pick-up.« Borgfeld atmet tief ein und aus. Langsam beruhigt sich sein Herzschlag. »Die Autonummer steht in den Akten. Felix hat das Auto fotografiert.«

Streuwald verspricht, sich zügig um eine Ringfahndung zu kümmern. »Weit kann der noch nicht gekommen sein. Wenn der mit diesem Pick-up unterwegs ist, kriegen wir ihn.«

Genau das ist der Haken, dämmert es Borgfeld. Er könnte auch ein anderes Fahrzeug benutzt haben oder zu Fuß unterwegs sein.

33

Matusch rennt die Treppen herunter, überspringt mehrere Stufen und flitzt zum Auto. Gut, dass er auf der Wittinger Straße geparkt hat. Er startet und gibt Gas. Was interessiert ihn Tempo 30? Matusch biegt in den Nebenstraßen mehrmals ab und landet schließlich auf der Lüneburger Straße. Er beschleunigt. Eine Ampel, die vor der Allerbrücke auf Rot schaltet, wird ihm fast zum Verhängnis, doch der andere Fahrer tritt rechtzeitig auf die Bremse und verhindert so ein Unglück. Kaum hat Matusch die Aller überquert und das in der Sonne leuchtende Renaissanceschloss hinter sich gelassen, erhöht er die Geschwindigkeit erneut, obwohl er immer noch in der geschlossenen Ortschaft ist. Matusch muss zusehen, dass er wegkommt. Heute Nacht kann er über Fehmarn und Dänemark nach Schweden flüchten. Dort wartet man schon auf ihn. Die Kameraden haben alles vorbereitet. Die dürfen ihn jetzt nur nicht erwischen, sonst hat er schlechte Karten. Ein Bulle als Zeuge ist scheiße, echt scheiße. Dabei hat sich alles so gut angelassen. Mit Broderich war es echt easy. Ruckzuck zugedrückt – und die Sache war erledigt. Der Wichser hatte den USB-Stick in seiner Jackentasche, genau wie diesen Golfball.

Eine Ampel schaltet auf Rot und er hält. Nervös trommelt Matusch mit den Fingern auf das Lenkrad. Natürlich, er hätte Broderich auch hinter dem Mausoleum liegen lassen können, wahrscheinlich hätte er da sogar wochenlang rumgelegen, ohne dass jemand diesen Idioten gefunden hätte. Na und? Jetzt war es eben anders. Eigentlich war die Idee doch klasse mit der falschen Fährte? Hatte er schon öfter in Filmen gesehen. Der arrogante Dämlack hatte sich doch gut als Dekoration auf der Bank beim Golfclub gemacht.

Matusch bremst ab, beschleunigt aber sofort wieder. Okay, das mit der falschen Fährte ist vielleicht wirklich überflüssig gewesen, aber irgendwie war's auch geil, die Bullen an der Nase herumzuführen. Hat man nicht so oft. Das hat die Penner verwirrt und abgelenkt. Garantiert. Selbst Wörstein hat das im Nachhinein gefallen. Der hat ihm sogar auf die Schulter geklopft. Wörstein kann froh sein, dass er ihn hat. Oder? Matusch grinst. Außerdem war es eine Kleinigkeit, den Kerl zusammen mit Karl hinter den Schuppen vom Golfclub zu verfrachten. Dort kennt er sich bestens aus, schließlich hat er früher häufig in den Ferien beim Ausroden des Buschwerks geholfen.

Endlich schaltet die Ampel wieder auf Grün und Matusch legt den ersten Gang ein. Selbst mit diesem Trott war es ganz einfach. Zweiter Gang. Brav hat dieser verratzte Pauker ihnen die Tür geöffnet und sie hereingelassen, obwohl er eigentlich gleich zum Einkaufen wollte. Wie gutgläubig manche Menschen sind. Bevor der gemerkt hat, dass sie gar nicht von seinem Kollegen kommen, gab er schon keinen Mucks mehr von sich. Klar, er hätte ihm vorher noch aus dem Maul ziehen sollen, wo das verdammte Manuskript steckte. Das hat ein bisschen Mühe beim Suchen gemacht. Trotzdem, nach einer halben Stunde hatten sie es. Der Wichser hatte das Originalmanuskript unter einem Stapel Schulhefte auf dem Schreibtisch liegen. Da kommt man ja nicht gleich drauf. Dritter Gang. Wieder knirscht das Getriebe.

»Los, ihr Idioten, fahrt gefälligst schneller. Heute wird früher gegessen«, brüllt er Richtung Vordermann. Alles ist immer nach Plan gelaufen – und jetzt dieser Scheiß!

Kurz vor Westercelle bemerkt Matusch das Flackern eines Blaulichts im Rückspiegel. Wenig später taucht von links ein zweiter Streifenwagen auf. Er drückt das Gaspedal bis zum Anschlag durch. Aus dem Augenwinkel sieht er, dass von rechts noch ein Polizeiwagen mit Blaulicht dazukommt. Verdammt!

Vor ihm stauen sich die Autos. Er zieht das Lenkrad nach

rechts und fährt über die Rechtsabbiegespur und den Fahrradweg an der Kolonne vorbei. An der Verkehrsinsel der Kreuzung schneidet er das anfahrende Auto und setzt sich an die Spitze der Fahrzeuge. Sein Herz schlägt schneller. Die Wichser kriegen ihn nicht, dazu ist er viel zu schlau.

Endlich hat er die Ausbaustrecke der Bundesstraße erreicht, links und rechts der Straße saust er an den Stämmen der Kiefern und Fichten vorbei. Gerade als er den Lastwagen vor ihm überholen will, verengen sich seine beiden Fahrbahnen zu einer, während sich die auf der entgegenkommenden Seite verdoppelt. Matusch bremst auf den zur Warnung gesetzten Querstreifen ab und quetscht sich zwischen zwei LKWs. Er erntet ein donnerndes Hupen. Ein Blick in den Seitenspiegel zeigt ihm, dass die Blaulichter näher kommen. Jetzt sind es schon vier. Wütend schlägt er aufs Lenkrad. Diese verdammten Laster, können die nicht Platz machen? Wenn er weiter hinter denen bleibt, wird das nie was.

Matusch starrt nach vorne. Auf der entgegengesetzten doppelspurigen Trasse kriechen die Lastwagen auf der rechten Fahrbahn. Die Überholspur ist frei.

Matusch ignoriert die beiden durchgezogenen weißen Linien, zieht den Lenker nach links und setzt zum Überholen an. Scheiße, der Laster hat einen Anhänger. Das *G* auf dem blauen Untergrund grinst ihn breit an. Sein Gaspedal ist bis zum Anschlag durchgetreten. Nur noch ein paar Meter, dann hat er es geschafft. In diesem Moment schert ein LKW aus der ihm entgegenkommenden Kolonne aus, um zu überholen. Als der Fahrer den grünen Pick-up auf sich zurasen sieht, flucht er und reißt das Steuer herum, um wieder zurück auf seine Fahrbahn zu kommen. Matusch versucht das Gleiche, doch das Gespann mit dem *G* versperrt ihm den Weg zurück. Matusch tritt auf die Bremse, sein Wagen schlingert. Die breite Front des Lastwagens scheint auf ihn zuzufliegen.

»Los, geh wieder in deine Spur«, schreit Matusch.

Zu spät. Die Spitze des Pick-ups bohrt sich mit einem ohrenbetäubenden Knall in den unteren Teil des Führerhauses. Das Letzte, was Matusch hört, ist das laute Knirschen von Metall.

Als Beckmann von der B 3 auf die zur Autobahn ausgebaute Teilstrecke geleitet wird, kreist über ihm der Rettungshubschrauber. Wenige Minuten danach leuchten die Warnblinklichter der ihm vorausfahrenden Fahrzeuge. Stau wegen Unfalls. Gerade als sein Wagen zum Stehen kommt, meldet der Verkehrsfunk: Vollsperrung der Bundesstraße.

34

»Diese Trixi hat vielleicht einen Schlag«, murmelt Borgfeld anerkennend, als der verletzte Müller blutüberströmt in der Notfallambulanz eingeliefert wird. Seine Frau hätte nie die Geistesgegenwärtigkeit, so etwas zu tun. Oder? Sind Frauen vielleicht gewalttätiger, als man manchmal glaubt? Borgfelds Kopf raucht und sein Magen knurrt. Wo soll er denn hier bitte schön Karotten her bekommen?

In diesem Moment läuft die Krankenschwester, die den Alarm wegen Felix ausgelöst hat, im Stechschritt an ihm vorbei.

»Hallo«, spricht er sie an. »Ich …«

»Tut mir leid.« Sie zeigt auf das Schwesternzimmer. »Ich muss ganz dringend in den Aufwachraum. Danach habe ich Zeit.«

»Was ist mit … ?«

Den letzten Satz hört sie schon nicht mehr.

Immerhin hat Borgfeld von ihrer Kollegin in der Zwischenzeit herausbekommen, dass Felix nur ein paar Druckstellen am Hals davongetragen hat. Herbert Müller hat es schlimmer erwischt. Ihn operieren die Unfallchirurgen immer noch. Trixis Hieb mit dem Adler hat bei ihm mehr als nur ein Hirn-Schädel-Trauma verursacht: Die Flügelspitzen des Adlers haben sich an zwei Stellen regelrecht in den Schädelknochen gebohrt, allerdings nicht tief.

Die Operation des Trümmerbruchs an seinem rechten Ellenbogen ist komplizierter. Der Granitsockel hat ihn mit voller Wucht getroffen und den Knochen zerschmettert.

Da hier alle ärztlich versorgt sind und der Mörder auf der Flucht ist, beschließt Borgfeld, zurück nach Burgdorf zu fahren. Vielleicht mit einem Umweg über die Imbissbude.

Er ist gerade auf dem Weg zu seinem Wagen, als er die Menschentraube vor der riesigen Eibe bemerkt. Neugierig nähert er sich dem Baum.

»Was gibt es denn?«

»Da hinten, da liegt einer.« Eine Frau um die dreißig fuchtelt mit ihrer Krücke herum und deutet auf die Hausmauer. Sie ist sichtlich erleichtert, einen uniformierten Polizisten zu sehen und stammelt: »Ich wollte hier draußen eine rauchen. Mein Feuerzeug ist runtergefallen. Als ich mich danach gebückt habe, da …«

Borgfeld schiebt die Äste zur Seite. Die 88 auf dem Rücken

kommt ihm sehr bekannt vor. Der Kerl hat sich versteckt. Dieses Arschloch! Kein Wunder, dass er ihn vorhin nicht gesehen hat. Borgfeld bückt sich unter den Zweigen durch und nähert sich dem reglos daliegenden Körper. Will der ihn immer noch verarschen?

»Steh auf.« Der Befehlston von Borgfeld würde Tote auferstehen lassen. Aber nicht die 88.

»Polizei, steh auf! Das Spiel ist vorbei!«

Keine Reaktion. Borgfeld zögert. Ob der Kerl das Messer unter dem Bauch versteckt hat?

»Los, aufstehen, aber dalli!«

»Der ist tot«, ruft ein Mann mit Gipsbein und Krücken, der sich nach vorne durchgedrängelt hat. »Das sieht doch ein Blinder mit dem Krückstock.«

»Gehen Sie näher hin«, drängt ihn einer mit Kopfverband.

Borgfeld fühlt sich nicht wohl in seiner Haut, trotzdem macht er einen weiteren Schritt, dann noch einen. Jetzt ist er nur noch einen halben Meter entfernt.

»Steh auf!« Als keine Reaktion erfolgt, stupst er schließlich das Bein der 88 mit seinen Füßen an. Der Junge reagiert nicht. Borgfeld nimmt seinen Mut zusammen, beugt sich zu ihm hinunter und greift entschlossen nach den Armen. Sie sind schlaff.

Borgfeld ist irritiert. Gerade ist der Kerl doch quicklebendig vor ihm weggelaufen. Als er den Körper umdreht, begreift er endlich.

35

Müde und erschöpft sitzen sie Stunden später um den Tisch in der Burgdorfer Polizeiinspektion. An den Tafeln kleben noch die Fotos von Felix. Die rote Eddingskizze vom Vortag leuchtet unverändert an ihrem Platz.

»Der Fahrer des Pick-ups war sofort tot. Haben wir seinen genauen Namen?«, fragt Beckmann in die Runde.

»Dennis Matuschenko, genannt Matusch, zwanzig Jahre alt. Kollege Rischmüller hat alles per Mail geschickt«, rattert Streuwald herunter. »Aufgewachsen ist er in Vahrenheide, später Umzug nach Linden. Hauptschulabschluss, abgebrochene Lehre zum Automechaniker. So wie es aussieht, ging er keiner Schlägerei aus dem Weg, ganz besonders nicht mit Ausländern. Dieser Matuschenko kam immer wieder mit dem Gesetz in Konflikt, seine Strafakte ist umfangreich. Bei der letzten Anklage war Wörstein sein Verteidiger. Der hat ihn freigeboxt. Seitdem ist der Junge nicht mehr auffällig geworden. Er scheint zum engen Kreis von Wörstein gehört zu haben.

»Und der Junge unter dem Baum am Krankenhaus?«

»Sein Name ist Kevin Fischer. Überlebt hat er. Fragt sich nur wie. Zum Glück lag er ja direkt neben dem Krankenhaus, da war der Weg zur ersten Hilfe kurz. Er hatte Glück im Unglück, meinte der Arzt. Sein Zungenbein oder wie das heißt ist nicht gebrochen. Dann wäre er hinüber gewesen. Ohne Wenn und Aber. Auf jeden Fall wurde er so stark gewürgt, dass er das Bewusstsein verloren hat – und zwar ziemlich lange. Da ist die Sauerstoffzufuhr im Gehirn ziemlich eingeschränkt, meinte dieser Doktor Schnippkoweit. Das kann zu nachhaltigen Schäden führen. Ganze Hirnareale könnten davon betroffen sein. Das wiederum kann zu neurologischen Ausfällen führen. Die haben im Krankenhaus schon ein paar Tests mit ihm gemacht. Fest steht nur, dass er sich an nichts erinnern kann.«

»Vielleicht ist es auch nur eine hilfreiche Amnesie.«, brummt Borgfeld. »Schließlich hat er es auch geschafft, Matusch zu täuschen.«

»Wenn er die Ohnmacht vorgetäuscht hätte, wäre er ja wohl weggelaufen, oder?«, kontert Beckmann. »Und wenn er die Amnesie vorspielt, müsste er ziemlich gewieft sein. Was wissen wir denn über diesen Kevin Fischer?«

»Kevin Fischer ist wohnhaft in Burgdorf – bislang ist er nicht aktenkundig. Früher hat er in Heeßel Fußball gespielt. Zusammen mit Felix. Da habe ich ihn in der Mannschaft gehabt. Das war damals ein lieber Kerl, allerdings ziemlich unzuverlässig. Der hatte jede Menge Probleme zuhause.« Ein Trainer kennt schließlich seine Pappenheimer. »Ansonsten habe ich keine Ahnung, wie Kevin zu der Truppe von Wörstein gekommen ist. Felix hat Kevin und diesen Matuschenko vor dem Schulungsheim gesehen. Matuschenko war nach Aussage von ihm der Tonangebende, der andere eher der Befehlsempfänger. Vielleicht ist Kevin angeworben worden, das müssen wir klären.« Streuwald kratzt sich am Kopf und sein Blick fällt auf den Telefonzettel, auf dem er die eingehenden Telefonate vermerkt. »Habe ich ganz vergessen zu sagen: Kollege Schuster hat Kevins Mutter benachrichtigt. Die war aber nicht aufnahmefähig. Sie lag sternhagelvoll auf dem Sofa in ihrer Wohnung.«

Beckmann stützt die Arme auf die Fensterbank und starrt

nach draußen. Dennis Matuschenko hat Felix im Krankenhaus gewürgt und versucht, ihn zu töten. Kevin lag zu diesem Zeitpunkt schon bewusstlos unter dem Baum. Vermutlich ist Dennis Matuschenko davon ausgegangen, dass Kevin tot ist. Vielleicht wurde er bei seinem Angriff gestört und hat sich schnell davon gemacht, ohne sich zu vergewissern, ob Kevin tatsächlich tot ist. Erst dann hat er sich auf den Weg zu Felix gemacht und ist auf ihn losgegangen – und genau das versteht Beckmann nicht. Er dreht sich um.

»Warum wollte dieser Matuschenko Kevin umbringen und wieso vor der Klinik? Das ist nicht logisch.«

Borgfeld und Streuwald zucken mit den Achseln.

»Keine Ahnung«, kommt es im Chor von beiden.

»Schieben wir diese Frage erst einmal beiseite.« Beckmann macht einen Schritt auf die Tafel zu und schreibt Kevin neben Broderich und Trott. »Wir haben zwei Tote und ein Opfer, das gerade noch einmal so davon gekommen ist, dreimal würgt jemand sein Opfer, zweimal tötet er. Bei Broderich gab es noch zusätzlich den Golfball im Rachen.« Beckmann zieht einen roten Kreis um Kevins Namen. »Wenn die Ärzte nicht widersprechen, würde ich behaupten, die Würgemale an Kevins Hals tragen eindeutig die Handschrift der vorangegangenen Morde.«

Seine Kollegen pflichten ihm bei, sagen jedoch kein Wort, sondern nicken nur. Man darf Beckmann nicht stören, wenn er laut nachdenkt. Das haben beide längst begriffen.

»Müller kann den Jungen nicht gewürgt haben, sein Alibi ist im wahrsten Sinne hiebfest.« Beckmann zeigt mit dem Edding auf Müllers Namen. »Vorausgesetzt die Opfer haben den gleichen Täter, können wir Müller streichen.« Der

Faserschreiber quietscht beim Durchstreichen, und es läuft Streuwald kalt über den Rücken. Beckmann weist auf den zweiten Kreis. »Bleibt Goldmann. Wie es aussieht, können wir den ebenfalls vergessen. Mit dem Tod von Julius Trott hat der nichts zu tun.« Erneut quietscht der Stift. Niemand sagt etwas und bleiernes Schweigen breitet sich im Raum aus. Beckmann geht in Gedanken immer und immer wieder alles durch, aber seine Gedanken verhaken sich.

Borgfeld hält die Stille als Erster nicht mehr aus und platzt heraus: »Und was machen wir jetzt mit der Hose?« Er deutet auf die Plastiktüte, die neben ihm liegt. »Sollen wir die überhaupt noch untersuchen lassen, jetzt wo Matuschenko tot ist?«

Die Hose. Beckmann schlägt sich mit der flachen Hand gegen die Stirn. Scheiße! Verdammte Scheiße! Er schließt die Augen.

»Die Hose muss ins Labor. Sofort. Ich dachte, das sei schon längst geschehen.« Nachlässig werden ist das eine, sich nichts anmerken zu lassen, wenn man Fehler macht, ist das andere.

Beckmann tippt auf den Namen Matuschenko.

»Wir brauchen die DNA-Proben zum Vergleich.« Ein bitterer Zug schleicht sich um seinen Mund. »Zumindest können wir damit unsere Vermutung bestätigen, dass er Trott und Broderich ermordet hat.«

»Was ist los?«, fragt Streuwald, der nicht versteht, dass Beckmann ein Gesicht wie sieben Tage Regenwetter macht. Nach dem Chaos der letzten Stunden sind die einzelnen Teile wie bei einem Puzzle plötzlich auf die richtigen Plätze gefallen und der Täter ist gefasst, wenn auch tot.

»Ist doch alles super. Wenn dieser Matuschenko die drei umgebracht hat, ist der Fall doch geklärt.« Eine Beförderung sollte eigentlich drin sein. Zwei Morde in drei Tagen – und alles zackig aufgeklärt. Das muss ihnen erst mal einer nachmachen. Streuwald grinst. Die Saisonvorbereitung seiner Mannschaft kann er jetzt ganz ruhig angehen lassen.

Beckmann dreht nachdenklich den Stift in der Hand.

»Dieser Matuschenko mag die drei getötet haben, aber bestimmt nicht aus eigenen Stücken. Der wurde geschickt.«

Streuwald runzelt die Stirn. »Und das bedeutet?«

»Broderich erpresst Müller und weiß nicht, was er für ein Fass damit aufmacht. Der ehemalige Spediteur fühlt sich durch die entdeckten Aufzeichnungen bedroht. Seine Vergangenheit holt ihn in Form dieser Interviews ein. Er hat Angst, dass man ihm die Ermordungen in den letzten Kriegstagen anhängt. Vor allem befürchtet er, dass es Nachforschungen zum Verbleib von Clara gibt. Er glaubt zwar nicht, dass jemand die Leiche im Garten seines Elternhauses sucht, doch der Mord ist plötzlich wieder präsent. Broderich hat mit der Erpressung sein eigenes Todesurteil unterschrieben. Trott muss ebenfalls verschwinden, weil er den Inhalt des Tagebuchs kennt und das Original besitzt. Von Marthas Kopie ahnt niemand etwas. Die gründliche Durchsuchung von Trotts Räumen zeigt aber, dass man nach einer weiteren Kopie gesucht hat.« Beckmann zögert kurz. »Jedenfalls spricht viel für diese Theorie.«

»Gut möglich.« Borgfeld erinnert sich sowohl an den aufgeschlitzten Sofabezug als an die herausgezogenen und ausgekippten Schubladen.

»Macht bloß nicht alles so kompliziert. Matuschenko

war's.« Streuwald nickt bedächtig, als er den Namen erneut ungefragt in die Runde wirft. Für ihn ist und bleibt die Lösung klar.

»Gehen wir davon aus, dass er es war. Vielleicht sogar zusammen mit Kevin Fischer. Aus irgendeinem Grund sollte der auch dran glauben. Möglich, dass Kevin die Sache nicht länger geheuer war und er aussteigen wollte«, redet Beckmann mehr zu sich selbst als zu den anderen weiter. Um auszusteigen, muss man irgendwo drin sein. Genau. Wörstein schart die jungen Leute im Landschulheim um sich. Sie sind die Zukunft der »Aufrechten Deutschen«. Beckmann zögert. Nicht alle Parteimitglieder tragen die Rune. Es ist nicht das Erkennungszeichen der Partei. Wofür ist es dann das Erkennungszeichen? Der *Eihwaz* ist die Todesrune der Jäger. Was hat Rischmüller noch geschrieben?

Beckmann kneift die Augen zusammen und denkt nach. Niemand sagt ein Wort, bis er schließlich anfängt zu sprechen.

»Die Tätowierungen an den Unterarmen könnten der Hinweis auf eine interne Gruppe der Partei sein. Eine Kameradschaft mit Treueschwüren und speziellen Ritualen. Die Informationen von Rischmüller lassen sich so deuten.« Beckmann hält inne und sieht die anderen an.

»Müller hat ein Interesse daran, dass Broderich und Trott nicht an die Öffentlichkeit gehen, aber er kann diesen Dennis Matuschenko nicht beauftragt haben. Er hat kaum Berührungspunkte mit ihm.« Dafür umso mehr mit Wörstein. Hat Müller Wörstein gebeten, die beiden zu beseitigen? Oder hat der clevere Anwalt es von sich aus getan? Es ist schließlich in seinem eigenen Interesse, dass Müller unbehelligt bleibt. Der reiche Spediteur finanziert immerhin den Club dieses Herrn, da darf er unaufgefordert eine Gegenleistung erwarten.

Die Gedanken der letzten Minuten rattern durch Beckmanns Gehirnwindungen und verdichten sich zu einem einzigen Wort: Wörstein. Und dann? Wo sind die Beweise gegen ihn? Rischmüller hat nichts in Broderichs Computer gefunden, was auf den Anwalt hindeutet. Beckmanns Inneres lehnt sich dagegen auf, dass der Kerl wieder einmal ungeschoren davonkommt. Die Großen lässt man laufen und die Kleinen müssen bluten. Verdammt, nicht schon wieder. Nicht hier und jetzt. Was ist Wörsteins Achillesferse? Beckmann überlegt lange, dann wird es ihm immer klarer: Sein Ehrgeiz. Sein Wunsch, Macht mit den »Aufrechten Deutschen« zu erlangen, verschlingt Unsummen an Geld. Müllers Geld. Hier muss man ansetzen.

»Wir fühlen Müller auf den Zahn, wenn er vernehmungsfähig ist. Wir spielen die beiden gegeneinander aus. Möglich, dass wir Wörstein endlich drankriegen. Los geht's. Borgfeld, bringen Sie die Hose ins Labor. Wir müssen aufs Tempo drücken, bevor mögliche Beweise im Schulungsheim vernichtet werden.«

»Und was ist mit dieser Clara?«, meldet sich Borgfeld zu Wort, der schon mit der stinkenden Plastiktüte in der Hand neben der Tür steht.

Beckmann zuckt mit der Schulter. »Die Mackenrodt hat sich mit der für Celle zuständigen Staatsanwaltschaft in Verbindung gesetzt. Ich denke, dass noch in dieser Woche der Garten in der Denickestraße umgegraben wird. Danach sehen wir weiter.«

Epilog

»Helf dir selber, dann helft dir auch der liebe Herrgott. Denn warum? Die Obrigkeit, die wird alle Hände voll zu tun haben, daß sie im allgemeinen für Ordnung sorgt, soweit das angeht: der einzelne Mann muß sich selber wehren.«

Der Wehrwolf, S. 25

An diesem Samstagnachmittag ist die Promenade rund um den Maschsee von Tausenden von Menschen belagert. Aus dem benachbarten Fußballstadion hört man das dumpfe Echo der Sprechchöre und der jubelnden Fans, kaum deutet sich eine torgefährliche Situation an. Valencia gegen Hannover 96. Hannover liegt 0 : 2 zurück.

Die Geräusche des Stadions vermischen sich mit den Klängen der Bands, die auf der Bühne am Nordufer spielen. Hinter dem Anleger des Tretbootverleihs feuern die Schaulustigen die Teams des Drachenbootrennens an. Martha Landeck und Max Beckmann sind stehen geblieben und beobachten das geschäftige Treiben.

Ein schlaksiger junger Sportler steht mit einem orangenen Megaphon am Kopf des Stegs. Davor liegen zwei lang gezogene Boote, in denen jeweils zwanzig Männer und Frauen sitzen. Die eine Hälfte links, die andere rechts, alle mit einem Paddel in der Hand.

Are *you ready?* Der mit dem Megaphon schreit den ersten Teil des Startkommandos für den Drachenbootwettbewerb in sein Sprachrohr. Alle Teilnehmer des Rennens halten ihr Paddel knapp über der Wasseroberfläche. *Attention.* Jeder konzentriert sich auf den Start. *Go*! Jetzt wird das Ruder eingetaucht und die Mannschaften paddeln so kräftig sie können, um das schwere Boot in Bewegung zu bringen.

Martha verfolgt gebannt, wie kurze, schnelle Züge folgen. Die Drachenboote nehmen an Tempo zu. Die Schläge werden länger. Das Team mit den roten Trikots wird durch eine im Bug sitzende Trommlerin angefeuert, das in den blauen hat einen Trommler.

Zügig durchschneiden die Bugspitzen das Wasser. Die Mannschaft in Blau geht in Führung.

Martha lehnt sich an Beckmann und drückt seine Hand.

»Gut, dass alles vorbei ist. Als Müller mich gewürgt hat, hatte ich wirklich Angst.« Ihre Stimme ist immer noch heiser. Um die Würgemale zu verdecken, trägt sie trotz der Hitze ein dünnes Seidentuch um den Hals.

Beckmann verzieht den Mund. Hätte er doch Rischmüllers E-Mail eher gelesen! Vielleicht hätte er Martha dann diese Enttarnung ersparen können. Hätte, hätte, hätte.

»Ist auch keine Aktion, auf die du stolz sein solltest. Wenn ich mir überlege, was hätte passieren können.« Nie war ihm klarer, was er für diese Frau empfindet, als in den letzten Tagen. Die Vorstellung, dass Müller sie fast erwürgt hätte, hat ihm nicht nur einen Alptraum beschert. Er zieht seine Hand aus ihrer, bleibt stehen, um ihr endlich das zu sagen, was ihm seit Wochen auf dem Herzen liegt – doch Martha lächelt ihm nur zu und geht weiter.

»So habe ich ihn immerhin aus der Reserve gelockt. Ohne diese Aktion hättet ihr keine Erlaubnis zur Ausgrabung bekommen. Claras Skelett wäre wahrscheinlich nie gefunden worden. Jetzt wird man Müller den Prozess machen.« Nach drei Schritten dreht sie sich zu ihm um. »Wo bleibst du?«

Verständnislos schüttelt Beckmann den Kopf. Merkt diese Frau eigentlich nie, wenn er ihr etwas Wichtiges sagen will?

»Komme ja schon«, brummt er unwillig.

»Claras Tod darf nicht ungesühnt bleiben.«

»Stimmt.« Endlich ist er wieder auf einer Höhe mit ihr.

»Die Experten untersuchen die letzten Überreste der Leiche. Sie versuchen abzuklären, ob es tatsächlich Clara Rosenthal ist. Unklar ist, ob man Müller die Tat beweisen kann – auf jeden Fall kriegen wir ihn wegen des tätlichen Angriffs gegen dich dran.« Er legt seinen Arm um Marthas Schulter. »Trotzdem bleibt bei mir ein schales Gefühl zurück. Matuschenko wird für die Morde an Broderich, Trott und Kevin verantwortlich gemacht. Vielleicht hat Kevin ihm bei den ersten beiden geholfen. Das ist jedoch nebensächlich, da Matuschenko tot ist. Die Sache mit dem Golfball werden wir wohl auch nie endgültig aufklären. Vermutlich hat Broderich den Golfball mit dem Fehldruck des Clublogos mehr oder weniger zufällig in der Hand gehabt und Matuschenko hat ihn ihm genauso mehr oder weniger zufällig in den Rachen gestopft.« Mehr oder weniger. Das sind genau die Begriffe, die Beckmann eigentlich hasst. Egal.

»Möglich, dass Matuschenko wegen des Golfballs auf die Idee gekommen ist, den Toten zum Golfclub zu verfrachten. Vom Fehldruck und dem belastenden Beweis gegen Goldmann hat der garantiert nichts geahnt.« Beckmann lächelt Martha an.

»Eigentlich wollte ich dich dir …«

»Apropos eigentlich: Was ist eigentlich mit der DNA?«

Kann diese Frau nie aufhören? Beckmann seufzt tief. Bitte schön. Wenn du es nicht anders willst: »Die DNA-Analysen bestätigten, dass Matuschenko auch auf Broderich und Trott gepinkelt hat. Goldmann und Zwingel sind bleischwere Steine vom Herzen gefallen, als sie merkten, dass sie aus dem Schneider sind und die Akten geschlossen werden.«

»Schließt man tatsächlich die Akten in diesen Fällen?«

»Nicht sofort, Berichte müssen geschrieben werden …«

»Und Wörstein?«, unterbricht Martha ihn und dreht sich ruckartig zu ihm um. »Der steckt doch garantiert hinter der ganzen Sache. Wörstein wollte seinen Mäzen schützen, um ans Geld für seine Partei zu kommen.«

»Stimmt, es gibt nur ein Problem. Wir können es ihm nicht nachweisen. Wie immer wäscht er seine Hände in Unschuld und weiß angeblich von nichts. Matuschenko war ein gewalttätiger junger Mann, hat er im Verhör gesagt. »Ich habe mein Bestes getan, um ihn wieder in die Gesellschaft zu integrieren. Aber bei dem Versuch der Resozialisierung muss man mit Rückfällen rechnen.« Allerdings haben wir ihm einen schmerzhaften Schlag versetzt. Müller wird den Kauf des Landschulheims rückabwickeln, egal ob Wörstein will oder nicht. So weit sind wir bei den Vernehmungen schon gekommen. Spätestens nächste Woche müssen Wörstein und seine Truppe das Haus räumen.«

»Und hat Müller sonst noch etwas gesagt?«

»Nein, das ist es ja. Der schweigt. Wörstein ist sein Anwalt und wird ihn entsprechend instruiert haben.«

»Eins wundert mich immer noch. Warum ist der Blutschwamm in Müllers Gesicht eigentlich kleiner geworden? Aus Afrika ist jetzt eher Australien geworden. Und heller ist er auch. Schrumpfen solche Flecken mit dem Alter eigentlich?«

»Müller hat sich den Fleck Anfang der neunziger Jahre weglasern lassen. Hat nur zum Teil geklappt.«

Martha Landeck und Max Beckmann schlendern weiter an den Buden der Maschseepromenade vorbei und kommen später als verabredet zum Restaurant *Pier 51*, wo Frank Rischmüller Plätze für sie freihält. Eigentlich sollten sich alle am Fall Beschäftigten auf Einladung von Rischmüller hier treffen, aber nicht bei jedem ist diese Idee gut angekommen. Schließlich ist Wochenende.

Streuwald hat sich mit der Begründung entschuldigt, dass heute ein wichtiges Fußballspiel seiner Jungen ausgetragen wird.

Borgfeld ist im Anschluss an die nach wie vor täglich stattfindende Mahnwache mit der gesamten Familie bei den Rinsings eingeladen, die seit gestern von ihrer Paddeltour aus Schweden zurück sind und genau wissen wollen, was passiert ist. Felix ist wieder aus dem Krankenhaus heraus und scheint die Vorfälle gut verkraftet zu haben, trotzdem redet er kaum mit seinen Eltern darüber, was passiert ist. Ursprünglich hat er den Verlust seiner Nikon, seines Fahrrads und des Handys bejammert. Der Angriff von Matuschenko auf ihn im Krankenhaus hat das jedoch in den Hintergrund treten lassen und ihn mehr erschüttert, als er wahrhaben will. Das knappe Überleben von Kevin Fischer hat ihm mehr als deutlich gemacht, dass Matuschenko ernst gemacht hätte, wenn Sonjas Vater nicht dazwischen gekommen wäre. Zum Glück hat er Sonja. Sie versucht, ihm händchenhaltend darüber hinweg zu helfen. Felix kann den Vorfällen so immerhin etwas Gutes abgewinnen.

Maria Borgfeld hat zur Feier des Tages eine Moortorte mit frischer Schlagsahne und Schattenmorellen gebacken, so wie ihr Mann Dieter das liebt. Maria findet, dass es nach all der Aufregung erst einmal genug mit dem Punkte zählen ist. Essen hält Leib und Seele zusammen, besonders jetzt.

Das ist die offizielle Version. Es gibt jedoch noch eine andere. Maria Borgfeld ist beunruhigt. Vorgestern Abend hat *ihr* Dieter ihr die Hand geküsst – ganz vorsichtig – und sie gefragt, ob sie mit ihm nach Paris fahren möchte. Einfach so. Nur zum Spaß. Da bekam sie sofort Angst, dass etwas mit ihm nicht stimmt. So etwas ist ihm in 25 Ehejahren noch nie eingefallen. Augenblicklich hat sie beschlossen, dass er dringend wieder etwas Vernünftiges essen müsse, bevor er endgültig auf dumme Gedanken kommt. Bei Männern um die fünfzig muss man aufpassen, das sagen alle ihre Freundinnen.

Chefredakteur Mittenwald sitzt bei den heutigen hochsommerlichen Temperaturen lieber in seinem Garten, hat jedoch signalisiert, dass nach dem positiven Bericht des Fachmanns vom Celler Archiv nichts dagegen spricht, die Interviewsammlung von Clara zu veröffentlichen. Erst in Fortsetzungen in der Zeitung und später in Buchform. Vielleicht ist es auch das schlechte Gewissen, das ihn plagt, seit ihm klar geworden ist, in welch gefährliche Situation er Martha und Trixi gebracht hat. Nicht auszudenken, was hätte passieren können, stößt er noch jetzt immer wieder aus. Wie hätte er aber auch ahnen können, dass der Mäzen der »Aufrechten Deutschen« der Mann ist, den Martha die ganze Zeit gesucht hat? Ihm hatte sie jedenfalls nichts davon gesagt.

Trixi will zum Maschseefest nachkommen, wenn Jean Claude mit ihren Strähnchen fertig ist. Sie wird sich per Handy melden.

Doktor Schmidt hat Arbeit vorgeschoben, dabei hat er ein Rendezvous mit Ina von Lauenstein. Natürlich hätte er auch mit ihr zum Maschseefest gehen können, aber er legt keinerlei Wert darauf, seine neue Bekanntschaft gleich allen vorzustellen – obwohl er findet, dass sie eine überaus vorzeigbare Erscheinung ist. Sein Verhältnis zu den ermittelnden Beamten ist jedoch noch nie über das rein Fachliche hinausgegangen. Und das soll seiner Meinung nach auch so bleiben.

Frau Doktor Mackenrodt würde nie auf ein überfülltes Volksfest gehen und sich im Pulk am Ufer des Maschsees bewegen. Roswitha Neumann hatte man vergessen einzuladen. Sie wäre bestimmt gekommen.

Rischmüller hat für Martha und Beckmann ein Bier geholt und prostet ihnen zu. »Das war ja mal eine gedeihliche Zusammenarbeit aller Beteiligten.« Während er dies sagt, stimmt der Gitarrist auf der seitlich aufgebauten Bühne seine Gitarre und zupft an den Saiten. *All together now.*

Beckmann runzelt die Stirn und verzieht den Mund. Klar, gut zusammengearbeitet haben sie, aber den entscheidenden Schritt, den haben sie nicht geschafft. Das süffisante Grinsen von Wörstein beim Verlassen der Polizeiinspektion geht ihm nicht aus dem Kopf.

»Es kann nicht angehen, dass manche Leute nie zu fassen sind.«

Rischmüller schlägt ihm auf die Schulter. »Da bin ich ganz deiner Meinung.«

Materialsammlung

Bertram, Mijndert (1989), April 1945. Der Luftangriff auf Celle und das Schicksal der KZ-Häftlinge aus Drütte. Celle

Celle '45, Aspekte einer Zeitenwende, Begleitpublikation zur Ausstellung im Bomann-Museum Celle, 1995

Celler Hefte (2003), 1–2, RWLE Möller Stiftung
Celler Hefte (2003), 3–4, RWLE Möller Stftung

Cellesche Zeitung 1945, Archiv der Stadt Celle

Edition Temme (1995), Beiträge zur Geschichte der nationalsozialistischen Verfolgung in Norddeutschland, Band 2, Kriegsende und Befreiung, KZ-Gedenkstätte Neuengamme (HRSG)

Fritze, Lothar (2007), Die Moral des Bombenterrors, Alliierte Flächenbombardements im Zweiten Weltkrieg, OLZOG

Lietzmann/Meier (2006), Geschichten und Ereignisse um die Celler Neustadt, Ströher Druckerei Celle

1. Stadtarchiv Celle
1.2. Tonbandaufzeichnungen der von Mijndert Bertram geführten Interviews
- Interview mit Gertrud Dempwolff vom 2. September 1988
- Interview mit Bodo Grote vom 18. November 1988
- Interview mit Ingo Grothe vom 24. Oktober. 1988
- Interview mit Bärbel Hahn vom 10. Oktober 1988
- Interview mit Elisabeth Henschel vom 24. Oktober 1988

– Interview mit Alfred Kröhler vom 14. Februar 1989
– Interview mit Dr. Paul Kühling vom 16. September 1988
– Interview mit Gerhard P. vom 14. November 1988
– Interview mit Hans und Sophie Röling vom 21. Dezember 1988
– Interview mit Wilhelm Sommer vom 8. Juni 1989
– Interview mit Karl Ziesenis vom 14. Dezember 1988

Stiekel, Sebastian (2008), Arisierung und Wiedergutmachung in Celle, Celler Beiträge zur Landes- und Kulturgeschichte, Schriftenreihe des Bomann-Museums, Band 37, Verlag für Regionalgeschichte Bielefeld

Strebel, Bernard (2008), Celle April 1945 revisted, Verlag für Regionalgeschichte Bielefeld

Steinecke, Gerhard (2005), Drei Tage im April, Lehmstedt

Wegener, Tim (2003), Die Celler »Hasenjagd«. Darstellung, Erinnerung, Gedächtnis und Aufarbeitung; Universität Hannover

Zitate:

Hermann Löns, Der Wehrwolf – Eine Bauernchronik, Neuauflage 2007, Adolf Sponholz Verlag Hannover/Hameln

Nachtrag

Die Personen und Charaktere des Romans sind frei erfunden. Ähnlichkeiten mit lebenden Personen sind rein zufällig und unbeabsichtigt.

Der Golfclub Isernhagen ist ein wunderschöner Golfclub inmitten von viel Wald. Loch 4 heißt mittlerweile *Am Mausoleum.*
Im RSE, dem Sportverein Ramlingen/Ehlershausen, wird engagierter Fußball gespielt. Nicht nur, wenn Hannover 96 zu Gast ist.

Meine gefühlte Nähe zu Burgdorf und Isernhagen lässt die beiden Orte auch in diesem Roman wieder dichter zusammenrücken, als es der geographischen Realität entspricht.

Die Onlineplattformen gibt es nicht, genauso wenig wie die *Aufrechten Deutschen.*
Es gab keinen Mord im Golfclub, es existiert kein ehemaliges Landschulheim.

Das Massaker in Celle am 8. April 1945 hat es tatsächlich gegeben. Es ist unter den Namen *Celler Hasenjagd* in die Geschichte der Stadt eingegangen.
Die Tagebucheinträge des vorliegenden Buches sind fiktiv, orientieren sich aber an realen Berichten. So vergrub sich der Häftling Wassilij Krotjuk (Jahrgang 1924) tatsächlich in einem Misthaufen, blieb zwei Tage dort versteckt und beobachtete von dort aus Erschießungen. Auch die Splitter im Kotelett hat es gegeben und den Gefangenen, der alles heruntergeschlungen hat.

Und noch etwas, das stimmt: Die Celler Zeitung hat ab Jaunar 1945 den »Wehrwolf« von Hermann Löns in Fortsetzungen abgedruckt. In der Wochenendausgabe vom 7./8. April wurde die Szene abgedruckt, in der Menschen wie Hasen im Kessel zusammengetrieben und dann erschossen werden.

Danksagung

Ich möchte mich bei allen bedanken, die mich in der Zeit der Recherche und des Schreibens ermuntert und beraten haben.
Mein ganz besonderer Dank gilt Susanne Mischke, Anne Hamilton und Simone Jacobs sowie Sabine Maehnert, Leiterin des Stadtarchivs Celle, und Diana Gring, zuständig für Medien und Interviews in der Gedenkstätte Bergen-Belsen.

Dieses Buch wäre jedoch nicht möglich gewesen, wenn mich meine ganze Familie nicht immer wieder unterstützt hätte, ganz besonders danke ich meinem Mann Günter für seine Geduld.

Die Autorin

Cornelia Kuhnert, Jahrgang 1956, hat in Hannover studiert und viele Jahre in Burgdorf als Lehrerin gearbeitet. Mittlerweile wohnt sie in Isernhagen. Seit 2005 schreibt sie Kriminalgeschichten und Kriminalromane. Bei zu Klampen veröffentlichte sie »Tanz in den Tod« (2009) und in der von R. Birkefeld und S. Mischke herausgegebenen Anthologie »Der Ring der Niedersachsen« (2010).

Weitere Kriminalromane

herausgegeben von Susanne Mischke

Cornelia Kuhnert
Tanz in den Tod
Kriminalroman
237 Seiten, Hardcover · ISBN 978-3-86674-052-5

In einer Vorstadt Hannovers wird beim Tanz in den Mai eine Journalistin ermordet. War es einer der prominenten Gäste oder hat der Mord etwas mit den Tierversuchsgegnern zu tun?

Ika Sokolowski
Böse Affen
Kriminalroman
299 Seiten · ISBN 978-3-86674-142-3

Ein Aushilfsjob hat Leo Heller auf die CeBIT verschlagen, wo sie zu ihrer Verblüffung auf drei Affen stößt. ›Nichts sehen, nichts hören, nichts sagen‹ scheint auf einmal das Motto aller Leute zu sein, mit denen Leo es zu tun bekommt …

Hans-Jörg Hennecke
Totenruhe
Kriminalroman
192 Seiten, Hardcover · ISBN 978-3-86674-151-5

Unheimliche Ereignisse tauchen den Lindener Bergfriedhof in fahles Zwielicht.

Hans-Jörg Hennecke
LindenTod · Kriminalroman
192 Seiten, Hardcover · ISBN 978-3-86674-068-6

Der Fund einer Leiche durchbricht die Schrebergarten-Idylle in Hannover-Linden. Doch kaum sind die Ermittlungen aufgenommen, ist der Tote auch schon wieder verschwunden.

Heinrich Thies
Das Mädchen im Moor
Kriminalroman
368 Seiten, Hardcover · ISBN 978-3-86674-088-4

In der Lüneburger Heide wird ein Mädchen umgebracht. Ihr Lehrer muss dafür ins Gefängnis. Als er freikommt, versucht er, seine Unschuld zu beweisen.

Rainer Woydt
Der Profiler
Kriminalroman
300 Seiten, Hardcover · ISBN 978-3-86674-086-0

In und um Hannover werden zwei Frauen bestialisch ermordet. Muss Kriminalkommissarin Denkow den Mörder gar in den eigenen Reihen suchen?

Wolfgang Teltscher
Über den Deister
Kriminalroman
251 Seiten, Hardcover · ISBN 978-3-86674-067-9

Vera Matuschek ist verschwunden. Erneut ermittelt Kommissar Marder in Barsinghausen.

Bodo Dringenberg

Die Gruft im Wilhelmstein

Historischer Kriminalroman

256 Seiten, Hardcover · ISBN 978-3-86674-099-0

Liebe, Intrige und Mord beim Bau der Festung Wilhelmstein im Steinhuder Meer.

Norbert Klugmann

Die hölzerne Hedwig

Kriminalroman

292 Seiten, Hardcover · ISBN 978-3-86674-100-3

Ein lauschiges Heidedorf wird Schauplatz eines mysteriösen Kriminalfalls.

Wolfgang Teltscher

Blutholz

Kriminalroman

249 Seiten, Hardcover · ISBN 978-3-86674-143-0

Nach »DeisterKreisel« und »Über den Deister« sucht Kommissar Marder zum dritten und letzen Mal einen Mörder im beschaulichen Barsinghausen am Deister.

Ilka Sokolowski

Die heimliche Geliebte

Ein Wilhelm-Busch-Krimi

416 Seiten, Hardcover · ISBN 978-3-86674-051-8

Wilhelm Busch hatte eine Geliebte! Niemand wusste davon, bis ein geheimnisvolles Tagebuch es offenbart. Plötzlich häufen sich in Hannover die mysteriösen Todesfälle.

Michael Reinbold

Bachs Todeskantate

Kriminalroman

368 Seiten, Hardcover · ISBN 978-3-86674-056-3

Lüneburg, kurz nach Kriegsende: Jeder versucht auf mehr oder weniger legale Weise durchzukommen. Da kommt es auch zu manch unliebsamer Wiederbegegnung. Einer der Zugezogenen wird ermordet aufgefunden. Führt die Spur in die Vergangenheit?

Heinrich Thies

Schweinetango · Kriminalroman

224 Seiten, Hardcover · ISBN 978-3-86674-044-0

Der Maskentanz in der Dorfkneipe ist derb. Und doch lassen sich beim »Schweinetango« zarte Bande knüpfen. Cord Krögers neue Geliebte aber hat nicht mehr lange zu leben …

Bodo Dringenberg

Kleiner Tod im Großen Garten · Kurzkrimis

191 Seiten, Hardcover · ISBN 978-3-86674-045-7

Im Hannover der kurzen Krimis von Bodo Dringenberg wird das üppige Grün der Parks und Gärten zur Farbe des Todes.

Bodo Dringenberg

Mord auf dem Wilhelmstein

Ein historischer Kriminalroman

175 Seiten, Hardcover · ISBN 978-3-86674-041-9

Major Rottmann hat den Wilhelmstein erfolgreich verteidigt – und stirbt doch von fremder Hand. Wer macht das Leben auf der Festung nach dem Krieg gefährlicher als im Krieg?

Egbert Osterwald

Schwarz Rot Blond

Kriminalroman

304 Seiten, Hardcover · ISBN 978-3-86674-049-5

Kommissarin Wilke fahndet nach einem Serienmörder, dem drei Frauen zum Opfer gefallen sind. Wird sie die Ermittlungen überleben?

Wolfgang Teltscher

DeisterKreisel

Kriminalroman

251 Seiten, Hardcover · ISBN 978-3-86674-048-8

Kommissar i. R. Matuschek wird tot in einem kleinen See am Rande des Deisters aufgefunden. War es Mord, Selbstmord oder ein Unfall? Kommissar Marder ermittelt, dass nichts im Leben von Matuschek so war, wie es zunächst aussah.

Günther von Lonski

BlattSchuss – Die ungewöhnlichen Fälle des Ludger Lage

Kurzkrimis

127 Seiten, Hardcover · ISBN 978-3-933156-95-2

Ludger Lage lebt in einem alten Campingwagen am Arnumer See. Eine unvorteilhafte Scheidung hat ihn aus der Bahn und seiner Wohnung geworfen. Sein Hobby: Als selbst ernannter Detektiv hinzuhören, wo andere wegsehen.